BIRGIT JASMUND
Das Erbe
der Porzellanmalerin

AF203159

atb aufbau taschenbuch

Birgit Jasmund, geboren 1967, stammt aus der Nähe von Hamburg. Nach dem Studium der Rechtswissenschaften in Kiel hat das Leben sie nach Dresden verschlagen. Wenn einem dort der Wind so richtig um die Nase weht, hält sie nichts im Haus.

Im Aufbau Taschenbuch Verlag sind ihre Romane »Die Tochter von Rungholt«, »Luther und der Pesttote«, »Der Duft des Teufels«, »Das Geheimnis der Porzellanmalerin«, »Das Geheimnis der Zuckerbäckerin«, »Das Erbe der Porzellanmalerin«, »Die Maitresse. Aufstieg und Fall der Gräfin Cosel«, »Das Geheimnis der Baumeisterin« und »Die Elbflut« lieferbar.

Meißen im Jahre 1750: Kurz nachdem Geraldine ihren leiblichen Vater kennengelernt hat, stirbt dieser. Allerdings hat er vor seinem Tod sein Testament geändert – zugunsten der unehelichen Tochter. Geraldine allein soll sein Rittergut erben. Sehr zum Missfallen ihres Halbbruders, der mit allen Mitteln versucht, ihr das Erbe streitig zu machen. Dann taucht plötzlich ein Dokument auf, das vor Generationen verfasst wurde, nach dem der Besitzer des Gutes nur ein Mann sein darf. Für Geraldine scheint es keine Handhabe zu geben, um dagegen vorzugehen, es sei denn, sie würde heiraten …

BIRGIT JASMUND

Das Erbe der Porzellanmalerin

HISTORISCHER ROMAN

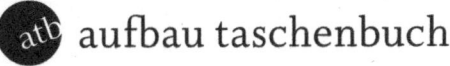
aufbau taschenbuch

MIX
Papier | Fördert
gute Waldnutzung
FSC® C083411

ISBN 978-3-7466-3541-5

Aufbau Taschenbuch ist eine Marke der
Aufbau Verlage GmbH & Co. KG

2. Auflage 2024
© Aufbau Verlage GmbH & Co. KG, Berlin 2019
www.aufbau-verlage.de
10969 Berlin, Prinzenstraße 85
Der Verlag behält sich das Text- und Data-Mining
nach § 44b UrhG vor, was hiermit Dritten
ohne Zustimmung des Verlages untersagt ist.
Umschlaggestaltung www.buerosued.de, München
unter Verwendung von Motiven von © arcangel / Rekha Garton
und akg-images
Satz Greiner & Reichel, Köln
Druck und Binden CPI books GmbH, Leck, Germany

Printed in Germany

Dramatis Personae

Ein Überblick über die wichtigsten Personen des Romans. *Historische Persönlichkeiten sind kursiv dargestellt.*

Frau Sieglinde Aha, Herr Thomas Aha – Geschwister, Hausdame und Verwalter auf dem Rittergut im Käbschütztal

Claudio Castagno – aus Italien stammender Maler, hält sich mühsam über Wasser

Graf Heinrich von Brühl – kurfürstlich-sächsischer und königlich-polnischer Premierminister 1746 bis 1751, liebt die Pracht und das Geld, hat aber kein Händchen für Letzteres

Johann Friedrich Fleuter – Kreisamtmann in Meißen, Mitglied der Manufakturkommission und vielbeschäftigt, gesegnet mit einer charmanten Frau

Friedrich August II. – Sächsischer Kurfürst und als August III. König von Polen, mit mehr Interesse als Begabung für die Malerei

Christian Gottlob Gerber – Pfarrer in Lockwitz, von milder Gesinnung

Johann Gregorius Höroldt – der erste Maler der Porzellanmanufaktur und kein einfacher Mensch

Johann Joachim Kändler – der Formenmeister der Porzellanmanufaktur und schon freundlicher

Maurice – Mulatte, dient Geraldine so aufopferungsvoll wie ihrem Vater

Frederik Nehmitz – Jurist, seine Liebe zu Geraldine übersteht alle Höhen und Tiefen

Wilma Eberhardine Nehmitz – Frederiks Mutter, darf sich über eine Schwiegertochter freuen

Otto – ein Mops

Leonhard Johann Pfeiffer – Lehrer im Käbschütztal, gesegnet mit einer Frau und einer reichen Kinderschar

Anton Piwatzsch – Österreicher und Naturforscher

Familie Siebert – Bäckerfamilie aus Lockwitz, bestehend aus Adrian, Christiana und ihren vier Kindern

Hann Schneider – zerrinnt alles zwischen den Fingern

Janne Schneider – seine Frau und Geraldines Zofe

Rikarda und Simon Andreas – ihrer beider Kinder

Geraldine von Scholl – Mulattin und Malerin, will das Erbe ihres Vaters retten

Peter von Scholl – Geraldines Halbbruder, Pfarrer mit menschlichen Abgründen

Familie Schumann – Arztfamilie aus Dresden, bestehend aus Laurenz, Therese und der Tochter Laura

Dr. Eduard Wilhelm Wezel – Leipziger Notar der Familie von Scholl, sitzt zwischen allen Stühlen

Theodorus Gottlieb Windisch – Pfarrer im Käbschütztal, sittenstreng

Johann Heinrich Zedler – Leipziger Verleger und Buchhändler

Sowie eine Vielzahl von Volk in Meißen, Dresden, Leipzig und dazwischen.

KAPITEL 1

$\mathcal{G}$eraldines Herz schlug einen aufgeregten Takt. Die Kutschfahrt vom Käbschütztal nach Meißen zur Albrechtsburg war viel zu schnell zu Ende gewesen. Ihr Blick glitt an der Fassade des mächtigen Gebäudes entlang. Die Fenster glichen dunklen Augen, hinter jedem von ihnen ahnte sie Beobachter. Der Anblick kam ihr nicht mehr so prächtig vor, wie das noch vor einem Jahr der Fall gewesen war, als sie das erste Mal davorgestanden hatte. Mehr als ein Gesims war angeschlagen, stellenweise fehlte Putz, Regenwasser hatte Schmutzspuren hinterlassen. Sie riss sich von dem Anblick los und betrat die Burg durch das Hauptportal.

Dämmerung umfing sie, um sie herum herrschte Geschäftigkeit. Aus den oberen Stockwerken hörte sie Stimmen und Schritte. Nie hätte Geraldine gedacht, die Porzellanmanufaktur noch einmal zu betreten. Nicht, nachdem sie sich als junger Buntmaler verkleidet den Zugang erschlichen hatte, um die Ehre ihres Vaters zu retten. Malen auf Porzellan war ein Kapitel ihres Lebens, mit dem sie abgeschlossen hatte. Aber dann war vor zwei Tagen ein höflich formuliertes Schreiben aus Dresden gekommen, in dem sie für den heutigen Nachmittag in die Kreisamtmannschaft Meißen geladen wurde.

Die Kreisamtmannschaft war nicht identisch mit der Porzellanmanufaktur, aber beide in der Albrechtsburg untergebracht, und für Geraldine bestand zwischen ihnen kein großer Unterschied. Der Kreisamtmann führte die Bücher der Manufaktur, über ihn lief der Schriftverkehr, er war Mitglied in der Manufakturkommission. Wenn sie zu ihm geladen wurde, musste es mit der Manufaktur zusammenhängen.

Sie solle nicht hingehen, hatte der Rat ihrer Hausdame, Frau Aha, gelautet. Die rüstige Frau hatte sich dabei richtig in Rage geredet. Ihre gnädige Herrin hätte nichts mehr mit der Manufaktur zu schaffen, die Herren sollten hinter dem Horizont verschwinden oder zu den Molukken gehen, wo der Pfeffer wachse. Angesichts dieser Wut konnte man den Eindruck gewinnen, die Einladung stamme von einem Dämon und führe geradewegs in die Hölle. Ihr Bruder, Herr Aha, der zugleich der Verwalter von Geraldines Gütern war, hatte sich ihr angeschlossen. Der schwarze erste Hausdiener Maurice hielt jedoch dagegen, dass die gnädige Frau nichts mehr mit der Manufaktur zu tun haben müsse, dass sie jedoch hingehen und sich anhören solle, weswegen man sie eingeladen habe. Sie könne einen kräftigen Begleiter mitnehmen; er böte sich an.

Geraldine hatte zuerst dem Rat der Geschwister Aha folgen wollen, um ihr Gemüt nicht zu belasten. Wo bliebe ihr Mut, hatte sie sich dann gefragt. Mit dieser Verzagtheit hätte sie nie die Flucht von der Insel Santo Domingo geschafft, wo sie geboren wurde und ihre ersten vierzehn Jahre verbracht hatte. Sie gestand sich auch Neugierde ein und entschied, die Einladung anzunehmen. Auf Maurice als Begleiter hatte sie verzichtet, da sie kein zartes Ding war, das sich nicht allein aus dem Haus traute.

»Es wird nicht lange dauern«, hatte sie ihren Kutscher beschieden und ihre Röcke geordnet. Ihr Herz hatte dabei womöglich noch schneller geschlagen als jetzt, während sie auf einen der Schreiber der Manufaktur zuging. Das letzte Mal, als sie gedacht hatte, es würde nicht lange dauern, hatte sie mehrere Wochen in der Dresdner Festung verbracht. Als Gefangene!

Im Kabinett erwarteten sie neben Kreisamtmann Fleuter auch Johann Gregorius Höroldt, der erste Maler der Manufaktur, und der Formenmeister, Johann Joachim Kändler.

Bei ihrem Eintritt erhoben sich alle. Das im Raum lastende Schweigen vermittelte Geraldine das Gefühl, in ein Gespräch geplatzt zu sein, dessen Anlass sie gewesen war. Ihre eigene Unsicherheit verbarg sie hinter einem Hüsteln, als hätte sie sich verschluckt, und indem sie sich die behandschuhte Rechte vor den Mund hielt.

Über ihre Finger hinweg beobachtete sie die Mienen der drei Männer. In Fleuters ließ sich nicht lesen. Kändler musterte sie so neugierig wie sie ihn. Wenn ihr in diesem Raum einer freundlich gesinnt war, war es der Formenmeister. Über Höroldt brauchte sie gar nicht erst nachzudenken, an seiner Meinung über sie hatte sich nichts geändert, entnahm sie seiner verkniffenen Miene. Kändler und Fleuter hauchten einen Kuss auf ihren Handrücken, der Maler beugte sich nur darüber, spitzte nicht einmal die Lippen.

Eine Erfrischung in Form eines Koppchens Kaffee, natürlich serviert in Meißner Porzellan, lehnte Geraldine ab. »Ich ziehe es vor, wenn Sie mir unverblümt mitteilen, weshalb Sie mich eingeladen haben. Meine Zeit ist knapp bemessen.«

»Setzen wir uns. So viel Zeit werden Sie doch mitgebracht haben, gnädige Frau.« Der Kreisamtmann deutete auf einige zierliche Sessel, die in einer Ecke des Arbeitskabinetts um einen Tisch gruppiert standen.

Höroldt kommentierte das mit einem Schnauben. Als Einziger blieb er an die Wand gelehnt stehen, mit vor der Brust verschränkten Armen. »Meine Idee war das nicht. Ich bin sogar ausdrücklich dagegen«, setzte er noch hinzu.

Alles andere hätte Geraldine auch sehr gewundert. Sie schenkte ihm ein strahlendes Lächeln, das so falsch war wie sein ausdrucksloses Gesicht. Fleuter und Kändler schauten sich unbehaglich an.

»Ich bin beinahe neugierig«, konnte sie sich nicht verkneifen zu sagen, nachdem sie auf der Kante eines Sessels Platz genommen hatte.

»Aus Dresden ist etwas eingetroffen, das ich Ihnen geben möchte.« Fleuter nahm aus einer Schublade des Tisches eine lederne Mappe. Statt sie Geraldine zu reichen, gab er sie Kändler. »Die Ehre gebührt Ihnen.«

Der Formenmeister stand wieder auf, verneigte sich. »Es ist mir eine besondere Freude, gnädige Frau. Niemand hat dies so sehr verdient wie Sie.« Er klappte die Mappe auf und übergab sie Geraldine feierlich, als beinhaltete sie ihre Ernennung in den Fürstenstand.

Eine Urkunde befand sich tatsächlich darin mit einem Wachssiegel an einer mehrfarbigen Schnur.

»Lesen Sie.« Kändler klang ungeduldig, wie jemand, der unbedingt wissen wollte, ob sich sein Gegenüber über ein Geschenk freute.

»Das ist eine Schande für die Manufaktur«, grummelte Höroldt im Hintergrund, als Geraldine zu lesen begann.

Zuerst verstand sie nur einzelne Worte, aber die ergaben keinen Sinn. Sie zwang sich dazu, noch einmal von vorn und langsamer zu lesen. Die ersten drei bis acht Zeilen bestanden aus einer umständlichen Vorrede und einer nicht enden wollenden Nennung von Titeln, angefangen beim König von Polen, gefolgt vom Sächsischen Kurfürst. Ihr Name wurde im Text genannt. Nur Geraldine von der Insel Santo Domingo, wie sie sich früher genannt hatte, bevor sie ihren Vater fand. Bevor er ihr seinen Namen von Scholl verlieh. Worum es tat-

sächlich ging, wurde am Ende des Textes in zwei Zeilen ab-
gehandelt: Ihr wurde erlaubt, außerhalb der Manufaktur auf
Porzellan zu malen, nach eigenem Belieben und so viel sie
wollte. Sie durfte das Porzellan aus der Manufaktur anfordern
und es dort für den letzten Brand, wieder hinbringen.

»Damit beginnt es, und ich möchte nicht wissen, wo es enden wird«, schnaubte Höroldt wieder. »Diese Frau schleicht
sich unter falschem Namen ein, schädigt die Manufaktur und
wird dafür belohnt.«

»Mademoiselle von Scholl hat geholfen, großen Schaden
von der Manufaktur abzuwenden. Das wissen Sie so gut wie
wir alle, werter Herr Kollege.« Kändler war laut geworden,
beinahe an der Grenze zum Schreien.

Eine Handbewegung des Kreisamtmannes brachte ihn
dazu, sich zu mäßigen.

»Ich wurde überstimmt. Aber lassen Sie sich eines gesagt
sein, Fräulein von Scholl, die Manufaktur werde ich gegen
Ihr Tun schützen.« Meister Höroldt zog die Augenbrauen
zusammen und sah aus, als wollte er zu Schwert und Schild
greifen. »Sie werden keine Muster der Manufaktur malen und
jedes Stück als Ihres kenntlich machen. Sonst wird mich auch
diese Urkunde nicht zurückhalten, das Recht der Manufaktur
geltend zu machen.«

»Sie wollen einer Dame …«, setzte Fleuter an.

»Als Dame bezeichne ich niemanden, der mir als Glücksritterin begegnet ist.«

»Nun ist es aber gut!«, polterte der Kreisamtmann. »Sie
vergessen sich, Höroldt. Entschuldigen Sie sich bei Mademoiselle von Scholl.«

»Bevor ich das tue …«

»Auf eine Entschuldigung, die nicht von Herzen kommt,
lege ich keinen Wert«, warf Geraldine scharf ein.

»Das Beste wird sein, Sie entfernen sich«, empfahl Kändler dem ersten Maler.

»Nichts lieber als das. Auf mich wartet Arbeit.« Höroldt besaß immerhin so viel Anstand, sich vor Geraldine zu verneigen und den beiden Männern grüßend zuzunicken, ehe er mit stampfenden Schritten aus dem Kabinett rauschte.

Der Kreisamtmann blickte unglücklich drein. »Ich muss mich entschuldigen. Das tut mir wirklich leid. Ich hätte ihn gar nicht erst dazu bitten sollen.«

»Und ihn um das Vergnügen bringen, sich aufzuregen«, sagte Geraldine mit einem verschmitzten Lächeln. »Ich kenne Monsieur Höroldt und habe von ihm nichts anderes erwartet. Entschuldigen Sie sich nicht für ihn, sagen Sie mir lieber, wie es hierzu gekommen ist.« Sie deutete auf die Urkunde auf dem Tisch.

Das übernahm der Formenmeister, der ihr erklärte, wie die Kommission über die Erlaubnis zur Porzellanmalerei für sie entschieden und dies schließlich dem König und Kurfürst zur Bestätigung vorgelegt hatte. Er sprach mit Feuer und Leidenschaft, und Geraldine verstand, dass er einer der treibenden Köpfe gewesen war, wenn es sich nicht sogar um seine Idee handelte.

»Ich bin Ihnen dankbar. Wirklich sehr dankbar. Bis vor einer halben Stunde ging ich davon aus, nie wieder auf Porzellan zu malen. Nun machen Sie mir dieses wirklich wunderbare Geschenk. Den Forderungen Meister Höroldts werde ich mich beugen, schließlich weiß niemand besser als ich, was es bedeutet, wenn die Herkunft des Porzellans nicht zweifelsfrei bestimmbar ist.« Sie klappte die Ledermappe zu und drückte die kostbare Urkunde an ihre Brust. Um ihre wirklichen Gefühle auszudrücken, fehlten ihr die wohlgesetzten Worte, wie sie für eine vornehme Dame angemessen waren.

Sie würde am liebsten aufspringen, im Raum umhertanzen, die Herren umarmen und vor lauter Glück und Erleichterung singen. Sie wollte aber weder Fleuter noch Kändler in Verlegenheit bringen und blieb sitzen, fühlte sich dabei aber wie unter einer Glocke.

Kändler ließ es sich nicht nehmen, sie zu ihrer Kutsche zu begleiten und seiner Unterstützung zu versichern.

Auf der Fahrt zurück ins Käbschütztal streichelte Geraldine die Ledermappe, betrachtete noch einmal die Urkunde, mit den Fingerspitzen fuhr sie die Konturen des Siegels nach. Ihr Herz klopfte noch genauso heftig in ihrer Brust wie vor dem ersten Besuch. Diesmal jedoch vor Freude. Sie durfte wieder auf Porzellan malen. Auf dem Werkstoff, den sie ganz allein gemeistert hatte. Leinwand, Karton, Holz, darauf zu malen hatte sie unter der kundigen Anleitung von Meister Schmitz in Köln gelernt. Die Beherrschung der Porzellanmalerei hatte sie ihrer eigenen Findigkeit zu verdanken. Mochten andere – Johann Gregorius Höroldt etwa – ruhig denken, dass eine Frau dazu nicht in der Lage war, sie wusste es besser. Mit einem Mal merkte sie, dass ihr das Malen auf Porzellan mehr bedeutete, als sie sich in der Vergangenheit eingestanden hatte.

Sie dachte an Meister Höroldts blasierte Miene, als er ihr verbot, die Muster der Manufaktur zu malen. Als ob sie daran ein Interesse hatte. Bereits auf Teucherts Dachboden hätte sie lieber eigene Motive gemalt, als die der Manufaktur abzukupfern. Bilder auf Porzellan wollte sie schaffen – so schön, so fein, dass sich selbst Meister Höroldt vor ihrer Kunst verneigen musste.

Sie las die Urkunde noch einmal sorgfältig durch und betrachtete das Siegel, das dem auf ihrem Medaillon glich. Das Siegel des Königs von Polen und des sächsischen Kurfürsten. Der König und Kurfürst hatte von ihrer Person erfahren. Vielleicht gefiel ihm ihre Kunst? Es hieß ja, dass der sächsische Herrscher ein sehr an der Malerei interessierter Herr sei. Dieser Gedanke jagte einen Schauder über Geraldines Leib, und gleich darauf lachte sie über sich selbst. Sie war viel zu unbedeutend, als dass Friedrich August II. von Sachsen und August III. von Polen sich mit ihr beschäftigen würde. Kreisamtmann Fleuter hatte es ja gesagt: Die Manufakturkommission hatte darauf entschieden.

KAPITEL 2

Während Geraldine sich höchst angenehmen Gedanken hingab, standen auf dem Rittergut ihre Hausdame Frau Aha und der erste Diener Maurice in der Eingangshalle und flüsterten aufgeregt miteinander. Es kam selten vor, dass die beiden die Köpfe zusammensteckten und das noch in der Eingangshalle, in die Frau Aha kaum je kam. Ihr Bereich waren die Vorrats- und Wäschekammern, die Geschirrschränke und die Gesindestuben der Mägde unter dem Dach. Aber nachdem sich im Speisezimmer der Dienerschaft herumgesprochen hatte, wer in Abwesenheit der Herrin zu Besuch gekommen war, hielt es sie nicht länger im Untergeschoss. Mit beiden Händen ihre Röcke raffend war sie hinaufgeeilt.

In Maurice schwarzem Gesicht war seine Gemütslage kaum je zu ahnen, aber an diesem Nachmittag war seine Aufregung unschwer zu erkennen.

»Was treibt diesen Menschen her?«, hatte Frau Aha eben flüsternd gefragt.

»Etwas Gutes wird es nicht sein«, lautete die Antwort. »Er hätte wieder gehen sollen, nachdem ich ihm gesagt habe, dass Mademoiselle Geraldine nicht daheim ist. Jeder höfliche Mann hätte sich verabschiedet und wäre am nächsten Tag wiedergekommen.«

»Höflich! Sie sagen es. Wenn ich daran denke, dass ich ihn als Kind auf meinen Knien geschaukelt habe.«

»Das wird nicht der Grund für seine charakterlichen Mängel sein.«

Diese ungewohnt pointierte Antwort brachte Maurice einen langen Blick der Hausdame ein. »Es gibt keinen Grund. Der Junge hat nie etwas entbehrt. Ich war ihm Mutter und Vater zugleich, nur die besten Hauslehrer wurden für ihn engagiert. Das sieht man ja auch daran, dass er sein Theologiestudium mit Auszeichnung abgeschlossen hat.«

»An den Universitäten in Leipzig und Wittenberg haben sie nur vergessen, ihn auch christliche Demut zu lehren.«

»Warum haben Sie ihm gesagt, dass wir die gnädige Frau noch heute zurückerwarten? Sie hätten ihm ins Gesicht lügen sollen, sie sei wochenlang abwesend, dann hätte er wieder gehen müssen. Als Katholik können Sie das doch, zünden hinterher eine Kerze an und sprechen ein Ave Maria, damit alles vergeben ist.« Frau Aha schnaubte. Sie hatte vergessen zu flüstern und fuhr sich nun erschrocken mit der Hand über den Mund.

»Das hätte ich am liebsten getan, nur ist er der einzige Sohn des verstorbenen gnädigen Herrn. Wir schulden ihm Respekt und Höflichkeit«, erwiderte Maurice bekümmert.

»In welchen Salon haben Sie ihn geleitet?«

»In den Nachmittagssalon.«

»Zu schade, dass Sie nicht erfahren konnten, was ihn herführt. Ich hoffe, wir werden nicht gezwungen sein, ihn über Nacht zu beherbergen.«

Das war es jedoch, was Maurice befürchtete, denn je später die gnädige Frau zurückkam, desto geringer wurde die Chance, den ungebetenen Gast bei Tageslicht wieder loszuwerden. Ihn in die Nacht hinauszujagen, wäre jedenfalls ein Ding der Unmöglichkeit.

»Wirklich zu schade, dass Thomas gerade jetzt nicht da ist. Er hätte diesen Menschen an gutes Benehmen erinnert«, murmelte Frau Aha. Thomas war ihr um ein Jahr jüngerer

Bruder, der beinahe ebenso lange auf dem Rittergut diente wie sie. Also sein ganzes Leben lang. Nur war er der Verwalter und regelmäßig mehrere Tage abwesend, um mit den Einwohnern der zum Rittergut gehörenden Dörfer anstehende Arbeiten zu besprechen.

»Trauen Sie mir das nicht zu?«, wollte Maurice drohend wissen.

»Sie haben ihm eine Erfrischung und einen Imbiss gebracht!«

»Wenn er es an Höflichkeit fehlen lässt, werden wir nicht Gleiches tun.«

»Da haben Sie auch wieder Recht«, seufzte Frau Aha. »Seine Anwesenheit macht mich ganz unglücklich. Was wird die gnädige Frau dazu sagen?«

»Was werde ich wozu sagen? Und was macht Sie unglücklich, liebe Frau Aha?«, wollte Geraldine wissen. Sie hatte das Herrenhaus durch einen Seiteneingang betreten. Hut, Handschuhe und Umhang hatte sie bereits abgelegt, trug jedoch die Ledermappe bei sich, als sie zu ihren Bediensteten trat.

Maurice fing sich als Erster und verneigte sich. »Mademoiselle Geraldine, im Nachmittagssalon wartet Besuch auf Sie.«

»Heiliger Jesus, die gnädige Frau.« Frau Aha deutete einen Knicks an, wandte sich dann an den ersten Diener und sprach leiser weiter: »Da haben wir es. Sie müssen etwas tun.«

»Das wird ja immer mysteriöser«, erheiterte sich Geraldine. »Wer ist denn gekommen, um Himmels willen?«

»Mademoiselle, es ist Peter von Scholl.«

»Mein Halbbruder!« Geraldines Gefühle wechselten von Sorge zu Freude und wieder zurück. Schließlich überwog Letzteres.

»Lassen Sie sie nicht hineingehen, ohne sie entsprechend vorzuwarnen«, sagte Frau Aha hastig.

Es war zu spät, denn Geraldine eilte auf den Nachmittags-salon zu, überhörte, was Maurice ihr hinterherrief und öff-nete die Tür.

Peter von Scholl sprang bei ihrem Eintritt auf und stieß da-bei sein Weinglas auf dem Tisch um. Eine rote Lache breitete sich auf dem Lack aus, tropfte von dort auf den Boden, wo sie im Teppich versickerte. Seinem geistigen Stand entsprechend war er in Schwarz gekleidet. Das blonde Haar trug er im Na-cken zusammengebunden, der Zopf war bis auf die unters-ten Locken mit einem schwarzen Band umwickelt. Geraldines freudige Miene stieß bei ihm auf keinen Widerhall, er verneig-te sich nur steif und entschuldigte sich für den Weinfleck im Teppich. Die Stimme war dabei so sauer wie Essig.

»Gewährt, gewährt, mein lieber Bruder. Was schert mich ein Fleck auf dem Teppich, wenn ich die Freude Ihres Be-suches habe. Wir setzen uns einfach woanders hin.« Sie wies mit der Hand auf zwei Sessel, die vor einer Vitrine mit Bü-chern standen.

»Dies ist ein Besuch, zu dem ich mich verpflichtet sehe«, sagte Peter von Scholl knapp. »Ich betrachte Sie nicht als Schwester, nicht einmal als eine entfernte Verwandte. Für mich sind Sie nichts als eine Usurpatorin, eine Glücksritterin, die sich einen Besitz angeeignet hat, der ihr nicht zusteht.«

Geraldine starrte ihren Bruder an. Sie musste zu ihm auf-sehen, und die steile Falte auf seiner Stirn ließ keinen Zweifel am Zweck seines Besuches zu. Ihr Geist war wie leergefegt, deshalb schwieg sie zu den ausgesprochenen Beleidigungen.

»Einmal will ich es noch im Guten mit Ihnen versuchen, danach werde ich andere Seiten aufziehen!«

»Was …«, Geraldine schluckte, »was für Seiten?«

»Verlassen Sie dieses Rittergut und kehren Sie nie zurück,

dann will ich den Schaden vergessen, den Sie meinem Vater zugefügt haben. Wie Sie seine Krankheit ausgenutzt haben, um ihn in Ihr Lügengespinst einzuwickeln.«

»Ich habe dieses Rittergut geerbt. Es gibt ein Testament, vor Zeugen aufgesetzt und für gültig erklärt.«

»Dieses Testament …« Sein Gesichtsausdruck wurde wild.

Unwillkürlich trat Geraldine einen Schritt zurück, verschränkte die Arme vor der Brust und wappnete sich gegen alles, was der Halbbruder ihr noch an den Kopf werfen mochte. »Unser Vater hat mir seinen Besitz vererbt. Er wollte, dass ich ein Auskommen habe. Sie haben Ihr Amt als Pfarrer.«

»Sagen Sie nicht ›unser Vater‹!«, schrie Peter von Scholl. Speicheltröpfchen sprühten von seinen Lippen. »Verschwinden Sie! Geben Sie mir mein Erbe zurück. Mein Leben lang habe ich darauf gewartet, und ich lasse es mir nicht wegnehmen! Nicht von einer dahergelaufenen Zigeunerin!«

So war sie lange nicht mehr genannt worden. Wut sprang Geraldine an, aber statt sie in eine Furie zu verwandeln, wurde sie ganz ruhig. »Wenn ich verschwinde, werde immer noch ich die Erbin sein, das Gut wird immer noch mir gehören. Keines Ihrer Worte ändert daran etwas.«

»Unverschämte Person! Sie werden auf das ergaunerte Erbe verzichten und mich wieder in meine Rechte einsetzen.«

»Ich werde nichts dergleichen tun!«

Peter von Scholl wurde rot im Gesicht wie ein gekochter Flusskrebs. Alle Ähnlichkeit mit den edlen Zügen seines Vaters war verschwunden. Seine Kleingeistigkeit widerte Geraldine an, und sie wollte ihn loswerden. Dennoch blieb er ihr Halbbruder. Deshalb bezähmte sie ihren Groll und sagte: »Aber ich habe einen Vorschlag zu machen.«

»Sie sind nicht …!«

»Hören Sie sich erst an, was ich zu sagen habe!« Schnell sprach sie weiter. »Ich wurde vom Testament unseres Vaters genauso überrascht wie Sie. Und ich will Ihnen zugestehen, dass die Überraschung für Sie unangenehmer war als für mich. Deshalb bin ich bereit, Ihnen eine gewisse Summe zu überlassen, um Sie zu entschädigen. Wir sind Geschwister, das muss Ihnen doch auch etwas bedeuten. Für die Entscheidung unseres Vaters kann ich nichts, dennoch bin ich der Meinung, er hat an Ihnen nicht Recht gehandelt. Das möchte ich wiedergutmachen.«

Tatsächlich hatte Geraldine bereits nach Verkündung des Testaments versucht, mit ihrem Verwalter, Thomas Aha, darüber zu sprechen, aber der hatte nichts von einer Teilung des Erbes wissen wollen. Auch über eine vierteljährliche Apanage für Peter von Scholl und seine Familie hatte er nur den Kopf geschüttelt, und Geraldine das Thema einstweilen fallen lassen. Nun schien die Gelegenheit günstig, ihr Anliegen mit dem zu besprechen, den es anging. Wurden sie sich einig, konnte ihr Verwalter nur noch den Anweisungen folgen. »Ich kann mich auch der Ausbildung Ihrer Kinder annehmen und ihr Schulgeld bezahlen, zusätzlich meine ich. Oder Ihre Frau besucht mich auf einige Wochen. Ich würde mich freuen, schließlich sind wir Schwägerinnen.«

»Einen Teufel werden Sie! Mein treues Weib wird lieber im Elend leben, als einen Fuß in dieses Haus zu setzen, solange Sie es sich widerrechtlich angeeignet haben. Geben Sie mein Erbe heraus! Danach überlasse ich Ihnen ein paar Taler, damit Sie von hier verschwinden können.« Peter von Scholl stürzte auf sie zu. »Geben Sie mir mein Erbe heraus!«

Im letzten Augenblick gelang es Geraldine, ihm auszuweichen und einen Sessel zwischen sie beide zu bringen. An dessen Sitzkante schlug Peter von Scholl sich das Schienbein an.

Schmerzverzerrt verzog er das Gesicht, schrie aber nur noch lauter, dass sie eine Betrügerin und Glücksritterin sei, die ihn um sein Erbe betrogen habe. Und dass er erst gehen würde, wenn sie es herausgegeben habe.

Geraldine rettete sich hinter den nächsten Sessel und stieß ihm das Möbelstück entgegen. »Hören Sie auf! Sie sind ja nicht bei Sinnen, Mann!«, rief sie. Aber sie hätte auch Russisch oder Chinesisch sprechen können, die Wirkung auf Peter von Scholl wäre die Gleiche gewesen.

Sein Gesicht hatte eine gefährlich rote Farbe angenommen. Die Hände hielt er zu Klauen geformt, als wollte er sie um ihren Hals legen und zudrücken. Geraldine bekam es mit der Angst zu tun. Gehetzt sah sie sich nach einer Waffe um. Ein Schürhaken geriet in ihren Blick. Der Kamin, an dem er lehnte, befand sich hinter ihrem Bruder und war für sie unerreichbar. Erneut musste sie dem Rasenden ausweichen, und weil ein Tisch ihr den Weg zur Tür versperrte, blieb ihr nur die andere Richtung. Es war abzusehen, wann er sie in die Enge getrieben hätte. Diesmal war Geraldine nicht schnell genug, er bekam eine der Schleifen zu fassen, mit denen ihre Ärmel eng um den Unterarm geschnürt waren.

Die Schleife riss ab, und Peter von Scholl warf sie mit einem verächtlichen Gesichtsausdruck beiseite.

»Sie sind ein Mann Gottes, bedenken Sie das!«, versuchte Geraldine, an seine Vernunft zu appellieren.

»Weib des Teufels! Elende Verführerin!«

»Zu Hilfe!«, schrie Geraldine. »Zu Hilfe! Hören Sie auf!«

KAPITEL 3

$\mathcal{D}$ie Tür des Salons wurde aufgerissen und krachte gegen den Rahmen. Maurice erfasste die Situation mit einem Blick, sprang hinzu und umklammerte von hinten Peter von Scholls Oberkörper. Er besaß Bärenkräfte, und obwohl er ungefähr doppelt so alt war wie der Geistliche, gelang es diesem nicht, sich zu befreien. Einer der jüngeren Diener kam herbeigelaufen, und gemeinsam drängten sie Peter von Scholl zur Tür hinaus.

Inzwischen hatte Frau Aha einen Arm um Geraldines Schultern gelegt und stützte sie, derweil sie sie zu einem Sessel führte. Geraldines Knie fühlten sich wie Teig an, sodass sie die Hilfe dankbar annahm.

»Auf den Schreck hin lasse ich Ihnen ein Glas warmes Bier mit einem Stärkungspulver bereiten«, schlug die Hausdame vor. »Und eine kräftige Brühe. Das wird Sie im Nu wieder auf die Beine bringen.«

Warmes Bier und verschiedene Pülverchen waren Frau Ahas Allheilmittel. Sie bewahrte mehr als ein Dutzend für jede Gelegenheit in dem verschlossenen Schrank auf, der auch die Haushaltsbücher beherbergte. Mehr als die Aussicht auf eines davon brachte jedoch diejenige auf warmes Bier die Kräfte in Geraldines Leib zurück.

»Es geht mir wieder besser«, erklärte sie und befreite sich aus dem Arm der Hausdame. Tatsächlich fühlte Geraldine sich noch wacklig auf den Beinen, aber sie atmete tief ein und aus und schimpfte sich in Gedanken eine Trine, weil sie sich ins Bockshorn hatte jagen lassen. Das half. Sie eilte aus dem Salon in die Eingangshalle.

Maurice und der Lakai hatten Peter von Scholl inzwischen dorthin gedrängt. Der Mann schnaufte wie ein Stier, sein Gesicht war rot und schweißüberströmt.

»Können wir Sie loslassen, Monsieur von Scholl? Oder sollen wir Sie auf diese Weise zur Tür hinausbefördern? Ihre Entscheidung!« Die Stimme des treuen ersten Dieners klang gepresst. Es zehrte an seinen Kräften, den Sohn seines verehrten früheren Herrn wie einen ertappten Strauchdieb halten zu müssen.

»Lasst mich los!«, forderte Peter von Scholl. »Dieses Weib hat mich mit ihrem Blick verhext!«

»Unsinn«, kommentierte Maurice, aber er und der Lakai ließen los.

»Du wagst es, mein Wort anzuzweifeln? Das Wort eines Geistlichen!«, donnerte Peter von Scholl.

»Ich wünsche nicht, dass in meiner Eingangshalle geschrien wird«, sagte Geraldine schneidend kalt. »Dieser Mann hat mich mit unmöglichen Forderungen überzogen und bedroht. Er ist in diesem Haus nicht mehr willkommen und muss auf der Stelle gehen.«

»Sie haben Mademoiselle von Scholl gehört!« Maurice öffnete die zweiflügelige Haustür. Peter von Scholl ließ er dabei keinen Moment aus den Augen.

Draußen waren die Schatten länger geworden, der Abend senkte sich herab.

Der Besucher warf einen Blick zur Tür hinaus. »Sie wollen, dass ich jetzt gehe? Um diese Uhrzeit? Die Höflichkeit gebietet, mir ein Nachtquartier anzubieten. Sie jedoch jagen mich in die Nacht hinaus.«

Das war ... Diese Frechheit machte Geraldine für einen

Augenblick sprachlos. Ihrer Dienerschaft – selbst Maurice – erging es nicht anders.

»Für Sie gibt es in diesem Haus kein Nachtquartier«, entschied sie schließlich, ihre Stimme war noch um einige Grade kälter geworden.

»Sie haben die gnädige Frau gehört.« Maurice packte den Mann am Arm, und mit Hilfe des Lakaien schob er ihn zur Tür hinaus.

Peter von Scholl stolperte auf der Freitreppe und konnte nur mit Mühe einen Sturz verhindern. Dass er sich umdrehte und die Hände zu Fäusten ballte, sah niemand mehr. Die Tür war bereits geschlossen und verriegelt.

Der Kelch des warmen Biers mit einem Stärkungspulver war an Geraldine vorbeigegangen, aber um die kräftige Brühe kam sie nicht herum. Die wurde ihr serviert, kaum dass ihr Halbbruder das Haus verlassen hatte. Wider Erwarten tat ihr die heiße Mahlzeit gut. Anschließend bat sie Maurice und Frau Aha in das Arbeitskabinett ihres Vaters, wo sie zunächst erzählte, was ihr Halbbruder von ihr verlangt hatte.

»Das kann nicht wahr sein«, ereiferte sich Frau Aha. »Nun ist es doppelt schade, dass mein Bruder nicht da ist, um diesem Menschen zu antworten, was er von ihm hält; rechtlich zu antworten.«

Die Anwesenheit Thomas Ahas hätte Geraldine ebenfalls begrüßt. Nicht wegen seiner rechtlichen Ausführungen. Diese machte er oft und gerne, aber nach Geraldines Überzeugungen nicht sehr gekonnt. Aber er hätte mäßigend auf Peter von Scholl einwirken, ihn vielleicht zur Räson bringen können.

»Dieser Unhold …! Wie sich ein Mensch nur so verändern kann. Als kleiner Junge war er so niedlich und brav«, sprach Frau Aha weiter.

»Er hat mir gesagt, dass er sein Erbe zurückbekommen wird. Kann er das?«, wollte Geraldine wissen.

Beide Bedienstete schüttelten entschieden den Kopf.

»Das Testament Ihres Vaters hat Ihnen das Rittergut zugesprochen. Ich verstehe nichts vom Recht und noch weniger vom kursächsischen, aber was man aufgrund eines Testaments erhält, darf man behalten. Das ist überall auf der Welt so«, sagte Maurice im Brustton der Überzeugung.

Frau Aha stimmte zu. Bei Geraldine blieb trotzdem ein Gefühl von Unsicherheit und Ohnmacht zurück. Sie hatte schon mehr als einmal wütenden Männern gegenübergestanden, nicht zuletzt Meister Höroldt, aber noch nie hatte sie sich so verloren gefühlt, wie gerade eben bei ihrem Halbbruder. Sonst hatte sie die Wut eines Mannes immer einschätzen können. Wusste, wenn es sein Ziel war, sich ihr überlegen zu fühlen oder sie zu demütigen, weil er ihren Körper nicht bekommen konnte. Bei Peter von Scholl hätte sie nie damit gerechnet, dass er gewalttätig wurde. Männer seines Typs schrien herum, bekamen einen roten Kopf und fielen dann auf einmal in sich zusammen, als hätte man mit einer Nadel in eine Schweinsblase gestochen. So hatte sie jedenfalls gedacht.

»Er wird nicht wiederkommen, Kindchen«, erklärte Frau Aha mütterlich. »Ich meine, gnädige Frau. Sie haben Maurice, mich, meinen Bruder und noch ein halbes Dutzend mehr Diener, die alle die Hand für Sie ins Feuer legen. Sie müssen sich keine Sorgen machen.«

»Ich weiß das, aber …«, versuchte Geraldine, ihre Gefühle in Worte zu fassen.

»Das ist der Schreck, das ist doch verständlich. Schlafen Sie sich richtig aus, und danach sieht die Welt wieder besser aus.«

»Dürfen wir nach Ihrem Termin in der Manufaktur fragen, Mademoiselle Geraldine?«, warf Maurice ein.

Geraldine schenkte ihm einen dankbaren Blick. Die Mütterlichkeit Frau Ahas war ihr zu viel geworden, und der vertraute Diener und Weggefährte ihres Vaters hatte das erkannt und lenkte die Hausdame ab.

»Das war etwas Schönes. Wo ist die Mappe, die ich mitgebracht habe?«

»Sie liegt noch in der Eingangshalle.« Maurice eilte, um sie zu holen. Nach wenigen Augenblicken kehrte er zurück, hatte die Ledermappe auf seinen Händen liegen, als trage er die Krone des Königreichs Polen. Er legte sie vor Geraldine auf den Tisch.

»Ich darf außerhalb der Manufaktur auf Porzellan malen. Das ist die Erlaubnis dazu mit dem Siegel unseres Fürsten.« Sie schlug die Mappe auf.

»Ich habe immer gesagt, dass die Manufaktur Ihnen etwas schuldet. Ihren Vater hätte das sehr gefreut.« Maurice strahlte über das ganze Gesicht, dieses anziehende Lächeln ließ sie den Schrecken mit Peter von Scholl vergessen.

KAPITEL 4

*H*ann Schneider trieb sich draußen in der Nähe des Gutshauses herum, achtete aber sorgfältig darauf, von niemandem gesehen zu werden.

Die Arbeit bei dem Töpfer, zu der Geraldine ihn verpflichtet und die sie ihm als einer Arbeit in der Manufaktur gleichwertig angepriesen hatte, befriedigte ihn nicht. Der Töpfer war ein alter Mann, der beim Sprechen in einen zahnlosen Mund nuschelte und kaum zu verstehen war. Hann begriff die wenigsten seiner Anweisungen, und dann wurde der Alte gleich ausfallend. Das Geschirr, das er für die Untertanen des Rittergutes fertigte, gefiel Hann auch nicht. Kein Vergleich mit den zarten Kostbarkeiten, die die Manufaktur verließen. Er wollte nicht lernen, so etwas Grobes herzustellen.

Es häuften sich deshalb die Tage, an denen er gar nicht erst zur Arbeit bei dem Töpfer erschien. An anderen hatte dieser nicht genug zu tun, um noch Aufgaben für einen Gehilfen zu haben. Hann hatte es sich deshalb angewöhnt, den halben Vormittag zu verschlafen, durch die Gegend zu strolchen, am Nachmittag eine Schenke aufzusuchen und wütend auf das Leben zu sein, das er führte.

Seine Ehefrau Janne verließ mit den beiden Kindern das Haus im Morgengrauen, um ihren Dienst zu beginnen. Sie gehörte im Herrenhaus zu denen, die die Vielzahl der Zimmer in Ordnung hielten, aber mehr und mehr verlangte die gnädige Frau nach ihrer Hilfe bei der Wahl ihrer Garderobe und ihrer Frisur. Nach Jannes Meinung tat sie es in der Erinnerung an ihre Meißner Freundschaft, als sie beide noch von einfachem Stand und arm wie die Kirchenmäuse gewesen waren. Seine Frau war dankbar für ihre Aufgaben als Zofe, für Hann dagegen war das nichts als ein Almosen, mit dem die gnädige Dame Geraldine von Scholl ihr Gewissen beruhigte.

In die gleiche Kategorie gehörte für ihn auch die Erlaubnis, dass Janne die beiden Kinder mit ins Herrenhaus bringen durfte, damit sie dort angemessen beschäftigt wurden. In seinen Augen wurden sie dort nur von jedermann verwöhnt. Das ging so weit, dass sie ihrem Vater kaum noch den schuldigen Respekt entgegenbrachten, ihn stattdessen um Süßigkeiten anbettelten. Hätte Geraldine tatsächlich etwas für seine Familie tun wollen, hätte sie ihnen ein anständiges Auskommen verschafft, statt nur Brosamen von ihrem Tisch fallen zu lassen.

Hann beobachtete das Kommen und Gehen im Herrenhaus. Da kaum einmal Besuch eintraf, waren seine Erkundungen überschaubar. Umso mehr war ihm deshalb der Herr im Gewand eines Geistlichen aufgefallen, der an diesem Nachmittag das Haus betreten hatte. Er hatte eigentlich erwartet, ihn gleich wieder herauskommen zu sehen, weil die gnädige Dame Geraldine ausgefahren war, aber die Tür blieb geschlossen. Hann verlor die Lust daran, einen Eingang zu beobachten, bei dem sich nichts tat. Er ging seiner Wege.

In der hereinbrechenden Dämmerung kam ihm auf einem Pfad eben jener Herr zu Fuß entgegen. Er trug von Weitem erkennbar Wut im Gesicht. Trotz seiner geringen Kenntnisse über die Sitten der vornehmen Welt wusste Hann, dass man seinen Gästen um diese Zeit normalerweise ein Quartier anbot, damit sie sich nicht bei der Suche nach einer Herberge den Gefahren der Nacht aussetzen mussten. Dass man es diesem Besucher trotzdem zumutete, ihm nicht einmal eine Kutsche zur Verfügung stellte, war so ungewöhnlich, dass es

Hanns Interesse weckte. Er sprach den Mann deshalb an, als der an ihm vorbeistürmte.

»Verzeihung der Herr, wenn Sie auf der Suche nach einem angemessenen Nachtquartier sind, kann ich eine Herberge empfehlen.«

Ihn traf ein verächtlicher Blick. »Ich kenne alle Herbergen in der Umgebung mit Sicherheit besser als er.«

Das war nicht sehr ermutigend, trotzdem gab Hann nicht auf. »Leider ist es so, dass die neue Herrin des Rittergutes keine sehr vornehmen Sitten pflegt und die Menschen in ihrer Umgebung schindet.«

»Was weiß er schon!« Der Geistliche war jedoch stehen geblieben und schien gewillt, sich auf ein Gespräch einzulassen.

»Jedermann weiß doch, dass man einem Besucher um diese Zeit nicht mehr die Tür weist. Mein Weib arbeitet im Herrenhaus von früh bis spät mit ihren schwachen Kräften. Deshalb sehen Sie mich auf diesem Pfad, weil sie noch nicht zu Hause ist, um sich um ihren Ehemann zu kümmern.« Hann schlug sich mit der Hand auf die Brust.

»Das ist seine Sache.« Der Mann machte Anstalten weiterzugehen.

Hann musste sich etwas überlegen, denn er war fest entschlossen, herauszufinden, warum der Geistliche mit einem strengen Gesichtsausdruck das Haus betreten hatte und mit einer derartigen Wut wieder herausgekommen war. Ihm fiel jedoch nichts anderes ein, als sich zu verneigen. »Johann Schneider, stets zu Ihren Diensten, Herr …«

»Pfarrer Peter von Scholl«, lautete die prompte Antwort.

»Von Scholl! Dann sind Sie ein Verwandter der gnädigen Dame Geraldine?« Sieh mal einer an, dachte er. Dabei hatte Janne stets behauptet, es gäbe keine Verwandtschaft.

»Gnädige Frau! Und nein, ich leugne jegliche Verwandtschaft mit ihr.« Die immer noch in seiner Brust gärende Wut brachte Peter von Scholl dazu, die Geschichte des Rauswurfs preiszugeben. In Hann fand er den dankbarsten Zuhörer, der sich vorstellen ließ.

»Also ist sie nichts als eine Hochstaplerin. Ich habe es immer geahnt«, kommentierte der, nachdem Peter von Scholl geendet hatte.

»Was geahnt?«

»Dass etwas nicht mit rechten Dingen zugegangen ist, als es auf einmal hieß, sie habe dieses Rittergut geerbt. Ich kenne sie als eine Frau, die sich erst als Magd versucht und später das Porzellan der Meißner Manufaktur gefälscht hat. Ich will Ihnen etwas sagen, guter Herr Pfarrer, ich stehe auf Ihrer Seite. Dieses Unrecht muss aus der Welt geschafft werden, und dabei können Sie auf mich zählen, so wahr mir Gott helfe.«

»Das soll sein Schaden nicht sein, guter Mann. Berichte er mir von den Vorgängen in diesem Hause. Ach, er wird ja nicht schreiben können.«

»Ich kann lesen und schreiben«, erklärte Hann stolz. »Schließlich habe ich in der Manufaktur gearbeitet und hatte gute Aussichten, zum Brenner aufzusteigen, bevor die Umstände um diese Dame mich zwangen, mein Tractament aufzukündigen. Nun muss ich mein Dasein in einer Töpferei fristen und mein Weib in ihrem Hause schuften, damit wir überhaupt ein Auskommen haben.«

Für die armseligen Umstände seines Verbündeten interessierte Peter von Scholl sich nicht, deshalb sagte er nur kühl: »Bestens. Berichte er mir in das Pfarrhaus nach Muskau. Das ist für seine Auslagen.« Aus einer ledernen Börse fischte er einige Groschen und schnippte sie Hann hin.

Dieser fing sie geschickt auf und ließ sie in einer Tasche seiner verschossenen Jacke verschwinden.

»Lass er sich nicht erwischen!«, brummte Peter von Scholl noch.

»Wo denken Sie hin, ehrwürdiger Herr Pfarrer. Einem Hann Schneider kommt niemand auf die Schliche. Auf mich können Sie zählen bei allem, was zu tun ist, um diese anmaßende Person zu vertreiben und mein armes Weib aus ihrer Fron zu befreien.«

»So soll es sein, so wahr Gott gnädig und gerecht ist«, stimmte Peter von Scholl zu, und zu der Wut in seiner Miene gesellte sich Genugtuung.

Zur Bekräftigung ihrer Vereinbarung gaben sie sich die Hand. Danach strebte Peter von Scholl mit langen Schritten davon.

Die Großspurigkeit seines neuen Verbündeten war ihm nicht verborgen geblieben, und er entschied, sich nicht allein auf dessen Findigkeit, sondern auch auf seine eigenen Geisteskräfte zu verlassen. Ihm fiel im Moment jedoch nichts ein, was gegen diese Hochstaplerin unternommen werden könnte, aber er war sicher, Gott hieße es nicht gut, wenn sich diese Katholische auf seinem Erbe breitmachte. Deshalb würde er ihm beizeiten eine Idee eingeben.

Dieses Gottvertrauen beruhigte sein aufgeregtes Gemüt beträchtlich, und in heiteren Gedanken an seinen Triumph schritt er dahin.

Janne saß im Schein einer Laterne vor dem Haus und nähte an Rikardas Sonntagskleid einen handbreiten Streifen Stoff an. Das Mädchen war schon wieder gewachsen und ihr alles zu klein geworden. Zum Glück hatte sie von Frau Aha Stoffreste zum Nähen bekommen und keine kaufen müssen. In letzter Zeit verdiente Hann kaum noch etwas, und sie bekam im Herrenhaus den größten Teil ihres Lohnes in Naturalien ausbezahlt. Mit Essen, das sie jeden Abend von dort mitbrachte. Im Haus war kaum Geld vorhanden, auch wenn es ihnen an nichts fehlte.

Eifrig stach sie die Nadel durch den Stoff und beugte sich in der zunehmenden Dunkelheit immer dichter an die Laterne heran, um noch etwas zu sehen. Hinter ihr stand die Haustür offen, damit sie hörte, wenn eines der Kinder aufwachte und nach der Mama rief.

So fand sie Hann, der sich schnaufend neben ihr auf der Bank niederließ. Zwischen ihnen stand die Laterne.

»Warum sitzt du draußen?«, wollte er wissen.

»Es ist ein schöner Abend, und im Haus war es so stickig.«

»Du verdirbst dir die Augen, wenn du bei dem Funzellicht nähst.«

»Rikarda ist schon wieder aus ihren Kleidern herausgewachsen. Was soll ich machen?«

»Wir kaufen ihr neue Kleider. Es wird doch in den zum Rittergut gehörenden Dörfern eine Frau geben, die für uns nähen kann.«

Janne ließ die Nadel sinken und schaute ihren Mann über die Laterne hinweg an. Sie versuchte zu ergründen, ob Hann einen Scherz gemacht hatte. Er sah allerdings aus, als hätte er es vollkommen ernst gemeint. »Eine Näherin wird Geld verlangen. Woher sollen wir das nehmen? Im Haus haben wir nur ein paar Groschen, die wir für einen Notfall aufbewahren müssen.«

»Dann bezahlen wir die Frau später«, antwortete Hann leichthin. »Sobald wir mehr Geld haben. Diese Frau wird doch ein paar Wochen warten können, dann ändert sich hier alles.«

»Hann, wovon redest du?«

»Von einer besseren Zukunft für uns. Du musst mir dabei helfen, sie zu erreichen.«

Dazu war Janne mehr als bereit. Wenn es bedeutete, dass ihr Mann wieder eine richtige Arbeit fand, wollte sie ihm sehr gerne helfen. Sie nickte. »Was muss ich tun?«

»Mir nur ein paar Dinge sagen.«

»Was für Dinge?«

»Was im Herrenhaus so vor sich geht. Du musst mir sagen, wenn dir etwas auffällt.«

»Im Herrenhaus? Was hat das mit einer Arbeit für dich zu tun? Was soll mir dort auffallen?« Sie forschte in Hanns Gesicht nach einer Antwort auf ihre vielen Fragen, aber seine Miene blieb unbeweglich. »Wenn Herr Aha dich beschäftigen will, wird er dir sagen, was du zu tun hast.«

»Um ihn geht es nicht. Der hochnäsige Herr Aha wird hier bald gar nichts mehr zu sagen haben. Sobald erst einmal der wahre Erbe das Gut übernommen hat, werden sich die Dinge ändern. Grundlegend ändern. Wir beide werden auf der Seite der Sieger stehen, dafür habe ich gesorgt.«

»Wer soll der wahre Erbe sein?«

»Peter von Scholl. Er war heute hier, um sein Recht einzufordern.«

Janne hatte den Namen noch nie gehört, aber ihr war ein Vorfall mit einem ungebetenen Gast zu Ohren gekommen, der des Hauses verwiesen worden war. Sie brauchte nicht lange, um zusammenzuzählen, dass es sich bei ihm um Peter von Scholl gehandelt haben musste. »Hann, weißt du auch genau, was du da tust?«

»Natürlich weiß ich das. Die gnädige Frau«, bei diesen Worten verdrehte er die Augen, »hat nicht zu Recht geerbt. Aber sie ist wohl nicht bereit, sich den Tatsachen zu stellen und den Besitz herauszugeben. Deshalb muss ich wissen, was im Herrenhaus vor sich geht und es weitergeben, damit ihre finsteren Pläne nicht gelingen können.«

Nun wurde Janne erst heiß, dann kalt und zuletzt fauchte Wut durch ihre Gedanken. Sie hatte Mühe, sitzen zu bleiben, statt ins Haus zu laufen und die Tür hinter sich zu verriegeln. »Du meinst, ich soll die gnädige Frau bespitzeln, damit du weißt, was bei ihr auf den Tisch kommt, wo ihr Schmuck aufbewahrt wird oder wie viele Unterröcke sie trägt?«, stieß sie endlich hervor.

»Die Unterröcke interessieren mich nicht. Das mit dem Schmuck ist eine Überlegung wert. Eigentlich will ich wissen, was sie redet. Alles, was du hörst, könnte wichtig sein. Ihre finsteren Pläne dürfen keinen Erfolg haben, das Rittergut muss in die Hände gelangen, in die es gehört. In die Hände eines Mannes.«

»Hörst du dir selbst zu?«, begehrte Janne auf. »Die gnädige Frau war immer gut zu uns. Sie hat uns geholfen, als wir ganz unten waren. Sie hat uns ein Heim gegeben. Das willst du ihr danken, indem du hilfst, sie von hier zu vertreiben?« Sie rückte fort von Hann bis zum Ende der Bank. Seine Nähe war für sie gerade nicht leicht zu ertragen.

»Wie sprichst du mit mir? Ich bin dein Mann …«

»Deswegen mache ich mir trotzdem eigene Gedanken und erkenne ein Unrecht, wenn ich eines vor mir sehe. Die gnädige Frau nimmt mich als ihre Zofe an, obwohl ich wenig von dem verstehe, was eine Zofe alles zu tun hat. Ich darf beide Kinder ins Herrenhaus mitbringen, und sie werden von allen so behandelt, als wohnten sie dort. Jeden Tag beweist sie mir so ihre Güte.«

»Du willst dich mir widersetzen? Deinem Mann?«

»Du bist mein Mann, und ich liebe dich. Auf allen Wegen folge ich dir und tue alles, was du mir zumuten willst. Es darf nur kein Unrecht sein und meine Seele nicht mit Sünde beflecken. Aber gerade das verlangst du von mir.«

»Das tue ich nicht«, sagte Hann sofort. »Du verhilfst der Wahrheit zu ihrem Recht. Nichts anderes verlange ich von dir. Du wirst es tun!« Hann wollte an der Laterne vorbei nach dem Arm seiner Frau greifen.

Janne sprang auf, und in diesem Moment ertönte ein Weinen aus dem Haus. »Simon Andreas braucht mich.« Sie lief nach drinnen, um ihren kleinen Sohn hochzunehmen und zu beruhigen, ihre Nase in seinen Nacken zu drücken und seinen süßen Kleinkinderduft einzuatmen. Die Laterne nahm sie mit.

»Ich bin dein Mann, und du wirst mir gehorchen«, rief Hann ihr hinterher.

Ihr Sohn lag in seinem Korb auf dem Bauch, strampelte mit Armen und Beinen, wollte sich drehen, und weil es ihm nicht gelang, weinte er verzweifelt. Janne nahm ihn hoch, drückte sein verschwitztes, tränennasses Gesicht an ihre Wange. Er roch süß nach Milch. Sie wiegte ihn sanft und murmelte beruhigende Worte. Es dauerte auch nicht lange, bis das Weinen aufhörte.

Dafür standen nun Janne Tränen in den Augen. Während sie ihren Sohn in den Armen wiegte, dachte sie daran, wie sie und Hann vor fünf Jahren geheiratet hatten. Wie glücklich sie gewesen war, einen guten Mann zu bekommen, in den sie obendrein seit Jahren heimlich verliebt war. Sie hätten ein gutes Leben haben können. Solange Hann in der Manufaktur arbeitete sowieso. Jetzt auch noch. Er hätte weiter bei dem Töpfer arbeiten sollen, und weil dieser Mann keine Kinder hatte, sogar eines Tages dessen Werkstatt übernehmen können. Stattdessen verknotete ein Dämon seine Gedanken, dass er immer alles kaputt machte.

Eine Träne tropfte auf Simon Andreas' feinen Haarflaum.

KAPITEL 5

$\mathcal{D}$ie ersten Scherben, die Geraldine nach der Entscheidung der Manufakturkommission bemalte, waren etwa handtellergroße Untersetzer. Davon jedoch mehr als ein Dutzend. Mit sehr feinen Strichen entstand auf einer Hälfte ein Porträt Martin Luthers. Auf die anderen malte sie das Konterfei Philipp Melanchthons.

Die beiden Reformatoren hatte sie von Bildern abgemalt, die im privaten Salon ihres Vaters hingen. Der Raum, in dem sie sich zum ersten Mal gegenübergestanden hatten. Lukas Cranach der Jüngere hatte beide Bilder gemalt. Einem gottesfürchtigen Menschen stand es immer gut an, Bilder dieser beiden im Haus zu haben.

Für ihr Vorhaben wäre es besser gewesen, diejenigen auf den Untersetzern zu porträtieren, denen sie als Geschenk zugedacht waren, aber dafür hätten die Herren ihr Modell sitzen, und sie hätte Skizzen anfertigen müssen. Die Überraschung wäre dahin gewesen.

Den ersten Luther, an dem sie sich versuchte, musste sie nach dem Gutbrand aussortieren. Sein Porträt war verrutscht, die Farben nicht gleichmäßig in die Glasur eingebrannt und die Pinselstriche nicht so fein und sicher, wie sie sich das vorgestellt hatte. Beim Malen hatte sie das schon befürchtet und den Untersetzer nur zum Brennen gegeben, um hinterher zu sehen, was es zu verbessern galt. Das aus Meißen angelieferte Porzellan war bestenfalls zweite Wahl, obwohl ihr der Dispens die beste Qualität zusicherte. Meister Höroldts Handschrift vermutete sie dahinter, eine derartig kleingeistige Haltung passte zu seinem Charakter. Vorläufig war Geraldine bereit, es hinzunehmen, so lange es nicht dazu führte, dass ihre Kunstwerke unansehnlich wurden.

Die anderen Porträts auf den Untersetzern waren … Ihr kritischer Blick durch eine Lupe zeigte ihr Stellen, an denen die Farben nicht gut ineinander verlaufen waren, aber sie waren noch hinnehmbar. Bei jedem Kunstwerk gab es Stellen, mit denen der Erschaffer weniger zufrieden war als mit anderen. Es ärgerte sie jedoch, dass sie nach ein paar Wochen, in denen sie nicht auf Porzellan gemalt hatte, gleich blutige Anfängerfehler machte. Der Untersetzer, den sie gerade betrachtete, sah nur von Weitem gut aus. Geraldine sortierte ein weiteres Porträt Martin Luthers aus.

Am Ende hatte sie aber doch genügend Bildnisse, um jedem eins zu schicken, bei dem sie sich bedanken wollte. Alles in allem elf Personen. Jedem schrieb Geraldine einen Brief, in dem sie sich für die Erlaubnis, auf Porzellan malen zu dürfen, bedankte. Als kleines Zeichen ihrer Ergebenheit lege sie dem Schreiben ein Porträt bei und hoffe, es gefalle dem Empfänger und diene seiner Erbauung. Es war nicht leicht, elf Briefe gleichen Inhalts, aber mit immer anderen Worten zu schreiben. Danach fühlte Geraldine sich erschöpft und gleichzeitig zufrieden.

Es waren tatsächlich die ersten Bilder auf Porzellan, die sie in all der Zeit nach ihrem eigenen Gutdünken gemalt hatte. Bei Teucherts hatte sie malen müssen, was diese von ihr verlangten. Nachdem sie sich als falscher Buntmaler in die Manufaktur eingeschlichen hatte, um den Namen ihres Vaters von einem furchtbaren Verdacht reinzuwaschen, war es unter Höroldts Ägide nicht anders gewesen. Und dann hatte sie monatelang gar nicht auf Porzellan malen dürfen. Aber nun … Sie fühlte die Schaffenskraft wie feurige Lohe durch ihre Adern fließen.

Die Schreiben mit dem Porträt Martin Luthers verschickte sie an die Arkanisten Gottlob Leberecht von Heynitz, Johann Joachim Kändler, an den Arzt Dr. Christoph Heinrich Petzsch und seinen Kollegen Johann Christlieb Schatter sowie an Daniel Gottlieb Schertel. Der Direktor Graf Heinrich von Brühl und die Mitglieder der Manufakturkommission Johann George von Wichmannshausen, Carl von Nimpsch und Johann Friedrich Fleuter und Justus Lorentz erhielten mit ihrem Schreiben ein Bild Philipp Melanchthons.

Eigentlich hätte sie bei den Schreiben an die Arkanisten auch Johann Gregorius Höroldt bedenken müssen, aber darauf verzichtete sie. Der Mann verstand das sicher nur als einen Angriff auf seine Ehre. Ihr kleines Porträt war ihr zu schade, um auf der Erde zerschmettert zu werden. Wie von ihm verlangt hatte sie jedoch jedes Bild mit ihren Initialen GvS und einem Weidengras signiert, um deutlich zu machen, dass es nicht aus der Manufaktur stammte.

Dann gab es noch jemanden, dem sie danken müsste, und der sie zögern ließ. War er doch der polnische König und sächsische Kurfürst. Sollte sie so dreist sein und ihm ein Geschenk schicken? Welches? Er und seine Familie waren katholisch, da kam es nicht infrage, sie mit dem Bildnis eines Reformators zu bedenken. Ein Heiliger wäre vermutlich angemessener. Im Hause ihres Vaters fand sie jedoch keine Vorlagen. Er war überzeugter Lutheraner gewesen und hatte sich keine Heiligen an die Wände gehängt. Sie fand nur eine Maria mit dem Jesuskind, aber beide waren von derart schlechter Qualität in Perspektive und Pinselstrich, dass sie als Vorlage nicht infrage kamen. Geraldine fragte sich sogar, wie dieses Gemälde im Haus überlebt hatte. Nach dem Signum eines

Malers suchte sie vergeblich. Nach zwei Tagen der Überlegung gab sie diesen Plan schließlich auf.

Das Verschicken der Dankschreiben vertraute sie Herrn Aha an, der dafür in Meißen einen Boten engagierte, statt die Sendungen dem Postschiff zu übergeben.

* * *

Kreisamtmann Fleuter sah das Schreiben und das beigelegte Porträt des Reformators Melanchthon am Abend, nachdem er von der Arbeit zurückgekehrt war. Er interessierte sich mehr für juristische Vorgänge als für Kunst und schloss Porträt und Schreiben achtlos in seinem Sekretär ein.

Kändler erhielt sein Schreiben und ein Lutherbildnis in seiner Werkstatt in der Porzellanmanufaktur. Er nahm sich die Zeit, den Brief sorgfältig zu lesen und das Bild zu betrachten. Es war ein kleines Kunstwerk, ein wenig düster für seinen Geschmack, aber das war wohl der Vorlage geschuldet. Er erkannte sehr wohl, dass es einem Cranach-Gemälde nachempfunden war, und die waren ihm immer düster erschienen. Trotzdem hing er das kleine Bild auf, und fortan hatte ihn der Reformator bei seiner Arbeit im Blick.

Im Haushalt des Kabinettsministers Graf Heinrich von Brühl nahm dessen Sekretär das Schreiben entgegen. Und weil nur Minuten später ein ganzer Stoß zu bearbeitender Akten auf seinem Tisch abgelegt wurde, wanderte die schmale, aber unerwartet schwere Sendung einer dem Sekretär unbekannten Dame aus dem Käbschütztal auf den Stapel mit wenig wichtiger Post, um dort vergessen zu werden.

Der Arkanist Dr. Johann Christlieb Schatter saß in seinem Behandlungszimmer und war gerade mit dem Lesen des Dankesbriefes beschäftigt, als ihm sein Freund und Berufskollege

Laurenz Schumann als Besucher gemeldet wurde. Der war gekommen, um ein medizinisches Werk zurückzubringen, das er sich vor wenigen Wochen von Dr. Schatter geliehen hatte. Den Brief ließ dieser liegen, aber das kleine Lutherbild nahm er mit, als er in die Bibliothek ging, um den Freund zu empfangen. Beide Männer tranken einen Portwein miteinander und saßen etwa eine halbe Stunde beisammen. Dabei fiel Laurenz Schumann das Porzellanbild auf, das der Freund achtlos auf einem Fensterbrett abgelegt hatte. Er fragte danach.

»Das ist nur ein kleines Gemälde Martin Luthers, das mich eben erreichte, als mir Ihr Besuch gemeldet wurde. Ich weiß gar nicht, warum ich es hergebracht habe.« Dr. Schatter war jedoch ein gutmütiger Mensch und stand auf, um den kleinen Porzellanteller für seinen Freund zu holen.

Laurenz Schumann betrachtete es einige Zeit, nahm dabei mitunter ein Lorgnon zu Hilfe. Endlich schaute er auf. »Ich verstehe vom Porzellan bei Weitem nicht so viel wie Sie, aber mir scheint es ein hübsches kleines Porträt zu sein. Ich hätte gar nicht gedacht, dass Menschen so lebensecht auf Porzellan gemalt werden können.«

Das brachte Dr. Schatter nun dazu, sich das Porträt genauer anzusehen. Dafür hielt er es sich dicht vor die Augen und brauchte nur wenige Augenblicke. »In der Tat. Es ist bemerkenswert echt dargestellt. Selbst aus der Nähe sieht es aus, als wollte der Herr Luther gleich zu predigen beginnen. Nur ob wir das hören wollen?«

Beide Männer lachten kurz auf. Laurenz Schumann griff wieder nach dem Untersetzer, streichelte mit einem Finger Martin Luther über die Wange. »Es besteht auch keine Ähnlichkeit mit dem, was man sonst als Meißner Porzellan kennt. Was ich in Ihrer Sammlung bewundern durfte. Wer hat es gemalt?«

»Ein Fräulein Geraldine von Scholl, die Tochter meines Ende letzten Jahres verstorbenen Freundes und Arkanisten Ritter von Scholl.«

Ritter von Scholl – der Name berührte eine Seite in Laurenz Schumann. Bald zwanzig Jahre war es her, dass er den Mann getroffen und als einen eifrigen, aber auch in sich verschlossenen Forscher kennengelernt hatte. Nach vier Wochen hatten sich ihre Wege wieder getrennt. Der Mann hatte also bei seiner Begeisterung für die Wissenschaft und ausgedehnte Forschungsreisen noch die Zeit gefunden, Vater einer Tochter zu werden.

»Werden wir also bald ein Reformationsservice in der Dresdner Niederlage bestaunen können. Ob das unserem katholischen Fürsten und seiner gottesfürchtigen Gattin zusagt?«

»So weit wird es nicht kommen.« Dr. Schatter fuhr sich mit einem Finger unter sein Halstuch, das ihm auf einmal zu eng gebunden schien. Selbst bei einem so guten Freund wie Laurenz Schumann fühlte er sich bei jedem Gespräch über die Manufaktur wie kurz vor dem Fegefeuer stehend. Er fürchtete, unbeabsichtigt einen Teil des Arkanums zu verraten und in die gleiche Lage zu kommen wie weiland Nathan Leberecht von Scholl.

Auf den fragenden Blick seines Besuchers hin führte er schnell weiter aus, was er in Fräulein Geraldines Dankschreiben gelesen hatte.

»Das scheint mir eine großzügige Geste zu sein. Ich will Ihre Zeit aber nicht länger in Anspruch nehmen.« Laurenz Schumann erhob sich, dabei warf er noch einen Blick auf das Porzellanporträt, das inzwischen neben dem zurückgebrachten Buch auf einem schwarz lackierten, chinesischen Tischchen lag.

Schnell nahm Dr. Schatter es an sich. »Lieber Freund, nehmen Sie es mit.« Er hielt es Laurenz Schumann hin.

»Das geht nicht. Es ist ein Geschenk an Sie.«

»Und jetzt schenke ich es Ihnen. Ich sehe doch, dass es Ihnen viel bedeutet. Mehr als mir, der ich schon so viel Porzellan im Haus habe, dass ich mich manchmal selbst nicht mehr auskenne.«

Das war stark übertrieben, aber Laurenz Schumann ließ sich am Ende überreden und trug das Porzellanbild nach Hause.

KAPITEL 6

Seine siebzehnjährige Tochter Laura Schumann verstand nichts von Martin Luther und nicht viel von Malerei. Ihre Talente lagen auf einem anderen Gebiet, nämlich, dass ihr Mundwerk niemals still stand, und ein Händchen für Pferde hatte sie von ihrer Mutter geerbt. Sie sah sich aber gerade vor die Aufgabe gestellt, selbst porträtiert zu werden. Ein Geschenk für ihren Verlobten, um ihm die Wartezeit bis zur Hochzeit in einem Jahr nicht zu lang werden zu lassen.

Obwohl von einem Porträt die Rede gewesen war, schwebte ihr als Erstes ein lebensgroßes Bild von sich selbst auf ihrer Schimmelstute Desdemona vor. Ihre Eltern mussten einige Kunst aufwenden, um ihr das wieder auszureden. Ihre zweite Idee bestand darin, nicht mehr lebensgroß und mit Pferd, dafür aber unter einem Rosenbogen abgebildet zu werden, wie sie an einer der Blüten roch. Schließlich war das die Situation gewesen, in der sie ihren Verlobten Conrad Amadeus Döbner zum ersten Mal gesehen hatte. Sie wollte auch in genau dem gleichen Kleid gemalt werden, das sie damals trug. Nach Lauras Ansicht handelte es sich um ein sehr bescheidenes Bild, wie es Verlobte einander schenken sollten, um sich ihrer Zuneigung zu versichern. Therese und Laurenz Schumann fiel es nicht leicht, ihr das auch wieder auszureden. Den Ausschlag dagegen gab schließlich, dass das bewusste Kleid zwar noch vorhanden, aber völlig aus der Mode gekommen war. In diesem Ding – so bezeichnete Laura es nun – wolle sie sich keinesfalls malen lassen.

Deshalb hatte sie in ein Porträt eingewilligt, bei dem sie im Halbprofil und bis zu den Schultern zu sehen war. Besonders ihr schlanker Hals sollte gut zur Geltung kommen, denn dorthin hatte Conrad einen ersten scheuen Kuss gesetzt. Aber das wussten die Eltern nicht.

So weit waren die Dinge gediehen, als Laurenz Schumann das Porträt Martin Luthers gemalt auf Porzellan mitbrachte. Seine Ehefrau Therese betrachtete es wohlgefällig, ehe sie es an ihre Tochter weiterreichte. Kaum spürte die das kühle Porzellan in ihren Händen, ging ein Ruck durch das Mädchen, als habe sie ein Blitz getroffen. An Herrn Luther konnte es nicht liegen – so viel war einmal sicher.

»Das ist es!«, rief Laura aus. »Mama, schauen Sie! Das ist für Conrad genau das Richtige.«

Therese tat ihrer Tochter den Gefallen. »Es ist ein nettes Porträt. Ich glaube aber kaum, dass sich dein Verlobter über den Wittenberger Reformator freuen wird. Dann solltest du ihm lieber ein Bildnis des preußischen Königs und Brandenburgischen Kurfürsten zukommen lassen.«

Conrad Amadeus Döbner war Brandenburger und würde ihre Tochter nach der Hochzeit nach Potsdam entführen, wo er den Posten eines königlichen Heeresapothekers bekleidete. Das war für die Eltern Schumann der Wermutstropfen an der Verlobung ihrer ältesten Tochter und der heimliche Grund, warum sie auf einer langen Verlobungszeit bestanden haben.

»Sie wollen mich nicht verstehen, Mama«, beschwerte sich Laura. »Es ist auf Porzellan gemalt.«

»Das sehe ich.«

Laura rollte mit den Augen. »Haben Sie so etwas schon einmal gesehen?«

Therese verneinte.

»Niemand hat das. Ich hätte sonst davon gehört.«

Daran bestand kein Zweifel, weshalb sich jede Antwort erübrigte.

»Ein Bild von mir auf Porzellan wird Conrad entzücken und ihn von meiner tiefen Liebe zu ihm überzeugen. Das müssen Sie doch verstehen, Mama. Niemand, den wir kennen, hat so etwas. In diesem Brandenburg und Preußen haben sie noch nicht einmal Porzellan.«

»Ich verstehe, dass du wieder einmal alle Pläne über den Haufen wirfst. Du weißt nicht einmal, wer dieses kleine Bild gemalt hat und ob der Maler Aufträge annimmt.«

»Der Herr Papa weiß das!«, trumpfte Laura auf.

Laurenz Schumann wurden von seiner Tochter die Informationen entschmeichelt, die ihm Dr. Schatter gegeben hatte. Auch in Therese löste der Name Ritter von Scholl Erinnerungen aus. Die Eheleute schauten sich über den Kopf ihrer Tochter hinweg an. Laura bemerkte davon nichts, denn sie sah bereits ihr Bild auf Porzellan entstehen.

»Wir haben den Maler Castagno bereits beauftragt. Ich erinnere dich daran, Tochter, dass es auf dein Drängen hin geschah«, sagte Laurenz Schumann streng.

»Damals wusste ich noch nichts von diesen wunderbaren Bildern auf Porzellan. Der Auftrag kann doch wieder rückgängig gemacht werden. Das geschieht allenthalben. Sie schreiben einfach dem Herrn Castagno.« Bei den letzten Worten blickte Laura ihren Vater bittend an.

»Ich werde nicht schreiben.« Seine barschen Worte taten ihm gleich darauf leid, als er den Kummer in der Miene seiner Tochter wachsen sah. Er strich ihr über die Wange. »Wenn du es wirklich willst, musst du es selbst tun. Du willst erwachsen sein, also erledige die Dinge, die deine Entscheidung nach sich zieht. Schreibe an Herrn Castagno und an die Porzellanmalerin. Die Briefe legst du mir dann vor, damit ich sie unterzeichne.«

Stürmisch fiel Laura ihrem Papa um den Hals.

Als Folge erhielt Geraldine zwei Wochen nach dem Versenden ihrer kleinen Porträts eine Anfrage aus Dresden, ob sie gewillt wäre, das Bildnis einer jungen Dame auf Porzellan zu bannen. Der Brief war von einem Laurenz Schumann unterzeichnet, aber er konnte unmöglich auch von seiner Hand geschrieben worden sein. Dazu war die Handschrift viel zu kindlich.

Eine Arztfamilie Schumann aus Dresden war ihr unbekannt, und sie verbrachte ihr Frühstück damit, nachzudenken, wie dieser Herr auf die Idee verfallen war, sie würde fremde Menschen auf Porzellan malen. Der Brief schwieg sich dazu aus. Auf die viel wichtigere Frage, ob sie überhaupt einen Auftrag für ein Porträt annehmen wollte, kam sie erst, als sie die Studierstube ihres Vaters betrat. Bisher hatte sie viele ihrer Tage damit zugebracht, sich von Herrn Aha die Wirtschaft des Rittergutes erklären zu lassen oder die Hinterlassenschaften ihres Vaters zu ordnen. Insbesondere wollte sie das von ihm begonnene *Kompendium der Pflanzen dieser Welt* soweit zusammenstellen, dass wenigstens die von ihrem Vater bearbeiteten Teile veröffentlicht werden konnten. Das Werk war ursprünglich einmal auf achtzehn Bände angelegt gewesen, ihr Vater hatte es dann auf vierundzwanzig und zuletzt auf dreißig erweitert. Den größten Teil der Beschreibungen hatte er in seiner kleinen, nicht leicht zu entziffernden Handschrift bereits fertiggestellt. Er hatte auch Übersichtslisten angefertigt, welche Pflanzen in welchem Band beschrieben werden mussten und wo die gepressten Blätter und Blüten in seinen Herbarien zu finden waren. Jede Beschreibung einer Pflanze sollte auch mit einem kleinen Aquarell versehen werden.

Eine Menge Zeichnungen hatte ihr Vater bereits von einem Maler namens Anton anfertigen lassen, seinen Nachnamen hatte sie bisher nicht entziffern können. Maurice und Herr Aha kannten den Mann auch nicht. In den Haushaltsbüchern waren die Zahlungen an ihn nur als solche für Pflanzenbilder aufgeführt. Geraldine hätte sich gerne mit ihm in Verbindung gesetzt, um seine Dienste weiterhin in Anspruch zu nehmen. Sie ahnte inzwischen, dass die Aufgabe, die ihr Vater sich gestellt hatte, die Kraft eines einzelnen Menschen überstieg. Bisher hatte sie sieben Bände komplett mit allen Beschreibungen und Zeichnungen, der Einleitung und dem notwendigen Register fertiggestellt. Alles lag säuberlich zu Stapeln geordnet in einer verschlossenen Vitrine. Sieben von dreißig Bänden.

Konnte sie angesichts dieser Aufgabe die Zeit erübrigen, ein Porträt zu malen? Geraldine ließ das Findbuch zu den Herbarien, in dem sie nach einer amerikanischen Nelke gesucht hatte, sinken. Im selben Moment, in dem sie sich die Frage stellte, lag auch die Antwort klar vor ihr: Sie wollte auf Porzellan malen! Richtig malen, nicht nur kleine Bilder als Dankesgeschenke. Und ein Porträt war, was ihr gerade besonders gut gefallen würde. Ihr Vater hätte nicht gewünscht, dass sie in seine Fußstapfen trat, wenn das nicht ihr Weg war. Er hätte sich gewünscht, dass sie ihren und nicht seinen Neigungen folgte.

Sie schrieb also einen Brief an den Arzt Laurenz Schumann nach Dresden, nahm den Auftrag an und fragte höflich, ob es seiner Tochter für ein paar Tage möglich sei, ins Käbschütztal zu reisen. Sie sei mit einer Begleiterin herzlich eingeladen, zu kommen, wann immer sie es einrichten könne.

* * *

Statt des erwarteten Antwortschreibens kam acht Tage später eine Mietkutsche auf den Vorplatz des Herrenhauses gerollt, die Insassen ein junges Mädchen und ihre Mutter. Beide blond und beide hübsch anzusehen. Es handelte sich um Laura und Therese Schumann. Letzterer war es recht peinlich, dass von ihrer Ankunft niemand unterrichtet war.

»Hast du nicht geschrieben und unser Kommen mitgeteilt?«, schalt sie ihre Tochter nach einer ersten Begrüßung durch Geraldine und noch auf dem Vorplatz.

Laura sah zerknirscht drein. »Es war ein so freundliches Schreiben und es klang, als wären wir jederzeit willkommen. Da habe ich gedacht ... gedacht, noch ein Brief wäre nicht nötig. Ich wollte nicht länger warten.«

»Du entschuldigst dich auf der Stelle.«

»Das ist nicht nötig«, wehrte Geraldine ab. »Ich habe ja wirklich geschrieben, dass Sie mir jederzeit willkommen sind. Zudem sehe ich, wie leid es Ihrer Tochter tut.«

»Diese jungen Leute. Ich möchte wirklich wissen, wo sie ihren Kopf haben. Ganz besonders meine Tochter.« Trotz dieser Worte betrachtete Therese Schumann das Mädchen an ihrer Seite mit einem zärtlichen Blick.

Nachdem Janne Schneider mit zwei Hausmädchen flugs die Zimmer hergerichtet hatte, stand einem Porträt Laura Schumanns nichts mehr im Wege.

Die Vorbereitungen hierfür begannen am nächsten Tag damit, die richtige Pose zu finden. Einig wurden sich Malerin und Modell schnell, dass es ein Porträt im Halbprofil werden sollte. Laura stellte sich leicht seitlich hin, eine Schulter keck in Geraldines Richtung gereckt. Dann ließ sie ihren Ärmel über die Schulter herunterrutschen und zog eine ihrer blonden Flechten nach vorne.

»So habe ich mir das vorgestellt.«

Ein reizvolles Bild, das musste Geraldine zugeben. Mit dem Anfertigen der entsprechenden Skizze zögerte sie jedoch. »Ich bin mir nicht sicher, ob diese Pose Ihrer Frau Mama recht sein wird.«

»Was soll damit nicht in Ordnung sein?« Laura klimperte aufreizend mit den Augen.

»Die nackte Schulter könnte als zu keck angesehen werden.«

»Ich habe schon Bilder gesehen, auf denen Mädchen mit nackten Schultern gemalt waren. Es war sogar der Ansatz ihrer Brüste zu sehen.«

Geraldine konnte sich vorstellen, welche Art von Bildern sie meinte. »Das werden Zigeunerinnen gewesen sein. Sie wollen doch nicht mit diesen Frauen verglichen werden?« Sie war sich sicher, dass der Wunsch der jungen Laura unangemessen war, aber unsicher, wie sie damit umgehen sollte, ohne das Mädchen zu verärgern. Laura zog bereits einen Schmollmund.

»Ist es nicht romantisch, in einem Pferdewagen zu leben, abends um ein Feuer zu sitzen und anderen aus der Hand zu lesen?«

Diesmal konnte Geraldine nicht mehr an sich halten und verdrehte die Augen. Sie musste an die Zeit denken, als sie selbst unterwegs gewesen war, nie einen Pferdewagen gehabt hatte und nur selten ein Feuer, dafür schwere Arbeit für wenige Groschen von Sonnenauf- bis Sonnenuntergang und darüber hinaus. Sie wurde jedoch einer Antwort enthoben, da Therese Schumann das Atelier betrat. Sie hatte einen morgendlichen Spaziergang durch den Park des Rittergutes gemacht und alten Erinnerungen nachgehangen. Davon ahnten jedoch weder ihre Tochter noch Geraldine etwas.

»Zeigen Sie Ihrer Mutter die Pose, für die Sie sich entschieden haben!«, forderte Geraldine.

Laura zögerte und musste noch einmal aufgefordert werden. Sie seufzte leise, ehe sie sich wieder im Halbprofil aufstellte und eine Haarlocke nach vorne zog. Das Kleid rutschte ganz von selbst über ihre Schulter, weil sie es nach dem ersten Posieren nur nachlässig wieder hochgezogen hatte. Dass sie zwei- oder dreimal die Schulter hochzog, änderte daran nichts, machte es eher schlimmer. Am Ende stand Laura still und schaute ihre Mutter in einer Mischung aus Trotz und Keckheit an. Die Mutter runzelte die Stirn.

»So wirst du dich nicht malen lassen. Auch nicht, wenn das Kleid deine Schulter bedeckt. Zu deinen Gunsten will ich einmal davon ausgehen, dass das Kleid nur aus Versehen heruntergerutscht war.«

»Was ist daran falsch, liebe Mama?«

»Deine Haltung! Viel zu kokett für ein junges Mädchen. Du willst doch nicht mit einer Tänzerin in der Oper verglichen werden.«

»Conrad wird es gefallen.«

»Er wird es gar nicht zu sehen bekommen.« Energisch korrigierte Therese die Haltung ihrer Tochter. Am Ende stand Laura in der entspannten Pose eines unschuldigen Mädchens da, an der kein Betrachter etwas auszusetzen haben konnte.

»Du wirst dich so malen lassen, oder wir reisen sofort wieder ab, und dein Verlobter muss ohne ein Porträt von dir auskommen«, beschied sie ihre Tochter streng.

Geraldine war sehr einverstanden mit dieser Pose. Für einen Verlobten ergab das ein liebliches Bild. Laura schob zwar die Unterlippe vor, fügte sich aber letztendlich. Sie kannte ihre Mutter; Therese Schumann machte keine leeren Drohungen und war imstande, das ganze Vorhaben tatsächlich abzublasen. Das wollte sie unter keinen Umständen riskieren. Ruhig blieb sie stehen, während Geraldine die ersten Skizzen schnell aufs Papier warf. Die fühlte sich dabei frei und erfüllt. Mühelos glitt der Graphitstift über das Papier, jeder Strich sicher gezogen. Sie musste kein einziges Mal etwas löschen und neu ansetzen.

Therese Schumann nahm derweil in einem Sessel Platz und beschäftigte sich mit einer Stickarbeit.

Nach der ersten Skizze begann Geraldine mit einer zweiten aus einer anderen Perspektive. Sie beeilte sich, weil sie nicht erwartete, ein quecksilbriger Charakter wie Laura könne lange stillstehen. Sie hatte sich nicht getäuscht.

»Sie malen mich doch auf Porzellan?«, wollte das Mädchen wissen.

»So haben wir es vereinbart.«

»Ich frage nur, weil Sie Papier benutzen.«

»Zunächst brauche ich eine Skizze, die ich dann auf das Porzellan übertrage.«

»Obwohl ich Ihnen Modell stehe?«

»Nur stehen Sie nicht sehr ruhig.«

Schnell nahm Laura die ursprüngliche Haltung wieder ein. »Oh, Entschuldigung.« Danach verstummte sie tatsächlich.

Geraldine zeichnete mit Farbkreiden Lauras goldblondes Haar, das sich um ihren schlanken Hals ringelte und eine sehr schöne Harmonie mit dem tiefblauen Tageskleid einging, in dem sie auf dem Porträt zu sehen sein sollte.

»Ich bin nur so neugierig, wie auf Porzellan gemalt wird. Das habe ich noch nie gesehen«, begann Laura wieder.

»Mit dem Pinsel«, erwiderte Geraldine ruhig. »Sie dürfen jedoch das Bild nicht sehen, bevor es fertig gebrannt ist.«

Lauras Mund formte sich zu einem großen runden O.

»Fräulein von Scholl ist die Künstlerin, du musst ihre Entscheidung respektieren«, sagte Therese Schumann aus dem Hintergrund.

»Ich wollte Ihnen über die Schulter schauen. Darf ich das nicht? Ich werde auch gar nicht stören und kein Wort sagen.«

Das entlockte Geraldine ein Lächeln, während sie entschieden den Kopf schüttelte. Lauras Porträt würde vor dem Brennen nur entfernte Ähnlichkeit mit dem Aussehen danach haben. Diesen Schrecken wollte sie dem Mädchen ersparen und sich selbst umfangreiche Erklärungen, warum das so war. »Ich kann nicht arbeiten, wenn mir jemand über die Schulter schaut«, flunkerte sie.

Während ihrer Lehrzeit in Köln hatte Meister Schmitz ständig hinter ihr gestanden, ihre Handhaltung und Strichführung verbessert. Zieren hätte sie sich nicht können.

Laura und ihre Mutter durften noch entscheiden, welcher Scherben bemalt werden sollte. Zur Auswahl standen eine Reihe Untersetzer, Teller und Tabletts. Die junge Dame wollte offenbar bescheiden wirken, denn sie deutete auf ein kleines Tablett, das für ein Koppchen und eine winzige Kaffeekanne gedacht und kaum handgroß war.

»Soll es nicht größer werden für den Verlobten?«, fragte Geraldine.

»Ich will nicht so viele Umstände machen.«

»Ein größeres Bild macht kaum mehr Umstände als ein kleines, und Ihr Verlobter wird doch etwas von Ihnen haben wollen. Nehmen Sie diesen ovalen Teller mit dem hübschen durchbrochenen Rand, den ich vergolden kann, damit Sie noch mehr strahlen.« Geraldine deutete auf den entsprechenden Scherben, der ungefähr viermal so groß war wie das von Laura ausgewählte Tablett. Sie tat es nicht ohne den Hintergedanken, dass ein größerer Teller leichter zu bemalen sein würde als ein kleiner.

»Wenn Sie meinen?«

»Auf jeden Fall.«

Damit war die Frage des Scherbens geklärt und das Malen des Porträts konnte beginnen.

KAPITEL 7

$\mathcal{D}$as frühmorgendliche Sonnenlicht ließ die Welt vor den Fenstern des Ateliers in satten Farben erstrahlen. Drinnen stand Laura Schumann, das blonde Haar bereits fertig frisiert und in ein tiefblaues Tageskleid gewandet, und unterdrückte mühsam ein Gähnen. Lange vor Tagesanbruch hatte die junge Dame aufstehen müssen, um sich derart herauszuputzen. Gerade schluckte sie erneut ein Gähnen herunter und ließ dabei die Schultern nach vorne fallen.

»Bitte nicht bewegen«, kam es sofort von Geraldine.

Auf der ovalen Vorlegeplatte mit durchbrochenem Rand stand das Porträt Laura Schumanns kurz vor seiner Vollendung. Für den Hintergrund fehlten noch einige Feinheiten, und die letzten Schatten auf Haar und Kleidung musste Geraldine noch setzen. Damit war sie gerade beschäftigt und musste sich beeilen, denn die Sonne wartete nicht, sondern wanderte unbarmherzig weiter, das Licht wurde härter.

Laura stand in einem Erker neben einem Vorhang, durch die Fenster war eine verschwommene Gartenlandschaft zu sehen. Mit einzelnen Marderhaaren zwischen den Fingerspitzen arbeitete Geraldine an den Schatten. Sie hatte dazu die schwarze Farbe mit mehr Öl als gewöhnlich angemischt, damit sie gut floss und sich besonders fein und dünn verteilen ließ. Durch eine Lupe, die über der Porzellanplatte in einer schwenkbaren Vorrichtung eingespannt war, betrachtete sie ihr Werk, während sie einen winzigen Schatten auf eine von Lauras Locken tupfte. Vergrößert sah der dunkle Fleck aus wie ein Insekt, das ihr gleich ins Gesicht springen würde. Mit einem anderen, sauberen Marderhaar begann sie, den Punkt in die Linie zu ziehen, die später der Schatten werden sollte. Sie gab ihm eine sanft geschwungene Form, dabei vergaß sie die Welt um sich herum.

»Ich kann den Kopf nicht länger so halten, ohne dass mir gleich der Hals abbricht«, sagte Laura auf einmal. Sie rollte das Haupt in alle Richtungen, um die verspannten Muskeln zu lockern. Als das nicht den gewünschten Erfolg brachte, rieb sie ihren Nacken mit den Fingerspitzen.

Bereits beim ersten Wort war Geraldine zusammengezuckt. Ihre Rechte ruckte vom Scherben fort, stieß dabei gegen die Lupe, die einmal herumklappte und mit dem Rand auf die Tischplatte schlug. Eine scharfe Erwiderung auf der Zunge schluckte Geraldine herunter, denn sie erinnerte sich daran, als sie ein junges Ding von siebzehn Jahren gewesen war und wie quecksilbrig ihre Gedanken und Gliedmaßen zu dieser Zeit waren. Sie hätte es nicht so lange ausgehalten, bewegungslos an einem Fenster zu verharren. Dennoch hatte nur ein Hauch gefehlt, und das Bild wäre verdorben gewesen. Zum Glück hatte sie mit dem Marderhaar gerade nicht auf dem Scherben gestrichelt, als sie zusammengezuckt war.

Laura drehte sich zum Fenster und schaute hinaus in den Park. Dessen Üppigkeit beschäftigte jedoch nicht ihre Gedanken. »Warum darf ich mein Bild nicht sehen?«, fragte sie nicht zum ersten Mal. Aber sie war der Meinung, dass stetige Wiederholung zu einer anderen Antwort führen mochte.

»Weil es noch nicht fertig ist«, antwortete Geraldine auch dieses Mal wieder. »Es fehlen noch Kleinigkeiten, aber die kann ich nicht malen, wenn Sie mir den Rücken zukehren.«

Laura drehte sich wieder. »Danach darf ich es sehen?«,

wollte sie begierig wissen. »Ich werde ganz stillsitzen, auch wenn mir der Hals abbricht.«

»Danach ist das Bild immer noch nicht fertig«, erwiderte Geraldine und wunderte sich selbst über ihre Geduld. »Es muss zunächst gebrannt werden und das dauert noch einmal einen Tag und eine Nacht. Erst danach können Sie alle Details auf dem Bild erkennen, die ich angebracht habe. Vor dem Brennen sind die Farben – nun, sie sehen anders aus als hinterher.«

»Ich hätte nicht gedacht, dass ein so kleines Bild so viel Zeit erfordert. Mama und ich sind seit über einer Woche Ihre Gäste.«

»Und ich freue mich darüber«, sagte Geraldine schnell. Sie wollte nicht, dass Mutter und Tochter Schumann glaubten, sie würden sich ihr aufdrängen. Es war ihr eigener Vorschlag gewesen, beide für die Zeit des Malens bei sich zu beherbergen. »Je kleiner und feiner ein Bild ausgeführt wird, desto mehr Arbeit macht es«, fügte sie noch hinzu.

»Ich wusste gleich, dass ein Porzellanbild das richtige Geschenk für meinen Verlobten ist. In dem Augenblick, als mir Papa davon erzählte, war es mir klar«, plauderte Laura und machte keine Anstalten, ihre Pose wieder einzunehmen, damit Geraldine mit ihrer Arbeit fortfahren konnte. Die schickte sich in das Unvermeidliche und wischte die vom Hantieren mit den Farben öligen Finger an ihrem Malerkittel ab.

»Es wird ihm viel mehr bedeuten, mich in Klein und auf Porzellan zu haben, als wenn ich lebensgroß und in Öl in seiner Wohnung an der Wand hänge. So ein Bild wäre schließlich nichts Besonderes, und ich bin doch etwas Besonderes für ihn. Wie auch er es für mich ist. Ich musste Mama auch gar nicht lange bitten, den Maler, den wir bereits bestellt hatten, wieder abzusagen. Es war so ein Italiener, der in der Residenz gerade einigermaßen in Mode ist. Er hat ziemlich viele Schüler unter den Kindern vornehmer Familien, aber seine Bilder sind nichts Besonderes, habe ich mir sagen lassen. Ich kenne keines davon und weiß gar nicht, wie Papa auf diesen Menschen verfallen ist. Dagegen mein Bild auf Porzellan … Conrad wird sich glücklich schätzen und die Zeit bis zu unserer Hochzeit wie im Flug vergehen.« Jedes Mal, wenn Laura ihren Verlobten erwähnte, wurde ihr Blick sehnsuchtsvoll, und ein Lächeln umspielte ihre Lippen. Ihr Glück war unübersehbar. »Ich werde die Platte in einen hübschen Stoff einschlagen und eine Schleife darum winden, und sie ihm dann zum Geburtstag schenken.«

»Sie sollten sie außerdem in eine Kiste legen und mit Moos oder Heu weich polstern.«

Laura schlug sich eine Hand vor die Stirn. Danach saßen ihre Stirnlocken schief. »Das werde ich natürlich machen.«

»Wann hat Ihr Verlobter Geburtstag?«, erkundigte sich Geraldine.

»Am neunundzwanzigsten August. Wir hatten uns ausgedacht, an diesem Tag zu heiraten, aber meine Eltern waren der Meinung, unsere Verlobungszeit sollte länger dauern, damit wir uns prüfen können. Als ob es da Zweifel geben könnte.« Laura ließ den Kopf hängen. »Seine Eltern waren übrigens der gleichen Meinung.«

»Wie lange sind Sie denn schon verlobt?«

»Es sind …« Die junge Frau zählte kurz an den Fingern ab. »… erst unglaubliche vier Monate, dabei kommt es mir vor wie Jahre. Wir müssen ein Jahr verlobt sein, so schickt es sich, hat Papa gesagt. Er weiß solche Dinge immer. Manchmal wünschte ich, er würde nicht alles wissen. Es dauert noch so lange.«

Geraldine hatte schon auf der Zunge, dass die Zeit viel

schneller vergehen würde als gedacht, wenn sie sich erst einmal Gedanken über ihr Hochzeitskleid, ihre Frisur und die Sitzordnung der Gäste machen müsste, aber sie wusste, dass das Laura im Moment nicht tröstete. Sie senkte also den Blick wieder auf den Tisch vor sich und richtete ihre Utensilien. Mit einem neuen Marderhaar strichelte sie noch ein paarmal über den Schatten, ehe das Öl zu fest wurde und gab ihm die Form, die sie sich vorgestellt hatte. Lauras Kleid raschelte, als sie sich bewegte.

»Da ist Mama im Garten und riecht an Rosen«, rief die junge Frau erstaunt aus. Sie hatte sich erneut halb zum Fenster umgedreht und beobachtete ihre Mutter, die ihr älteres Ebenbild sein könnte und in einem einfachen grauen Vormittagskleid durch den Rosengarten wandelte. Sie berührte hier und dort eines der samtigen Blütenblätter oder roch an einer eben aufbrechenden Knospe. »Eines weiß ich ganz bestimmt: Wenn ich erst verheiratet bin und meinen eigenen Haushalt führe, werde ich jeden Morgen im Bett frühstücken und nicht vor der zehnten Stunde aufstehen. Allein dafür lohnt es sich, zu heiraten.«

Nachdem sie das Marderhaar in einer kleinen Schachtel verstaut hatte, spähte Geraldine an ihrer jungen Besucherin vorbei zum Fenster. Therese Schumann entdeckte sie jedoch nicht. Von ihrem Platz konnte sie nur einen kleinen Ausschnitt des Gartens überblicken, und die Beete mit den Rosen gehörten nicht dazu.

»Ich habe Sie erschreckt mit meinen Worten, das sehe ich«, sprach Laura weiter und sah kein bisschen bekümmert aus. »Glauben Sie nicht, dass ich heirate, um im Bett zu frühstücken, aber ich verstehe nicht, warum alle Welt immer glaubt, nur im frühen Aufstehen liegt Segen. Sich regen, bringt Segen und nur der frühe Vogel … Das habe ich mir meine ganze Kindheit lang anhören dürfen. Ich hätte schreien und mit dem Fuß aufstampfen mögen, wenn das nicht albern gewesen wäre. Was schadet es, den Tag erst zu beginnen, wenn man richtig ausgeschlafen ist?«

»Am frühen Morgen ist das Licht zum Malen am besten.«

»Das sehe ich ein. Aber an Tagen, an denen Sie nicht malen, schlafen Sie doch auch aus und trinken eine Tasse heiße Schokolade mit weichen Kissen im Rücken?«

Geraldine überlegte, wann sie das letzte Mal einen Tag so begonnen hatte, und kam zu keinem Ergebnis. Sie stand immer früh auf, und die meiste Zeit ihres Lebens hatten andere sie aus dem Bett gescheucht. Zuletzt war es das verlogene Ehepaar Teuchert gewesen, in dessen Gewalt sie unachtsamer Weise geraten war und nicht geahnt hatte, wie nah sie dem Vater war, den sie schon so lange suchte. Kurz legte sie die Rechte auf ihre Brust, wo unter dem graublauen Kleid das goldene Medaillon mit dem Porträt ihres Vaters ruhte. Es war ihr kostbarster Besitz, hatte es sie doch nach Kursachsen und zu ihrem Vater geführt.

»Seien Sie ein liebes Mädchen und nehmen Sie noch einmal Ihre Pose ein, damit ich die letzten Feinheiten malen kann«, forderte sie Laura auf.

Die gehorchte und protestierte auch nicht gegen die Kopfhaltung. Sie schüttelte ihre Röcke um sich herum aus, bis diese in eleganten Falten über ihre Füße fielen. Geraldine war zufrieden und griff nach einem feinen Pinsel. Es waren wirklich nur noch wenige Schatten und Akzente zu setzen. Die Veränderungen fielen dem ungeübten Auge kaum auf, aber ohne sie würde dem fertigen Bild etwas fehlen.

Nach einem halben Vormittag war es geschafft. Aufatmend legte Geraldine den Pinsel beiseite und entließ ihr Modell aus der Pflicht. Laura ließ sich nicht lange bitten und schlüpfte aus dem Atelier, zweifellos, um sich auf die Suche nach einer Tasse heißer Schokolade zu begeben. Geraldine wusch die Pinsel aus und überzeugte sich, dass die Fläschchen mit den Farbpulvern und Ölen zum Anrühren gut verkorkt waren. Zuletzt schloss sie das Atelier ab. Sie streckte den steif gewordenen Nacken und fragte sich, ob sie auch einmal so unbeschwert wie Laura Schumann gewesen war? Das Mädchen schwebte durchs Leben, wie ein taumelnder Schmetterling von Blüte zu Blüte flog. Sie schien keine Not und keinen Harm zu kennen. Ihr war wahrscheinlich nie etwas Ärgeres geschehen, als dass sie vor der Zeit hatte aufstehen müssen.

$\mathscr{E}$s ist immer dasselbe«, brummte Hann Schneider in sich hinein. Er wurde wie ein Laufbursche behandelt und jedermann verlangte, dass er sich dafür dankbar zeigte. Dieser verdammte Mohr hatte ihm mit seinem widerlich breiten Lächeln eine sorgfältig verpackte und von der gnädigen Frau bemalte Porzellanplatte überreicht, dass er sie ihm am liebsten vor die Füße geworfen hätte. Aber was Hann Schneider am liebsten getan hätte, und was er dann tatsächlich tat, waren oft zweierlei Dinge. Er hatte deshalb wortlos die Platte entgegengenommen und ihm nicht in die Augen gesehen.

»Mademoiselle von Scholl hat entschieden, dass du dich auf diese Weise nützlich machen kannst, da du nun nicht mehr bei dem Töpfer arbeitest. Wenn du aus Meißen zurückkommst, wird sie andere Aufgaben für dich finden.«

Hann wandte sich wortlos ab.

»Bursche!«, wurde er scharf zurückgerufen. »Wenn du das Porzellan nicht mit äußerster Sorgfalt behandelst …«

»Das ist ein Scherben, solange der Glattbrand noch nicht durch ist«, muckte Hann auf.

Maurice funkelte ihn an, als wollte er gleich einen Dolch aus dem Gürtel ziehen. Hann duckte sich unwillkürlich. Er fürchtete sich ein wenig vor dem Schwarzen und verbarg das hinter Barschheit.

»Enttäusche die gnädige Frau nicht, dann ist es mir egal, wie du zu dem Porzellan sagst. Nach dem Brennen kommst du sofort zurück, bis dahin wünsche ich dir eine gute Reise.«

Erneut wollte Hann sich wortlos abwenden, wurde aber wieder durch die Worte des ersten Hausdieners zurückgehalten. »Von der gnädigen Frau soll ich dir das geben.«

Geschickt fing Hann auf, was der andere ihm zuwarf. Es handelte sich um eine Geldbörse.

»Das ist für deine Übernachtung in Meißen. Lege es nicht in Branntwein an.«

Am liebsten hätte Hann in das grinsende schwarze Gesicht getreten, aber der Mohr war kräftiger als sein langsam ergrauendes Haar vermuten ließ, deshalb schluckte er seine Wut hinunter, sagte Danke und machte sich auf den Weg.

In Meißen hätte ihn sein erster Weg in die Manufaktur führen müssen, um das kostbare Paket bei Meister Kändler abzugeben. Er dachte aber gar nicht daran, ein solcher Sklave zu sein, sondern suchte ein Gasthaus in der Unterstadt auf, in dem er häufig verkehrt hatte, als er noch in Meißen wohnte. Das Gasthaus war nicht viel mehr als eine Bretterbude mit ein paar Bänken und Tischen, in dem es nichts zu essen gab, dafür aber mehrere Sorten Bier und Branntwein ausgeschenkt wurden.

Obwohl es noch früh am Nachmittag war, traf er einige Bekannte. Tagelöhner, mit denen er zusammen Kohlen geschleppt oder Schlamm von den Straßen geschippt hatte, nachdem er sein Tractament in der Manufaktur verloren hatte. Er hatte auch oft genug mit ihnen beim Bier zusammengesessen, wenn sie ohne Arbeit geblieben waren und über die Ungerechtigkeit der Welt jammerten. Selbst der Wirt schien ihn zu erkennen, denn er brachte ihm ungefragt einen großen Humpen seines stärksten Bieres. Hann fühlte sich, als wäre er nie weg gewesen.

Erst nachdem er das Bier und einen Fingerbreit Branntwein getrunken hatte, machte er sich auf den Weg in die Manufaktur. Die vormals fleckenlose Verpackung des Scherbens war an verschiedenen Stellen verdrückt und verschmutzt. Unterwegs schüttelte er vorsichtig das Paket und tastete daran herum. Es fühlte sich unversehrt an. Unbewusst atmete Hann auf.

Er fand Meister Kändler in seiner Werkstatt, wo er sich in einer Waschschüssel gerade die Hände schrubbte, um die Spuren der Arbeit zu beseitigen. Das Wasser hatte eine graue Färbung angenommen. Der Formenmeister war nicht erfreut über die Störung, kurz bevor er nach Hause gehen wollte. Seine Laune besserte sich erst, als er erfuhr, dass Hann als Bote Geraldines von Scholl gekommen war. Er versprach, das Porzellanbild persönlich in die Brennkammer zu bringen, und machte sich auch sogleich auf den Weg.

Hann schaute sich indes in der Werkstatt des Meisters um. Einem Lutherporträt an der Wand schenkte er keine Aufmerksamkeit, wog dagegen einen Fasan in der Hand, dem noch ein letzter Flügel fehlte. Seine Finger tasteten über die Konturen, sogar einzelne Federn waren fühlbar, aber darauf kam es ihm nicht an. In seinem Inneren brodelte schon wieder die Wut. Kändler und von Scholl hatten damals dafür gesorgt, dass er seine Arbeit in der Manufaktur verlor. Sein gesamtes Unglück hatten diese beiden Männer verursacht. Hann lockerte den Griff um den Fasan. Der Vogel hing nur noch mit dem Schnabel über seinem Zeigefinger. Die kleinste Bewegung, und er stürzte ab. Hann starrte den Scherben an, als könnte er ihn so in Schwingung versetzen. Schließlich fasste er fest zu und stellte den Fasan wieder auf dem Arbeitstisch ab. Sehr nah am Rand. Jede unachtsame Bewegung, einmal an den Tisch gestoßen …

Hann verließ die Manufaktur und vertrieb sich den Abend mit noch mehr Bier, hielt Bekannte frei, bis seine Geldbörse leer war. Er nächtigte auf dem harten Boden einer kleinen Kammer, in der noch vier andere Personen schliefen, wachte mit einem Brummschädel auf und wusste im ersten Moment nicht, wo er war. Er tastete neben sich nach Janne, aber da war nur nackter Boden. Ein Schnarchen ließ ihn zusammenzucken. Er erinnerte sich wieder an die Nacht und den Abend zuvor. Nun doch beschämt erhob sich Hann und schlich aus der Kammer auf die Gasse. Ihn begrüßte eine hoch am Himmel stehende Sonne.

Er tastete in der Tasche seines schmucklosen grauen Rocks nach der Geldbörse, stieß aber nur noch auf das leere Leder. Hatte er wirklich das ganze Geld in der Gaststube ausgegeben? Es musste wohl so gewesen sein. Auch in seinen anderen Taschen fand Hann nicht einen Pfennig. Verdammte gnädige Frau! Da schickte sie ihn nach Meißen mit einer winzigen Barschaft, die nicht einmal dazu reichte, alte Freunde auf einen Umtrunk einzuladen und sich danach noch ein Frühstück leisten zu können. Hungrig machte er sich auf den Weg zur Manufaktur und wartete dort stundenlang, bis er das nach dem Gutbrand abgekühlte Porträt in Empfang nehmen konnte.

Für dessen Aussehen interessierte er sich nicht, sondern schob es in seine Umhängetasche und fand dann wenigstens einen Bauernkarren, der ihn mitnahm ins Käbschütztal. Der Bauer teilte sogar ein Schmalzbrot mit ihm.

Porzellan, das vom Brennen zurückkam und darauf wartete, zum ersten Mal betrachtet zu werden, war immer etwas ganz Besonderes. Das war im Haus des Ehepaares Teuchert nicht anders gewesen als jetzt. Geraldine zog sich mit dem Porträt in das Arbeitszimmer ihres Vaters zurück, wo sie ungestört war. Die Vitrinen mit den Versuchsbränden zeugten von seiner Tätigkeit als Arkanist der Manufaktur, der das Geheimnis der Porzellanherstellung kannte und an seiner Verbesserung arbeitete. In seinen letzten Jahren, als er nicht mehr reisen konnte, hatte ihr Vater sich nicht nur der Erforschung der Pflanzenwelt, sondern auch der Chemie gewidmet und war in den Kreis der Arkanisten der Manufaktur vorgedrungen. Er hatte an der Verbesserung der Porzellanmasse und der Brenntechnik gearbeitet, solange seine Kräfte es zuließen und darüber hinaus.

In diesem Zimmer fühlte sich Geraldine ihm ganz nah. Sie setzte den Kasten mit der kleinen Vorlegeplatte auf dem Tisch ab und machte sich daran, die Verschnürung zu lösen. Sie wusste, dass ihre Malerei gelungen war, aber beim Brennen konnte so viel passieren, dass man sich bis zum Schluss nicht sicher sein konnte, ob ein Scherben nicht doch unbrauchbar geworden war.

Endlich fiel die Verschnürung neben dem Kasten zu Boden, und Geraldine hob den Deckel ab. Sie riskierte einen ersten flüchtigen Blick und sah, dass alles war, wie es sein sollte. Ihr Herz jubelte, äußerlich blieb sie ruhig. Nun konnte sie das Bild Laura und Therese Schumann zeigen.

Das Arbeitszimmer ihres Vaters war dafür nicht der richtige Raum, diese Zeremonie fand im Atelier statt. Geraldine hatte einen Tisch und eine kleine Staffelei in die Mitte des Raumes stellen lassen. Sie packte die Vorlegeplatte aus und stellte sie so auf die Staffelei, dass sie von der Tür aus gesehen werden konnte und das weiche Licht des frühen Nachmittags auf sie fiel. Danach rief sie Laura und deren Mutter herein.

Deren Blicke wurden angezogen vom Porträt. Sie sprachen immer von einem Porträt, tatsächlich handelte es sich um ein stehendes Bildnis der jungen Laura.

»Das ist … das ist …«, stotterte Laura. Sie schlug die Hände vor dem Mund zusammen und stieß Quietschlaute aus. Ihre Locken wippten auf und nieder.

»Es trifft jeden Zoll von dir.« Ihre Mutter stand ganz ruhig da, die Hände vor dem Leib gefaltet. Sie konnte den Blick nur schwer vom Porträt ihrer Tochter lösen, aber nun wandte sie sich Geraldine zu: »Wir müssen Ihnen sehr danken, nicht nur weil Sie dieses wunderbare Bild geschaffen haben, sondern auch, weil Sie uns in Ihr schönes Haus eingeladen haben. Normalerweise ist es eher umgekehrt, und der Maler kommt in das Haus seines Modells.«

Geraldine verknotete die Finger ineinander. Das Lob freute sie, aber sie wusste nicht, welches die richtige Art war, darauf zu reagieren. Gehörte es sich, die Worte unbewegt zur Kenntnis zu nehmen, oder war es besser, sich eher bescheiden zu geben, als hätte sie ein Lob gar nicht verdient? Die Regeln der vornehmen Welt waren kompliziert. Einfacher war es gewesen, als sie nach ihrer Entlassung aus der Haft mehrere Monate in der Dresdner Friedrichstadt gelebt und die einfachen Menschen dort gezeichnet hatte. Diese hatten ihr gegeben, was sie erübrigen konnten, und ihre Freude über die Porträts war so bodenständig gewesen, dass Geraldine sich nie hatte fragen müssen, was sie davon halten sollte. Ein aus tiefstem Herzen kommendes »Gut gemacht, Mädchen« hatte ihr alles bedeutet.

»Ich … ich sehe wirklich so aus?«, setzte Laura wieder an. »So … so zart. Als wäre ich nicht von dieser Welt.«

»Du bist durchaus von dieser Welt. Wenn jemand es weiß, dann bin ich das, schließlich habe ich dich geboren.« Therese Schumann berührte ihre Tochter zart am Ellenbogen. »Du siehst so aus, in den winzigen Momenten, in denen du einmal stillstehst und deine grillenhaften Gedanken sich nicht in deiner Miene widerspiegeln. Nicht von dieser Welt – das sind Ideen.«

Laura stand inzwischen dicht vor der Staffelei und strich mit einer Fingerspitze über den durchbrochenen Rand der Vorlegeplatte. Mehr traute sie sich nicht.

»Sie können es ruhig anfassen. Malerei auf Porzellan ist lange nicht so empfindlich wie auf Leinwand oder Holz.« Geraldine war froh, einen praktischen Tipp geben zu können. »Sie können darauf Kuchen oder Früchte anbieten und die Platte hinterher abwaschen. Das alles schadet der Malerei nicht. Die Farben sind beim Brennen fest mit der Glasur verschmolzen.«

Sicherheitshalber wartete Laura Geraldines aufforderndes Nicken ab, ehe sie die Platte in die Hand nahm. Mit der anderen streichelte sie ihr gemaltes Gesicht.

»Vielleicht sollten Papa und ich dein Bild behalten, damit wir noch etwas von unserer Tochter haben, wenn du erst verheiratet bist. Dein Mann wird dich dann jeden Tag sehen«, bemerkte Therese Schumann nachdenklich.

»Mama, das können Sie nicht machen!«, empörte sich Laura. »Das Geschenk für Matthias einfach behalten, so etwas gehört sich nicht. Papa wird das nie zugeben.«

»Ich habe nur Spaß gemacht. Selbstverständlich sollst du das Bild deinem Verlobten schenken.«

»Und wir werden nie davon essen. Ich lasse nicht zu, dass ein Besteck über mich kratzt. Das Bild muss aufgestellt werden, und Matthias schaut es jeden Tag an.«

Da war abzusehen, wer in dieser Ehe das Sagen haben würde. Geraldine lächelte.

KAPITEL 9

Sie blickte der davonrollenden Kutsche nach, wie sie das kreisrunde Rondell auf dem Vorplatz des Herrenhauses umrundete und in die baumbestandene Zufahrt einbog. Das Gefährt entschwand ihren Blicken, aber sie blieb noch einen Augenblick stehen und sog das vielfältige Grün der Alleebäume in sich auf. Bestanden Alleen andernorts aus Buchen, Platanen oder Eichen und boten den Augen ein gleichförmiges Bild, spiegelte diese die Leidenschaft ihres Vaters für alles Pflanzliche wider: Es gab verschiedene Baumarten, deren Namen sich Geraldine nicht merken konnte. Alle waren jedoch wohlüberlegt ausgewählt und an eine vorher genau bestimmte Stelle gepflanzt worden.

In den Unterlagen ihres Vaters hatte sie eine Beschreibung gefunden, in der jeder Baum mit volkstümlichem und lateinischem Namen aufgeführt war, woher der Schössling stammte, natürlich den Tag der Pflanzung und über viele Jahre waren Daten zum Wachstum festgehalten worden. In den Zeiten, in denen ihr Vater auf Reisen gewesen, hatte einer der Gärtner diese Aufgabe für ihn übernommen.

Bevor die Kutsche endgültig aus ihrem Blick entschwand, streckte sich aus einem Fenster noch einmal eine kleine behandschuhte Hand und winkte. Geraldine erwiderte diesen letzten Gruß, ehe sie ins Haus zurückkehrte. Es kam ihr leerer und stiller vor als in den letzten Tagen, obwohl es nur zwei Personen weniger beherbergte. Sie dachte daran, dass Therese Schumann sie bei einem Abendessen gefragt hatte, ob sie sich in dem großen Haus und auf dem Rittergut nicht manchmal einsam fühlte.

Auf keinen Fall, hatte sie im Brustton der Überzeugung geantwortet. Ihre Tage seien mehr als ausgefüllt.

»Ich weiß, dass Sie malen oder die Unterlagen Ihres Vaters in Ordnung bringen.« Therese Schumann hatte verlegen ausgesehen. Das kam bei der aufgeschlossenen Arztgattin bestimmt nicht oft vor. »Ich spreche von Freundinnen und Verwandten, von den Vormittagsbesuchen bei den Nachbarn auf dem Land. Dem Leben in Gesellschaft.«

Bis zu diesem Zeitpunkt war Geraldine gar nicht bewusst gewesen, dass etwas fehlte. In der ersten schlimmen Trauer um ihren Vater war sie froh gewesen um die Ruhe auf dem Rittergut. Und nach allem, was sie im Jahr zuvor mit dem Ehepaar Teuchert und in der Porzellanmanufaktur erlebt hatte, kam es ihr auch nicht falsch vor, Abstand zu gewinnen. Nun drängten die Gedanken an die benachbarten Rittergüter, von deren Bewohnern sie noch niemanden kennengelernt hatte, mit Macht an die Oberfläche. Auf die ihr eigene höfliche Art hatte Therese Schumann von Einsamkeit gesprochen. Davon, nicht willkommen zu sein, in den Kreisen, denen sie angehörte. In die sie von Geburt gehörte, denn auch ihre Mutter war eine vornehme Dame gewesen.

Nur dass sie selbst sich zu keinerlei Kreisen zugehörig fühlte. Bis sie vor einem halben Jahr ihren Vater gefunden und gleich wieder verloren hatte, wusste sie nichts über ihre Eltern. Sie hatte sich für das ungeliebte Kind einer armen Frau und ihres Geliebten vom anderen Ende der Welt gehalten. Ein Kind, das beide dazu verurteilt hatten, sich allein durchs Leben zu schlagen. Ihre frühesten Erinnerungen bestanden darin, dass eine dunkelhäutige Frau mit wogendem Busen an ihr Mutterstelle vertrat.

Sie hatte damals auf Santo Domingo in einem Sklavendorf gelebt, ohne freilich zu wissen, was Sklaverei bedeutete. Nur dunkelhäutige Menschen hatte sie in dieser Zeit gekannt, und es war ein Schrecken für sie gewesen, entdecken zu müssen, dass sie ganz anders aussah. Als sie vier Jahre alt gewesen war, hatte ihre Ziehmutter, die dicke Bionda, ihr ein Medaillon mit einem Bildnis eines bleichen Herrn gezeigt, das ihr Vater einst ihrer Mutter geschenkt hatte. Ihre einzige Erinnerung an ihre Eltern und zugleich Geraldines wertvollster Besitz. Sie fingerte nach der Kette um ihren Hals, an der sie das Medaillon trug und zog es aus dem Ausschnitt ihres Kleides. Schwer und golden lag es in ihrer Hand. Mit den Fingerspitzen strich sie über das kursächsische Wappen auf der Vorderseite.

Das verblasste Bildnis ihres Vaters befand sich immer noch im Inneren. Geraldine hatte alles so gelassen, wie das Schmuckstück sie von Santo Domingo durch Europa bis nach Kursachsen geführt hatte. Zu dem Bild ihres Vaters könnte sie vielleicht eines Tages das Bild eines Mannes stecken, an dessen Seite sie ihr Leben verbrachte. Nur wer sollte das sein?

Auf Santo Domingo hatte sie bis zu ihrer Flucht bei Pflegeeltern gelebt – Bionda hatte sie mit etwa sieben Jahren zu ihnen gebracht und gemeint, Geraldine müsse unter ihresgleichen aufwachsen. Sie besaßen eine Hafenschenke, in der Geraldine schwer arbeiten musste, und hätte nicht eine gutmütige Nachbarin, eine französische Witwe, in ihr die Enkelin gesehen, die ihr nie vergönnt gewesen war, wäre sie wohl als Schankmädchen und Hure geendet. Die Witwe hatte ihr Lesen, Schreiben und verschiedene Sprachen beigebracht. Von ihr hatte sie überhaupt erst von Europa erfahren und dass es sich bei dem Wappen auf dem Medaillon um das kursächsische handelte.

Geraldine kamen die Tränen, als sie an die zierliche weiß-
haarige Madame de Montlieu dachte. Sie hatte das feucht-
heiße Klima der Insel immer schlechter vertragen und war
an einem Fieber gestorben. Da hatte Geraldine gewusst, dass
sie fortmusste. Die lüsternen Blicke ihres Pflegevaters sprachen eine deutliche Sprache. Das alles lag hinter ihr, und dort
musste sie es auch lassen.

Einsamkeit! Die gute Frau Schumann wusste nicht, was es
bedeutete, auf sich allein gestellt zu sein. Noch nie hatte Geraldine so viele freundliche Menschen um sich gehabt wie jetzt.
Angefangen bei Janne Schneider, die sich mehr und mehr un-
entbehrlich machte, wenn es um ihre Garderobe ging. Weiter
ging es mit Maurice, der wie sie von Santo Domingo stammte
und ihre Mutter gekannt hatte, über Frau Aha und deren Bruder. Jedermann auf dem Rittergut begegnete ihr herzlich. An
noch mehr Freunden hatte sie keinen Bedarf, und wenn die
Nachbarn sie nicht besuchten … Das war nichts als ein alber-
ner Brauch von Leuten, die mit ihrer Zeit nichts anzufangen
wussten.

Noch während Therese Schumann mit ihrer Tochter im
Käbschütztal weilte, war eine zweite Anfrage für ein Porträt
eingetroffen. Diesmal handelte es sich um einen älteren Herren, einen angesehenen Dresdner Apotheker und Porzellanliebhaber, der auf verschlungenen Pfaden ebenfalls von ihrer
Kunst gehört und nun ein Bild von sich und ein weiteres von
seiner Gattin wünschte.

Geraldine hatte nicht damit gerechnet, dass ihre Dankes-
briefe und die kleinen bemalten Untersetzer zu Aufträgen
führen würden, aber das war es schließlich, was sie immer
hatte sein wollen: eine Malerin, von der die Leute auch gemalt
werden wollten, allen Unkenrufen Meister Höroldts zum

Trotz. Sie stürzte sich in die Arbeit, malte den asketischen Apotheker Carl Eberhardt Walther und seine dickliche, völlig farblose Gattin Sieglinde. Es fiel Geraldine nicht leicht, ihr Glanz zu verleihen, denn nicht einmal das Morgenlicht brachte sie zum Strahlen. Ein sehr kleines Porträt, bei dem nicht alles nach der Natur hätte gemalt werden können, wäre für die Dame vorteilhafter gewesen, aber Herr Walther wünschte ihres genauso groß wie seines.

Beiden gefielen jedoch ihre Bilder, Sieglinde Walther hielt sich sogar für gut getroffen und noch recht jugendlich. Ihr Mann war immerhin so diplomatisch, sie nicht darauf hinzuweisen, dass sie allenfalls vor Jahrzehnten jugendlich ausgesehen habe. Als sie beide allein waren, um die Bezahlung zu regeln, dankte er Geraldine warm, weil sie ihm die Frau zurückbrachte, die er vor zwanzig Jahren geheiratet hatte.

Ihnen folgte ein Apotheker Schlarmann aus Zwickau, ein Freund des Herrn Walther und ebenso großer Porzellanliebhaber. Der Teller mit seinem Porträt zerbrach auf dem Rückweg von Meißen ins Käbschütztal. Hann Schneider erklärte das Missgeschick damit, dass er in ein Unwetter geraten und in einer Pfütze ausgerutscht sei. Da es tatsächlich ein Unwetter gegeben hatte, und der junge Mann bis auf die Haut durchnässt auf dem Rittergut angekommen war, ließ sich dagegen nichts sagen. Geraldine blieb nur, binnen drei Tagen ein neues Porträt zu malen. Diesmal gelangte es unversehrt in die Hände seines Besitzers. Schlarmann erzählte ihr in dieser Zeit, wie er im Jahr zuvor mit Porzellan aus Meißen einmal böse hereingefallen war, als er glaubte, eine besonders günstige Vase erworben zu haben, die sich dann als Fälschung herausstellte, da das Dekor auf der Vase in der Manufaktur nie gemalt worden war. Sein Dresdner Freund habe die Vase für ihn vernichtet. Ein hübsches Teil und die

Bemalung kunstvoll ausgeführt, aber eben nicht echt. Schade darum.

Geraldine wurde erst kalt, dann heiß, als sie das hörte, und sie musste einen Hustenanfall vortäuschen, um ihre aufsteigende Röte zu verbergen. Nur zu gut kannte sie das falsche Dekor auf der Vase, hatte sie es doch selbst gemalt, um auf die Fälscherwerkstatt der Eheleute Teuchert aufmerksam zu machen. Letztendlich war den beiden das Handwerk gelegt worden, aber dass ausgerechnet dieser nette Apotheker ihr Opfer geworden war! Sie schwankte, ihm die Hintergründe zu erzählen oder zu verschweigen, und entschied sich für Letzteres. Dafür zeigte sie Herrn Schlarmann ihren Dispens von der Manufakturkommission und versicherte ihm, dass er keine Angst haben müsse, noch einmal hereinzufallen.

Dr. Schlarmann war nicht nur ein Apotheker und Porzellanliebhaber, sondern verfügte auch über einige botanische Kenntnisse, besonders über Heilpflanzen und ihre Wirksamkeit. Er ließ Geraldine gerne daran teilhaben, indem er ihr verschiedene Bücher empfahl, in denen die Pflanzen und die Zubereitung der aus ihnen zu gewinnenden Arzneien genau beschrieben waren.

»Ich möchte aber nicht die Beschreibungen der Pflanzen in meines Vaters Kompendium aus anderen Büchern abschreiben«, widersprach Geraldine, als er ihr die Bücherliste überreichte.

»Das wird überall so gemacht.«

»Wozu braucht es dann ein Werk wie das meines Vaters?«

»Sein Kompendium besitzt einen erheblichen Mehrwert gegenüber allen anderen Werken, die ich kenne, weil es so umfassend ist. Es beschreibt nicht nur Arzneipflanzen oder Rosen oder Äpfel, sondern alle Pflanzen. Ihnen, besser gesagt

Ihrem Vater, kommt es nicht auf die Heilwirkung einer Pflanze an, sondern es geht ihm darum, dass sich eine Pflanze mit der Hilfe des Kompendiums bestimmen lässt.«

Geraldine sah immer noch skeptisch aus, darum fuhr Dr. Schlarmann mit seinen Ausführungen fort: »Stellen Sie sich vor, verehrte Mademoiselle von Scholl, Sie finden bei einem Spaziergang im Wald eine Pflanze, die Ihnen gefällt. Mit einer hübschen Blüte, vielleicht duftet sie auch noch. Nun möchten Sie wissen, um welche Blume es sich handelt, aber es ist niemand da, den Sie fragen können. Jetzt kommt das Kompendium Ihres Vaters ins Spiel, denn Sie müssen die Blume nur pflücken und mit nach Hause nehmen. Schon können Sie nachschlagen, um was für ein schönes Naturgewächs es sich handelt. Ein Buch über Arzneimittelpflanzen nützt Ihnen nichts, wenn es sich nicht um eine Arzneipflanze handelt. Das Werk Ihres Vaters ist genau die Grundlage, auf die die Wissenschaft wartet.«

»Wenn Sie das sagen.«

»Vertrauen Sie mir, liebe Mademoiselle.« Dr. Schlarmann redete mit einer Begeisterung, die sie dem ältlichen Apotheker gar nicht zugetraut hätte. »Ich wünschte, ich hätte das Wissen Ihres Vaters und könnte Ihnen bei Ihrer großen Aufgabe besser zur Seite stehen, als mit ein paar Worten.«

»Mir scheint, Sie wissen mehr als ich.«

»Das dürfen Sie so nicht sagen«, widersprach der Apotheker sofort. »Sie sind die Tochter des verehrten Ritters von Scholl, unter Ihren Händen entstehen begnadete Kunstwerke. Sprechen Sie mir nie wieder davon, etwas nicht zu wissen.«

Geraldine verzichtete darauf, ihm zu erklären, dass ihr Talent für Malerei nichts mit Wissen über Pflanzen gemein hatte. Sein Lob hatte ihr tatsächlich gutgetan, und sie ließ sich

von ihm durch den Park führen, wo er ihr eine Reihe von Heilpflanzen zeigte. Bisher hatte sie die Blumen für nichts anderes
als hübsch anzusehende Schönheiten gehalten und ihnen keinerlei Wirkung zugeschrieben. Nun erfuhr sie, dass sie gegen
Husten, Fieber, Enge in der Brust, schmerzende Waden oder
steife Gelenke halfen; weit besser halfen als Frau Ahas Stärkungspulver zweifelhafter Herkunft. Daran ließ Dr. Schlarmann keinen Zweifel. Er ermahnte sie aber auch eindringlich,
sich nicht selbst aus den Pflanzen eine Arznei zuzubereiten.
Auch mit der Hilfe eines entsprechenden Buches könne immer noch sehr viel falsch gemacht werden. Die Heilpflanzen
gehörten in die Hände kundiger Ärzte und Apotheker.

Dr. Schlarmann verabschiedete sich mit einem schmatzen-
den, väterlichen Handkuss und dem Versprechen, ihre Kunst
überall zu rühmen.

KAPITEL 10

$\mathcal{D}$ie Zungenspitze schaute zwischen ihren Lippen hervor, als Geraldine konzentriert einen von ihrem Vater verfassten Text über eine ihr völlig unbekannte Blume ins Reine schrieb. Es waren sorgfältig die Anzahl der weiß-rosafarbenen Blütenblätter mit gewöhnlich sieben angegeben, wobei die Zahl überschrieben und nicht mehr deutlich lesbar war. Das vor Geraldine liegende getrocknete Exemplar besaß jedoch nur sechs Blütenblätter. Seit geraumer Zeit grübelte sie darüber nach, ob die Blüte eines ihrer Blätter verloren hatte oder es sich um ein missgebildetes Exemplar handelte, oder ihr Vater erst die Zahl sieben geschrieben und sie dann zu einer Sechs verbessert hatte. Sie war eigentlich der Meinung, er hätte es genau andersherum gemacht. Ausgeschlossen schien ihr, dass er seine getrockneten Pflanzen so wenig sorgfältig behandelt hatte, dass eine davon ein Blatt hatte verlieren können, oder dass er ein missgebildetes Exemplar zum Trocknen und Pressen ausgewählt hatte.

Die Pflanze war unscheinbar, wuchs im Gebiet des Mississippi, von dem Geraldine nie gehört hatte. Der Name klang fremd für sie, nicht so, als befände es sich irgendwo in Kursachsen. Aus der Beschreibung ihres Vaters hatte sie außerdem herausgelesen, dass die Pflanze im heimischen Park nicht habe gedeihen wollen und bereits vor über fünfzehn Jahren eingegangen war. Ein lebendes Exemplar der Pflanze konnte ihr also bei ihrem Problem nicht helfen. Sie musste selbst entscheiden, ob es sechs oder sieben Blütenblätter sein sollten.

Ein Poltern auf dem Flur lenkte sie kurzzeitig von ihrem Problem ab. Aber da niemand an ihre Tür klopfte und gleich darauf alles wieder ruhig war, kümmerte sie sich nicht weiter darum. Sechs oder sieben Blütenblätter? Geraldine knabberte an einem Fingernagel. Sie wollte keinen Fehler begehen und ahnte, dass ihr Vater das als eine Entscheidung von einiger Tragweite angesehen hätte, obwohl sie den meisten anderen nebensächlich erschiene. Was machten sechs oder sieben Blütenblätter für einen Unterschied für den Lauf der Welt?

Auf einmal krachte es gegen die Tür, als hätte jemand etwas dagegen geworfen. Erschrocken fuhr Geraldine zusammen. Die Feder, die sie zwischen den Fingern gedreht hatte, verhakte sich und schon prangte ein gezackter Tintenfleck auf ihrem Handrücken. Ihr entfuhr ein Laut zwischen Erschrecken und Abscheu. Sie drehte sich auf dem Stuhl herum, um in Erfahrung zu bringen, was diese Störung verursacht hatte.

Die Tür war einen Spalt weit geöffnet und eben schob Mops Otto seinen runden Kopf hindurch. Sein gedrungener Körper folgte. Das alles geschah innerhalb eines Augenblicks und schon rannte der Hund in ungewohnter Munterkeit durch den Raum. Er brachte einen Luftzug mit, der sich einen Weg in Richtung des offenstehenden bodentiefen Fensters suchte. Dabei wirbelte er die Blätter auf Geraldines Tisch durcheinander und etliche auch zu Boden. Es handelte sich nicht nur um beschriebene Blätter, es waren auch Foliobögen dabei, auf die getrocknete Pflanzen aufgeklebt und mit dünnem Seidenpapier bedeckt waren. Sie lagen normalerweise in großen ledernen Mappen in schattigen Räumen im Erdgeschoß, die die umfangreichen Sammlungen ihres Vaters beherbergten. Geraldine hatte einige dieser Mappen heraufgeholt, um mit ihnen zu arbeiten. Eine davon lag aufgeschlagen auf dem Tisch.

»Otto! Otto, pfui! Weg!«, rief sie. Ihre Stimmlage schwankte zwischen Wut und Verzweiflung.

Der hellbraune Mops, den Janne aus dem Hause Teuchert gerettet und mit auf das Rittergut gebracht hatte, kümmerte sich nicht um sie. Es war noch nie anders gewesen. Sie mochte rufen und schelten, er stellte sich taub. Er beachtete sie nur, wenn es etwas anzuknurren gab.

Otto blieb im Sonnenfleck vor dem Fenster stehen und kläffte.

Geraldine kümmerte sich nicht weiter um ihn, sondern schloss hastig das Fenster und bückte sich, um die heruntergewehten Blätter einzusammeln. Sie entdeckte den Schaden sofort: Die Blume aus dem Gebiet des Mississippi besaß nicht mehr sechs oder sieben Blütenblätter, sondern nur noch vier. Zwei weitere lagen zu Krümeln zerbröselt auf dem Teppich. Tränen der Wut schossen in Geraldines Augen.

»Otto!«, blaffte sie den Mops an.

Der kläffte weiter, als gelte es, eine Burg gegen herannahende Feinde zu verteidigen. Geraldine näherte sich ihm von hinten. Sie wollte ihn im Genick packen und ihn aus dem Studierzimmer befördern. Bisher war es ihr noch nie gelungen, sich von hinten an ihn anzuschleichen. Und auch diesmal bemerkte er sie, bevor sie ihn greifen konnte. Mühelos wich er ihr aus. Statt zu kläffen, knurrte er nun und lief mitten durch die vom Tisch gewirbelten Blätter unter ein an der Wand stehendes Sofa. Weitere getrocknete Pflanzen zerbröselten unter seinen dicken Pfoten, und Geraldine fuhr erneut der Schreck in die Glieder.

Sie kniete sich hin, um den angerichteten Schaden zu begutachten. Otto ließ sie derweil unter dem Sofa sitzen. Dort bekam ihn niemand heraus, wenn er es nicht selbst wollte.

Ein Mädchen in einem nicht völlig sauberen Kleid linste

durch den Türspalt. Das Haar trug sie streng zurückgekämmt und zu zwei Zöpfen geflochten, die ihr lang über den Rücken hingen. In einer Hand hielt sie einen kleinen Lederball.

»Otto?«, piepste sie. »Lieber Otto! Du musst doch irgendwo sein?« Bei ihr handelte es sich um Rikarda Schneider, Hann und Jannes älteste Tochter und Ottos größte Fürsprecherin.

»Unter dem Sofa«, antwortete Geraldine. Sie blinzelte schnell die Tränen weg, ehe sie aufschaute. »Er versteckt sich.«

»Sind Ihnen Sachen heruntergefallen? Soll ich helfen, sie wieder aufzuheben, gnädige Frau?« Ohne die Antwort abzuwarten, kniete sich Rikarda hin, ließ ihren Ball fallen und begann, Papierbögen übereinanderzustapeln.

Geraldine fiel dem Mädchen schnell in den Arm, bevor noch mehr Schaden angerichtet wurde. »Das brauchst du nicht. Otto ist hereingekommen, obwohl die Tür geschlossen war.«

»Er sollte einen Ball holen und ist mir stattdessen weggelaufen. Ich musste den Ball selbst suchen«, erzählte Rikarda mit kindlich-ernster Miene. »Dann habe ich Otto gesucht. Erst in der Küche, weil er dort meistens hinläuft, aber diesmal hatte ihn niemand gesehen. Ich bin überall herumgelaufen, um ihn zu finden.«

»Du sollst nicht mit Otto im Haus spielen. Deine Mutter und ich haben dir das mehrfach gesagt.«

»Wir waren auf der Terrasse und dann ist er ins Haus gelaufen. Ich wollte ihn nur wiederholen.« Rikardas Stimme zitterte. Die Unterlippe hatte sie vorgeschoben, und es würde nur noch eines strengen Wortes bedürfen, und sie brach in Tränen aus.

Innerlich seufzte Geraldine. Ihrem ersten Impuls, das Mädchen zu schelten, gab sie nicht nach. Der Schaden war ohnehin angerichtet und ließ sich nicht mit Vorwürfen aus der Welt schaffen. Außer dass sie Ottos Charakter in einem viel zu goldenen Licht sah, hatte Rikarda gegen keine Hausregel verstoßen.

»Er muss sich gegen die Tür geworfen haben, da ist sie aufgegangen. Otto hat aber auch einen Windzug mit hereingebracht, und der hat diese wichtigen Papiere vom Tisch geweht«, sagte sie deshalb ernst, aber nicht unfreundlich.

»Es sind ja nur trockene Pflanzen drauf. Ich kann neue aus dem Garten holen und sie für Sie trocknen, gnädige Frau«, bot Rikarda an. »Oder mein Papa kann das machen.«

»Das sind keine Pflanzen, die du in diesem Park finden kannst. Sie stammen vom anderen Ende der Welt und sind sehr selten und kostbar.«

»Oh!« Rikarda runzelte die Stirn und legte den linken Zeigefinger auf ihre Unterlippe. »Dann hat Otto etwas kaputt gemacht und sich deshalb unter dem Sofa versteckt?«

»Ja. Deshalb ist es auch nicht gut, wenn Otto allein im Haus herumläuft und in Zimmer gelangt, in denen er nichts zu suchen hat. Du musst besser auf ihn aufpassen, damit er dir nicht wegläuft.«

»Das macht er sonst nicht. Es war das erste Mal. Er hört auf mich, wie es ein Hund besser nicht tun kann, das sagen Herr Maurice und Herr Aha.« Rikarda bemühte sich um eine tapfere Fröhlichkeit, aber ihre Unterlippe zitterte weiter.

Geraldine kam sich töricht vor, noch länger mit dem Mädchen zu argumentieren. Es würde nur noch darum gehen, ihrem eigenen Ärger Luft zu machen und das Kind zu verängstigen. Das war schäbig. Sie zwang sich deshalb zu einem Lächeln. »Das Beste wird sein, du lockst Otto unter dem Sofa hervor und nimmst ihn wieder mit.«

»Wie die gnädige Frau wünscht«, erwiderte Rikarda in

einer gelungenen Nachahmung ihrer Mutter. Sie gefiel sich auch in einem kindlich unbeholfenen Knicks, ehe sie sich vor das Sofa kniete. »Komm, Otto, komm! Ottolein, lieber Hund, komm!«, lockte sie.

Es gelang tatsächlich. Otto streckte vorsichtig seinen Kopf hervor und ließ sich am Halsband hinausführen.

Geraldine sammelte die Papierbögen vom Boden auf und begutachtete den Schaden. Die größte Schuld traf sie selbst. Sie hätte die Tür sorgfältiger schließen und vor allem die Bögen mit den getrockneten Pflanzen nicht aus der Mappe nehmen sollen. Sie waren jedenfalls zum größten Teil hin. Zwei ließen sich vielleicht noch mit gutem Willen als brauchbar bezeichnen, da nur wenig von den Pflanzen abgeblättert war, aber die restlichen vier … Mit den Fingern fegte sie die Krümel zusammen, die einmal seltene Pflanzen gewesen waren.

KAPITEL 11

Hann saß in dem von ihm und seiner Familie bewohnten Haus am Küchentisch und kaute auf einem Kanten Brot herum, dazu biss er von einem Zipfel Wurst ab. Die meiste Zeit beschäftigte er sich aber mit einer Bierkanne. Er machte sich nicht die Mühe, das Bier in einen Becher einzuschenken, sondern trank direkt aus der Kanne. Außer ihm war niemand zu Hause. Im Herd glomm nicht einmal mehr ein Rest Glut, weil seit Tagen nicht darauf gekocht worden war. Hann ließ seinen Kopf hängen.

Er schaute nicht auf, als die Haustür geöffnet wurde. Kinderlachen drang vom Flur herein und als gleich darauf seine Tochter Rikarda in die Küche trippelte, schaute er immer noch nicht auf.

»Wir sind wieder da, lieber Papa«, stellte das Mädchen fest, was ohnehin nicht zu übersehen und zu überhören war. »Wir haben auch etwas Schönes für Sie mitgebracht.«

»Mir wäre eine Tochter lieber, der ihre Mutter besseres Benehmen beigebracht hat«, brummte Hann. Er schob die neben ihm stehende Rikarda mit dem Ellenbogen weg.

Rikarda ließ sich aber nicht von dem abbringen, was sie ihrem Vater erzählen wollte. »Der liebe Otto ist mir heute weggelaufen. Aber dann habe ich ihn wiedergefunden. Er ist zu der gnädigen Frau ins Zimmer gelaufen und hat ihre Papierblätter mit trockenen Pflanzen durcheinandergebracht. Die gnädige Frau wollte aber nicht, dass ich ihr neue Pflanzen im Park suche. Ich glaube, sie war böse auf Otto.«

»Sei endlich ruhig!«, herrschte Hann seine Tochter an.

Janne betrat eben die Küche. In einem Tuch auf dem Rücken trug sie den noch kein Jahr alten Simon Andreas und in einer Hand einen Korb. Rikarda schaute hilflos zwischen ihrem Vater und ihrer Mutter hin und her. Bisher hatte Janne sich eigentlich nur müde gefühlt und gehofft, nach einem kurzen Abendessen mit den Kindern und ihrem Mann zu Bett gehen zu können, denn am nächsten Tag musste sie vor Sonnenaufgang wieder aufstehen. Als sie jetzt Rikarda so verstört sah, kroch Wut ihre Wirbelsäule empor.

»Was hast du zu dem Kind gesagt?«, wollte sie streng wissen, während sie den Korb auf dem Tisch abstellte.

»Was geht das dich an, Weib?« Hann schaute sie nicht an, sondern nahm einen Zug aus der Bierkanne.

»Weil wir ihre Eltern sind. Weil wir sie lieben sollen, statt ihr Angst zu machen.« Janne knotete das Tuch auf und hob den schlafenden Säugling heraus. Sie bettete sein Köpfchen an ihrer Schulter und streckte eine Hand nach Rikarda aus. Sofort kam die Kleine an ihre Seite. Janne brachte die Kinder zu Bett, gab ihnen heute besonders viele Küsse und flüsterte ihrer Ältesten beruhigende Worte ins Ohr, bevor sie in die Küche zurückkehrte.

Hann saß noch so am Tisch, wie sie ihn zurückgelassen hatte. »Jetzt kommst du erst! Du lässt mich den ganzen Abend allein hier sitzen, als wäre ich nicht dein Mann, sondern irgendein Fremder«, sagte er, als hätte es ihre vorangegangenen Worte nicht gegeben.

Janne wäre auch bereit, diese zu vergessen, wenn er jetzt der mitfühlende Ehemann gewesen wäre, den sie nach einem langen Arbeitstag so dringend brauchte. Sie seufzte. »Was willst du von mir?«

»Dass ich nicht hungrig hier sitzen und auf dich warten

muss. Dass meine Frau ihren Platz kennt und diesen Haushalt so führt, wie ich es von ihr erwarten kann. Dass …«

»Du willst etwas zu essen«, unterbrach Janne ihn wütend. Sie stieß den auf dem Tisch stehenden Korb an. »Ich habe dir etwas mitgebracht.«

»Nachdem du mich mit altem Brot abgespeist hast. Was soll ich nun damit? Die Zeit für das Abendessen ist längst vorüber. Die Kinder …«

»… haben gegessen. Und ich habe gearbeitet, bis ich mich auf den Weg nach Hause gemacht habe. Meine Zeit erlaubt es mir nicht, am Küchentisch zu sitzen und in die Bierkanne zu starren.«

»Willst du mir etwa sagen, was ich zu tun habe?« Hann starrte sie wütend an. »Weib!«

»Ja, ich bin dein Weib. Da hinten schlafen deine Kinder«, Janne zeigte mit einem zitternden Finger in Richtung der Schlafstube. »Deine Aufgabe ist es, für uns zu sorgen. Stattdessen jammerst du, dass ich arbeite und das Geld nach Hause bringe, für das du Bier kaufst.« Sie war über ihre eigenen Worte erschrocken. Nie zuvor hatte sie so mit ihrem Mann gesprochen. Aber ihr tat nicht eine Silbe leid. Im Gegenteil kochte in ihrem Inneren die Wut, und sie hatte längst noch nicht alles gesagt, was ihr auf der Seele brannte.

»Es ist nicht meine Schuld, dass ich nicht mehr bei dem Töpfer arbeite. Dieser Mann war nicht in der Lage ein vernünftiges Teil herzustellen. Das war unter meiner Würde, schließlich wäre ich in der Manufaktur beinahe Brenner geworden.«

»Du bist aber nicht Brenner geworden, und deshalb können wir von Glück reden, dass die gnädige Frau Geraldine uns aufgenommen, uns dieses Haus und Arbeit gegeben hat. Sie versucht immer noch, etwas zu finden, das du machen kannst. Ich habe gedacht, dass du dich dankbarer zeigst.«

»Dankbar sein, das ist auch schon alles, was man uns zu-traut. Wir dürfen dankbar sein für jeden Brosamen, der vom Tisch der Vornehmen fällt. Deine gnädige Frau Geraldine von Scholl ist da nicht anders wie alle diese Hochwohlgebo-renen. Du magst sie als deine Freundin bezeichnen, aber sie ist nichts als eine dieser Damen, die Wohltaten verteilen, um sich hinterher besser zu fühlen.«

»Sie ist für mich die gnädige Frau, und sie hat uns Wohl-taten erwiesen. Dafür bin ich ihr dankbar, und du solltest es auch sein. Wenn du jetzt noch etwas essen willst, kannst du dich darüber hermachen, mir ist der Hunger vergangen.« Jan-ne versetzte dem Korb auf dem Tisch einen Stoß und wand-te sich ab. Ihre Kräfte waren nun restlos erschöpft, und sie konnte sich kaum noch auf den Beinen halten. Es machte ihr zu schaffen, dass Hann so stur war und immer alles verdreh-te. War das früher schon so gewesen? Oder wann hatte sie es zum ersten Mal bemerkt? Sie hatten sich doch einmal geliebt. Rikarda und Simon Andreas waren die lebenden Beweise da-für.

»Hol Teller und Becher, deck den Tisch und setze dich zu mir«, bestimmte Hann.

»Ich möchte nichts essen.«

»Du setzt dich hin und leistest mir Gesellschaft, wie es sich für eine Ehefrau gehört.« Hann packte ihr Handgelenk und zwang sie auf einen Stuhl an der Stirnseite des Tisches.

»Lass mich los. Du tust mir weh.«

Sein Griff wurde noch fester. Mit der freien Hand packte sie aus, was sie aus dem Herrenhaus mitgebracht hatte: hel-les Brot, sauer eingelegte Möhren und Pilze, kalte Pasteten, mehrere Scheiben Schweinebraten mit dicker Kruste, Apfel-kompott und die Reste eines Nusskuchens.

»Davon wirst du wohl satt werden.«

»Almosen sind das! Nichts als Almosen! Einfaches Essen, das ich mit ehrlicher Arbeit verdiene, schmeckt mir auf jeden Fall besser.« Was vor ihm auf dem Tisch stand, verschmähte er dennoch nicht, sondern langte herzhaft zu. Jannes Handgelenk ließ er jedoch nicht los, sondern stopfte sich das Essen mit der Linken in den Mund.

»Ich habe dieses Essen verdient. Es gehört zu dem, was ich für meine Dienste zu erhalten habe.«

»Dann iss auch davon! Verdammt noch mal!« Hann donnerte ihre Hand auf die Tischplatte.

Janne entfuhr ein Schmerzenslaut. Als Hann sie endlich losließ, barg sie ihre Hand im Schoß.

»Warum isst du nichts? Du hast es dir doch redlich verdient!«, fuhr er sie an.

»Du verstehst gar nichts!« Janne sprang auf und lief aus der Küche. Die Gegenwart ihres Mannes konnte sie keinen Augenblick länger ertragen. Sie suchte auch nicht Zuflucht in der Schlafkammer, die sie mit Hann teilte, sondern schlüpfte zu ihren beiden Kindern. Sie schliefen, hatten von dem hässlichen Streit nichts mitbekommen. Rikarda hatte sich frei gestrampelt, Janne deckte sie wieder zu. Sie fühlte sich so müde wie nie zuvor in ihrem Leben, nicht einmal, als sie nie wusste, woher sie die nächste Mahlzeit für die Kinder nehmen sollte.

Sie zog sich aus und schlüpfte zu ihrer Tochter unter die Decke. Rikarda kuschelte sich an sie.

KAPITEL 12

*I*n Meißen saß Geraldine dem Formenmeister Johann Joachim Kändler in dessen achteckigen Laboratorium gegenüber. Sie benötigte neue Scherben und war deshalb nach Meißen gefahren, um mit dem Formenmeister über deren Gestaltung zu sprechen. Zwischen ihnen auf dem Tisch lagen Skizzen, Gipsmodelle und einige danach geformte, getrocknete, aber noch nicht gebrannte Scherben. Einen davon in der Form des sächsisch-polnischen Wappens, aber mit glatter Oberfläche auf dem Schild, zog Geraldine zu sich heran.

»Darauf ließe sich sehr schön ein Porträt malen …«, sagte sie nachdenklich.

»Aber …? Ich höre in Ihren Worten deutlich ein Aber.«

»Das ist immerhin das fürstliche und königliche Wappen. Darf ich es einfach zum Malen benutzen, als wäre die Form nicht geadelt, geheiligt oder bestimmten Personen vorbehalten?« Entschlossen schob sie den Scherben wieder fort.

»Ich habe gehofft, dass Sie das so sehen werden, Mademoiselle von Scholl.« Kändler nickte. »Meister Höroldt kam mit diesem Vorschlag zu mir. Ich war nicht davon angetan, aber er hat sehr insistiert. Hat die Form eigenmächtig von einem Former entwickeln lassen und mir am Morgen den Scherben gebracht.«

Nun war Geraldine mehr als froh, dieses Stück weggeschoben zu haben. »Dann ist alles klar: Er wollte mir eine Falle stellen. Ich sollte darauf malen und mich an höchster Stelle unbeliebt machen, damit mir der Dispens wieder entzogen wird.«

»Es sieht ihm ähnlich, auf derartig kleingeistige Pläne zu verfallen. Werfen wir das Teil also weg!« Mit einer oft geübten Bewegung schleuderte Kändler das Stück in eine Kiste, in der schon andere zerbrochene Scherben lagen. »Meine Fehlversuche«, sagte er erklärend.

Beim Krachen des zerbrechenden Wappens zuckte Geraldine zusammen. Mit dieser radikalen Lösung hatte sie nicht gerechnet.

»Nehmen Sie sich in Acht vor Meister Höroldt. Er ist unversöhnlich und wird es immer wieder versuchen. Mir ist ohnehin lieber, Sie malen auf meinen Entwürfen. Diesem hier zum Beispiel.« Kändler deutete auf eine Platte mit einer kreisrunden Malfläche, die von Rosenranken umkränzt war und von denen einige keck in den Kreis hineinragten. Mit etwas Geschick ließ sich die Wirkung erzielen, als wären die Ranken zufällig über das Bild gelegt worden. Die einzelnen Dornen und sogar die Rippenstruktur der Blätter waren zu erkennen.

Sie sprachen über die Möglichkeiten, auf Tellern und gewölbten Oberflächen zu malen, und am Ende hatten sie sich neben der von Rosen umkränzten Platte für zwei weitere Modelle entschieden, die Kändler nur für sie herstellen wollte. An den Skizzen dafür nahm Geraldine einige Änderungen vor, um sie für sich besser nutzbar zu machen. Kändler war in Formen verliebt und vergaß nur allzu gerne, dass sie eine glatte und ebene Fläche zum Malen benötigte. Ein Porträt über Blütenblätter oder anderen Zierrat zu malen, wäre vielleicht eine interessante Erfahrung, entsprach aber sicher nicht den Wünschen der Porträtierten.

»Ich fühle mich geehrt, dass Sie mir besondere Scherben zum Malen entwerfen wollen.«

Kändler lächelte und wollte zu einer Antwort einsetzen, als Meister Höroldt das Laboratorium betrat.

»Habe ich Ihre Kutsche im Hof richtig erkannt«, sagte er eisig. »Sie tauchen öfter in der Manufaktur auf, als jeder es sich hier je hat träumen lassen. Da hätte ich Sie vor einem Jahr auch gleich einstellen können. Dann wäre es uns erspart geblieben, Formen für Sie entwerfen zu müssen.«

»Das hätten Sie tun können«, erwiderte Geraldine ebenso eisig. »Warum entwerfen Sie einen Scherben für mich, wenn Sie meine Arbeit so sehr verachten?«

»Ein schwacher Moment meinerseits.« Meister Höroldt setzte ein Lächeln auf, dessen Falschheit leicht zu erkennen war. Er lehnte sich an die Wand und verschränkte die Arme vor der Brust. »Wie gefällt Ihnen denn, was ich für Sie gefertigt habe, Fräulein von Scholl?«

Für Geraldine war es immer noch ungewohnt, so genannt zu werden, und aus Höroldts Mund hörte es sich besonders falsch an. »Es ist recht hübsch geworden. Tatsächlich eine interessante Form, aber es wird nicht leicht sein, dafür das richtige Motiv zu finden.«

»Es wird Ihnen gelingen, daran habe ich keine Zweifel. Sie gehen Ihren Weg unbeirrt.«

»Etwas Höflichkeit gegenüber meinem Gast, wenn ich bitten darf«, mischte sich Kändler ein.

»Sagen Sie mir ein Wort, bei dem ich es an Höflichkeit habe fehlen lassen.«

»Der Tonfall macht die Musik«, sagte Kändler in einem so hochmütigen, wie Geraldine es ihm gar nicht zugetraut hätte.

»Wie dem auch sei. Mit meinem Entwurf habe ich guten Willen bewiesen. Wo ist der Scherben überhaupt?«

»Ich habe ihn bereits verpackt und zu meiner Kutsche tragen lassen. Mir fehlt nur noch das rechte Motiv. Sobald ich einen Auftrag aus königlich-fürstlichem Hause erhalte, werde ich Ihren Scherben vorschlagen. Da dies noch Jahre oder Jahrzehnte dauern mag, müssen Sie sich in Geduld üben.« Geraldine Stimme klang so scharf, dass sich damit altbackenes Brot schneiden ließ.

Zufrieden durfte sie beobachten, wie die Miene des ersten Malers für einen Moment entgleiste. Gleich darauf hatte er sich wieder in der Gewalt, und der höhnisch überlegene Ausdruck kehrte auf sein Gesicht zurück. »Gut Ding will Weile haben. Eine unbekannte Malerin darf keine zu großen Ehren erwarten. Ich frage mich, ob Sie von Ihrem Dispens schon Gebrauch machen durften, oder ob wir über nichts als Luftschlösser sprechen?«

»Ich habe Porträts auf Porzellan gemalt. Eines hängt hier an der Wand.« Geraldine deutete auf das kleine Bildnis Luthers, mit dem sie sich bei Meister Kändler bedankt hatte.

Höroldt warf nicht mehr als einen sehr kurzen Blick darauf. »Ganz hübsch, aber ich meine Porträts, die jemand bei Ihnen angefragt hat.«

»Ich habe mehrere Bestellungen vorliegen.« Jetzt klang Geraldines Stimme zuckersüß und ein Lächeln umspielte ihre Mundwinkel.

Johann Gregorius Höroldt hielt seine Miene unter Kontrolle. »Nehmen Sie meine Glückwünsche entgegen, Fräulein, und erweisen Sie sich der angetragenen Ehre als würdig. Auf mich wartet nun Arbeit, Sie werden mich entschuldigen müssen.« Der erste Maler der Porzellanmanufaktur beugte sich über Geraldines Hand, bevor er aus dem achteckigen Kabinett rauschte. Dem Formenmeister hatte er weder einen Blick noch einen Abschied gegönnt.

Geraldine schaute ihm nach, bis hinter ihr ein Klatschen ertönte. Es war Meister Kändler, der ihr applaudierte. Seine Augen blitzten vergnügt auf, und ein Schmunzeln umspielte seine Mundwinkel.

»Ich möchte nicht Ihr Feind sein, liebe Mademoiselle von Scholl. Sie führen wahrlich eine scharfe Zunge. Lange hat Meister Höroldt niemand mehr auf diese Weise Paroli geboten. Der letzte war tatsächlich Ihr Herr Vater gewesen. Es kann kein Zweifel daran bestehen, dass Sie seine Tochter sind. Aber nehmen Sie sich trotzdem vor dem Mann in Acht. Eine Niederlage macht ihn nicht weniger gefährlich, er wird im Gegenteil auf Rache sinnen. Und er versteht es, sich an höherer Stelle genehm zu machen.«

Geraldine versprach, Vorsicht im Umgang mit dem ersten Maler walten zu lassen und fragte dann nach ihrem Vater und seinem Wirken in der Manufaktur. Darüber wusste sie kaum etwas – die Zeit zusammen mit ihm war einfach zu kurz gewesen. Wie war aus dem Pflanzenforscher ein Arkanist der Porzellanmanufaktur geworden? Der Formenmeister tat ihr den Gefallen und berichtete.

Sie hatte gar nicht gewusst, dass die Erforschung der Pflanzen eng mit dem Wissen über Geologie und Steine verbunden war. Das Wissen ihres Vaters war also weit umfassender gewesen, als sie bisher geahnt hatte. Als Ritter von Scholl aufgrund seiner Krankheit keine Reisen mehr unternehmen konnte, war es nur ein kleiner Schritt bis zur Erforschung der Porzellanherstellung gewesen. Sein Geist war viel zu unruhig gewesen, um nicht stets nach Neuem zu gieren.

»Porzellan besteht aus nichts weiter als aus verschiedenen Arten Sand, die bei großer Hitze zusammengebacken werden«, gestand Kändler lachend. »Ich denke, so viel darf ich Ihnen über das Arkanum sagen, ohne mich des Verrats schuldig zu machen.«

Geraldine nickte nur und behielt für sich, dass sie im Besitz des niedergeschriebenen Arkanums ihres Vaters war. Anschließend sprach der Formenmeister voller Hochachtung von der Akribie, mit der sich Nathan von Scholl der Erforschung der Porzellanherstellung gewidmet hatte. Er war häufiger als alle anderen Arkanisten zusammen – ausgenommen Höroldt und ihm selbst – in der Manufaktur gewesen und hatte im Labor gearbeitet. Kändler nannte es scherzhaft Hexenküche. Ihm war es zu verdanken, dass sich die Zusammensetzung der Porzellanmasse und der Brennvorgang um ein Vielfaches verbessert hatten, sodass viel weniger Ausschuss aus dem Ofen kam. Nathan von Scholl war jedoch mit den Ergebnissen noch lange nicht zufrieden gewesen. Ihm war immer noch zu viel Braque aus dem Ofen geholt worden.

»Ihr Vater hat sich hohe Verdienste um das Porzellan erworben. Ohne seine Erkenntnisse wären viele meiner Formen nicht möglich«, sagte er zum Abschluss.

»Gibt es jemanden, der seine Arbeit fortführt? Ich möchte ihn gern kennenlernen.«

Kändler zuckte mit den Schultern. »Arkanisten finden sich nicht an jeder Ecke. Diese Entscheidung der Manufakturkommission will wohlüberlegt sein. Bis dahin ruht ja das niedergeschriebene Wissen Ihres Vaters sicher in der Schatzkammer des Dresdner Schlosses.«

Geraldine spürte, wie das Blut in ihre Wangen stieg. Hoffentlich bemerkte Kändler es nicht, oder schob es auf ihre Aufregung, Neuigkeiten über ihren Vater erfahren zu haben. Hätte sie mit den Aufzeichnungen ihres Vaters über die Porzellanherstellung etwas machen müssen? Davon hatte ihr niemand etwas gesagt. Bisher lagen die Aufzeichnungen im Pflanzenkabinett ihres Vaters eingeschlossen in einer Schublade. Dort waren sie ihr durchaus sicher erschienen, aber wenn nun von einer Schatzkammer die Rede war …

Ihre Wangen glühten immer noch, als sie sich von Kändler verabschiedete. Das Bewusstsein, neue und faszinierende

Einblicke in das Leben ihres Vaters erhalten zu haben, wurde getrübt durch die Furcht, sich eines an Verrat grenzenden Fehlers schuldig gemacht zu haben. Am liebsten wäre sie im Galopp auf das Rittergut zurückgekehrt, um niemandem mehr in die Augen sehen zu müssen, stattdessen musste sie erst noch den Nachmittag hinter sich bringen.

KAPITEL 13

*F*ür den Nachmittag hatte sie eine Einladung ins Fleutersche Haus erhalten, der sie nun mit gemischteren Gefühlen entgegensah als dem Besuch in der Manufaktur. Fleuter war Mitglied der Manufakturkommission und mochte durchaus von ihrem Versäumnis wissen. Am Ende war sie nur eingeladen worden, um sie zur Rede zu stellen, obwohl seine Frau ihr geschrieben hatte. Ihr Herz rief ihr zu, umzudrehen und sich ins Käbschütztal zu flüchten, derweil ihr Verstand dagegenhielt, dass man sie bereits in der Manufaktur hätte zur Rede stellen können. Tapfer setzte sie Fuß vor Fuß, eine Hand um das Medaillon mit dem Bild ihres Vaters gelegt, das auf ihrer Brust ruhte und ihr Kraft gab.

Das Ehepaar Fleuter wohnte in einem Haus auf halber Höhe des Burgbergs, der steil abfiel und von Treppen durchzogen war. Wein rankte an den Hauswänden empor. An zwei Terrassen wuchsen Rosenstöcke und Fliederbüsche. Sie erkannte außerdem Päonie und Iris. Das Haus selbst besaß zwei Stockwerke, grün gestrichene Fensterrahmen, die von verzierten Sandsteinsimsen umgeben waren. Die Tür war ebenfalls grün gestrichen. Es legte beredtes Zeugnis ab von der Wohlhabenheit seiner Bewohner. Teucherts Heim hatte da nicht mithalten können, obwohl es ihr beim ersten Anblick anders erschienen war.

Ein Dienstmädchen führte sie in einen schlicht, aber elegant eingerichteten Salon, wo Frau Fleuter an einem Damenschreibtisch saß und schrieb. Sie war allein. Bei Geraldines

Eintritt erhob sie sich. Ein schlichtes gelbbraunes Nachmittagskleid betonte ihre schlanke Figur und verlieh ihr eine zur Einrichtung passende Eleganz. Geraldine wusste nicht, was für eine Dame sie erwartet hatte, aber so eine nicht. Dem eher gedrungen wirkenden Fleuter hätte sie eine so elegante Frau nicht zugetraut. Wahrscheinlich hatte sie sich eine Person wie die Teuchertin vorgestellt. Frau Fleuter war kein junges Ding mehr, Fältchen in den Augen- und Mundwinkeln taten ihrer Schönheit jedoch keinen Abbruch, sondern verliehen ihr einen besonderen Charme. Ein Gesicht wie zum Malen geschaffen, dachte Geraldine, die in der Tür stehen geblieben war.

Die Fleuterin begrüßte sie, als wären sie alte Freundinnen, obwohl sie sich zum ersten Mal sahen. Ein paar Bemerkungen zum Wetter und Komplimente zu Geraldines silbergrauem Kleid mit dem Trauerflor am Ärmel sorgten dafür, dass diese einen Teil ihrer Befangenheit verlor.

»Mein Mann hat noch in der Kreisamtmannschaft zu tun und wird erst später kommen, aber wir beide werden uns schon die Zeit vertreiben. Ich bin wirklich begierig darauf, die junge Dame kennenzulernen, die die Manufaktur auf den Kopf gestellt hat. Einige Tage waren Sie in Meißen in aller Munde, bis die junge Frau eines Lehrers aus St. Afra Zwillinge geboren hat. Zwei stramme Buben, obwohl sie mit ihrem Mann da erst sieben Monate verheiratet war. Die Mär einer Frühgeburt hat ihr niemand geglaubt, aber Meißen hatte wieder etwas zu tuscheln.«

»Und ich war vergessen.« Dass ihr bei der Rede ihrer Gastgeberin eine ganze Steinlawine vom Herzen gepoltert war, verbarg Geraldine hinter einem leichten Lächeln. Da Fleuter nicht einmal im Hause war, konnte es nicht darum gehen, sie festzusetzen. Offensichtlich war ihr Versäumnis noch nicht aufgefallen.

»Nicht bei mir. Beileibe nicht. Darum bin ich umso froher, dass wir uns kennenlernen.«

»Sind Sie enttäuscht von mir?«

»Auf keinen Fall. Warum denken Sie das?«

»Weil ich nur eine einfache junge Frau bin, die sich vieles wünschen mag, aber nicht, dass in Meißen über sie geredet wird. Ich bin den unbekannten Zwillingen dankbar.«

»Sie müssen Ihr Licht nicht unter den Scheffel stellen. Meine Erwartungen haben Sie übertroffen. Ich denke, wir nehmen ein Koppchen Kaffee zusammen. Ich habe auch Fruchttörtchen und Marzipankonfekt vorbereiten lassen. Können Sie sich dafür begeistern?«

»Viel zu sehr.« Je länger sie miteinander redeten, desto mehr entspannte sich Geraldine. Die Fleuterin kam ihr als eine geübte Gastgeberin vor, die es verstand, es ihren Besuchern angenehm zu machen.

Sie öffnete jetzt eines der beiden bodentiefen Fenster, durch die man in den Garten treten konnte. »Vielleicht mögen Sie mich für merkwürdig halten, aber bei schönem Wetter sitze ich lieber draußen als im Haus und habe dort alles vorbereiten lassen. Und Ihrem Vater hat man ja nachgesagt, die Pflanzen zu lieben. Mehr zu lieben als die meisten Menschen. Haben Sie etwas von ihm geerbt?«

»Nicht seine Leidenschaft für die Erforschung der Pflanzenwelt, falls Sie das meinen, Frau Fleuter. Ich ziehe jedoch den Aufenthalt im Freien ebenfalls vor.«

Im Garten standen unter einem Sonnensegel ein kleiner Tisch und zwei zierliche Stühle. Koppchen aus Meißner Porzellan und Kuchenteller, alle bemalt mit dem Geraldine wohlbekannten Muster *Gelber Tiger*. Das Hausmädchen brachte den Kaffee, Kuchen und Konfekt. Mit eigener Hand schenkte die Fleuterin ein. Der Kaffee war schwarz, stark und roch sehr aromatisch. Geraldine verdünnte ihren mit einer kleinen Menge Milch. Das eröffnete ein Gespräch über die richtige Zubereitung des anregenden Getränks. Es stellte sich heraus, dass die Fleuterin auch über die verschiedenen Sorten des Kaffeestrauchs Bescheid wusste.

Gab es etwas, in dem diese Frau keine Expertin war? Oder hatte sie sich auf ihren Besuch nur umfassend vorbereitet? Über Kaffee und seinen Anbau wusste Geraldine selbst nur, dass er an einem Strauch wuchs, dessen Früchte Kirschen glichen. Die Kaffeebohne befand sich im Kern. Der Strauch wurde auf ihrer Heimatinsel Santo Domingo angebaut. Schwarze Sklaven schufteten auf den Plantagen, angetrieben durch die Peitschen ihrer weißen Aufseher. Als Kind hatte sie die Striemen auf den Rücken der Männer gesehen.

Bevor diese Gedanken ihr den Appetit verdarben, kostete Geraldine die Fruchttörtchen. In einem Bett aus Vanillecreme lagen Erdbeer- und Rhabarberstücke.

»Habe ich Ihren Geschmack getroffen?« Die Fleuterin hatte von ihrem Fruchttörtchen bereits die Hälfte aufgegessen. Sie teilte nicht die Abneigung ihrer Schicht gegen Aufenthalte im Freien und die Neigung zu winzigen Portionen. Sie war eine in jeder Hinsicht bemerkenswerte Frau.

Nachdem die Törtchen gegessen waren, wandten sie sich dem Konfekt zu. Mehrmals schaute die Fleuterin zur Tür.

»Verspätet sich Ihr Mann?«, fragte Geraldine und biss einen Zacken eines Marzipansterns ab. Ihre Hoffnung, es möge auch so bleiben, behielt sie für sich.

»Gerade heute, wo ich ihn gebeten hatte, rechtzeitig nach Hause zu kommen. Mein lieber Fleuter hat es nicht leicht in seinem Amt. Es ist viel Verantwortung. Die Kreisamtmannschaft, die Manufaktur, und er hat seinen fähigsten Mitarbeiter verloren.«

Nun zuckte Geraldine doch zusammen. Es konnte nur Teuchert sein, von dem die Frau sprach. Die Teuchertin hatte wahrscheinlich auf genau dem gleichen Stuhl gesessen, auf dem auch sie …

»Ich wollte keine Erinnerungen aufstören. Nehmen Sie noch Konfekt.« Die Hausherrin schob ihr die Schale hin.

Der Appetit war Geraldine jedoch vergangen. Die Erinnerung an das Ehepaar Teuchert war immer noch geeignet, sie zu verstören. Sie knabberte an dem Stern, den sie in den Händen hielt und erhob sich dann. »Ich habe Sie schon viel zu lange aufgehalten.«

Die Fleuterin stand ebenfalls auf. »Mein Gatte wird traurig sein, Sie verpasst zu haben. Sie hätten bestimmt sehr angeregt über die Manufaktur plaudern können.«

Die Verabschiedung war höflich und freundlich. Als sie auf der Gasse stand, warf Geraldine noch einen letzten Blick zur geschlossenen Haustür, ehe sie sich auf den Weg zum Marktplatz machte. Dorthin hatte sie ihre Kutsche und Janne befohlen. Hoffentlich waren beide bereits da, dann galt es, ins Käbschütztal zu eilen, und die Sache mit dem Arkanum aus der Welt zu schaffen. Sie würde erst wieder ruhig schlafen können, wenn sie es sicher in der Schatzkammer wusste.

Meißens schmale Gassen waren belebt. Die Einwohner eilten unbekannten Zielen zu, standen beieinander und schwatzten, grüßten sich im Vorbeigehen. Gassenjungen schossen Steine vor sich her, und Mädchen spielten mit Lumpenpuppen. Jeder kannte jemanden, nur Geraldine wanderte still wie ein Fremdkörper Richtung Markt. Sie zog Blicke auf sich, weil sie fremd aussah mit der Milchkaffeehaut und ihrem schwarzen Haar, aber sie entdeckte niemanden, dem sie einen Gruß hätte zuwerfen können. Im Vorjahr hatte sie nicht lange genug in der Stadt gelebt, um Freundschaften zu schließen, die meiste Zeit war sie ohnehin auf Teucherts Dachboden gefangen gewesen.

Auf dem Marktplatz fand sie weder ihre Kutsche noch ihre Zofe vor. Ausgerechnet! Geraldine musste sich allerdings eingestehen, selbst daran schuld zu sein: Hatte sie doch keinen genauen Zeitpunkt genannt, zu dem sie abgeholt zu werden wünschte. Jede vornehme Dame hätte das gemacht und bedenkenlos die Bediensteten auf sie warten lassen, nur Geraldine machte sich Gedanken darüber, wie Janne und der Kutscher ihre Zeit verbrachten. Sie hatte ihrem Vergnügen nicht im Wege stehen wollen. Daran war nichts mehr zu ändern, sie konnte nur warten.

Dann entdeckte sie Janne, die Otto an der Leine hielt und sich mit zwei einfach gekleideten Frauen unterhielt. Aus ihren lebhaften Gesten schloss Geraldine, dass sie mit der Schilderung ihres neuen Lebens beschäftigt war. Otto saß brav neben ihr und schaute sich so hoheitsvoll um, als stände er nicht in einem Kreis schwatzhafter Frauen, sondern auf einem fürstlichen Empfang.

Der Mops hatte am Morgen schlafend in der Kutsche unter einer Bank gelegen. Er war von den beiden Frauen erst entdeckt worden, als sie bereits ein gutes Stück des Weges nach Meißen zurückgelegt hatten. Ihn aus der Kutsche zu werfen, damit er seinen Weg allein fand, hätte Geraldine für angemessen gehalten, aber Janne hatte den Hund derart liebevoll gestreichelt und geklopft, dass sie es nicht übers Herz brachte. So war Otto in den Genuss dieses Ausflugs gekommen.

Da von der Kutsche immer noch nichts zu sehen war, überlegte Geraldine, die Wartezeit in dem am Markt neu eröffneten *Chokolade- und Caffeehaus* zu verbringen. Dort konnten die Gäste an kleinen Tischen sitzen, die Modegetränke Kaffee und Schokolade schlürfen und sich auf angenehme Weise die Zeit vertreiben. Unter den vornehmeren Meißner Einwohnern erfreute sich das Haus einiger Beliebtheit, jedenfalls entdeckte Geraldine nur zwei freie Tische. Dafür sah sie nirgendwo jemanden allein vor seinem Koppchen sitzen. Hatte Therese Schumann das gemeint, als sie von einem ihrer Stellung angemessenen gesellschaftlichen Leben gesprochen hatte? Aus der Haustür treten und Bekannte treffen?

Sie überlegte es sich anders und ging nicht hinein, weil sie nicht allein in einem Raum voller Fremder sitzen und der Gegenstand ihres Interesses werden wollte. Stattdessen umrundete sie den Markt und fühlte sich einsam. Der Nachmittag hatte ihr endgültig eine Ahnung vermittelt, wie ihr Leben unter Gleichgestellten verlaufen könnte, wie schön es wäre, Freundinnen zu haben, mit denen sie beisammensitzen konnte, um über die neuesten Moden und andere Nichtigkeiten zu reden. Nicht über das Arkanum … Das verflixte Büchlein, wenn sie es nur erst aus dem Haus hätte. Erneut verfiel sie in düstere Gedanken über ihre Sorglosigkeit. Bevor diese vollständig von ihr Besitz ergriffen, entdeckte sie ihre Kutsche. Eben kam sie auf den Platz gerollt. Geraldine winkte dem Kutscher, neben ihr zu halten. Janne sah sie nun auch, beendete sofort ihr Gespräch und kam herübergeeilt. Otto zog an der Leine und japste.

»Gnädige Frau.« Janne knickste. »Sie mussten doch nicht warten?«

»Ich bin gerade erst gekommen. Hast du Freundinnen getroffen?«

Janne nickte begeistert. »Ich habe aber auch alles besorgt, was Sie mir aufgetragen hatten. Sie werden sehr zufrieden sein.«

Abwesend nickte Geraldine.

KAPITEL 14

*J*ohann Friedrich Fleuter fand seine Frau im Garten, als er aus der Kreisamtmannschaft nach Hause kam. Sie saß noch in derselben schattigen Nische, in der sie mit Geraldine Kaffee getrunken hatte, und stickte. Seit Jahren stickte sie an dem gleichen Stück Stoff, und Fleuter wusste nicht zu sagen, was daraus einmal werden sollte. Es konnte ein Taschentuch werden oder ein Busentuch, eine Haube genauso gut wie ein Kragen für eines seiner Hemden. Wahrscheinlich wusste sie es selbst nicht mehr. Zu den unzweifelhaft vorhandenen Talenten seiner Frau gehörte das Sticken jedenfalls nicht, aber es gehörte sich für eine Dame ihres Standes, sich mit Nadelarbeiten zu beschäftigen. Deshalb holte sie die Stickerei hin und wieder hervor.

»Mein Lieber.« Zur Begrüßung hielt sie ihm die Wange hin, damit er einen Kuss darauf drückte.

Er ließ sich ihr gegenüber auf dem Stuhl nieder und lockerte das Halstuch.

»Der Kaffee ist inzwischen kalt. Ich habe viel früher mit Ihnen gerechnet. Gab es Ärger? Ich hätte Ihnen gerne meinen Besuch vorgestellt, und wir hätten eine halbe Stunde zu dritt plaudern können.«

Den leisen Vorwurf in ihrer Stimme überhörte er. »Sie dürfen mir glauben, ich lege darauf keinen Wert. Mir ist die Dame durchaus bekannt, die Sie heute bewirtet haben. Ist Ihre Neugier befriedigt?«

»Wie Sie das sagen, klingt es geradezu anrüchig, mein Lieber. Dabei ist Fräulein von Scholl eine nette Person, mit der sich eine angenehme Zeit verbringen lässt.«

»War sie beeindruckt von Ihrem Garten?«

»Das auch. Oh, wie gut Sie mich kennen.« Die Fleuterin lachte silberhell auf. Der Garten war das Kleinod, das ihr mehr bedeutete als die Stücke in ihrer Schmuckschatulle. »Sie sitzt jedenfalls wie ich lieber draußen als im Haus. Als Tochter Ritter von Scholls überrascht das niemanden. Sie hören sich aber an, als wären Sie ihr mit Absicht aus dem Weg gegangen und länger auf der Burg geblieben.«

»Es stapelt sich genug Arbeit auf meinem Schreibtisch. Diese Person ist daran nicht unschuldig. Auf ihr Betreiben hin ist mir mein fähigster Mitarbeiter abhandengekommen, da muss ich mit ihr nicht auch noch Umgang pflegen.«

»Dafür kann sie nichts, dass Carl Theodor Teuchert sich als großer Schurke herausgestellt hat. Das dürfen Sie der armen Frau nicht anlasten.«

»Ich muss jedoch mit den Folgen leben. Der Nachfolger schafft nicht die Hälfte von Teucherts Arbeit. Oft genug macht er mir welche, als dass er sie mir abnimmt. Eine eigene Entscheidung zu treffen, eine richtige vor allen Dingen, habe ich bei dem Mann noch nicht erlebt.«

»Sie werden ihn sich zurechtbiegen. Hat er eine Frau? Soll ich sie einmal einladen?«

»Hören Sie auf, jedermanns Frauen einzuladen. Das ist durchaus nicht nötig.«

»Es macht mir Freude.«

»Diesem Fräulein von Scholl werden Sie hoffentlich keine weitere Einladung in Aussicht gestellt haben?«

»Wo denken Sie hin? Meine Neugier habe ich gestillt, weiter liegt mir nichts an ihr.«

»Ich bin froh, meine Liebe.« Fleuter drückte seiner Frau

einen Kuss auf die Stirn. »Sie entschuldigen mich, ich muss mich umziehen.«

»Sie gehen aus?«

»Ein kleines Kartenspiel.«

* * *

»Ich habe etwas für Sie besorgt, gnädige Frau, das Sie sehr erfreuen wird«, begann Janne, als die Kutsche bereits eine Weile dahin rollte.

»Ich hatte dich ja um einige Besorgungen gebeten.«

Geraldine hatte aus dem Fenster geschaut und behielt dies bei, da sie keine Neigung zu einem Gespräch verspürte.

Eine gut geschulte Zofe hätte diesen Wink verstanden und schweigend auf einen besseren Zeitpunkt für ihr Ansinnen gewartet. Janne war allerdings beseelt von dem Wunsch, ihre Herrin von ihrem Plan zu überzeugen. »Da wäre noch etwas anderes«, sagte sie deshalb mit langgezogenen As.

Das brachte Geraldine nun doch dazu, den Kopf zu drehen und ihre Zofe anzuschauen. Röte überzog deren Wangen.

»Was hast du getan?«, wollte Geraldine wissen und bereute gleich darauf ihre Heftigkeit.

Jannes Röte vertiefte sich. »Was Sie mir aufgetragen haben. Ich möchte nur, dass Sie hübsch aussehen. Das ist der Stolz einer Zofe.«

»Ich bin in deinen Augen also nicht hübsch genug?« Geraldines aufkeimender Ärger wich einer gewissen Belustigung.

Dies bemerkte Janne ebenfalls nicht. Zögerte jedoch mit der Antwort und blickte sich um, als wäre von irgendwoher – vom Kutscher vielleicht – Hilfe zu erwarten, ehe sie tief Luft holte. »Gnädige Frau tragen immer nur dunkle Farben und schlichte Schnitte. Dabei stehen Ihnen alle Farben so gut mit

Ihrem dunklen Haar. Das sagt auch Frau Aha. Wir beide möchten, dass Sie fröhlich und hübsch aussehen.«

»Ich bin in Trauer um meinen Vater.«

»Das weiß ich und daher habe ich das besorgt.« Janne zog aus ihrem Beutel ein breites schwarzes Spitzenband. Es war breiter als die Trauerbänder, die Geraldine für gewöhnlich trug. »Der Herr Vater der gnädigen Frau – Gott hab ihn selig – ist seit einem halben Jahr von Ihnen gegangen, da ist es ausreichend, die Trauer durch ein Band am Oberarm zu zeigen statt Schwarz zu tragen.«

»Ich trage auch kein Schwarz«, warf Geraldine ein, »und …«

»Aber immer nur triste Farben«, sagte Janne eifrig und bemerkte erst jetzt, dass sie Geraldine unterbrochen hatte. Hastig fügte sie an: »Oh, Verzeihung, gnädige Frau. Aber es gibt so schöne Schnitte und Stoffe. Ich war in Meißen bei einem Schneider. Er hat mir Modezeichnungen gezeigt, die gerade aus Paris eingetroffen sind. Die Stoffe dazu sind ganz entzückend.«

»Zum Schuster und zum Handschuhmacher solltest du gehen.«

»Da war ich auch, aber ich habe mich extra beeilt, damit noch Zeit für den Schneider bleibt.« Janne sprach nun so schnell, dass keine Möglichkeit mehr bestand, sie zu unterbrechen. »Der Schneider war so freundlich, mir einige Stoffproben zu überlassen und auch ein Heft mit den neuen Schnitten, damit ich sie Ihnen zeigen kann.«

»Dafür hast du Geld ausgegeben.« Geraldine wusste sehr wohl, dass sich die Schneider diese Blätter mit Modezeichnungen gut bezahlen ließen. Der Preis wurde verrechnet, wenn man dann ein Modell bestellte. Da sie dies nicht vorhatte, war das Geld verloren.

»Es war nicht viel, gnädige Frau«, verteidigte sich Janne. Erneut griff sie in ihren Beutel und zog eine Handvoll Stoffstreifen heraus, sowie dünne zusammengenähte Foliobögen. Bestimmt ein halbes Dutzend. Beides hielt sie Geraldine hin.

Das erste Modell war ein mit Spitze und Rüschen besetztes Abendkleid in einem hellen Rosa. Überall bauschten sich üppige Falten und Volants. Das Unterkleid war gebrochen weiß und dann waren am Übergang vom Oberteil zu den Röcken auch noch Stoffrosen in einem leicht dunkleren Ton aufgenäht. Das Ganze sah so lächerlich aus, dass Geraldine an sich halten musste, um nicht laut herauszuprusten. Sie sähe darin aus wie ein gefülltes Baiser. Dennoch nahm sie das Heft in die Hand und blätterte es durch. Weitere Kleider mit voluminösen Röcken, mantelartigen Schleppen am Rücken und spitzenkrausen Ärmeln gerieten vor ihren Blick. Auf anderen Zeichnungen hatten die Oberteile niedliche Schößchen in der Taille. Schnürungen auf der Brust dienten nur noch der Zierde, aber nicht mehr, um das Oberteil in Form zu bringen, das wurde genau an den Oberkörper der Trägerin angepasst. Die Taillen waren schlank genug, um von zwei Männerhänden umfasst zu werden. Kurz stellte sich Geraldine Frederik Nehmitz' Hände auf ihrer Taille vor, schob diesen Gedanken jedoch energisch beiseite. Das war Vergangenheit.

»Jeder dieser Schnitte wird die gnädige Frau ausgezeichnet kleiden«, sagte Janne nun. »Schauen Sie nur die schönen Stoffe dazu.«

Zwei, drei der Stoffstreifen fanden ihren Weg auf die Modezeichnungen. Sie leuchteten zartgrün, himmelblau und apricotfarben, bestanden aus Atlas, Seide und weich fallendem Musselin. Geraldine nahm den blauen in die Hand, legte ihn sich über den Unterarm. Er sah auf ihrer braunen Haut aus wie Strand und Meer, fühlte sich anschmiegsam und schmeichelnd an. Entschlossen legte sie den Stoff weg.

»Das ist nichts für mich, solange ich in Trauer um meinen Vater bin.«

»Das Trauerband um Ihren Arm wird aller Welt zeigen, wie sehr Sie Ihren Vater noch immer beweinen. Lassen Sie eines dieser Kleider ein Anfang sein. Der Schneider wird jedoch zwei Wochen benötigen, um es zu liefern. Er hat gerade jetzt viel zu tun.«

»Janne!«

»Gnädige Frau. Schauen Sie sich die Kleider noch einmal an.«

Dem Bitten in der Stimme ihrer Zofe konnte Geraldine nicht widerstehen. Sie blätterte erneut durch die Modezeichnungen. Beim schlichtesten Kleid auf der letzten Seite blieb ihr Blick hängen. Es war immer noch üppig im Gegensatz zu denen, die sie gewöhnlich trug, aber sie musste sich eingestehen, dass der Schnitt ihr stehen würde. Und aus dem blauen Stoff. Wie Sand und Meer …

Sie räusperte sich. »Ich werde weiterhin nur gedeckte Farben tragen bis zum ersten Todestag meines Vaters.« Und ohne auf Jannes enttäuschte Miene zu achten, fuhr sie fort: »Aber für die Zeit danach darfst du mir dieses Kleid aus dem himmelblauen Stoff bestellen mit einem passenden Unterkleid in Weiß. Der Schneider soll es aber nicht vor November liefern.«

Ein Strahlen in den Augen ihrer Zofe antwortete ihr.

KAPITEL 15

Bei ihrer Rückkehr fand Geraldine einen Brief aus Dresden vor. Aus dem Brühlschen Palais. Das Herz rutschte ihr nach unten, und sie musste sich an einem Bücherschrank abstützen, als Maurice ihr nach dem Abendessen das Schreiben auf einem Silbertablett überreichte. Er warf ihr einen Blick zu, sagte jedoch nichts. Ein Klumpen sauren Speichels sammelte sich in Geraldines Mund, und sie brachte nur noch ein Nicken zustande.

Allein mit dem Brief musste sie allen Mut zusammennehmen, um das Siegel zu erbrechen. Sie las als Erstes die Unterschrift. Ein ihr unbekannter Name, Privatsekretär des Grafen von Brühl. Geraldine überflog den Text und jedes Wort erleichterte ihr Herz.

Das Arkanum wurde gar nicht erwähnt, sie stattdessen nach Dresden in die Brühlsche Sommerresidenz befohlen, um den Grafen und seine Gattin auf Porzellan zu porträtieren. In zehn Tagen erwarteten die edlen Herrschaften sie in ihrem Palais.

Zwei Tage vor dem genannten Termin brach Geraldine nach Dresden auf. Janne und die Kinder begleiteten sie, außerdem ein Diener und ein Bursche, die sich um ein angemessenes Quartier und das Gepäck zu kümmern hatten. Das war nicht wenig bei der Menge an Personen, die sich auf den Weg gemacht hatten. Das Büchlein mit dem Arkanum nahm Geraldine mit und versteckte es zwischen ihren Unterröcken.

Otto war mit von der Partie, weil alle außer Geraldine der

Meinung waren, er solle etwas sehen von der Welt. Geraldine argwöhnte, der wahre Grund wäre darin zu suchen, dass der Mops ohne Rikardas Gesellschaft unausstehlich war. Sie hatte nachgegeben und war damit belohnt worden, dass sich Otto auf dem Postboot in ihre Ferse verbiss. Zum Glück trug sie derbe Schuhe für die Reise, seine Zähne drangen nicht durch das Leder. Die anderen Passagiere auf dem Postboot beobachteten Ottos Treiben in einer Mischung aus Amüsiertheit und Empörung.

»Der Hund gehört über Bord«, riet ein alter Mann in abgerissener Kleidung und nackten Füßen in Stiefeln.

»Wie können Sie so etwas Grausames sagen!«, empörte sich Rikarda und legte ihre Arme um den Hund, als fürchtete sie, der Mann würde seinen Worten gleich Taten folgen lassen. »Er hat Angst auf dem Boot, weil er das nicht gewohnt ist.«

»Eine strenge Hand tut es auch«, meinte ein jüngerer Mann in der Kleidung eines Handwerksburschen. »Den frechen Kerl einmal den Stock spüren lassen, und er wird es sich beim nächsten Mal besser überlegen.«

Rikarda drückte Otto fester an sich und ließ ihn auch nicht mehr los, bis sie das Boot verließen.

In Dresden bezog Geraldine eine Etage in der vornehmen Herberge *Hotel de Saxe* auf dem Neumarkt.

In einem unbeobachteten Moment gelang es ihr, das Büchlein mit dem Arkanum zwischen den Unterröcken hervorzuziehen und es im Salon in einer Schublade einzuschließen. Danach sah sie den Kasten mit ihren Malutensilien durch. Pinsel, Farbpulver und Dicköle hatten die Reise unbeschadet überstanden. Genügend Zeichenkohle und Papier hatte sie ebenfalls eingepackt.

Aus dem Nachbarzimmer hörte sie Jannes aufgeregte Stimme, die mit ihrer Tochter schimpfte und gleichzeitig über von der Reise zerdrückte Kleidung klagte. Geraldine konnte sich lebhaft vorstellen, dass ihre Zofe in den aus Truhen und Schachteln quellenden Stoffbergen beinahe ertrank, dennoch versagte sie es sich, ihr zu helfen. Als sie beide noch Mägde gewesen waren, hätte sie darüber nicht nachgedacht, sondern wäre Janne zur Hand gegangen. Inzwischen würde die ein solches Angebot als einen Angriff auf ihre Fähigkeiten als Zofe verstehen. Am Ende wären sie beide beschämt. Geraldine blieb daher nur, durch die Salons zu wandern und die Aussicht zu genießen. Obwohl es dort nicht viel zu genießen gab: Egal, aus welchem Fenster sie schaute, sie erblickte Häuser, Häuser und wieder Häuser. Die grünen Weiten des Parks ihres Vaters im Käbschütztal vermisste sie schon jetzt.

Wider Erwarten wurde Janne dem Chaos aus den Koffern schneller Herr als gedacht, und als es Zeit war, sich für ein Abendessen umzukleiden, deutete im Schlafzimmer und im daneben liegenden Ankleidezimmer nichts mehr auf die gerade erst erfolgte Ankunft hin.

»Bestimmt sind Sie aufgeregt, gnädige Frau«, seufzte Janne, als sie Geraldines Locken hochsteckte. »Ich bin es jedenfalls. So vornehme Herrschaften, die Sie malen sollen.«

Das war nicht dazu angetan, Geraldines Nervosität zu mildern. In ihrem Hals saß ein Kloß, sie konnte nur nicken.

Der Sommersitz des Grafen Brühl in der Dresdner Friedrichstadt war ein eingeschossiges Palais mit zwei weiteren Geschossen im Dach. Das Gebäude bestand deutlich aus drei Teilen, deren äußere beide vorsprangen, während der mittlere, prächtigste Teil in einem kleinen Türmchen auf dem Dach gipfelte. Rechts und links des Eingangs stand je eine Sandsteinamphore mit einem zur Kugel geschnittenen Buchsbaum.

Bevor sie den Klopfer betätigen konnte, wurde die Tür geöffnet. Sie stand einem zurückhaltend gekleideten jungen Mann gegenüber, der sie schüchtern anlächelte und sich als Privatsekretär Heinrich von Brühls vorstellte.

Ein Lakai trug ihnen Tornister und Mappe hinterher. Das Büchlein mit dem Arkanum trug Geraldine in einer Rocktasche, und dort hing es schwer wie ein Mühlstein an ihrer Seite.

Sie neigte sich dem Privatsekretär zu. »Ich muss ihm eine Frage stellen.«

»Sehr gerne, gnädige Frau.«

»Es geht um das Arkanum der Porzellanherstellung. Von meinem Vater habe ich eine Niederschrift …«

»Verzeihen Sie, gnädige Frau«, unterbrach sie der Privatsekretär leise, aber bestimmt. »Darüber darf ich nichts wissen. Ich bitte Sie, schweigen Sie und besprechen Sie alles mit meinem Herrn.«

»Ich dachte, als sein Privatsekretär wären Sie mit allem vertraut. Sie sollen das Arkanum nicht lesen, sondern mir nur sagen, wie ich damit verfahren muss.«

»Ich bin erst seit einigen Wochen in dieser Position. Mein Vorgänger musste den Hof verlassen und konnte nicht mehr länger der Privatsekretär des Herrn Premierministers sein. Ich muss Sie wirklich bitten, diese delikate Angelegenheit mit meinem gnädigen Herrn zu besprechen.«

Gerade das wollte Geraldine vermeiden. Sie seufzte. Bevor sie noch mehr sagen konnte, öffnete der Privatsekretär eine zweiflügelige Tür, und sie betrat einen sonnendurchfluteten Salon mit bodentiefen Fenstern. Die Helligkeit blendete sie.

»Ich habe an dieses gedacht. Ist es so recht?«, hörte sie eine befehlsgewohnte Stimme. Der letzte Satz war mehr als Feststellung denn als Frage formuliert worden.

Sie blinzelte, und aus dem Sonnenlicht schälten sich zwei Personen heraus. Die Frau in einem für die frühe Tageszeit ungewohnt prächtigen Kleid, mit unzähligen Ringen an den Fingern und einem Diamantcollier, das mit dem Licht um die Wette zu strahlen schien, saß auf einem Stuhl, der vor eines der Fenster gerückt worden war. Sie hielt einen zusammengeklappten Fächer im Schoß. Ihr gepudertes Haar bedeckte ein Spitzenschleier, gehalten von einem schmalen Diadem, an dem weitere Diamanten funkelten. Geraldine vermutete in ihr die Gräfin Maria Anna Franziska von Brühl, genannt Marianne.

Der Herr stand hinter dem Stuhl, hatte eine Hand auf dessen Lehne gelegt. Er war nicht weniger prächtig gekleidet als seine Gattin, trug einen weißen Rock mit goldenen Aufschlägen und ebensolchen Knöpfen. Eine blaue Schärpe zierte die rechte Schulter, und Orden prangten auf der keinesfalls schmalen Brust. Eine weiße Perücke umrahmte ein rundliches Gesicht, in dem die Nase spitz hervorstach. Reichsgraf Heinrich Graf von Brühl war es auch, der gesprochen hatte.

Geraldine sank in ihren schönsten Knicks. »Hoher durchlauchtigster Herr, ich fühle mich geehrt …«

»Lassen Sie das. Unsere Zeit ist zu knapp bemessen, um Schmeicheleien anzuhören. Wir hatten Sie früher erwartet«, sagte der Reichsgraf.

Seine Gattin nickte dazu, und Geraldine fühlte sich, als müsse sie gleich im Boden versinken. Das war kein guter Beginn ihrer Tätigkeit.

»Ich habe alles für die Reise vorbereiten lassen, sowie ich Euren Brief empfing und bin vor einem Tag mit dem Postboot aus Meißen eingetroffen, um Sie an dem von Ihnen genannten Datum aufzusuchen.«

»Ich meinte heute Morgen.«

»Es kann gerade einmal halb neun sein«, entfuhr es Geraldine.

»Spät, ich sagte es. Sie werden uns nicht unvorbereitet finden, wenn Sie um sechs Uhr in der Frühe erscheinen.«

Geraldine musste schlucken, selbstredend gab es nur eine Antwort. »Wie der hochedle Herr Reichsgraf befiehlt. Ich werde ab sofort früher zu Euch kommen.«

»Nicht so viele Worte«, wurde sie erneut ermahnt.

»Ist das so richtig? Wir möchten gerne hell umstrahlt sein.« Heinrich von Brühl deutete mit einer knappen Handbewegung auf seine Frau und sich. »Wir können uns auch anders platzieren.« Die Hand legte er danach wieder genauso auf die Stuhllehne wie zuvor.

Nun endlich begriff Geraldine, was der Graf meinte. Wenn sie allerdings so gegen das Sonnenlicht schauen musste, konnte sie kaum die Gesichter erkennen. Sie waren nicht viel mehr als helle Flecken mit roten Lippen und dunklen Augen. Auf keinen Fall konnten der Graf und seine Frau so stehen bleiben.

»Es ist sehr hell«, begann sie diplomatisch.

»Wie wir es wollen.«

»Lassen Sie die Dame ausreden, Herr Graf. Sie ist die Künstlerin«, mischte sich nun Marianne von Brühl ein. Dann drehte sie sich zu Geraldine. »Sprechen Sie ohne Scheu. Wir werden uns in die Position bringen, die Sie wünschen. Sollen wir uns nebeneinander auf ein Sofa setzen?«

Das würde es nicht besser machen. Die beiden Sofas im Raum standen ebenso ungünstig, und es gab kaum ein Bild, das langweiliger war, als ein Ehepaar nebeneinander auf dem Sofa sitzend. Geraldine entschied also, die Aufforderung der Gräfin ernst zu nehmen. Da es ihrem Mann so sehr um die Zeit ging, konnte es für alle nur hilfreich sein, wenn sie ihre

Meinung klar äußerte. »Ich male Porträts. Darum habt Ihr mich gebeten, hochedler Herr Graf. Dafür bin ich hergekommen.«

Brühl wollte schon wieder etwas einwenden, aber seine Frau brachte ihn mit einem strengen Blick zum Schweigen.

»Für ein Porträt male ich Kopf, Hals, die Schultern, vielleicht noch die Brust. Eine gerade, aufrechte Haltung ist wichtig, aber ob Ihr dabei sitzt oder steht, ist nicht von Belang. Das Licht dagegen schon. Ein weiches, schönes Morgenlicht ist gut. Es darf aber nicht direkt hinter Euch leuchten. Dadurch ist alles hell, aber Ihr wirkt dunkel, Herr Graf.«

»Das habe ich gleich gesagt, Herr von Brühl. Dass das Licht uns wie eine Gloriole umscheinen soll, war wieder nur eine Ihrer versponnenen Ideen. Ich hätte als Hintergrund gerne ein weites Tal angedeutet, als stünde ich auf einer Hochebene oder einem Berg. Wird das möglich sein?«

»Ja, natürlich«, antwortete Geraldine reflexhaft.

»Für Sie bietet sich ein stürmischer Himmel an, Herr Graf.« Die Gräfin stand auf und ging zu einem Sofa, das nicht so sehr im Sonnenlicht stand, setzte sich und fächelte sich Luft zu. »Beginnen Sie damit, was immer Sie als Erstes für ein Porträt machen müssen.« Sie klopfte auf den Platz neben sich. »Nun kommen Sie schon an meine Seite und lassen Sie die Künstlerin machen. Davon verstehen wir nichts.«

Von Brühl gehorchte.

Als sie beide nebeneinander auf dem Sofa saßen – diesmal umrahmte sie das Licht und schmeichelte ihnen –, gaben sie ein rührendes Bild ab. Am liebsten hätte Geraldine zu ihnen gesagt, sie sollten sich nicht mehr bewegen, bis sie mit dem Malen fertig war. Egal, was sie sonst über Sofabilder dachte, diesen beiden stand es. Noch schöner wäre es gewesen, wenn er ihre Hand ergriffen hätte.

»Ich werde zunächst Farbskizzen anfertigen, damit Ihr mir nicht täglich Modell stehen müsst. Eure Zeit …«

»Sie lernen, junge Frau. Und nun fangen Sie an.«

Geraldine ließ sich das nicht zweimal sagen und malte, so lange die Geduld des Grafen es zuließ. Der schüchterne Privatsekretär zeigte ihr anschließend den als Atelier vorbereiteten Raum und die beiden aus der Porzellanmanufaktur gelieferten Scherben, auf denen die Porträts entstehen sollten. Es war an alles gedacht und nichts dem Zufall überlassen worden.

Graf von Brühl bekam sie an diesem Tag nicht noch einmal zu Gesicht.

KAPITEL 16

Erst zwei Tage später fand der Reichsgraf eine halbe Stunde Zeit, ihr um sechs Uhr in der Früh Modell zu stehen. Heinrich von Brühl sah allerdings aus, als wäre er nicht zu Bett gewesen statt früh aufgestanden. Geraldine ignorierte seine müden Augen und konzentrierte sich auf andere Partien seines Gesichts. Die Zunge schaute zwischen ihren Lippen hervor.

Als sie den Pinsel absetzte und mit den Schultern kreiste, um ihren verspannten Nacken zu lockern, sprang der Reichsgraf sofort auf. »Sind Sie fertig, junge Frau?«

Sie konnte nicht so schnell antworten, wie er bei der Tür war und die Klinke in der Hand hatte. »Warten Sie! Warten Sie!«, rief sie ihm hastig hinterher.

»Was ist denn noch? Ich habe zu tun.« Der Reichsgraf drehte sich wieder um, fixierte sie aus zusammengekniffenen Augen. Dabei tippte er ungeduldig mit der Schuhspitze auf den Boden.

»Ich bin noch nicht fertig, edler Herr Graf. Einen Moment bitte.«

Von Brühl verdrehte die Augen. »Worauf habe ich mich da nur eingelassen? Können Sie nicht schneller arbeiten?«

»Ich versuche es, aber ich muss …« Geraldine zögerte, »… ich muss etwas mit Euch besprechen. Es ist wichtig.«

Der Reichsgraf zog die Augenbrauen hoch, ging jedoch zu seinem Stuhl zurück und stellte sich wieder in seiner Pose auf. »Ich bin bereit, junge Frau.«

»Es ist wegen des Arkanums.« Schnell und zusammenhanglos sprudelte Geraldine heraus, was es mit dem Büchlein ihres Vaters auf sich hatte. Sie hatte sich vorher genau zurechtgelegt, wie sie es berichten wollte, damit weder ihr Vater noch sie nachlässig erschienen und auf keinen Fall der Eindruck entstand, das Arkanum sei jemals in Gefahr gewesen. Nun kam alles anders heraus, vollkommen verdreht.

Die Miene des Reichsgrafen war ernst geworden, gleich als sie das erste Mal das Wort *Arkanum* in den Mund genommen hatte. »Warum erzählen Sie mir das? Das gehört in die Schatzkammer. Schon vor einem halben Jahr hätte es dahin gehört.«

»Ich habe davon nichts gewusst.«

»Das Arkanum gehört nicht in Ihre Hände.«

»Also ich verstehe davon nichts. Wenn es das ist, was Sie beunruhigt. Ich habe nie einen Blick in dieses Buch geworfen. Und ich verstehe auch gar nichts von der Sache, kann nur auf Porzellan malen.« Geraldine hatte das Gefühl, sich mit jedem Wort mehr um Kopf und Kragen zu reden, aber sie konnte nicht aufhören, sich zu rechtfertigen.

»Sie hätten es abgeben müssen und dazu hätten Sie aufgefordert werden müssen, junge Frau.« Brühl runzelte die Stirn. »Da ist offenbar etwas übersehen worden. Ich gebe Ihnen keine Schuld, mein Sekretär …«

»Diesem jungen Mann dürfen Sie das auch nicht anlasten. Er ist doch noch nicht lange bei Ihnen. Geben Sie ihm keine Schuld. Ich hätte Sie nicht damit behelligt, wenn ich mir einen anderen Weg gewusst hätte.«

»Die Dinge müssen in Ordnung gebracht werden, und Sie sprechen nie wieder darüber, haben Sie verstanden? Das ist alles, was ich von Ihnen verlange. Nun muss ich wirklich gehen, meine Zeit. Sie verstehen …« Brühl eilte zur Tür und war schon halb hinaus.

»Was soll ich denn machen?«

»Schatzkammer!«, lautete die wenig hilfreiche Antwort.

Also machte sich Geraldine am Nachmittag in Begleitung von Brühls jungem Sekretär auf den Weg in die geheimnisvolle Schatzkammer, auch Grünes Gewölbe genannt, um das Arkanum ihres Vaters zu übergeben. Weit kam sie allerdings nicht. Nur bis in das Kabinett des Verwalters der Schatzkammer. Sie zog das Büchlein mit dem Arkanum aus einem Beutel und musste wegen des sorglosen Transportes einen langen, vorwurfsvollen Blick über sich ergehen lassen, dann legte sie es in ein vorbereitetes, mit mehreren Schlössern versehenes Metallkästchen und vor ihren Augen verschloss der Verwalter es mit überdeutlichen, zeremoniellen Bewegungen. Die Schlüssel deponierte er in einem Schlüsselschrank, beschriftete sie sorgfältig.

Danach begann erst der eigentliche Verwaltungsakt. Geraldine musste verschiedene Papiere unterzeichnen, in denen sie bestätigte, das Büchlein übergeben zu haben. Gesehen zu haben, wie es sicher verwahrt wurde und was mit den Schlüsseln geschah. Sie erhielt eine Quittung mit einer beeindruckenden Unterschrift und dem Siegel der Verwahrkammer, die sie einfach in ihren Beutel stopfte.

»In die Verwahrkammer kann ich Sie nicht hineinlassen«, sagte der Verwalter. »Aber dort wird Ihre Gabe aufbewahrt werden. Ich werde sie persönlich dorthin bringen. Ich empfehle Ihnen jedoch, die öffentlich zugänglichen Räume zu besichtigen, sie sind sehr sehenswert.«

Geraldine folgte diesem Rat, war jedoch durch den Verlauf dieses Tages viel zu sehr in Anspruch genommen, um die Schätze des Grünen Gewölbes gebührend zu würdigen. Vor ihren Augen verschwamm alles in einem Glitzern und Funkeln und Spiegeln. Überall sah sie Gold, Silber, Perlen und Edelsteine. Kostbare Gewänder, Orden und unermesslich wertvolle Preziosen – es gab so viel davon, dass sie völlig den Überblick verlor.

Als sie wieder draußen auf dem sonnenbeschienenen Schlossplatz stand, atmete Geraldine auf. Ihr verschwommener Blick klärte sich, und sie erkannte wieder mehr als Gleißen und Glitzern.

* * *

Als Geraldine aus der Schatzkammer in ihre angemieteten Räume zurückging, waren ihre Gedanken noch ganz von dem eben gesehenen Reichtum erfüllt, und sie fragte sich, wie viele Tagelöhner und kleine Handwerker, Bauern, Knechte oder Mägde davon bis ans Ende ihres Lebens ernährt werden konnten. Von diesem Gedanken konnte sie sich nicht freimachen, obwohl sie wusste, dass die Aufgabe eines Fürsten nicht nur darin bestand, sein Fürstentum zu regieren, sondern auch zu glänzen, um seine und die Bedeutung seines Landes nach außen zu tragen.

Beim Betreten der Zimmerflucht wurde Geraldine von Gebrüll empfangen. Rikarda weinte, dass ihr Gesicht rot und rotverschmiert aussah. Sie bekam kaum noch Luft und stieß unverständliche Laute aus, die wie »Otto, Otto« klangen. Janne hielt sie auf dem Schoss und versuchte, ihr die Tränen und den Schnodder abzuwischen. In einem Korb auf dem Boden strampelte Simon Andreas mit den Beinen und brüllte, was seine kleinen Lungen hergaben.

»Gnädige Frau. Bitte«, sagte Janne. Sie machte Anstalten, mit ihrer Tochter auf dem Arm aufzustehen, um vor Geraldine zu knicksen.

»Bleib sitzen«, sagte diese. »Was ist passiert? Jesus, Maria und Josef, das hört sich an, als sei jemand gestorben.«

»Wenn es das wäre«, seufzte Janne. »Otto ist verschwunden.«

Mit der Nennung von Ottos Namen steigerte sich Rikardas Weinen, wenn das noch möglich war. Ihr ganzer Körper verkrampfte sich, und Janne hatte Mühe, sie zu halten. Geraldine hob Simon Andreas aus seinem Korb und schaukelte ihn sanft auf dem Arm. Er legte sein Köpfchen an ihre Schulter und verstummte.

»Wie konnte das denn geschehen?«

»Wir waren mit ihm spazieren, und in der Nähe der Reitbahn hat er der Kleinen die Leine aus der Hand gerissen und ist davongestürmt. Er war sofort im danebenliegenden Park zwischen Büschen und Bäumen verschwunden. Wir haben nur seine Leine im Gras gefunden.«

Geraldine fragte sich, ob sie von dem gleichen Hund redeten. Davongestürmt klang nicht nach dem Otto, den sie kannte. Der knurrte zwar gerne mit zurückgezogenen Lefzen, überlegte es sich aber zweimal, ob er sich schnell bewegen sollte.

»Obwohl wir sofort alles abgesucht haben, war keine Spur von ihm zu entdecken. Rikarda wollte nicht wieder zurückgehen, ich musste sie regelrecht herzerren. Seitdem ist sie so. Sie sehen es ja. Es tut mir wirklich leid, gnädige Frau. Sie sollten dem nicht ausgesetzt sein. Ich sollte mich um Sie kümmern, und nicht Sie sich um meinen Sohn.«

»Das macht mir nichts aus. Ich habe nichts von dem vergessen, was wir zusammen erlebt haben.« Geraldine versuchte ein Lächeln, ahnte aber, dass es ihr misslang. Sie küsste den kleinen Simon Andreas auf den Kopf und atmete seinen Säuglingsgeruch ein.

»Ich habe den Burschen auf die Suche geschickt. Sie haben doch nichts dagegen, gnädige Frau?«

»Das hast du gut entschieden«, antwortete Geraldine gegen ihre Überzeugung. Der Bursche kannte Otto kaum, hatte ihn wahrscheinlich auf dem Postschiff das erste Mal gesehen. Ebenso wenig kannte ihn der Mops. Der wählerische Otto würde sich von ihm nicht einfangen lassen. Der Junge auf ihrem Arm war eingeschlafen. Sie legte ihn in den Korb zurück, deckte ihn zu. »Ich werde den Hund suchen.«

Sie hatte nicht vorgehabt, das zu sagen. Es war ihr einfach herausgerutscht.

»Nein, gnädige Frau! Das kann ich auf keinen Fall zulassen. Sie müssen sich ausruhen. Ich werde gehen. Der vermaledeite Hund. Wir sollten ihn seinem Schicksal überlassen.« Den letzten Satz hatte sie sehr leise gesprochen, damit Rikarda ihn nicht hörte.

»Es ist unser Otto. Wir tragen Verantwortung für sein Los. Deshalb werde ich gehen, und du bleibst bei deinen Kindern. Sie brauchen dich jetzt. Keine Widerrede«, schnitt sie Janné das Wort ab.

Bewaffnet mit der Hundeleine und einem Halsband machte sich Geraldine auf den Weg. Sie begann bei der Reitbahn und dem naheliegenden Park, rief nach Otto und lockte ihn. Sie hatte auch daran gedacht, einen Streifen Trockenfleisch mitzunehmen, für das Otto normalerweise seinen Trott hinter sich ließ. Der Mops zeigte sich nicht. Dagegen fand sie ihren Burschen, der auf einem Mäuerchen vor einer Gartenwirtschaft saß und ein Bier trank.

Als er ihrer ansichtig wurde, sprang er schnell auf und versuchte, das Glas hinter dem Körper zu verstecken. Das ließ Geraldine ihm nicht durchgehen. Sie kanzelte ihn wegen seiner Pflichtvergessenheit tüchtig ab.

»Das ist der Punkt, gnädige Frau«, sagte er betreten. »Ich weiß nicht recht, nach welchem Hund ich suchen soll. Vor dieser Reise habe ich mit ihm nie etwas zu schaffen gehabt. Ich weiß nur, dass er braun ist. Ich habe jedoch keinen braunen Hund gesehen, der allein unterwegs war und auf den Namen Otto gehorcht. Er kennt mich auch nicht und wird kaum zu mir kommen.«

»Wir müssen ihn suchen, und ich will einen Burschen in deinem Alter kein Bier trinken sehen. Schütte es weg.«

»Sehr wohl, gnädige Frau.« Bedauernd goss der Junge sein Glas aus.

»Wir gehen zusammen, bis es dunkel wird«, bestimmte Geraldine, als sie sich auf den Weg machten.

Was sie dem Jungen und sich damit auferlegt hatte, bemerkte sie bald. Bis zum Sonnenuntergang dauerte es noch lange und viele Stunden vorher hatte sie Durst, und die Füße taten ihr weh. Vom Park hatten sie ihre Suche in die angrenzenden Gassen verlegt. Mehr als ein Hund war ihnen begegnet, aber keiner hatte Otto im Geringsten geähnelt.

»Du bist ein blödes Biest! Geh weg! Madonna mia, was für ein Botolo«, hörten sie einen Mann rufen, gefolgt von einem Kläffen.

Das kam Geraldine bekannt vor. Sie stürmte los, den Burschen in ihrem Kielwasser. Das Schimpfen und Kläffen kam aus einem schmalen Durchgang in einem Hinterhof. Geraldine blieb auf der Gasse davor stehen.

»Otto!«, rief sie. »Otto hierher!« Und noch einmal. »Otto!«

Das Kläffen setzte einen Augenblick aus, als überlege jemand, bevor noch ein Bellen kam und gleich darauf eiliges Tapsen zu hören war. Otto rannte um die Ecke. Eilig sprang er auf Geraldine zu, fast so, als freute er sich, sie zu sehen. Sogar das Halsband mit der Leine ließ er sich von ihr über den

Kopf streifen. Er verschlang auch gierig den Streifen Trocken-fleisch. Danach knurrte er leise und warnend, um deutlich zu machen, dass er auf keinen Fall angefasst werden wollte. Geraldine hütete sich, packte nur die Leine fester.

Otto folgte ein Mann, von dessen Gesicht wegen seines Schlapphutes nicht viel zu sehen war. Er trug jedenfalls einen einfachen, dunkelgrauen Gehrock, der schon bessere Tage gesehen hatte. Über seine gleichfarbigen Hosen ließ sich nichts anderes sagen.

»Ist das Ihr Hund, Signorina?«, fragte er mit singendem italienischem Akzent.

»Er gehört meiner Tochter.« Ihm die wahren Besitzverhält-nisse an Otto zu erklären, erschien ihr schwierig. Eigentlich gehörte Otto nur sich selbst.

»Dass eine so junge und hübsche Signora schon eine Toch-ter hat. Che peccato – wie schade!«

Der Bursche neben Geraldine ballte die Fäuste, aber sie stieß ihn mit dem Ellenbogen an. Er sollte ja nicht auf die Idee kommen, sich als Held gegen diesen ungehobelten Ita-liener aufzuspielen.

»Es ist aber so. Sind Sie durch den Hund zu Schaden ge-kommen?«

»Nein. Es kam mir nur vor, als gehörte er nicht hierher.«

»Ich hätte Ihnen den Schaden ersetzt. Danke, dass Sie sich Ottos angenommen haben. Auf Wiedersehen.«

»Hoffentlich recht bald, Signora.«

Geraldine hatte sich schon abgewandt. Als könnte er kein Wässerchen trüben, trabte Otto ungewöhnlich folgsam neben ihr. Schielte mit einem Auge zu ihr hoch und schien froh, in der fremden Umgebung nicht mehr gänzlich auf sich allein gestellt zu sein.

»Überlege dir gut, ob du noch einmal deine eigenen Wege

gehen willst«, belehrte Geraldine ihn. »In den Gassen stehen für dich keine gefüllten Fleischtöpfe. Niemand sorgt für ein Kissen, auf dem du liegen kannst.«

Er wedelte mit dem Schwanz, als habe er jedes Wort verstanden.

Rikardas Tränen versiegten bei seinem Anblick sofort. Sie umschlang ihn mit ihren dünnen Ärmchen, und beide rollten über den Teppich.

KAPITEL 17

*I*m Palais Brühl arbeitete Geraldine in dem ihr zugewiesenen Atelier. Der Kabinettsminister saß ihr am Morgen eine Stunde Modell und ließ sich von seinem Sekretär Aktenstücke vorlesen, diktierte dazu Antworten. Geraldine gab sich Mühe, nicht hinzuhören, aber die Angelegenheiten der Staatsverwaltung und die Beratung darüber waren nicht dazu angetan, ihre Kreativität zu befeuern. Sie war deshalb nicht traurig, als es die Zeit dem Grafen verbot, ihr länger Modell zu stehen. Mit den angefertigten Farbskizzen kam sie genauso gut zurecht wie mit dem lebenden Mann.

Bevorzugte er die sehr frühen Morgenstunden, war mit der Gräfin im Allgemeinen nicht vor dem Mittag zu rechnen. Sie nahm im Bett eine Kleinigkeit zu sich und beschäftigte sich und ihre Zofe danach stundenlang mit ihrer Toilette. Beim ersten Tag hatte es sich um eine Ausnahme gehandelt. Geraldine gewöhnte sich deshalb ein zeitiges Erscheinen an und gönnte sich nach den ersten Stunden des Malens eine längere Pause, in der sie eine Erfrischung zu sich nahm.

Sie war in ihre Arbeit versunken und bemerkte nicht, wie die Tür des Ateliers geöffnet wurde. Erst als sie neben sich einen tiefen Atemzug hörte, schreckte sie auf, erwartete den Grafen zu sehen, dem ein spontaner Einfall zu seinem Porträt gekommen war, um ihm noch mehr Glanz zu verleihen. Oder sein Privatsekretär kam, um ihr diesen Einfall mitzuteilen. In vier von fünf Fällen erwies er sich als völlig unbrauchbar. Sie nickte dann nur und malte, wie ihre Kunst es ihr eingab.

An diesem Morgen stand ein großer, schwerer Mann in einem erlesenen elfenbeinfarbenen Rock neben ihr. Die Hände hielt er auf dem Rücken gefaltet. Gesehen hatte sie ihn noch nie. Erschrocken verriss sie den Pinsel und quer auf dem Scherben prangte ein dunkelgrüner Strich, er reichte noch über ihren Handrücken und den Ärmel ihres Kittels.

»Hoppla«, sagte der Mann. Er hatte eine tiefe, angenehm klingende Stimme.

In der Tür des Ateliers stand zudem Brühls Privatsekretär, er wippte von einem Fuß auf den anderen und machte Geraldine Zeichen, die sie nicht verstand.

»Lassen Sie sich von mir nicht stören.« Der Herr schlenderte durch das Atelier zum Fenster und schaute hinaus. Dabei kehrte er ihr den Rücken zu. Geraldine tupfte mit einem Lappen den verunglückten Strich von Handrücken und Scherben, dabei schielte sie mit einem Auge auf ihren Besucher. Etwas an ihm kam ihr bekannt vor, obwohl sie sich sicher war, ihm noch nie persönlich begegnet zu sein.

Der Privatsekretär tauchte auf leisen Sohlen neben ihr auf. »Das ist Friedrich August II, sächsischer Kurfürst und als August III. König von Polen. Er ist an Malerei sehr interessiert ...«, flüsterte er ihr zu, »... und überraschend gekommen, um etwas mit meinem Herrn zu besprechen, dabei wollte er die Gelegenheit nutzen, Ihre Kunst zu betrachten.«

Vor Schreck vergaß Geraldine das Atmen und wahrscheinlich andere überlebenswichtige Dinge, wie den Mund zu schließen. Sie konnte den Blick nicht vom polnischen König und sächsischen Kurfürst wenden. Von dem Mann, der über die Einwohner Kursachsens und damit auch über sie herrschte, dem all die Kostbarkeiten in der Schatzkammer gehörten, der turmhoch über ihr stand und ohne jedes Zeremoniell in ihr Atelier gekommen war. Er wirkte beinahe schüchtern, als könnte er ein unwillkommener Eindringling sein, und abgesehen von seiner Statur war er nicht besonders bemerkenswert.

Die Natur forderte ihr Recht, und Geraldine sog keuchend Luft in ihre Lungen. Sie versank in einen tiefen Hofknicks. »Hochedler Fürst. Gottgleicher König«, murmelte sie.

Der Mann drehte sich um. Auf seinen Zügen lag ein Lächeln. »Nicht doch. Nicht doch. Ich bin ungefragt bei Ihnen eingedrungen und will nichts weiter, als ein bisschen mit Ihnen plaudern. Stehen Sie auf und bleiben Sie ganz ungezwungen.«

Geraldine gehorchte. Entspannen konnte sie sich nicht. »Wie darf ich Euch anreden, hochedler Herr?«, flüsterte sie tonlos.

Friedrich August verstand sie dennoch. »Majestät. Oder einfach nur gnädiger Herr. Wie darf ich Sie anreden?«

»Geraldine. Geraldine von Scholl.«

»Mademoiselle von Scholl«, entschied er. »Zeigen Sie mir Ihre Kunst. Ich habe meinen Kabinettsminister in einer gewissen Angelegenheit aufgesucht und konnte mein Glück kaum fassen, als ich hörte, in seinem Haus sei eine Malerin anwesend. Mein guter Brühl wollte nicht mit der Sprache herausrücken, was Sie für ihn malen. Offenbar will er alle Welt mit einem neuartigen Porträt überraschen und eine neue Mode kreieren. Er konnte mir meinen Wunsch, zu Ihnen vorzudringen, jedoch nicht abschlagen. Ein Vorteil als Fürst. Was schaffen Sie Besonderes für Ihn?« Der Monarch kam vertraulich näher. »Lassen Sie mich teilhaben an Ihrem Werk.«

Es kam nicht in Frage, Friedrich August seinen Wunsch abzuschlagen. Sie musste ihn das halbfertige Porträt sehen lassen und gab mit einer Verbeugung den Weg zur Staffelei frei. Während er davorstand, klärte sie ihn hastig darüber auf, dass die Farben vor dem Brennen ganz anders aussahen als hinterher. Dass ein Bild auf Porzellan seine ganze Schönheit erst zum Schluss zeigte und vom Maler besonders viel Vorstellungskraft verlangte. Sie sprach zu schnell und spürte das Herz in ihrer Brust hämmern.

»Oder von der Malerin«, ergänzte der Fürst mit einem leisen Lächeln. »Porträts auf Porzellan sind wirklich sehr ungewöhnlich. Ungewöhnliche Kunst für eine ungewöhnliche Frau.«

»Die Manufakturkommission hat mir mit Eurer gütigen Erlaubnis einen Dispens zum Malen auf Porzellan ausgestellt, und der gnädige Herr Graf mich damit beauftragt, ihn und seine Gattin auf Porzellan zu verewigen«, erklärte Geraldine mit zitternder Stimme.

Den Pinseln bis zu einzelnen Haaren schenkte der Monarch einige Aufmerksamkeit, aber besonders faszinierte ihn der Drehteller, auf dem die Porzellanplatte ruhte und der Schwenkarm mit der Lupe, durch die Geraldine das Porträt betrachtete.

»Er will eine neue Mode kreieren, ich sagte es ja«, bekräftigte er, um dann nachdenklicher fortzufahren: »Nicht auf einer Staffelei zu malen, muss Ihnen doch ungewohnt vorkommen.« Er versetzte dem Drehteller einen leichten Schwung.

»Ich habe mich daran gewöhnen müssen. Die meisten Porzellanscherben lassen sich nicht auf die Staffelei stellen. Es ist dagegen sehr angenehm, die Scherben auf dem Drehteller stehen zu haben. Ich kann sie von allen Seiten gut erreichen, ohne dass ich sie anfassen oder herunterheben muss.«

»Sie haben mir interessante Einblicke vermittelt, Mademoiselle von Scholl, und mir eine vergnügte halbe Stunde verschafft. Dafür habe ich zu danken. Das soll Ihr Schaden nicht sein. Mich rufen die Pflichten, und Sie werde ich wieder den Ihren überlassen.«

»Majestät.« Geraldine versank wieder in einem Hofknicks, während Friedrich August das Atelier verließ.

Sich danach wieder auf Heinrich von Brühls reichsgräfliches Porträt zu konzentrieren, erwies sich als unmöglich, zu übervoll waren ihre Gedanken von dem eben Erlebten.

Sie verschloss die Farbtöpfe und reinigte die Pinsel, derweil das Herz in ihrer Brust pochte. Der edle König und Kurfürst war augenscheinlich angetan von ihrer Kunst. Er hatte sie persönlich angesprochen, und als sie sich gemeinsam über das Porträt beugten, hatte sie beinahe vergessen, wer neben ihr gestanden hatte. Sie waren nur zwei Menschen mit Leidenschaft für die Malerei gewesen.

KAPITEL 18

In der neu eröffneten Gemäldegalerie im umgebauten Stallhof am Neumarkt war die kurfürstliche Kunstkammer der Öffentlichkeit zugänglich gemacht worden. Diese einmalige Gelegenheit, herausragende Kunst zu betrachten, ließ Geraldine sich während ihrer Tage in Dresden nicht entgehen. Sie besuchte die Galerie am Tag nach dem Gespräch mit dem polnischen König und sächsischen Kurfürst.

Die Gemälde hingen von Hüfthöhe bis zur Decke dicht an dicht. Darunter standen an den Wänden entlang einige Sofas und Sessel. Den Kopf weit in den Nacken gelegt, betrachtete Geraldine die unter der Decke hängenden Bilder. Bei der Vielzahl fiel es ihr nicht leicht, den Überblick zu behalten. Stillleben hingen neben Porträts oder Landschaftsgemälden. Das Gold der Rahmen funkelte. Langsam schritt sie durch die Halle. Sie war allein in der Ausstellung, bis auf zwei Jungen, die in einer Ecke Staffeleien aufgebaut hatten und eifrig mit ihren Pinseln hantierten. Ihr Lehrer stand zwischen ihnen und gab mit leiser Stimme Anweisungen. Einige Male griff er auch selbst zum Pinsel und korrigierte etwas auf ihren Bildern. Der Mann, ganz in verschiedene Grautöne gekleidet, drehte ihr den Rücken zu. Er erinnerte sie an jemanden, dem sie erst vor Kurzem begegnet war.

Neugierig trat sie näher, tat dabei so, als wäre sie in die Betrachtung eines Porträts von Rosalba Carriera vertieft. Der Mann schaute hoch, lächelte sie an. »Geht es Ihrem Hund gut, Signora?«

Augenblicklich erinnerte sich Geraldine, wo sie ihn gesehen hatte. »Er hat sich vollständig von seinem Abenteuer erholt, Monsieur.« Sie freute sich ehrlich, den Mann zu treffen, dem sie Ottos Wiederauftauchen zu verdanken hatte. Noch dazu schien er als Zeichenlehrer eine verwandte Seele zu sein.

»Ich freue mich, das zu hören. Er ist so ein niedlicher kleiner Kerl.«

»Das ist er«, sagte Geraldine mit mehr Enthusiasmus, als sie für Otto fühlte. »Sind das Ihre Schüler?«, fragte sie mit einem Blick auf die beiden Jungen. Die standen an ihren Staffeleien und taten, als würden sie malen, dabei linsten sie ständig herüber.

»Jacob und Arnold von Lobschütz. Brüder. Seit zwei Jahren mühe ich mich, die Maler in ihnen zu wecken«, sagte er leise.

»Dann sind Sie ein Maler?« Geraldine war entzückt, einen Gleichgesinnten getroffen zu haben.

»Claudio Castagno, mein Name. Maler aus Florenz, einem Dorf in der Nähe, um genau zu sein. Ein Porträt von Ihnen wäre ein Aushängeschild für meine Kunst. Sie haben ein außergewöhnlich ebenmäßiges Gesicht. Ihr Hund und Ihre Tochter dürfen gerne mit aufs Bild. Ich kann es in einer Woche fertigstellen und werde Ihnen einen guten Preis berechnen. Eine meiner Arbeiten hängt im Palais Diefenthal. Die verstorbene Gräfin mit ihrem Lieblingshund, der in einer kleinen Kutsche sitzt, die ihrer eigenen aufs Haar gleicht. Sie kennen die gräfliche Familie Diefenthal?«

»Nie von ihnen gehört«, musste Geraldine zugeben, nachdem auch sie ihren Namen genannt hatte.

»Ich kann Ihnen die Bekanntschaft vermitteln, und Sie schauen sich das Bild an. Es wird Ihnen zusagen, da bin ich mir sicher.«

Das Thema behagte Geraldine nicht, deshalb deutete sie

auf die beiden Jungen hinter ihren Staffeleien. »Was bringen Sie Ihren Schülern bei?«

»Sie sollen den Brunnen aus diesem Bild von Adam Elsheimer abmalen.« Castagno zeigte mit ausgestrecktem Arm zu einem Gemälde, auf dem Maria auf einem Esel saß und Josef ihr das Jesuskind reichte. Ein Korb mit Vorräten stand am Boden – die beiden waren im Begriff, nach Ägypten zu fliehen. Hinter dem heiligen Paar zog sich eine Reihe baumgekränzter Ruinen über das Bild. Der von den Schülern abzumalende Brunnen befand sich vom Betrachter aus gesehen auf der rechten Bildseite. Das Wasser sprudelte aus dem Maul eines verknitterten Zwergengesichts. Eine Etage darüber lehnte sich ein nackter griechischer Gott an eine Amphore, aus der ebenfalls Wasser floss.

»Da die Buben seit zwei Jahren Ihre Schüler sind, wird es ihnen nicht schwerfallen«, sagte Geraldine unverbindlich. Adam Elsheimer war ein Maler, von dem sie nur den Namen kannte. Eines seiner Werke hatte sie noch nie abgemalt, geschweige denn gesehen, und nach der düsteren Ausstrahlung dieses Bildes zu urteilen, war ihr nicht viel entgangen.

»Wenn es nur so wäre. Ihre Mutter wünscht für die beiden eine umfassende Bildung, dazu gehört nach ihrer Meinung auch das Malen. Die beiden zeigen jedoch wenig bis kein Talent dafür. Jacob, der Ältere, ist jetzt vierzehn Jahre alt und interessiert sich nur für die Jagd. Darin soll er seinem Vater gleichen. Der jüngere Arnold zeigt mehr Interesse für die Kunst, aber kaum Talent. Das Leben eines Lehrers für Malerei ist kein Leichtes. In Ihnen spüre ich aber einen kunstsinnigen Verstand.«

»Ich bin auch Malerin. Ich male Porträts auf Porzellan.«

»So! Signora!« Ein Schatten glitt über Claudio Castagnos Gesicht.

»Deshalb muss ich Ihnen sagen, dass ich es gerne annehme, wenn Sie mir die Bekanntschaft zur Familie von Diefenthal vermitteln. Ich freue mich über eine Zusammenkunft mit kunstsinnigen Leuten. Allerdings habe ich keinen Bedarf daran, von Ihnen porträtiert zu werden, das will ich Ihnen ehrlich sagen.«

»Ich habe es mir in dem Moment gedacht, als Sie sagten, Sie seien selbst Malerin … Zu schade bei diesem Gesicht, aber ich will Ihnen nicht zu nahetreten, Signora.«

»Das habe ich nicht einen Augenblick gedacht. Dazu bin ich viel zu froh, Sie getroffen zu haben. Sie sind mir herzlich willkommen auf meinem Rittergut im Käbschütztal.«

»Ich habe euch eine Aufgabe gestellt, junge Herren! Hört auf zu glotzen!«, fuhr Claudio Castagno seine Schüler an.

Nicht nur die zuckten zusammen, sondern auch Geraldine. Pflichtschuldig wandten sich die Brüder ihren Staffeleien zu.

»Sie müssen entschuldigen, Signora. Diese Burschen haben kein Benehmen. Was sagten Sie gerade?«

»Dass Sie mir im Käbschütztal willkommen sind. Besuchen Sie mich, wenn Ihre Zeit es erlaubt, und malen Sie in der Natur.« Geraldine hielt dem Italiener die Hand hin. »Ich will mich nun verabschieden.«

Claudio Castagno hauchte einen Kuss auf ihren Handrücken. Er schaute ihr nach, wie sie langsam die Galerie verließ. Als sich die Tür hinter ihr schloss, stapfte er zurück zu seinen Schülern. Mit hochgezogenen Schultern widmeten sich beide ihrer Staffelei, setzten hier und dort einen Strich aufs Papier.

»Das ist erbärmlich!«, schrie er und riss Jacobs Blatt von der Staffelei. Er betrachtete es noch einen Augenblick, bevor er es zerknüllte.

»Ich habe gleich gesagt, dass ich lieber den Esel malen will, aber Sie haben auf dem Brunnen bestanden, Herr Castagno«, wehrte sich Jacob. Er hatte helle Augen und eine ebenso helle Stimme. Von seinem Vater hatte er gelernt, seine wahre Leidenschaft nie zu verleugnen, deshalb schaute er Castagno fest in die Augen. »Ein Esel gefällt mir viel besser als ein Brunnen.

»Als ob Sie ein Tier zustande brächten, junger vermessener Herr. Ein verkrüppeltes Vieh wird daraus.« Die Worte prasselten auf Jacob hernieder.

»Sie lassen es mich gar nicht erst versuchen«, murmelte der Junge trotzig, aber zu leise, als dass es außer ihm jemand hörte.

Der Maler betrachtete inzwischen Arnolds Bild. In seinen Augen funkelte weiterhin der Ärger. »Besser als der Herr Bruder, aber lange nicht gut. Sie müssen sorgfältig hinschauen. Farbe, Licht und Schatten«, predigte er. »Schnell, schnell geht in der Malerei gar nichts. Etwas Durchhaltevermögen braucht es schon. Was rede ich da gegen eine Wand. Der junge Herr träumt lieber vor sich hin, als seine Gedanken auf das zu richten, was ansteht. Dann kommt dieser Schund raus.« Claudio Castagnos schnipste mit dem Finger gegen das Blatt auf der Staffelei.

Es geriet ins Rutschen, im letzten Augenblick fing Arnold es auf. Er betrachtete es mit einem Ausdruck, der zwischen Stolz auf sein Werk und Wehmut über dessen Kläglichkeit schwankte, dann zerriss er es mit einem Ruck. Das Ratschen des Papiers ließ den Bruder und den Italiener zusammenzucken.

»Was soll das?«, fauchte der.

»Es ist schlecht, Sie selbst haben es gesagt. Deshalb will ich es nicht länger aufheben. Ich werde mir beim nächsten Mal mehr Mühe geben.«

»Als ob Sie das schaffen«, brummte Castagno. »Mühe allein reicht nicht, Talent muss dazu kommen.« Lauter sagte er dann: »Schluss für heute. Packen Sie Ihre Staffeleien zusammen, ich habe mich lange genug mit Dilettanten abgegeben.«

Mit diesen Worten ließ er seine beiden Schüler stehen.

KAPITEL 19

Den restlichen Nachmittag verbrachte Claudio Castagno im Kaffeehaus auf der Kleinen Brüdergasse. Er verwöhnte seinen Gaumen mit mehreren Koppchen des schwarzen Modegetränks, veredelte diese mit zwei Pflaumenschnäpsen und las in den ausliegenden Journalen. Ein Flötist des kursächsischen Kammerorchesters leistete ihm eine Weile Gesellschaft. Gemeinsam klagten sie darüber, dass sich in ihren Metiers immer mehr Dilettanten tummelten, die den Menschen den Blick auf die wahre Kunst und die sie Schaffenden verstellte.

Ein Sackpfeifer der Dresdner Stadtgarde gesellte sich zu ihnen und schlug den Flötisten in die Flucht. Diese Art Mensch gehörte genau zu den Künstlern, mit denen er nichts zu tun haben wollte. Castagno teilte zwar dessen Meinung, ließ sich die Gesellschaft des Sackpfeifers jedoch gefallen. Der Mann hatte gerade seinen Wochensold erhalten und somit eine wohlgefüllte Börse in der Tasche. Er spendierte freigiebig Kaffee und einen weiteren Pflaumenschnaps. Dafür war der Italiener bereit, seine Gesellschaft zu ertragen und sein Gerede über einen Onkel anzuhören, den seit Monaten ein heimtückisches Fieber in den Klauen hielt, an dem er aber nicht sterben und nichts vererben wollte. Mehrfach gähnte Castagno hinter vorgehaltener Hand. Er sehnte das Ende dieses Monologs herbei. Als es endlich so weit war und der Sackpfeifer das Kaffeehaus verlassen hatte, musste Castagno feststellen, dass der Mann nicht die komplette Zeche bezahlt hatte. Seine Koppchen und die beiden Pflaumenschnäpse, die er mit dem

Flötisten zusammen getrunken hatte, waren unbezahlt geblieben. Da Castagno das Kaffeehaus ohne einen Groschen in der Tasche betreten hatte, musste er anschreiben lassen. Der Wirt kannte diese Prozedur bereits und fügte einer umfangreichen Liste einen neuen Eintrag hinzu.

»Das war das letzte Mal«, sagt er, es klang jedoch nicht besonders ernst.

Castagno grinste ihn an. Noch nie hatte er seine Zeche in diesem Kaffeehaus bezahlt und auch nicht vor, in der Zukunft etwas daran zu ändern. Erst wenn der Wirt ihm den Zutritt verwehrte, gedachte er, ihm einige Groschen hinzuwerfen. So war es eines Künstlers würdig.

Vollkommen mit sich und der Welt im Reinen, verließ er gegen Abend das Kaffeehaus und machte sich auf den Heimweg. Die genossenen Schnäpse sorgten dafür, dass er die Welt wie durch eine Glasscheibe wahrnahm. Er näherte sich seinem Atelier in der Friedrichstadt – so nannte er seine Wohnung großspurig, obwohl sie im Souterrain lag und alles andere als gutes Licht zum Malen hereinließ. Kaum hatte er den Hausflur betreten, die Tür hinter sich noch nicht geschlossen, da trat aus der Erdgeschosswohnung der Hauswirt. Es schien, als hätte er auf die Ankunft seines Mieters gelauert. Der Mann war ein grauhaariger ehemaliger Milchhändler, der sein Geschäft an seinen Schwiegersohn verkauft und sich dafür dieses dreistöckige und noch ein zweites Wohnhaus in der gleichen Gasse angeschafft hatte. Er lebte gut von den Einnahmen aus den vermieteten Wohnungen, denn unter seinem Hausrock wölbte sich ein Bauchansatz.

»Das wurde für Sie abgegeben«, murmelte er zwischen faltigen Lippen hervor. »Ich hab's angenommen, obwohl es nicht meine Aufgabe ist, mich um Ihre Post zu sorgen. Aber der Herr Künstler ist ja nie zu Hause.«

»Der Herr Künstler hat zu arbeiten, Signore«, schnappte Castagno zurück und nahm seinem Hauswirt den Brief aus der Hand. Er wollte sich an ihm vorbeidrängen und die halbe Treppe nach unten gehen, die zu seiner Wohnung führte.

Der gewölbte Bauch des ehemaligen Milchhändlers versperrte ihm den Durchgang. Er schnupperte in der Luft. »Im Kaffeehaus lümmeln. Was der Herr Künstler Arbeit nennt.«

Castagno richtete sich kerzengerade auf, erreichte aber dennoch nicht die Höhe seines Hauswirts. Mit so viel Würde, wie ihm mehrere Pflaumenschnäpse ermöglichten, sagte er: »Das geht Sie nichts an.«

»Bis auf die Kleinigkeit von vier Wochenmieten, die der Herr Künstler mir inzwischen schuldet, interessiert es mich nicht, wie Sie Ihre Tage zubringen.«

Der angenehme Nebel, der ihn bisher umgeben hatte, fiel von Castagno ab, und er fand sich jäh in die Wirklichkeit zurückgestoßen. »Sie bekommen Ihr Geld«, knurrte er.

»Wann?«

»Bald. Ich habe einen Auftrag und eine Anzahlung in Aussicht, Signore.«

»Wenn's Gott glaubt, ich nicht.«

»Sie wagen es, an meinem Wort zu zweifeln! Am Wort eines Ehrenmannes!« Castagno funkelte seinen Hauswirt an.

»Ich hab's zu oft gehört. Immer haben Sie einen Auftrag und eine Anzahlung in Aussicht.«

»Gehen Sie mir aus dem Weg mit Ihrem Kleingeist.« Der Maler steigerte sich in eine solche Wut hinein, dass er den Hauswirt mit dem Unterarm aus dem Weg rammte. Der ehemalige Milchhändler taumelte nach hinten, stieß sich den Ellenbogen am Türrahmen und verschwand schimpfend in seiner Wohnung.

Claudio Castagno schimpfte auch, aber auf Italienisch.

Putano, Diablo waren noch die harmloseren Ausdrücke, als er ins Souterrain hinunterstapfte. Die gediegene Wohlhabenheit des Hauses endete an der Treppe. Der Weg nach unten war staubig, die Wände unverputzt; es roch nach feuchter Erde. In einer Ecke huschte etwas davon, als er vor seiner Wohnungstür stand. Mit einem Schlüssel so lang wie seine Hand schloss er eine Tür auf, die auch ein gezielter Tritt aus den Angeln gehoben hätte. Dahinter lag ewige Dämmerung, denn alle Fenster der Souterrainwohnung waren klein und zusätzlich vergittert.

Eine Stube, eine Kammer, ein Flur. Das war auch schon alles, was er seine Wohnung nannte. Auf dem Ofen in der Stube konnte er sein Wasser zum Rasieren heiß machen oder Wurstenden in einem Tiegel braten. Staubflocken tanzten in den wenigen Lichtstrahlen, die den Weg in seine Wohnung fanden. Und dafür verlangte dieser Milchhändler eine völlig überzogene Miete und stellte sich obendrein an, wenn er sie ihm hin und wieder schuldig blieb. Kleingeist, per diablo. Claudio schmetterte die Tür hinter sich zu. Es schepperte und krachte.

Bisher hatte dieser Halsabschneider noch immer sein Geld bekommen. Er brauchte nur einen nächsten Auftrag und einen Vorschuss. In einer Ecke stand eine Staffelei, wie alles in dieser Wohnung hatte sie schon bessere Tage gesehen. Das durchgesessene Sofa, auf dem er auch schlafen musste; die Truhe, in deren Boden Mäuse ein Loch genagt hatten. Der wacklige Tisch, unter dessen einem Bein ein Buch lag, damit er gerade stand. In der ungeheizten Kammer standen nur ein Regal und eine Kommode, damit war der Platz in diesem Kabuff beinahe aufgebraucht. Claudio bewahrte seine Farben und Leinwände dort auf. Pinsel lagen einzeln in Seidenpapier eingewickelt. Die Schubladen der Kommode beherbergten

Hosen, Strümpfe, Hemden und Halstücher, auch einige Taschentücher fanden sich darunter. An Haken an der Wand hingen Westen und Gehröcke. Alles in Grau.

Das war nicht etwa seine Marotte. Die Kleidung war nur deshalb grau, weil sie in dieser Farbe am wenigsten schäbig aussah, auch wenn sie es tatsächlich war. Viele Arten von Flecken saugte das Grau einfach auf, als hätte es sie nie gegeben. Der Maler schüttelte die Schuhe von den Füßen und schlüpfte in Filzpantoffeln, die ihn im Winter angenehm wärmten, für diese Jahreszeit aber viel zu warm waren. Er besaß keine anderen.

Der Brief fiel ihm wieder ein, den er immer noch in der Hand hielt. Inzwischen war das Papier ganz zerknittert. Claudio erbrach das schmale Wachssiegel, und ein Duft nach Veilchen und Margeriten stieg in seine Nase. Eine Dame schrieb ihm auf parfümiertem Papier. Sein Ärger auf den Milchhändler war wie weggeblasen, und vor seinem inneren Auge zogen ein halbes Dutzend junger Damen vorbei, die als Absenderinnen des Briefes in Frage kamen.

Er begann zu lesen. »Werter Herr Castagno«, lautete die knappe Anrede. Der Brief stammte mitnichten von einer jungen Dame, die mit schwärmerischen Augen zu ihm aufschaute. Frau von Lobschütz schrieb ihm, nachdem ihre Buben aus der kurfürstlichen Gemäldegalerie heimgekehrt und ihrer Mutter berichtet hatten, wie ungerecht sie behandelt worden waren. Die Empörung eines liebenden Mutterherzens goss sich über Claudio Castagno aus, und als Gipfel beendete sie seine Tätigkeit als Zeichenlehrer für ihre untalentierten Söhne.

Putana! Er hatte sich mit diesen Buben mehr Mühe gegeben, als sie von ihm hätte erwarten können. Das war der Dank dafür! Wer Dankbarkeit erwartete, war völlig von den Menschen und von Gott verlassen. Jacob und Arnold von

Lobschütz waren seine einzigen Schüler gewesen. Merde! Zum Kuckuck! Er brauchte das Geld und warf die Sprachen durcheinander.

Es gab Tage, an denen ging einfach alles schief. Er wusste, wer daran schuld war. Diese Malerin. Diese Geraldine von Scholl. Schneite in die kurfürstliche Kunstkammer herein und stellte sich ihm als Malerin vor. Die Porträts auf Porzellan pinselte. Die ihm die Kunden wegschnappte! Jetzt wusste er endlich, wer dafür verantwortlich war, dass der Arzt Laurenz Schumann das bereits fest vereinbarte Porträt seiner Tochter Laura wieder aufgekündigt hatte: diese Frau, die nach vorne freundlich tat und hintenrum ehrlichen Männern die Arbeit wegnahm.

Claudio Castagno steigerte sich in eine Wut hinein, in der er das Weib in Ketten vor sich knien sah, während er ihre schwarzen Haare um seine Rechte gewickelt hatte und sie herunterzog in den Staub. Er hörte sie in Gedanken um Gnade wimmern und ihm versprechen, seine Kreise nicht mehr zu stören.

So angenehm diese Gedanken auch waren, verhalfen sie ihm nicht zu den notwendigen Talern für seinen Vermieter und diversen Händlern und Freunden, bei denen er ebenfalls in der Kreide stand. Geld musste her und das schnell. Neben der Möglichkeit, mit seiner Malerei seinen Lebensunterhalt zu verdienen, kannte er nur noch einen oder zwei andere Wege, zum notwendigen Zaster zu kommen: Glücksspiel oder Diebstahl!

Er war für das Eine so wenig begabt wie für das Andere. Dennoch musste er sein Glück versuchen. Wegen dieser Geraldine von Scholl. Sie nahm ihm die Aufträge weg. Um die würde er sich kümmern. Bei Gelegenheit. Die nahm ihm keine Kunden mehr weg.

KAPITEL 20

$\mathcal{D}$ie Einladung war auf schlichtes Papier geschrieben. Nicht einmal ein Goldrand zeigte den hohen Rang des Absenders an. Sie hatte aber dafür gesorgt, dass Geraldine in einem taubenblauen Kleid mit einem sehr eng geschnürten Oberteil und elfenbeinfarbenen Unterröcken gekleidet in einem zwei Stockwerke hohen Raum des Dresdner Schlosses stand. Kurfürst Friedrich August II. entfernte mit eigener Hand Leinenstoffe von Staffeleien, damit seine Besucherin die dort ausgestellten Bilder betrachten konnte. Der Herrscher trug keine Perücke, dafür einen fleckigen Malerkittel. An den Wänden hingen Gemälde und Kupferstiche, eine große Menge an Kerzen und Laternen spendete Licht, aber auch viel Wärme.

Geraldine stand neben der Staffelei, die er als erste aufgedeckt hatte. Ihr war warm, und sie spürte Schweiß ihren Rücken hinunterlaufen. Ihr Herz pochte aufgeregt. Auf der Einladung hatte es geheißen, der Kurfürst wolle mit ihr zwanglos über Kunst plaudern, es blieb jedoch eine Einladung, der etwas Besonderes anhaftete. Sie konnte sich nicht entscheiden, ob sie deswegen stolz oder besorgt sein sollte.

Das Bild auf der Staffelei stellte eine einfache Komposition von Jesus dar, der Brote segnete. Neben ihm stand einer seiner Jünger, der am Schlüssel in der Hand als Petrus zu erkennen war. Den Hintergrund beherrschte ein großes Haus, in dessen offenen Türen und Fenstern eine Menschenmenge hin und her wogte. Ihre Augen waren dunkle Flecken in runden Gesichtern, die Münder rote Striche. Sie schauten nach vorne. Geraldine vermutete, das Bild stellte ein Motiv über die Hochzeit von Kanaan dar. Es erinnerte sie an ihre eigene Lehrzeit. So hatte sie in ihrem zweiten Jahr bei Meister Schmitz in Köln gemalt. Inzwischen sah ihr geschultes Auge wesentlich mehr Farbschattierungen; sie schaffte es, die Menschen aussehen zu lassen, als wären sie mitten in der Bewegung erstarrt, statt dass sie hölzern dastanden, als warteten sie darauf, gemalt zu werden. In der rechten unteren Ecke verriet die Signatur, dass Kurfürst Friedrich August das Bild gemalt hatte.

Er hatte endlich die Leinwände von allen Staffeleien entfernt – nun standen an die fünfzehn Bilder im Atelier – und kam zu Geraldine zurück. Sie gab vor, in die Hochzeit von Kanaan versunken zu sein, während sie unauffällig ihre schweißfeuchten Handflächen am Rock abwischte.

»Schauen Sie alles in Ruhe an, Mademoiselle Geraldine. Ich darf Sie doch so nennen?«

Sie nickte und brachte dann noch ein »Wie Hoheit wünschen« heraus.

»Unter uns Künstlern können wir alle Förmlichkeiten beiseitelassen«, forderte der Herrscher.

»Wie der gnädige Herr wünschen.«

»Was sagen Sie zu diesem Bild? Ich habe es vor ungefähr zwei Monaten beendet und seitdem keine Zeit mehr gefunden, einen Pinsel in die Hand zu nehmen. Meine Verpflichtungen gegenüber Sachsen und Polen lassen mir kaum Muße.« Ein schüchternes Lächeln begleitete diese Worte.

»Die Hochzeit von Kanaan ist immer ein sehr schönes und gottgefälliges Motiv. Ein wunderbares Werk.«

Seltsamerweise sah Friedrich August alles andere als zufrieden aus. Mit gerunzelter Stirn sah er sie an. »Ich möchte von Ihnen nicht hören, was mir alle anderen sagen. Dafür habe ich Sie nicht hergebeten. Wir wollen von Künstler zu Künstler sprechen.«

Geraldine schaute den einen halben Kopf größeren Herrscher an. »Es ist ein schönes Bild. Was soll ich anderes sagen als die Wahrheit?«

»Aber Sie kennen bessere.«

»Und auch viele schlechtere. Mir scheint, Sie legen es darauf an, dass ich Ihnen immer und immer wieder sage, wie gut mir dieses Bild gefällt, gnädiger Herr.« Geraldine legte den Kopf schief.

Über Friedrich Augusts Gesicht glitt ein Lächeln. »Mir liegt nichts an Komplimenten. Schauen Sie die anderen Bilder an. Sie sind alle älter als dieses. Mich interessiert, was Sie sehen.«

Gehorsam schlenderte Geraldine von Staffelei zu Staffelei. Die meisten Bilder zeigten religiöse Motive, es gab aber auch ein Stillleben mit einem Blumenstrauß in einer Vase. Sie erkannte Margeriten und Levkojen, Rittersporn, Gladiolen und Löwenmäulchen. Dazwischen steckten Gras- und Getreidehalme. Jede Blume war mit großer Liebe zum Detail gemalt, Geraldines Blick blieb jedoch an der Vase hängen. Sie war genauso sorgsam ausgeführt, und etwas daran kam ihr bekannt vor.

»Meißner Porzellan?«, rutschte es ihr heraus.

Friedrich August kam heran und stellte sich neben sie, eine Hand legte er auf den Bilderrahmen. »Sie haben es gut erkannt. Eine der Vasen aus der Sammlung meines Vaters. Ich habe sie nie mit Blumen gesehen, die musste ich mir hinzudenken. Sie sind eine wahre Kennerin des Porzellans.«

Darauf ging Geraldine nicht ein. Über ihre Zeit in der Manufaktur und als Porzellanfälscherin wollte sie mit dem Kurfürsten nicht reden. »Ihr Vater hat Porzellan geliebt, das erzählen alle in der Manufaktur. Sie sprechen immer nur gut von ihm.«

»Porzellan war sein Steckenpferd. Es kam gleich nach Polen und Sachsen und ... und ...« Der Kurfürst brach ab. Seine Worte hatten zunehmend bitterer geklungen. Dann nahm er die Hand von der Staffelei und die Schultern zurück. Seine Miene wurde wieder freundlich.

»Mir gefällt das Bild«, sagte Geraldine nicht ganz der Wahrheit entsprechend. »Vase und Blumen sehen so echt aus, ich möchte sie am liebsten nehmen und auf den Tisch dort stellen.«

Auf genanntem Tisch standen einige Teller mit kleinen Kuchen, einer Karaffe mit einer bernsteinfarbenen Flüssigkeit, geschliffene Gläser, eine Schale mit Pflaumen und Erdbeeren.

Sie nahmen gemeinsam eine Erfrischung und es entspann sich ein vorsichtiges Gespräch über Malerei. Es behandelte die Fortschritte, die ein Maler erreichen konnte, und wie hart er dafür arbeiten musste. Wie sehr er alles aufgeben musste, um den Zenit seiner Schöpfungskraft zu erklimmen.

»Den werde ich nie erreichen. Meine Stellung lässt mich nicht der Künstler sein, der ich vielleicht sein könnte.« Der Kurfürst klang aber nicht resigniert, sondern sprach wie jemand, der seine persönlichen Interessen bewusst seiner hohen Stellung und Verantwortung unterordnete. »Aber in Ihnen steckt eine wahre Künstlerin. Die Welt wird sich einst an Sie erinnern. An die einzige Frau, die je auf Porzellan gemalt hat.«

»Ich werde hoffentlich nicht die Einzige bleiben.«

»In der Manufaktur wird nie eine Frau arbeiten. Für das schöne Geschlecht ist das viel zu anstrengend.«

»Ich stimme Ihnen zu, gnädiger Herr«, sagte Geraldine gegen ihre innere Überzeugung.

Nach dem Besuch stand sie vor dem Georgentor und atmete langsam ein und aus. Die Menschen fluteten um sie herum. Niemand ahnte, mit wem sie gerade zwei Stunden verbracht hatte.

* * *

Vier Tage nach ihrem Besuch im Schloss waren Reichsgraf Brühl und seine Gattin auf Porzellan verewigt, und sie hätte ins Käbschütztal zurückkehren können, dennoch schob sie die Abreise Tag um Tag auf. Sie übersah Jannes fragende Blicke. Zu inspirierend waren die Tage in Dresden. Geraldine hatte Kontakt zur Familie Schumann aufgenommen und diese mehrmals besucht.

Lauras Begeisterung für ihren Verlobten hatte sie gutmütig über sich ergehen lassen, mit Therese Schumann anregende Gespräche geführt und in dem Arzt Laurenz Schumann einen angenehmen Mann kennengelernt. Er führte eine gut gehende Arztpraxis im Erdgeschoss eines dreistöckigen Hauses, in den beiden anderen Stockwerken wohnte er mit seiner Familie. Hinter dem Haus standen ein halbes Dutzend Pferde und zwei Ponys im Stall, außerdem zwei Kutschen in einer Remise. Ein gepflegter, aber nicht allzu großer Garten gehörte auch noch zum Anwesen.

»Kein Vergleich mit dem Park Ihres Vaters«, sagte Therese Schumann, als sie mit Geraldine zum ersten Mal darin spazieren ging. »Ich bin zufrieden, wenn den Sommer über immer etwas blüht und befehle dem Gärtner, alles wachsen zu lassen, wie es möchte. Das bereitet ihm einigen Verdruss.«

»Schafft aber reizvolle Ecken, die sich zu malen lohnen«, erwiderte Geraldine und deutete auf eine Laube, deren Eingang beinahe von wilden Rosen zugewuchert war.

»Fühlen Sie sich frei, jederzeit zu kommen und zu malen, was immer Ihnen des Malens wert erscheint.«

Der Arzt und seine Familie wurden von einer zahlreichen Dienerschaft versorgt. Neben der Tochter Laura gab es drei jüngere Brüder, die alle die Kreuzschule besuchten. Sie waren die Familie, die Geraldine nie kennengelernt hatte. Schumanns nahmen sie in ihre Mitte auf. Um ihrer selbst willen, nicht weil sie ein Talent zum Malen hatte, wie es bei Meister Schmitz in Köln geschehen war.

Mit Laura und Therese Schumann verlebte sie unbeschwerte Stunden und wurde zwanglos in die Hochzeitsvorbereitungen eingebunden, indem sie ein Motiv für die Einladungskarten entwarf.

»Statt Karten sollten wir bemalte Porzellantellerchen verschicken. Wir würden nicht eine Absage erhalten, und die Leute jahrelang darüber reden.« Laura Schumann begeisterte sich für diese Idee.

Ihre Mutter schob dem einen Riegel vor. Einladungskarten auf besonders feinem Papier und mit einer Blütenranke verziert, mussten genügen. Laura zog einen Schmollmund, aber ehe sie lange trotzen konnte, begeisterte sie sich für eine neue Idee.

Der Kurfürst hatte Geraldine nicht erneut in sein Atelier eingeladen, aber bei einem Besuch der Oper sah sie ihn in der königlichen Loge und war fest davon überzeugt, er habe sie bemerkt und ihr leicht zugenickt.

KAPITEL 21

*J*m Herd brannte seit Tagen kein Feuer mehr. Obwohl draußen die Julisonne bis spät in den Abend schien, fühlte sich die Luft im Haus klamm und feucht an. Auf Hann Schneiders nackten Unterarmen richteten sich die Härchen auf, als er die Küche betrat und den modrigen Geruch im Haus wahrnahm.

Er hieb mit der Faust gegen den Türrahmen, kümmerte sich nicht um den Schmerz, sondern begrüßte ihn beinahe. Seit Tagen aß er altbackenes Brot oder musste teure Mahlzeiten in der Schenke einnehmen, und seine Barschaft schmolz unaufhaltsam dahin. Er hatte längst das Geld angebrochen, dass er mit Janne für Notfälle zurückgelegt hatte. Daran trug niemand anderer Schuld, als die gnädige Frau von Scholl in ihrer grenzenlosen Selbstsucht.

»Ich muss sie begleiten, um ihr bei der Garderobe und ihrem Haar zu helfen. Sie braucht mich, du musst das verstehen, Hann. Sie ist nun eine vornehme Dame und dazu gehört es, eine Zofe zu haben. Dabei vermisse ich dich jetzt schon«, hörte er noch Jannes Stimme in seinen Gedanken.

»Die gnädige Frau erlaubt mir, die Kinder mitzunehmen. Das ist wirklich freundlich von ihr. Frau Aha sagt, keine vornehme Dame erlaubt ihrer Zofe das«, klang es ihm weiter in den Ohren.

»Als ob die eine vornehme Dame ist.« Hann sprach die Worte laut aus. Als stände Janne in diesem Moment vor ihm, obwohl sie vor mehr als zwei Wochen nach Dresden aufgebrochen war. Mit den Kindern und dem Hund. Rückkehr ungewiss.

Es konnte nicht richtig sein, einem Mann die Frau und die Kinder wegzunehmen. In dem Moment, als er an Rikarda und Simon Andreas dachte, vermisste er die beiden. Janne fehlte ihm ebenfalls und das gute Essen, dass sie jeden Abend aus dem Herrenhaus mitbrachte. Sein ganzes Unglück hatte diese Dame verursacht, diese Geraldine von Scholl. Ein dahergelaufenes Frauenzimmer aus der Fremde. Auf die versprochene Arbeit wartete er bis zum heutigen Tag. Die Frondienste bei dem Töpfer zählte er nicht als Arbeit, das war nichts weiter als Schinderei gewesen. Eines Mannes, der in der Manufaktur beinahe ein Brenner geworden war, unwürdig.

Seit Jannes Abreise war er zudem von allen Vorgängen im Herrenhaus abgeschnitten. Niemand dort hielt es für nötig, auch nur ein Wort mit ihm zu wechseln. Sie bestellten ihn nicht, damit er einen Botengang erledigte, er trug nicht einmal Holz in die Küche. War er wirklich so weit gesunken, dass er sich nach derart niedrigen Tätigkeiten sehnte?

Nein, nein und abermals nein! Es wurde Zeit, dass diese falsche Erbin vom Rittergut verschwand. Viel zu viel Zeit war bereits verstrichen, ohne dass er etwas von Peter von Scholl gehört hatte. Am Ende gab dieser seine Pläne auf …

Hann stampfte durch das Haus auf der Suche nach Feder, Tinte und Papier, fegte Schrankfächer leer und riss Schubladen heraus. Einen Fetzen Papier fand er nach kurzer Zeit und den Stummel eines Graphitstiftes. Für Tinte und Feder reichte es in diesem Haus nicht. Ein weiterer Punkt, der sich unter einem neuen Rittergutsbesitzer ändern musste.

Die eine Seite des Papiers war bereits beschrieben. Hann kratzte die Zeilen mit einem Messer weg und verursachte einen Riss im Papier. Er musste es trotzdem verwenden und schrieb mit krakeliger Handschrift nieder, was er mitzuteilen hatte. Die Abwesenheit der falschen Erbin erschien ihm ein günstiger Zeitpunkt für die Rückkehr des wahren Erben. Hanns Zunge schaute beim Schreiben zwischen den Lippen hervor, und er verdrängte erfolgreich jeden Gedanken daran, dass er diesen Brief besser schon vor zwei Wochen verfasst hätte.

* * *

Fünf Tage später hielt Peter von Scholl in seinem Studierzimmer in Muskau einen schmuddeligen Brief aus dem Käbschütztal in der Hand. Er war allein im Haus und einem gemütlichen Vormittag im bequemen Sessel seines Studierzimmers stand nur dieser Brief im Wege.

Der Transport hatte seinem verwahrlosten Aussehen noch Knicke und Schmutz hinzugefügt, die Schrift verwischt, und Peter von Scholl mochte sich lieber nicht vorstellen, welchen Dreck seine Finger gerade berührten. Mit zusammengekniffenen Augen las er, was sein Auge und Ohr im Käbschütztal zu berichten hatte. Viel war es nicht, lohnte kaum den Brief. Die Schlussfolgerung, die Hann Schneider aus der Abwesenheit der Glücksritterin zog, entlockte Peter von Scholl ein Lächeln. Es klang, als solle er mit einem Kampfschrei und Schwertgefuchtel auf dem Rittergut einziehen. Zum Denken war dieser Mensch nicht zu gebrauchen, aber vielleicht ließ sich eine andere Verwendung für ihn finden.

Peter von Scholls Überlegungen begaben sich leise auf Wanderschaft in eine Richtung, die sich mit seinem seelsorgerischen Amt nicht vereinbaren ließen. Er schämte sich dafür und hätte es vor anderen niemals zugegeben, aber was konnte ein Mensch für seine Gedanken? Und welchen Schaden richteten sie an? Kein Mann starb, weil ein anderer an seinen Tod dachte. Also gestattete er sich noch einige Augenblicke süßer Träume, ehe er zu dem Kreuz aufschaute, das zwischen den beiden Fenstern seines Studierzimmers an der Wand hing. Die Mundwinkel nach unten gezogen, eine Träne im Augenwinkel stimmte er murmelnd das Vaterunser an. Nur das *Amen* am Schluss sprach er laut.

Sein Gewissen fühlte er danach erleichtert, und er war wieder bereit, sich dem Problem im Käbschütztal zuzuwenden, mit Geisteskräften, mit denen er sich reichlich gesegnet wähnte. Er brauchte dann auch nicht lange, um zu bemerken, dass er nicht nur als Erbe übergangen worden war, sondern ihm noch nicht einmal eine Abschrift des betrügerischen Testaments vorlag. Nun war er kein Rechtsgelehrter, sondern Theologe, aber so viel verstand er von der Rechtsordnung im Kurfürstentum, dass er kaum einen Ausweg finden könnte, ohne die Kenntnis des Testaments im Wortlaut.

Ins Käbschütztal zu schreiben, und um eine Abschrift zu bitten, kam nicht infrage. Dafür fiel ihm ein anderer Herr ein, an den er sich wenden konnte. Er ärgerte sich, dass er nicht früher darauf gekommen war, statt seine Seele mit sündhaften Gedanken zu beflecken.

Peter von Scholl legte einen sauberen, gerade geschnittenen Foliobogen vor sich auf die lederne Schreibunterlage und tauchte die Feder ins Tintenfass. Die Anrede und die ersten Zeilen, in denen er den Adressaten seiner Ergebenheit versicherte, gelangen ihm zügig. Danach stockte der Schreibfluss. Wie sollte er sein Anliegen erklären, ohne als gierig zu erscheinen, oder als dämlich, weil er sich erst so spät meldete. Schließlich gab er sich einen Ruck und schrieb einfach drauflos. Am Ende war der Foliobogen bedeckt, sein Name passte gerade noch in die rechte untere Ecke. Er versiegelte den Brief, als er hörte, wie die Haustür geöffnet wurde.

Seine Frau Lisalotte kam von ihrem Besuch zurück. Hastig verbarg er den Brief in der Tasche seiner Weste. Das Rittergut im Käbschütztal und alles, was sein Weib daran erinnerte, bedeutete nur, dass er sich wieder ihr endloses Lamentieren anhören musste. Warum er nichts tat? Warum sie weiter in dieser Bude saßen, während eine Hochstaplerin auf dem Rittergut residierte? Er dachte ähnlich, es sich jedoch von seiner Frau vorhalten zu lassen, war etwas anderes. Deshalb verbarg er lieber den Brief vor ihr und brachte ihn auf den Weg, als er eines seiner kranken Gemeindemitglieder besuchte.

KAPITEL 22

Geraldine spazierte nach einem Vormittagsbesuch bei den Schumanns am Elbufer unterhalb des Brühlschen Palais vorbei, überquerte den Schlossplatz. Einen ähnlichen Weg hatte sie schon einmal zurückgelegt, als sie im Jahr zuvor aus der Dresdner Festung entlassen worden war. Damals hatte sie zotige Bemerkungen der Elbschiffer über sich ergehen lassen müssen. Sie war eine junge Frau in einem schmuddeligen Kleid gewesen, diesmal trug sie vornehme Garderobe, und kein Elbschiffer rief ihr etwas hinterher, sondern räumte eilig sein Frachtgut aus dem Weg.

In Gedanken versunken überquerte Geraldine die Elbe. Auf der anderen Seite ergötzte sie sich an dem vergoldeten Reiterstandbild Friedrich August I., dem Vater des jetzigen Kurfürsten. Dieser hatte es als Andenken an ihn errichten lassen. Der verstorbene Fürst war ein Mann gewesen, der das Porzellan geliebt hatte wie kaum ein anderer. Am Elbufer, genau vor der Statue, stand ein Palais, in dem er den Traum eines porzellanenen Hauses verwirklichen wollte. Die Böden und Wände sollten mit Meißner Kacheln bestückt werden. In Regalen, Nischen und Vitrinen sollten seine Porzellansammlung von den Untertanen bestaunen lassen. Sogar die Griffe der Fenster und Türen hatte er aus Porzellan geplant. Das Vorhaben war gescheitert, den Grund dafür konnte Geraldine nicht benennen. Es mochte Geld gewesen sein, oder die Zerbrechlichkeit des Porzellans.

Hinter dem vergoldeten Reiterstandbild begann eine breite

Prachtstraße, der zwei Reihen Bäume Schatten spendeten. Sie führte zum Schwarzen Tor, durch das in den vergangenen Jahrhunderten die an der Pest Gestorbenen aus der Stadt geschafft worden waren und heutzutage noch die Verurteilten zur Hinrichtungsstätte aus der Stadt geführt wurden. Die Häuser rechts und links beherbergten Gewölbe und Werkstätten in den Erdgeschossen, an deren weit geöffneten Läden Geraldine vorbeiflanierte und die ausgestellten Stücke betrachtete. Es gab Schuhe aus hauchdünnem Leder in allen erdenklichen Farben. Daneben hatte ein Goldschmied seine Lupe ins rechte Auge geklemmt und ließ sich bei der Arbeit über die Schulter schauen. Im nächsten Gewölbe arbeitete ein Schneider, der unter einem Berg safranfarbener Seide beinahe verschwand. Ein Spezereihändler bot exotische Früchte, Gewürze, bunte Federn als Hutschmuck, Flakons mit Duftessenzen und *allerley Curiositäten*, die nur auf besonderen Wunsch gezeigt wurden – so verkündete es ein Schild im Fenster.

Geraldine drehte ihren Sonnenschirm. Die Straße war belebt, gut gekleidete Menschen flanierten auf und ab, mehr als einer nickte ihr zu. Mit einem Mal hatte sie ein Gefühl der Zugehörigkeit. In diese angenehmen Gedanken versunken verhielt sie auf plötzlich ihren Schritt. Ihr Herz hämmerte in der Brust.

Der Grund ihres Erschreckens stand auf der anderen Straßenseite, trug einen hellgrünen Rock zu beigen Kniebundhosen, einen Hut mit einer Feder, und an seiner Seite baumelte ein Zierdegen. Auf seinem Unterarm lag die Hand einer Begleiterin, die wie Geraldine ihr Gesicht mit einem Sonnenschirm schützte. Die Frau hatte sie noch nie gesehen, den Herrn kannte sie besser.

Es war Frederik Nehmitz!

Geraldine senkte ihren Sonnenschirm so weit, dass er ihr Gesicht bedeckte, und sie gerade noch unter dem Rand hindurchlinsen konnte. Der Herr auf der anderen Straßenseite hatte ihre Gefühle mehr als einmal auf den Kopf gestellt. Um ihren Seelenfrieden zu erhalten, hatte sie ihn weggeschickt, als er ihr Herz und Hand anbot. Ihn hier zu sehen, traf sie unvorbereitet. Geraldine fühlte einen Stich in der Brust. Ihn an der Seite einer Frau zu sehen, versetzte ihr einen weiteren Stich. Er hatte nicht lange gebraucht, sich anderweitig zu versorgen.

In diesem Moment sah er herüber. Geraldine verschwand hinter ihrem Schirm. Auf keinen Fall wollte sie von ihm entdeckt werden. Wenn er am Ende herüberkam, um ihr womöglich seine Ehefrau … Auf einmal saß ein Kloß in ihrer Kehle. Sie drehte sich um und hastete zurück in Richtung Elbe. Der weite Rock verhedderte sich zwischen ihren Beinen, das zwang sie, stehen zu bleiben, um nicht würdelos zu stolpern. Also tat sie so, als müsse sie an ihrem Handschuh etwas richten, während die Röcke sich entfalteten und wieder in ihre rechte Lage zurückfielen. Dabei riskierte sie einen Blick zur anderen Straßenseite. Frederik kam heran. Die Hand der Frau lag immer noch auf seinem Arm. Ihr Gesicht, im Schatten von Hut und Sonnenschirm verborgen. Bestimmt war sie eine Schönheit. Jedenfalls war sie blond und die Haut blass, so viel erkannte Geraldine. Also das genaue Gegenteil von ihr.

Sie hörte Frederik etwas sagen, obwohl sie die Worte nicht verstand, aber seine Stimme war ihr so vertraut, aus jeder Menschenansammlung hätte sie sie herausgehört. Die Frau antwortete darauf mit einem perlenden Auflachen. Geraldine ging weiter, langsamer diesmal. Dafür krampfte sie ihre Hand um den Griff des Sonnenschirms, dass ihr die Knöchel wehtaten.

Am Reiterstandbild Friedrich Augusts bogen Frederik und seine Begleiterin zum Glück nach rechts ab, während Geraldine der Brücke zustrebte. In der Mitte des mehrbogigen Bauwerks blieb sie stehen und schaute ins Wasser. Trüb und träge floss es unter ihr dahin, kümmerte sich nicht um die Zeit, nicht um Mensch oder Tier. Der Blick ins Wasser entwickelte einen eigenartigen Sog, der sie weit über das Geländer beugen ließ. Mit einem Ruck riss Geraldine sich los, strebte dem Altstädter Elbufer zu.

Kaum in die angemieteten Räume zurückgekehrt, rief sie Janne herbei. Die Zofe knickste und wollte auch Rikarda dazu anhalten, aber das Mädchen entzog sich ihr und stromerte mit Otto durch den Flur. Bis auf ein kurzes Zeigen der Zähne ignorierte der Mops Geraldine.

Nach einem unhörbaren Seufzer bestimmte sie: »Wir kehren zurück ins Käbschütztal. Bereite alles vor, damit wir übermorgen reisen können.«

KAPITEL 23

*D*as Postboot brachte Geraldine und ihre Begleitung von Dresden nach Meißen. Von dort setzten sie die Reise ins Käbschütztal in einem leichten Reisewagen fort. Die beiden Diener folgten mit dem Gepäck langsamer in einer gemieteten Chaise und gerieten rasch außer Sicht. Die Pferde trabten munter dahin.

In einer Ecke lehnte Geraldine und versuchte, Rikarda mit süßen Kuchen zu locken. Dem Mädchen war auf dem Postschiff wieder schlecht geworden, und sie litt immer noch unter der Übelkeit, sah blass aus um die Nase und auf ihren Wangen glänzten Tränenspuren. Weder von ihrer Mutter noch von Geraldine ließ sie sich bisher aus ihrem Kummer herauslocken. Nicht einmal Otto konnte ihr ein Lächeln abringen, obwohl er sie mit der Nase angestupst und aus treuen Augen zu ihr aufgeblickt hatte. Nun lag der Mops zwischen Rikardas Füßen, den Kopf auf die Vorderpfoten gestützt.

»Wir sind bald da«, sagte Geraldine tröstend. Sie wollte dem Mädchen gerne helfen, fand es jedoch schwierig, mit ihr umzugehen. Die Kleine war nicht so anschmiegsam, wie sie es sich wünschte. Sie war eher scheu und wild. »Deine Mama wird dir Tee geben und dein Haar kämmen. Das magst du doch?«

»Nein!« Rikarda schüttelte den Kopf.

Janne auf der gegenüberliegenden Bank, neben sich den schlafenden Simon Andreas in einem Korb, war sichtlich unangenehm berührt von der Widerborstigkeit ihrer Tochter. »Du sollst höflich …« Der Rest ihrer Worte ging in einem

Aufschrei unter, weil in diesem Moment etwas an der Kutsche vorbeiflatterte.

Die Pferde warfen die Köpfe hoch. Eines wieherte schrill, dann stoben sie los. »Ho, ho«, hörten die Frauen den Kutscher rufen.

Es blieb ohne Wirkung auf die Pferde. Deren Hufe trommelten auf dem Boden, Dreckklumpen flogen. Der Kutscher wurde auf dem Bock hin- und hergeworfen. Die Füße hatte er gegen die Seitenverkleidungen gestemmt und sich die Zügel um die Hände gewickelt. Von dem Ausbruch der Pferde ebenso überrascht wie die Frauen, knurrte Otto böse und schnappte nach Geraldines Schuhen.

Vor ihnen lag eine Kurve, die die Pferde mit unverminderter Geschwindigkeit nahmen. Die Kutsche schleuderte herum, für einen Moment machte es den Eindruck, als würde sie nur auf zwei Rädern fahren, dann setzte sie wieder krachend auf dem Weg auf. Ihre Insassen wurden gehörig durchgerüttelt. Rechts und links lagen Gräben, dahinter wogten Getreidefelder im Sommerwind. In einen dieser Gräben geriet ein Vorderrad der Kutsche. Und obwohl die dahinstürmenden Pferde es gleich wieder herauszogen, bekam die Kutsche Schlagseite, und es geriet auch das Hinterrad in den Graben. Erneut sackte das Gefährt weg. Geraldine und Janne schrien auf, in letzter Sekunde gelang es Janne, den Korb mit ihrem Sohn zu fassen zu bekommen.

Mit einem Krachen, Klirren und Splittern landete die Kutsche auf dem Feld. Die Pferde waren in ihrer Panik über den Graben gesprungen und schleiften sie etliche Längen weiter durch den Acker, ehe sie schweißüberströmt und mit zitternden Flanken stehen blieben. Sie prusteten und schnaubten, aber gleich darauf senkte das erste den Kopf, um von den Getreidehalmen zu naschen. Das zweite machte es ihm nach.

Im Inneren waren die Frauen und die beiden Kinder über-einander gefallen. Geraldine hob den Kopf, den sie sich gleich an einer der gepolsterten Sitzbänke stieß. Sie wollte sich um-drehen und unter der Bank hervorkriechen, aber ein schmerz-volles Stöhnen ließ sie innehalten. Es kam von Janne. Rikarda weinte, rief dabei nach ihrer Mama. Simon Andreas war aus seinem Korb gefallen und lag brüllend unter Geraldines Bei-nen. Sie wollte ihn unter sich hervorziehen, aber es war nicht leicht, eines seiner fuchtelnden Ärmchen zu fassen zu bekom-men. Endlich gelang es ihr, und Simon Andreas lag nun neben seiner Schwester.

Gleich darauf wurde die Tür aufgerissen. In der Öffnung erschien das schmutzige und zerschrammte Gesicht des Kut-schers. »Gnädige Frau, gnädige Frau«, rief der Mann ängst-lich. »Sind Sie verletzt? Ich helfe Ihnen.« Er streckte einen Arm durch die Öffnung.

»Ich kann nicht«, murmelte Geraldine. Sie fühlte sich auf einmal unsäglich erschöpft. Am liebsten wollte sie die Augen schließen und so lange schlafen, bis der Unfall nur noch Ge-schichte wäre.

»Gnädige Frau, bitte. Sie müssen durchhalten, bis ich Hilfe geholt habe. Ich beeile mich.«

Es war jedoch nicht mehr nötig, Hilfe zu suchen, denn von einem nahen Feld kamen einige Landarbeiter gelaufen. Die Mietchaise mit dem Gepäck und den beiden Dienern erreich-te ebenfalls den Schauplatz des Unglücks. Auf einmal waren acht und mehr Männer vor Ort. Nachdem Geraldine darüber informiert worden war, dass sie versuchen wollten, die Kut-sche wieder aufzurichten, stemmten sie sich dagegen. Das Ge-fährt ruckte einige Male hin und her, was bei Janne zu erneu-ten Schmerzensschreien führte.

Die Kutsche kam hart auf alle vier Räder zu stehen, und die Insassen wurden erneut durcheinandergeworfen. Geraldine rollte über ihre Zofe, die unter einer Bank zu liegen kam. Es gelang ihr noch, einen Arm um Rikarda zu schlingen, und das Mädchen an sich zu drücken. Die Kleine hatte eine Schnittwunde auf der Wange, aus der stetig Blutstropfen quollen, ihre Hände und Unterarme waren aufgeschürft.

Von außen trat der Kutscher gegen die Tür, bis sie aufsprang. Mühsam richtete Geraldine sich auf. Zuerst reichte sie dem Kutscher Rikarda heraus und als nächstes den Säugling, dann schoss aus einer Ecke knurrend Otto heran, sprang auf den Boden und verschwand im Getreide. Als Nächste ließ sich Geraldine heraushelfen. Sie stand auf wackeligen Beinen, wurde rechts und links von ihren Dienern gestützt. Ihr schien jedoch weiter nichts zugestoßen zu sein als ein zerrissenes Kleid und ein aufgeschürfter rechter Arm. Zwei Landarbeiter luden eine ihrer Reisekisten aus der Mietchaise und stellten sie als Bank vor Geraldine. Aufatmend ließ sie sich darauf nieder. Eine bäuerlich gekleidete Frau legte eine nach Staub und Getreide riechende Decke um ihre Schultern. Erst wollte Geraldine sie abwehren, aber dann fand sie die Wärme doch tröstlich.

Rikarda wurde ihr mit den Worten »Ihrer Tochter fehlt nichts Schlimmes« gereicht. Sie setzte das Mädchen auf ihr Knie und tupfte das kaum noch hervorquellende Blut von dem Schnitt auf ihrer Wange. Rikarda hielt still und weinte auch nicht mehr, aber ihre Augen waren schreckgeweitet. Ein junges Mädchen hielt Simon Andreas auf dem Arm und wiegte ihn sacht.

»Ihm ist nichts passiert, gnädige Frau. Der Herrgott hält die Hand über so kleine Kinder«, sagte sie zu Geraldine und versuchte sich an einem unbeholfenen Knicks.

Gerade wurde Janne von zwei Landarbeitern aus der

Kutsche gehoben. Sie wimmerte wie ein waidwundes Reh. Krampfhaft hielt sie ihren rechten Unterarm umklammert, bevor sie umständlich auf einer zweiten Reisekiste zu sitzen kam.

Die Bäuerin redete behutsam auf Janne ein, bis diese zögerlich ihre linke Hand vom Arm löste. Was unter dem zerrissenen Ärmel zum Vorschein kam, ließ Geraldine scharf die Luft einsaugen. Eine bleiche Knochenspitze stach durch die Haut. Blut lief herunter, und der Arm sah aus, als gehörte er nicht mehr zu Janne. Die Bäuerin wollte ein Stück ihres Unterrocks abreißen, ihn um die Verletzung winden. Der Stoff sah nicht sauber aus.

»Nein!«, rief Geraldine scharf. »Das muss ein Arzt ansehen.«

»Als ob wir hier einen Arzt haben«, ereiferte sich die Frau.

»Dann muss jemand nach Meißen laufen und einen holen. Ich bezahle auch dafür.«

Sofort boten sich mehrere junge Landarbeiter an. Geraldine wählte den aus, der ihr am sehnigsten und ausdauerndsten erschien. Der Mann tippte an seine Mütze und trabte los.

Auf wackeligen Beinen ging Geraldine zu ihrer Zofe. »Es kommt ein Arzt, der dich behandeln wird. Du musst nur noch kurze Zeit aushalten.« Sie versuchte, zuversichtlich zu klingen, merkte aber selbst, dass es ihr nur unzulänglich gelang, der überstandene Schreck ließ ihre Stimme zittern. Auf Jannes verletzten Arm mochte sie die Augen gar nicht richten. Der aus dem Fleisch herausstehende Knochen sah zu grausam aus. Die alte Landfrau hatte von Jannes Kleid den Ärmel abgerissen und die Wunde freigelegt. Sie hielt die Hand der Verletzten zwischen ihren schwieligen Fingern und streichelte deren Handrücken. Unterdessen liefen Janne unaufhörlich die Tränen über die Wangen.

Die Landarbeiter kehrten nach und nach zu ihrer Arbeit zurück, zuletzt die alte Bäuerin. Sie verabschiedete sich von Janne, indem sie ihr zart über die Wange strich. Der Kutscher der Mietchaise kümmerte sich um die Pferde, die beiden Diener untersuchten, ob die Kutsche noch zu retten war, deshalb blieb Geraldine allein mit ihrer Zofe und den Kindern zurück. Das Mädchen saß still auf der Reisekiste, sie weinte nicht, klagte nicht, sondern schaute nur unentwegt auf ihre Mutter. Blinzelte kein einziges Mal, sondern blickte starr, als wäre sie nicht ganz fort und nicht ganz da. Geraldines eigener Kutscher stand unglücklich in der Nähe und drehte seine Mütze zwischen den Händen.

»Was ist eigentlich passiert, dass die Pferde sich erschrocken haben?«, fragte Geraldine leise.

»Vögel flogen neben dem Weg auf und haben sie erschreckt. Es tut mir leid, dass ich das Unglück nicht verhindert habe.«

»Du kannst nichts dafür, deswegen darfst du dir keine Vorwürfe machen. Ich gebe dir keine Schuld, und ich werde auch dafür sorgen, dass dieses Unglück keine Folgen für dich haben wird.«

Dem Kutscher war nicht anzusehen, ob er erleichtert war oder nicht. Er knetete weiterhin seine Mütze in den Händen. »Die Vögel sind im Unterholz aufgeflogen. Haben wie Tauben ausgesehen. Tauben sind nicht im Unterholz zugange.« Er schüttelte den Kopf. »Sie können sagen, was Sie wollen, gnädige Frau, da war was nicht, wie es sein sollte.«

»Was soll falsch gewesen sein?«

»An den Pferden lag es nicht. Die gehen prima vor der Kutsche. Haben noch nie Zicken gemacht.«

»Du darfst dich nicht grämen. Es war ein Unfall. Es hätte nicht verhindert werden können.«

Die Ankunft des Arztes in einem zweirädrigen Wagen, vor den ein munterer Brauner gespannt war, unterbrach das Gespräch. Beim Anblick von Jannes gebrochenem Arm schnalzte er mit der Zunge. Er betrachtete die Verletzung durch eine Lupe.

»Keine schöne Sache«, murmelte er dazu. Dann schaute er sich um. »Ich brauche Branntwein.«

Der Kutscher suchte im Kasten unter seinem Sitz, schüttelte jedoch den Kopf. »Zerbrochen.«

Der Kutscher der Mietchaise förderte eine Steingutflasche Dünnbier zutage, die er dem Arzt hinhielt.

»Dann muss es damit gehen«, sagte der und hielt Janne die Flasche hin. Sie schüttelte den Kopf. »Trink, Mädchen. Du wirst es brauchen«, empfahl er väterlich.

»Ich halte durch«, presste sie zwischen den Lippen hervor. Ihr Gesicht war nass geweint und sehr blass, sie sah aus, als könnte sie jeden Moment das Bewusstsein verlieren.

»Nimm ruhig was, es wird dir helfen«, flüsterte Geraldine ihr zu.

Janne schüttelte stur den Kopf.

Mit den Zähnen zog der Arzt den Korken aus der Flasche und spuckte ihn aus. Er nahm erst einen langen Zug, ehe er ein Tuch mit dem Dünnbier befeuchtete. Damit tupfte er Jannes Wunde ab. »Ist zwar kein Branntwein, aber besser als nichts«, brummte er dabei.

Danach mussten die Männer Janne festhalten, und der Arzt begann sein Werk. Er zog an dem gebrochenen Arm, bis der Knochen nicht mehr durch die Haut stach. Das Knirschen, das seine Behandlung verursachte, wurde übertönt durch Jannes Schreie.

Obwohl sie von vier kräftigen Männern gehalten wurde, warf sie sich herum. Sie stöhnte und schrie, wie Geraldine es noch nie von einem Menschen gehört hatte. Sie hielt Rikarda die Ohren zu.

»Das Schlimmste ist geschafft«, sagte der Arzt schließlich ungerührt.

In diesem Moment verlor Janne das Bewusstsein.

Der Arzt ließ ihren Arm los und wischte sich seine blutigen Hände mit einem in Dünnbier getränkten Tuch ab. Er verband die Wunde mit einem sauberen Leinentuch, schiente den Arm. Den Stock dafür hatte Geraldines Kutscher zurecht geschnitzt.

»Sie braucht Ruhe. Viel Ruhe. Mindestens acht Wochen.« Der Arzt rollte die Ärmel seines Hemdes wieder herunter und zog seine Jacke an. »Der Verband muss regelmäßig gewechselt werden«, sagte er, während er auf den Kutschbock kletterte, und die Zügel aufnahm.

Janne war immer noch bewusstlos, als sie in die Mietchaise gehoben wurde. Geraldine hatte ihr Lager mit Decken und Kleidung weich gepolstert, dennoch stöhnte sie, als sie die Fahrt behutsam fortsetzten. Die zerstörte Kutsche hatten sie am Wegesrand stehen lassen und die beiden Pferde hinten an die Chaise gebunden. Sie kamen nur im Schritt voran, denn mit Rücksicht auf Janne gestattete Geraldine keine schnellere Gangart. Rikarda schlief irgendwann ein, den Kopf an die Knie ihrer Mutter gelehnt.

KAPITEL 24

Es war Nacht, als sie endlich das Rittergut erreichten. Das Gros der Dienerschaft war bereits im Bett, aber Maurice, Frau Aha und ihr Bruder waren wach geblieben, hatten sich voller Sorge ausgemalt, was den Reisenden zugestoßen sein könnte und auch alle Argumente zusammengetragen, die gegen das Schlimmste sprachen. Viel war ihnen dazu nicht eingefallen. Deshalb lauerten sie im Dunkeln in der Eingangshalle und hörten sofort, als ein Wagen auf den Vorplatz einbog. Maurice eilte zur Tür und riss sie auf.

Er erkannte seine Herrin, die in einem schlimmen Zustand zu sein schien. Ihre Frisur saß schief, das Kleid schlotterte derangiert um ihren Leib. »Mon Dieu, Mademoiselle, welches Unglück ist Ihnen zugestoßen? Mon Dieu, was kann ich tun?«

»Mir geht es gut. Aber wir hatten einen Unfall, und Janne ...«

Auf den älteren Diener gestützt, kämpfte die sich langsam die wenigen Stufen zum Eingang hoch. Seit sie aus der Ohnmacht erwacht war, hatte sie kein Wort gesagt. Aber in ihrem Blick standen die Schmerzen, die sie durchlebte.

»Das arme Kind!« Frau Aha, im Hausmantel und auf dem Kopf trug sie bereits ihre Nachthaube, eilte herbei. Sie nahm die Dinge in die Hand und ordnete an, was für die Verletzte zu geschehen hatte.

Zwei Zimmermädchen wurden aus dem Bett geholt und mussten in aller Eile das bequemste Gästezimmer herrichten, im Kamin ein Feuer anheizen, heiße Milch zubereiten und ein wollenes Nachthemd heraussuchen. Geraldine argwöhnte, dass Frau Aha eines ihrer eigenen herlieh. Obwohl Maurice mehrfach versuchte, sie zu überreden, dass sie sich selbst ausruhen solle, wich sie nicht von Jannes Seite, bis die Verletzte in dem bewussten Nachthemd zu Bett gebracht worden war, und die heiße Milch mit ein paar Tropfen Laudanum getrunken hatte.

Für Rikarda wurde ein Rollbett in der Kammer der beiden Zimmermädchen hergerichtet. Sie war von dem jüngeren Diener schlafend ins Haus getragen worden und wachte auch nicht auf, als sie ausgezogen und auf das schmale Bett gelegt wurde. Eines der Mädchen legte den schlafenden Simon Andreas in ihr Bett und umfing seinen kleinen Körper mit ihren Armen. Frau Aha erbot sich, bei der Verletzten zu wachen. Sie versprach, Geraldine zu wecken, sollte sich Jannes Lage verschlechtern.

»Die arme Janne«, sagte Geraldine, als sie mit einer Kerze in der Rechten zu ihren eigenen Gemächern ging.

Maurice folgte ihr, ebenfalls mit einer Kerze. »Sie wird bei Ihnen die beste Pflege erfahren. Das weiß ich ganz sicher.«

»Selbstverständlich. Sie ist nicht nur meine Zofe, sondern auch meine Freundin.«

»Ich habe immer noch nicht verstanden, wie es passiert ist«, erkundigte sich der erste Diener.

»Ich auch nicht. Der Kutscher sprach von Tauben, die aus dem Unterholz aufflogen und die Pferde erschreckt haben – er konnte es nicht begreifen.«

Maurice kam dieses Verhalten von Tauben ähnlich ungewöhnlich vor wie dem Kutscher. Es schien ihm eher, als habe jemand die Tauben auffliegen lassen. Als er aber in Geraldines unglückliches Gesicht schaute, brachte er es nicht über sich, ihren Kummer noch zu mehren, und behielt seine Gedanken für sich. »Das ist wirklich eine schlimme Sache. Herr Aha wird dafür sorgen, dass die Pferde …«

»Nein, nein, den beiden soll nichts geschehen!«, rief Geraldine aus. Die Kerze in ihrer Hand zitterte.

»Natürlich nicht. Ich meine nur, dass die Pferde erst ihre Schreckhaftigkeit verlieren müssen, ehe sie wieder vor Ihre Kutsche gespannt werden.«

Damit war Geraldine einverstanden.

* * *

Seine abgetragene Kappe in der Hand haltend betrat Hann am Tag fünf nach dem Unfall den Rosengarten, wo Geraldine verblühte Köpfe abschnitt und die roten Blütenblätter in einem Korb sammelte. Eine Tätigkeit, die einer vornehmen Dame angemessen war. Still und heiter sah sie aus, während seine Janne oben im Gutshaus lag und Schmerzen litt, die er sich nicht vorstellen konnte, aber doch auf sich nehmen wollte. Er eilte auf das Fräulein von Scholl zu, ehe ihn Bedenken hemmen konnten und stellte sich genau vor sie hin.

Überrascht sah Geraldine auf, schenkte ihm ein Lächeln, als sie ihn erkannte. Darauf fiel er nicht herein. Schön lächeln konnten diese vornehmen Damen, aber dahinter verbarg sich häufig genug nichts als geziertes Getue.

»Was kann ich für Sie tun, Hann? Haben Sie Ihre Frau besucht? Es geht ihr etwas besser, hat der Arzt gesagt. Aber sie wird noch wochenlang Ruhe benötigen …«

»Das weiß ich alles. Ich habe sie gesehen.« Vor zwei Tagen hatte er Janne und die Kinder das letzte Mal besucht. Seitdem hatte er es nicht geschafft, sich den Anblick seines leidenden Weibes noch einmal anzutun. »Sie ist elend, weil sie Ihnen gedient hat.«

»Das tut mir unendlich leid.«

»Meine Kinder müssen ohne ihre Eltern auskommen. Ich meine ohne meine Frau.« Hann hatte sich in einen gerechten Zorn hineingeredet.

»Für Janne wird alles getan, was menschenmöglich ist. Der Arzt kommt jeden Tag und sieht nach ihr. Die Kinder sehen ihre Mutter auch jeden Tag und werden sonst durch meine Hausdame betreut. Es fehlt ihnen an nichts. Es sind Ihre Kinder und sie können jederzeit zu Ihnen ins Haus zurückkehren, ich habe gedacht, als Vater allein mit zwei kleinen Kindern ...«

»Ich will meine Frau!«

»Für Janne ist es besser, im Herrenhaus zu bleiben. Ich besuche sie jeden Tag, und wir reden miteinander. In der Nacht wacht jemand an ihrem Bett und bei der geringsten Verschlechterung wird nach dem Arzt geschickt. Was wollen Sie noch, Hann?«

»Meine Frau!« Er bohrte seinen Blick in ihren und bemerkte zufrieden, wie sie zu Boden schaute.

Die Blumenschere entfiel ihrer rechten Hand. Sie schien es nicht einmal zu bemerken. Er müsste sich bücken und sie aufheben. Dienen, dienen, immer nur dienen – bis aufs Blut. Er rührte sich nicht.

»Sie können ...«

»Mir fehlt meine Frau. Es ist niemand da, der sich um das Haus und die Wäsche kümmert. Ich lebe von Brot und Käse. Alles wegen des Unglücks, das meine gute Janne getroffen hat, als sie in Ihren ...«

Diesmal ließ Geraldine ihn nicht ausreden. »Ich verstehe. Ich hätte nicht nur an Janne und die Kinder, sondern auch an Sie denken müssen. Sie können so lange im Herrenhaus wohnen, bis Ihre Frau wieder gesund ist. Ich lasse Ihnen ein Zimmer unter den männlichen Dienstboten herrichten. Morgen können Sie einziehen.«

»Danke, Gnädigste.« Hann neigte leicht den Kopf, das ging besser als erwartet. Der wahre Erbe würde mit ihm zufrieden sein. »Da wäre noch etwas.«

Leise seufzte Geraldine, nickte ihm jedoch zu.

»Janne kann nicht arbeiten, sie verdient kein Geld. Die Taler fehlen uns. Wir sind nicht auf Rosen gebettet. Das Unglück ist Janne passiert, als sie mit Ihnen zusammen war ... also sind Sie auch verantwortlich. Sie müssen mir ihren Lohn geben, als wäre sie gesund und Ihre Zofe. Das müssen Sie tun, wenn Sie wahrhaft gerecht sein wollen.«

In Geraldines Gedanken formten sich Worte, um diese dreiste Forderung abzulehnen, aber dann erinnerte sie sich, was sie sich vorgenommen hatte: weniger an sich und mehr an andere zu denken. Deshalb schluckte sie die Ablehnung runter und versprach Hann, ihm den Lohn seiner Frau weiter zu zahlen.

»Ich danke, gnädige Frau. Sie sind sehr gütig.« Er fügte diesen Satz an, weil er wusste, von Leuten seines Standes wurde das erwartet. Den Dank fühlte er nicht, er hatte nur bekommen, was ihm zustand.

Auf den Kieswegen des Rosengartens knirschten Schritte, und gleich darauf stand Herr Aha vor ihnen. Er neigte den Kopf in Geraldines Richtung und betrachtete Hann mit gerunzelter Stirn. »Was hast du hier zu suchen, Bursche? Hast du etwa die gnädige Frau belästigt? Dann gnade dir Gott.« Herr Aha trug nie etwas anderes als einen schwarzen Rock mit dunkelgrauer Weste und Hose. Er sah aus wie ein dürrer schwarzer Vogel, der auf seine Beute herabstieß. Die wenigen Male, die Hann mit ihm zu tun hatte, hatte er sich immer unwohl gefühlt. Dieses Gefühl stellte sich auch jetzt ein.

»Wir haben uns unterhalten«, sagte Geraldine schnell. »Über Janne und die schwierige Lage, in die ihre Familie geraten ist.«

»Welche schwere Lage? Die arme Frau liegt im besten Gästezimmer des Herrenhauses, für sie wird alles getan. Ihre Kinder toben durch die Gänge, als wären sie von hoher Geburt.«

»Das ist nicht genug. Herr Hann hat mir klar gemacht, woran wir bisher noch gar nicht gedacht haben«, sagte Geraldine. Sie berichtete Herrn Aha von den Ergebnissen ihres Gespräches.

Dessen Stirnfalten vertieften sich. Am Ende schüttelte er den Kopf. »Das kommt nicht infrage. Entschuldigung, gnädige Frau, aber bei dieser Sache mache ich nicht mit. Ich werde nicht tatenlos zusehen, wie dieses Subjekt Ihre Gutmütigkeit ausnutzt – ohne jede Scham.«

»Ich habe nur …«, widersprach Hann, musste es sich aber gefallen lassen, dass Herr Aha ihm unfreundlich über den Mund fuhr.

»Dich fragt niemand! Und dich braucht hier auch niemand mehr! Wenn du mit dem Geld nicht auskommst, suche dir eine Arbeit. Und höre auf, Forderungen an die gnädige Frau zu stellen. Hinfort mit dir!«

Herr Aha schaute so wild drein, dass weder Hann noch Geraldine es wagten, ihm zu widersprechen. Hann setzte sich seine Mütze aufs Haupt und trollte sich.

»Sie müssen entschuldigen, gnädige Frau, aber diesem dreisten Menschen dürfen Sie nicht auf den Leim gehen.« Herr Aha ließ die Andeutung einer Verbeugung sehen. »Um seine Frau sorgen Sie sich weit mehr, als nötig wäre. Der Kerl arbeitet nur, wenn Sie ihn nach Meißen schicken, die restliche Zeit hockt er daheim und wartet darauf, dass sie das Geld für die Familie nach Hause bringt. Die Arme ist mit diesem Mann wirklich zu bedauern.«

»Ich dachte, er arbeitet wenigstens tageweise …« Geraldine fühlte sich hilflos.

»Iwo, der und arbeiten. Die Gärtner wollen ihn nicht, weil er ihnen mehr schadet als nützt. Das haben sie mir wörtlich gesagt. Für die Landarbeit taugt er nicht. Er kann nicht kutschieren oder reiten. Im Haus will ich ihn nicht sehen, damit er am Ende noch das Porzellan zerschlägt und behauptet, er musste es fallenlassen, weil ihn jemand streng angesehen habe. Den kann man nirgendwo gebrauchen.«

»Wenn Sie das sagen …« Nun fühlte sich Geraldine hintergangen. Aus Hanns Mund hatte es sich angehört, als wäre alles Pech, und es nur eine Frage von Tagen, bis er aus diesem Tal wieder herauskäme. Dass bei Hann nicht immer alles war, wie er es darstellte, hatte sie schon geahnt. Bei Herrn Aha hatte sie nie erlebt, dass er die Dinge in ein anderes Licht stellte. Sie glaubte ihm.

»So ist es. Dieser Mensch hat Ihre Güte nicht verdient, gnädige Frau. Mir tut es leid, Ihnen das sagen zu müssen.« Herr Aha verneigte sich, bevor er sich entschuldigte und Richtung Wirtschaftshof davonging.

Nachdenklich schaute Geraldine ihm hinterher. Die Freude an den farbenprächtigen Rosen war ihr vergangen.

KAPITEL 25

𝒟r. Eduard Wilhelm Wezel aus Leipzig hatte seine Karte geschickt und seinen Besuch für den folgenden Tag angekündigt. Er war der Notar der Familie von Scholl, hatte Geraldine von Herrn Aha erfahren. Und weiter, dass der Herr ihr werde seine Aufwartung machen wollen, um danach einige Dinge mit dem Verwalter zu besprechen. Aber dass er sein Kommen so kurzfristig ankündigte, sehe ihm nicht ähnlich. Es sei kaum Zeit, die notwendigen Unterlagen herauszusuchen.

Herr Aha hatte es dennoch versucht und bis tief in die Nacht in seinem Kabinett gearbeitet, um sich halbwegs vorbereitet zu fühlen. Mit übernächtigten Augen wartete er jetzt mit Geraldine im Morgensalon. Die gemischten Gefühle, mit denen er dem Besuch entgegensah, spürte Geraldine deutlich, und sie wollte ihm gerne etwas Tröstliches sagen.

»Sie sind mein Verwalter. Der Notar kann Ihnen keine Vorschriften machen. Sie dürfen es nicht dulden, dass er sich einmischt. Überlassen Sie es nur mir, ihm das zu sagen«, meinte sie, als die Stille immer drückender wurde. Dabei klang Geraldine zuversichtlicher als sie sich fühlte. In ihrem Leben hatte sie noch mit keinem Notar zu tun gehabt, aber dass deren Besuch in der Regel nichts Gutes bedeutete, war auch ihr klar.

Es wurde beinahe Mittag, ehe Dr. Wezel auftauchte. Er trug weder die dunkle, schmucklose Kleidung, die Geraldine erwartet hatte, noch war er hager und faltig, mit einem Kopf, der wie der eines Geiers auf seinem Hals saß. Es handelte sich bei ihm um einen älteren Herrn mit feisten, rosigen

Wangen und einer Vorliebe für Hellblau. Diese Farbe zeigten Rock und Weste, dazu gefielen ihm fliederfarbene Aufschläge, gleichfarbige Posamenten und eine beige Hose. Im ersten Moment war Geraldine so geblendet, dass sie beinahe vergaß, ihm die Hand für einen Kuss zu reichen. Diesen hauchte er flüchtig auf ihren Handrücken.

»Sie sind der Notar meines Vaters, habe ich mir sagen lassen. Ich freue mich, Ihre Bekanntschaft zu machen«, eröffnete Geraldine das Gespräch. Mit eigener Hand schenkte sie ihm Kaffee in eine Tasse aus Meißner Porzellan. Zum dritten Mal hatte eine neue Kanne Kaffee aufgebrüht und aus der Küche heraufgeschickt werden müssen, da die ersten beiden kalt geworden waren.

Dr. Wezel ließ das Getränk unbeachtet. »Meine Familie stellt seit Generationen die Notare Ihrer Familie. Mit Ihrem Herrn Vater hatte ich jedoch wenig Kontakt. Er hat sich nicht sehr für das Rittergut interessiert und nur selten meinen Rat gesucht. Leider, muss ich sagen.« Die angenehm klingende Stimme des Notars versöhnte Geraldine mit seiner papageienhaften Aufmachung, aber der Inhalt seiner Rede klang ihr nach einer Kritik an ihrem Vater, die sie nicht unwidersprochen lassen wollte. »Nach meinem Dafürhalten hat er mir das Rittergut wohl bestellt hinterlassen.«

»Was zu einem großen Teil der Verdienst des guten Herrn Aha sein dürfte. Ihr Herr Vater hätte bedenkenlos den gesamten Besitz für seine Forschungen verwendet. Das hat er mir selbst gesagt. Zum Glück wurde er daran gehindert.«

»Von wem?«, fragte Geraldine scharf. Sie war nachträglich noch ungehalten darüber, dass ihr Vater sich offenbar Zwängen hatte beugen müssen.

»Von Bestimmungen«, lautete die wenig aussagekräftige Antwort.

»Sie können gerne die Bücher prüfen«, warf Herr Aha ein. »Ich habe alles so gut vorbereitet, wie es mir in der kurzen Zeit möglich war.«

»Das ist nicht der Grund meines Besuchs.« Der Notar wandte sein Gesicht jetzt Geraldine zu und fixierte sie auf die gleiche Art, wie der Arzt vor einer Woche Jannes gebrochenen Arm betrachtet hatte. »Es sind eben jene Bestimmungen, weswegen ich Mademoiselle von Scholl sprechen muss. Allein sprechen muss.«

»Herr Aha genießt mein vollstes Vertrauen.«

»Wie Sie wünschen.« Aus einer ledernen Tasche zog Dr. Wezel eine Mappe aus Karton, die verschiedene Papiere enthielt. Er ordnete sie umständlich. Dabei wirkte er wie ein Mann, der von Berufs wegen in Akten versank und sich zwischen staubtrockenen Papieren erst richtig wohlfühlte.

Geraldine und Herr Aha warteten beide ungeduldig, und gerade als die junge Frau glaubte, es nicht länger ertragen zu können, schaute Dr. Wezel auf.

Er nahm das oberste der vor ihm liegenden Papiere. »Das ist das Testament Ihres Herrn Vater, Mademoiselle von Scholl. Es hat mich einige Mühe gekostet, eine Abschrift zu erhalten, obwohl es mir hätte zugeschickt werden sollen. Das ist im Moment nicht von Belang.« Dr. Wezel räusperte sich. »Generell muss ich sagen, dass es gegen ältere Bestimmungen verstößt.«

»Bei einem Testament gilt doch immer die letzte Fassung.«

»Das ist richtig, Mademoiselle von Scholl.« Erneut räusperte sich der Notar. »Sofern sie nicht gegen die vom Großvater Ihres Herrn Vaters getroffenen Bestimmungen zum Schutz des Vermögens der Familie von Scholl verstoßen. Ihr Herr Vater hätte das wissen müssen, hätte er sich nur ein wenig Mühe mit seinem Besitz gegeben.«

Dr. Wezel kramte wieder in seinen Unterlagen und präsentierte Geraldine eine vom Alter vergilbte Urkunde, an der zwei beeindruckende Siegel hingen. »Das, Mademoiselle von Scholl«, begann er seine Erklärung, »hat vor achtzig Jahren Ferdinand Traugott von Scholl aufgesetzt. Gott hab ihn selig. Der Großvater Ihres Herrn Vaters. Die Bestimmungen seines Testaments binden alle nachfolgenden Generationen als von Schollsches Hausrecht. Danach kann das Rittergut, das umfasst Grund und Boden, alle Gebäude und alle Rechte, nur in der männlichen Linie vererbt werden.« Als er sah, dass Geraldine den Inhalt seiner Worte nicht verstanden hatte, setzte er hinzu: »Erbe kann immer nur ein Sohn werden, nie eine Tochter.«

»Das heißt …« Geraldine fühlte sich leer, ihr Kopf rauschte. Was hatte das alles zu bedeuten? Von dem Gerede Dr. Wezels hatte sie noch am ehesten verstanden, dass ihr Vater ihr das Rittergut nicht hätte vererben dürfen.

»Das Testament Ihres Herrn Vaters ist ungültig, soweit Ihnen das Rittergut und alle dazugehörenden Rechte und Güter vererbt wurden. Es ist rechtmäßig, soweit Ihr Herr Vater Ihnen seinen persönlichen Besitz vermacht hat. Viel gehört dazu nicht. Seine Reisen und Forschungen haben das meiste Geld verschlungen. Er hat sicher auch nicht damit gerechnet, eines Tages eine Tochter kennenzulernen.«

In seinem letzten Satz schwang ein hämischer Unterton mit, aber sie fühlte sich immer noch viel zu sehr vor den Kopf gestoßen, um den Mann in seine Schranken zu weisen.

»Das alles hier gehört mir also nicht?« Geraldine machte eine Handbewegung, die alles umfasste. »Obwohl mein Vater es vor seinem Tod so verfügt hat, und das Testament von den Ortsrichtern bestätigt wurde?«

»Das hätte nicht geschehen dürfen.«

»Aber niemand wusste von dem Testament Ferdinands von Scholl. Er hat es heimlich verfügt.«

»Bei allem Respekt für Ihre schwierige Lage muss ich widersprechen, Mademoiselle von Scholl. Ferdinand von Scholl hat das Testament meinem Großvater anvertraut. Der wiederum hat es dem Vater Ihres Herrn Vaters seinerzeit gegeben. Also eine beglaubigte Abschrift davon. Und auch Ihr Herr Vater hat als junger Mann eine Abschrift erhalten. Ich habe sie ihm selbst nach seiner Hochzeit ausgehändigt.«

»Kann man nichts tun?«, wollte Herr Aha wissen.

»Sind Sie mit einem Mann von hervorragendem Leumund verheiratet, Mademoiselle von Scholl?«

Geraldine schüttelte den Kopf.

»Planen Sie, sich in nächster Zeit zu verheiraten?«

Erneutes Kopfschütteln von Geraldine.

»Dann lässt sich nichts machen. Sie erhalten eine Abschrift des Testaments Ferdinand Traugott von Scholls und eine Aufstellung des nicht vom Hausrecht erfassten Vermögens. Viel ist es leider nicht. Sie sind außerdem gehalten, das Rittergut an den wahren Erben zu übergeben.«

»Wer soll das sein?«, rutschte es Herrn Aha heraus.

»Peter von Scholl. Mein Halbbruder.« Geraldine erinnerte sich gut an seinen etwa sechs Wochen zurückliegenden Besuch. Nun bekam er auf dem Silbertablett serviert, was er damals gefordert hatte, während ihr Leben in Trümmern lag. Wieder einmal.

»Ganz recht«, stimmte Dr. Wezel zu. »Er ist der einzige Nachkomme in der männlichen Linie und nun Ritter Peter von Scholl. Über meinen Besuch bei Ihnen ist er unterrichtet, und er wird Ihnen eine angemessene Frist einräumen, Ihre Angelegenheiten zu ordnen und das Rittergut zu verlassen.«

»Welche Frist?«, wollte Geraldine wissen.

»Vier Wochen müssen Ihnen ausreichen.«

Das kam ihr unerwartet lang vor. Eine derartige Großzügigkeit hätte sie Peter von Scholl nicht zugetraut und so war sie auch nicht erstaunt, als Dr. Wezel einräumte, dass er hart habe ringen müssen, damit Ritter Peter von Scholl diese Zeit zugestand. Ein Tag sei seine Vorstellung gewesen.

»Ich habe ihm jedoch deutlich machen können, dass er keine junge Dame mittellos auf die Straße setzen dürfe. Das könne auf ihn zurückfallen«, erklärte der Notar nüchtern.

Geraldine wusste nicht, ob sie ihm dankbar sein oder ihn zum Teufel wünschen sollte. Dr. Wezel verzichtete auf eine Einladung zum Mittagessen und verabschiedete sich. Geraldine war der Appetit ebenfalls vergangen. Niemand hatte den Kaffee angerührt, der längst wieder kalt geworden war. Sie flüchtete in das Arbeitskabinett ihres Vaters. Die Abschrift der Hausregelung ließ sie in Herrn Ahas Obhut zurück.

KAPITEL 26

Geraldine kam es seit dem Besuch des Notars so vor, als finde das Leben neben ihr statt, und sie sei nur Zuschauerin. Um sich selbst zu fühlen, kannte sie nur einen Weg: malen!

Zwar hatte sie mehrere Aufträge für Porträts in ihrem Atelier liegen, aber keinen davon gedachte sie gegenwärtig anzunehmen. Fremde Menschen im Haus zu haben, ihnen ein fröhliches Gesicht zeigen und mit ihnen plaudern zu müssen, sie nicht nur im Atelier, sondern auch bei Tisch zu sehen, hätte sie nicht ertragen. Sie malte Janne, die nach wie vor das Bett hütete und deren rechter Arm dick verbunden war, mit ihrem schlafenden Sohn im gesunden Arm. Sie malte Rikarda, die sich an ihre Mutter schmiegte. Die Ergebnisse waren zarte Porträts in hellen Farben auf Serviertellern.

Janne wollte sich zunächst sträuben, weil sie sich nicht wert fand, auf Porzellan verewigt zu werden. Aber auf geheimnisvolle Weise war der Grund für den Besuch des Leipziger Notars an die Ohren aller Bediensteten und damit auch an ihre gedrungen. Danach gab sie ihren Widerstand gegen das Porträt auf, denn sie verstand, dass Geraldine malen musste, um an ihrem Schicksal nicht zu verzweifeln. Die eigene Angst, erneut das Zuhause und diesmal auch Hann zu verlieren – denn was wollte er mit einer Frau, die ihn wegen eines gebrochenen Arms nicht mehr umsorgen konnte –, verschloss sie tief in ihrem Herzen.

Geraldine malte sogar Otto, den Rikarda dazu brachte, sehr verspielt auf einem Kissen zu liegen und die Pose so lange beizubehalten, bis sie Skizzen angefertigt hatte. Als Modell benahm sich Otto ungewöhnlich friedfertig und knurrte Geraldine weniger heftig an als gewöhnlich.

Ein einziges Mal sprachen sie und Janne in dieser Zeit über die Zukunft.

»Du musst dich nicht ängstigen«, sagte Geraldine tief über den Teller gebeugt, auf dem sie Rikarda verewigte. »Ich lasse nicht zu, dass du und Hann erneut euer Heim verliert. Ich werde einen Weg finden, das zu verhindern.« Tatsächlich hatte sie keine Ahnung, wie das zu bewerkstelligen war. Notfalls musste sie vor ihrem Halbbruder auf die Knie fallen. Aber sie war es Janne schuldig, für deren Zukunft zu sorgen.

»Sie sind mir nichts schuldig, gnädige Frau«, widersprach diese jedoch zum wiederholten Male. »Hann und ich können beide arbeiten, wenn nur erst mein Arm wieder heil ist. Wir finden überall ein Auskommen.«

Geraldine teilte diese Ansicht nicht. Ihr kam Hann nicht wie ein fleißiger Arbeiter vor. Der Töpfer, bei dem sie ihn untergebracht hatte, hatte ihn nicht lange beschäftigen wollen, sondern nach wenigen Wochen gegenüber Herrn Aha zugegeben, Hann eigne sich nicht zum Töpfer und könne es auch nicht lernen. Jannes Mann war auch vom Pech verfolgt, das ließ sich nicht leugnen. Es kam aber nicht infrage, in Jannes geschwächtem Zustand mit ihr darüber zu diskutieren, deshalb stimmte Geraldine ihrer Zofe zu. Sie betonte dabei erneut, es werde für sie nicht notwendig werden, sich um ein neues Auskommen zu bemühen. Schließlich würde Peter von Scholl eine Familie mitbringen, und seine Frau auch eine Zofe benötigen.

»Sie haben mehr für uns getan, als wir je hoffen konnten.«

»Du warst immer da, und ich musste bei dir nie jemand anderer sein, als ich wirklich bin. Dafür hast du alles verdient, was ich dir vergelten kann. Ein Porträt auf Porzellan ist noch das Wenigste.«

Tag für Tag verstrich, und Geraldine malte. Hann brachte die Bilder nach Meißen und trug sie nach dem Brennen zurück ins Käbschütztal. Er besuchte Janne und die Kinder, küsste die Kleinen und gab vor, sich um die Gesundheit seiner Frau zu sorgen. Aber sobald Frau Aha Rikarda und Simon Andreas aus dem Raum gebracht hatte, wurde seine Miene finster.

»Was hast du mir zu sagen? Was geht im Haus vor?«, fragte er. Über den Besuch des Notars wusste er Bescheid, er hatte den Mann selbst gesehen, als dieser das Rittergut verließ. Und aus Janne hatte er die Frist von vier Wochen herausgefragt und getreulich nach Muskau berichtet. Dass sein Verbündeter diese Frist selbst gesetzt hatte, kam ihm nicht in den Sinn.

»Nichts«, antwortete Janne ihm und hoffte, ihrer Stimme sei nicht anzuhören, wie unwohl sie sich fühlte. Sie log ihren Mann nicht einmal an, aber das Gespräch behagte ihr nicht, Hanns zornig zusammengezogene Augenbrauen weckten Furcht in ihrer Brust.

Hann ließ nicht locker. »Du musst etwas wissen. Was redet sie? Was macht sie?«

»Sie malt. Nichts mehr.« Auch das war nicht gelogen.

»Sie muss doch was vorbereiten.«

»Wenn du meinst, dass die gnädige Frau eigenhändig ihre Sachen zusammenpackt, dann glaubst du das doch selbst nicht. Ich kann dir aber sagen, dass Herr und Frau Aha seit dem Besuch des Notars zweimal nach Meißen gefahren sind. Was sie dort wollten, weiß ich nicht. Sie besprechen ihre Angelegenheiten nicht mit mir.«

»Das ist schon mal was«, sagte Hann versöhnlich. Er wollte ihr über die Wange streichen, aber sie drehte den Kopf weg.

»Du musst dir nur ein bisschen Mühe geben, dann erfährst du auch was. Bist doch meine gute Janne. Zu schade, dass du ausgerechnet jetzt das Bett hüten musst. Auf deinen zwei Beinen könntest du wesentlich nützlicher sein.«

»Es ist eben so.«

»Die beiden werden in Meißen eine Wohnung für diese Frau gesucht haben. Es ist ja nicht mehr lange hin, bis die vier Wochen verstrichen sind. Sie braucht eine Wohnung, wenn sie nicht in den Gassen landen will. Das werde ich berichten.« Pfeifend und mit einem zufriedenen Grinsen im Gesicht verließ Hann das Krankenzimmer.

Janne war froh, als er die Tür hinter sich schloss. Seinen Besuchen sah sie täglich mit mehr Unbehagen entgegen. Nicht nur seine bohrenden Fragen machten ihr Angst, sondern auch, dass er sie an den Schultern packte und im Begriff war, sie zu schütteln. Nur der Hinweis auf ihren schlimmen Arm hatte ihn bisher davon abgehalten.

Ihr Arm schmerzte sie längst nicht mehr so, wie sie Hann gegenüber vorgab. Sie hätte aufstehen und wieder ein paar Handgriffe tun können, aber sie fürchtete, Hann verlöre dann jedes Maß. So fühlte sie sich Geraldine gegenüber schuldig, weil sie es sich auf deren Kosten im Bett gemütlich machte. Janne wähnte sich in einer ausweglosen Lage.

Herrn und Frau Ahas Reisen nach Meißen hatte sie nur erfunden, um überhaupt etwas zu sagen. Sie wusste nur, dass der Verwalter einmal nach Meißen geritten war, ohne den Grund zu kennen. Wütend über ihre Hilflosigkeit und Unentschlossenheit schlug Janne mit der gesunden Faust auf die Bettdecke. Sie wollte den Hann zurück, den sie geheiratet hatte. Den liebevollen Vater ihrer Kinder.

* * *

Weder ließ Geraldine die naturkundlichen Studien ihres Vaters, die nach der Aufstellung des Notars zu ihrem Erbe gehörten, verpacken, noch traf sie andere Vorbereitungen, um das Rittergut in nächster Zeit an Peter von Scholl zu übergeben. Dabei war von der gesetzten Frist beinahe die Hälfte verstrichen.

»Ich verstehe die gnädige Frau nicht«, sagte Frau Aha zu ihrem Bruder, als sie nach getaner Arbeit im Aufenthaltsraum der Hausdame bei einem Glas Wein zusammensaßen. »Man könnte beinahe meinen, ihr Schicksal bekümmert sie gar nicht.«

»Das tut es vielleicht auch nicht.«

»Wie kannst du so etwas sagen?«

»Weil ich glaube, die arme gnädige Frau kann es nicht ertragen, an das Bevorstehende zu denken. Solange sie sich hier nicht darum kümmert, ist es auch nicht da. In ausweglosen Situationen handeln die Menschen oft nicht vernünftig. Den Grund dafür kennt niemand, aber es ist nun einmal so.« Herr Aha zuckte mit den Schultern und ließ die Mundwinkel hängen, was ihm eine Ähnlichkeit mit Otto verlieh.

»Das dürfen wir nicht zulassen. Die arme gnädige Frau. Es muss etwas geben, was wir tun können.«

Die Tür des Aufenthaltsraumes war nur angelehnt, jetzt wurde sie ganz aufgestoßen. Mit einem Kerzenleuchter in der Hand stand Maurice im Türrahmen. Die Flamme warf zuckende Schatten auf sein dunkles Gesicht. »Sprechen Sie von Mademoiselle von Scholl? Ich war gerade dabei, die Türen und Fenster zu kontrollieren, als ich Sie reden hörte.«

»Von wem denn sonst? Kommen Sie her und trinken Sie ein Glas mit uns. Ich fürchte ja, dass wir nicht mehr oft die Gelegenheit finden werden, beisammenzusitzen«, lud Frau Aha ihn ein.

Maurice ließ sich nicht lange bitte. Gleich darauf saß er am Tisch und vor ihm stand ein Glas Wein. Er legte die Finger um den Stiel, führte es aber nicht zum Mund. »Was meinen Sie damit, dass wir nicht mehr oft beisammensitzen werden?«

»Weil niemand etwas tut, dass die gute gnädige Frau auf dem Rittergut bleiben kann. Ich werde jedenfalls nicht mehr hier arbeiten, wenn Peter von Scholl kommt, um sich ins gemachte Nest zu setzen. Wie aus einem niedlichen Knaben nur ein derart schlechter Mensch werden konnte. Ich wasche meine Hände in Unschuld, aber seine Hauslehrer sollten sich grämen bis in das Grab hinein. Und erst seine Frau und die Blagen. Wie auch immer, ich werde mich zur Ruhe setzen, sowie er einen Fuß in dieses Haus stellt.« Frau Aha brach erschöpft ab und betupfte mit einem Taschentuch ihre Augen. Danach setzte sie ihre Tirade fort: »Ein Pfarrer sollte gütig und gerecht gegen seine Schäfchen sein. Bei ihm ist davon nichts zu merken. Ich habe nie verstanden, warum es ausgerechnet das Studium der Theologie ein musste.«

»Weil sein Vater, unser guter verstorbener Herr, von ihm ein Studium verlangte«, warf ihr Bruder ein und wurde gleich darauf wieder übertönt.

»Das Problem dieses Herrn war und ist immer gewesen, dass er sich für nichts begeistern kann. Nicht für Pflanzen, nicht für die Malerei, nicht für Poesie, nicht Fischzucht oder Münzkunde oder alte Sprachen. Ein Interesse für irgendetwas auf Gottes weiter Erde. Damit hätte sich unser verblichener gnädiger Herr zufriedengegeben. Es hätte nicht die Theologie sein müssen.«

»Das weißt du genau?«, hakte ihr Bruder nach.

»Er hat mir anvertraut, was sein Sohn für eine Enttäuschung für ihn war. Das hat er.« Herausfordernd schaute Frau Aha in die Runde.

Maurice trank endlich von seinem Wein. »Sprachen Sie nicht davon, der guten Mademoiselle zu helfen?«

»Es ist unsere Pflicht und Schuldigkeit und mir eine Angelegenheit des Herzens. Es muss einen Weg geben, damit Peter von Scholl dort bleibt, wo er gerade ist. Obwohl die armen Menschen seiner Kirchgemeinde zu bedauern sind. Mein Bruder, der Tropf, tut nur immer schlau, aber wenn es darauf ankommt, kneift er. Rechtsgelehrte kennen doch immer ein Schlupfloch, seine Worte. Jetzt dagegen …«

»Sieglinde, ich bin kein Rechtsgelehrter. Ich kann nur sagen, was ich denke.«

»Das wollen wir nicht hören.« Zu Maurice gewandt sagte Frau Aha: »Er spricht davon, dass unser liebes Fräulein das Rittergut verlassen und Vorkehrungen für ihr Leben danach treffen solle. Als würde sie auf der Straße landen, wenn sie nicht eigenhändig packe.«

»Von eigenhändigem Packen habe ich nicht gesprochen, jedoch war ich bei dem Gespräch zwischen der gnädigen Frau und Dr. Wezel dabei und weiß, dass Peter von Scholl in etwa zwei Wochen kommen wird, um das Rittergut zu übernehmen. Die gnädige Frau sollte dann vorbereitet sein.«

Bei diesen Worten blitzten Maurice Augen böse, aber er sagte nichts.

»Ich vermag nicht zu sehen, wie das abgewendet werden kann«, fügte Herr Aha noch hinzu.

»Du hast noch nie etwas Hilfreiches gesehen«, giftete seine Schwester. »Am Ende wünschst du dir diesen Menschen hierher.«

»Als Erbe ist es sein Recht, hier zu leben und seine Familie mitzubringen. Da hilft kein Lamentieren«, erwiderte Herr Aha ruhig. Er kannte seine Schwester ihr Leben lang und nahm ihr diese bitteren Worte nicht übel. Wenn in ihr der

Zorn brodelte, schlug sie auf die ganze Welt ein. »Das gnädige Fräulein sollte die Augen öffnen, und der Zukunft mutig entgegentreten.«

»Wie soll sie das machen? Deiner so überaus geschätzten Meinung nach?«

»Eine Wohnung in Meißen suchen oder in Dresden. Sie besitzt den Dispens der Porzellanmanufaktur, den kann ihr niemand nehmen. Sie wird nicht als Bettlerin auf der Straße landen.«

»Das arme Kind!« Erneut betupfte Frau Aha ihre Augen.

»Ich habe versucht, mit ihr darüber zu sprechen, aber sie wollte mir nicht zuhören.«

»Das gnädige Fräulein braucht Hilfe. Echte Hilfe, nicht deine Lieblosigkeit.«

»Echte Hilfe!«, wiederholte Maurice und trank endlich einen Schluck von seinem Wein. »Bon aide! Da weiß ich nur einen, den wir fragen können. Wenn jemand alles daransetzen wird, unserer Mademoiselle zu helfen, ist er es. Wir müssen ihm schreiben.«

Herr und Frau Aha wandten Maurice fragende Gesichter zu. Dann hellte sich ihres auf, seines blieb unbewegt.

»Sie meinen …? Das ist die beste Idee, die ich seit Langem gehört habe. Der wird helfen.« Frau Ahas strahlte Maurice geradezu an.

»Von wem sprichst du?«, wollte ihr Bruder wissen.

»Von jemandem, der unser gnädiges Fräulein nie im Stich lassen wird.« Und an Maurice gewandt sagte sie: »Schreiben Sie! Schreiben Sie schnell!«

KAPITEL 27

*E*s ist Besuch für Sie gekommen, Mademoiselle von Scholl. Er wartet im Nachmittagssalon.« Maurice hatte die Tür zu Jannes Krankenzimmer geöffnet und brachte seine Meldung mit einer Verbeugung vor. Sein Grinsen reichte dabei von einem Ohr zum anderen.

Geraldine schaute kurz von ihrer Malerei auf. Auf einem Teller entstand gerade ein weiteres Porträt von Janne, diesmal in kräftigeren Farben. »Ich möchte niemanden sehen. Sagen Sie, ich sei unpässlich. Oder was Ihnen gerade einfällt, Maurice.«

»Diesen Besuch werden Sie sehen wollen.« Das Grinsen wurde noch breiter.

Geraldine seufzte. »Bisher ist nie etwas Gutes dabei herausgekommen, wenn jemand unangemeldet kam.«

»Diesmal schon. Denken Sie auch an die junge Mademoiselle Schumann und ihre Mutter. Dieser Besuch ist weit besser.«

»Sie werden keine Ruhe geben, bevor Sie nicht Ihren Willen durchgesetzt haben.« Geraldine spülte den Pinsel aus und wischte ihre Hände an einem fleckigen Lappen ab. Danach zog sie den Malerkittel aus und überprüfte ihre Erscheinung in einem Standspiegel, zupfte hier und da eine Locke zurecht.

»Ich werde nicht lange brauchen«, beschied sie Janne.

Die nickte ergeben und löste die Bänder, die ihr Nachthemd am Halsausschnitt zusammenhielten, um ihren Sohn an die Brust zu legen. Maurice schaute unbehaglich zur Seite und beeilte sich, das Gästezimmer zu verlassen, um seine Herrin in den Nachmittagssalon zu begleiten.

Bei Geraldines Eintritt erhob sich aus einem mit der Lehne zur Tür stehenden Sessel ein Herr. Sie sah für einen Augenblick nichts als einen schlanken Rücken in einem dunkelblauen Rock und blondes, zu einem Zopf zusammengebundenes Haar. Beides kam ihr bekannt vor. Als der Herr sich gleich darauf umdrehte, schlug sie die Hände vor den Mund und unterdrückte den Aufschrei, der ihr auf der Zunge lag.

Frederik Nehmitz lächelte unsicher. In seinen Augen war sie noch schöner geworden, als er sie in Erinnerung hatte. Aus dem jungen Mädchen war eine Frau geworden. Eine Prinzessin, die ihn jetzt höchst erstaunt anschaute. Er wusste nicht, ob er zu ihr eilen und sie in die Arme nehmen durfte, oder ob ihm nicht einmal ein Handkuss erlaubt war. Zu gut erinnerte er sich an ihre letzte, nicht ermutigende Begegnung: Sie hatte seinen Heiratsantrag abgelehnt und lieber eine Malerin sein wollen. Letzteres war ihr geglückt; er hatte in Dresden von ihr sprechen gehört und stolz gedacht, dass sie ihr Ziel erreicht hatte. Wehmut war auch dabei gewesen, weil er nicht an ihrer Seite stehen durfte.

»Frederik, mit dir habe ich wirklich nicht gerechnet.«

Nun war die Reihe an ihm, verwirrt dreinzuschauen. »Ich habe einen Brief empfangen, in dem ich in deinem Namen gebeten wurde, so schnell wie möglich zu kommen. Es gäbe Schwierigkeiten mit deinem Erbe.«

»Ich habe dir nicht geschrieben. Oder dergleichen veranlasst.«

»Mir schien auch, dein treues Faktotum Maurice habe den Brief verfasst.«

»Wahrscheinlich in Zusammenarbeit mit Herrn und Frau

Aha. Sie liegen mir alle in den Ohren, ich müsse mich kümmern.«

»Geraldine.« Er kam heran und versuchte, ihren Blick einzufangen, aber sie wich ihm aus. »Wenn ich dir helfen kann, lasse es mich tun.«

»Da ist nichts. Ich habe dir vor Monaten gesagt, du sollst gehen, da kann ich jetzt nichts von dir verlangen.«

»Du kannst immer alles von mir verlangen.« Frederik ergriff ihre Hände. Sie ließ sie für einen Augenblick in seinen, bevor sie sie ihm entzog. Dieser kurze Moment schien ihm unendlich kostbar, und der Weg von Dresden ins Käbschütztal war nicht zu weit gewesen.

»Frederik, geh wieder und vergiss mich. Es ist das Beste. Was wird mit deiner Arbeit am Apps…, am Apell…?« Ihr fiel das Wort nicht ein, und sie schaute hilflos zu ihm auf.

»Am Appellationsgericht habe ich um Urlaub auf unbestimmte Zeit gebeten. Deshalb brauchst du nicht zu zögern, über mich zu verfügen. Ich will dir helfen.«

Geraldine kaute auf ihrer Unterlippe. Den ersten Schreck, Frederik zu sehen, hatte sie überwunden. Wilde Freude war durch ihr Herz gezuckt und von einem Gefühl des Hintergangenwordenseins abgelöst worden. Sie fühlte sich von Maurice und Frederik gleichermaßen bevormundet. Die beiden sollten sie ihre Angelegenheiten auf ihre Weise regeln lassen, statt sich ständig einzumischen.

Andererseits war Frederik nun einmal hier, und sie brauchte den Rat eines Rechtsgelehrten. Geraldine schluckte. Sie konnte nicht sprechen, weil sich die Gedanken an das baldige Ende ihres Erbes mit Gewalt in ihr Bewusstsein drängten. Sie hatte viel zu viel Zeit von der ihr gesetzten Frist mit Malen vergeudet, statt sich um ihre Zukunft zu kümmern.

Von ihr unbemerkt glitzerten Tränen in ihren Wimpern.

Eine tropfte auf ihre Wange, bahnte sich einen Weg zu ihrem Kinn. Mit dem Zeigefinger tupfte Frederik sie fort, leckte sie anschließend auf.

»Ach Nilje«, flüsterte er und breitete die Arme aus.

Sie schlüpfte hinein, lehnte den Kopf an seine Schulter und ließ sich von ihm umfangen. Beiden kam es so vertraut vor, als hätte es die letzten Monate nie gegeben.

Vor der nicht ganz geschlossenen Tür des Nachmittagssalons entfernte sich Maurice auf leisen Sohlen. Er hatte Hoffnung geschöpft.

Herr Aha hatte die vom Notar übergebenen Unterlagen und einige andere das Rittergut betreffende in seinem Arbeitskabinett bereitgelegt. Noch am Tag seiner Ankunft unterzog Frederik sie einer ersten Sichtung. Nach dem Lesen raufte er sich die Haare, bis sich sein Zopf völlig auflöste.

Das sah übel aus! Das sah wirklich übel aus für Geraldine. Er kannte Peter von Scholl nicht, aber was er von ihm gehört hatte, ließ ihn zweifeln, dass mit ihm eine Übereinkunft möglich wäre. Der nicht zum Rittergut gehörende und daher an Geraldine vererbbare Besitz bestand im Wesentlichen aus dem wissenschaftlichen Nachlass ihres Vaters, Bargeld in einem Depot des Bank- und Handelshauses Frege & Co. in Leipzig, aus seinem persönlichen Besitz, seiner als Arkanist zusammengetragenen Porzellansammlung und einer Sammlung Schnupftabakdosen, mehr als einhundertfünfzig Exemplare aus aller Herren Länder. Die stellte auch ein gewisses Vermögen dar, und er wäre froh gewesen, hätte er das alles von seinem Vater geerbt. Nur war es nicht zu vergleichen mit einem Rittergut im Käbschütztal.

Ein Ausweg lag klar vor ihm, und man musste nicht die Rechte studiert haben, um diesen zu erkennen. Er bezweifelte nur, dass Geraldine ihn würde gehen wollen. Widersprach er doch allem, was sie ihm bei ihrer letzten Begegnung an den Kopf geworfen hatte. Frederik seufzte und glättete sein Haar. Er band es wieder zu einem Zopf zusammen, ehe er sich erneut den Unterlagen auf dem Tisch zuwandte.

Die Rechtsbücher des Rittergutes waren dicke Folianten, die seit über einhundertfünfzig Jahren akribisch geführt wurden. Das Testament, das fragliche, war darin im Wortlaut verzeichnet, die Vererbung nur in der männlichen Linie sogar unterstrichen, aber Frederik bezweifelte, dass es nach der Niederschrift noch oft gelesen worden war. Jedenfalls schien Geraldines Vater sich nie mit den rechtlichen Verhältnissen des Rittergutes beschäftigt zu haben. Seine Unterschrift fand er nicht ein einziges Mal in den Rechtsbüchern, für ihn hatte in den letzten eineinhalb Jahrzehnten immer Herr Aha unterzeichnet und davor dessen Vater.

Als letzte Handlung war die Übergabe eines Hauses an Johann Schneider aus Meißen verzeichnet. Frederik vermutete, dass damit Hann und Janne Schneider gemeint waren, zu deren Gönnerin sich Geraldine berufen fühlte. Seitdem hatte sie nicht mehr Gericht gehalten. Er schnalzte mit der Zunge. Auf Rittergütern sollte einmal im Monat Gericht gehalten werden. Es hätte sie jemand dazu anhalten müssen. Damit sie einen Vertreter dafür bestimmte, denn natürlich konnte sie als Frau keine Gerichtsperson sein.

»Du siehst aus, als hättest du die Nacht über den Akten gesessen«, begrüßte Geraldine ihn am nächsten Morgen am Frühstückstisch.

»Fast«, musste er zugeben und unterdrückte ein Gähnen. »Und ich habe gedacht, du hättest dir angewöhnt, im Bett zu frühstücken.«

»Das gehört sich nur für verheiratete Frauen«, konterte sie. »Hast du etwas herausgefunden?«

»Es wird nicht einfach, aber ich bin auch erst am Beginn meiner Überlegungen. Es gibt noch Etliches, was ich bewerten muss«, erwiderte er, nicht ganz der Wahrheit entsprechend. In Wirklichkeit musste er sich nur über ein, zwei, höchstens drei Fragen klarwerden.

»Frederik, ich bin dir dankbar für dein Kommen und auch froh, dass du dich dieser Sache annehmen willst«, begann sie. »Wenn ich zunächst anders geklungen haben sollte, tut es mir leid. Was ich jedoch nicht möchte, ist, dass du deine Zeit mit einer Sache zubringst, bei der keine Hoffnung besteht. Das quält dich und mich gleichermaßen und bringt niemandem einen Vorteil. Wenn es nicht zu ändern ist, verlasse ich das Rittergut, auch wenn ich mich bis ans Ende meiner Tage ärgern werde, weil ich nicht in der Lage war, den letzten Willen meines Vaters zu erfüllen.«

»Gesprochen wie eine wahre Fürstin.« Er wäre am liebsten um den Tisch herumgeeilt und hätte sie in die Arme genommen. Sie war so tapfer, und deshalb durfte sie einfach nicht derart vom Pech verfolgt werden. Er räusperte sich und fuhr mit seinen Erklärungen fort: »Bei der Prüfung einer komplexen juristischen Frage lässt sich am Anfang nie sagen, was sich daraus ergeben wird. Es können noch viele Aspekte auftauchen, an die bisher niemand gedacht hat. Ich kann deshalb unmöglich schon sagen, wie es ausgehen wird. Nicht einmal die grobe Richtung.«

Sein weiteres Studium der rechtlichen Aktenstücke brachte ihm die Erkenntnis, dass er ohne entsprechende Rechtsbücher und Kommentierungen nicht weiter käme. Also kehrte er nach Dresden zurück, um seine Prüfung am Appellationsgericht fortzusetzen. Von dort aus reiste er zur juristischen Fakultät nach Leipzig, um sich mit seinem alten Rechtskundelehrer zu beraten und sich über ein paar letzte Fragen klar zu werden.

KAPITEL 28

*I*n Muskau wartete Peter von Scholl ungeduldig auf das Verstreichen der vierwöchigen Frist. Diese Zeit hätte er der Hochstaplerin niemals zugestehen sollen, der Notar hatte ihn dazu überredet. Eine junge Frau, eine Malerin mit einem von der Manufaktur ausgestellten Dispens, könne er nicht einfach auf die Straße setzen. Das fiele auf ihn zurück. Als Rittergutsbesitzer, stände es ihm gut an, sich gnädig zu zeigen und dergleichen mehr hatte Dr. Wezel geredet. Und er hatte nachgegeben, gegen seine Überzeugung.

Inzwischen bereute er es, weil seine Lisalotte ihm täglich damit in den Ohren lag, dass sie nun auf etwas warten müssten, was sie längst hätten haben können. Diese Stimmung herrschte im Pfarrhaus in Muskau, als ein zweiter auf schmuddeligem Papier geschriebener Brief eintraf. Lisalotte von Scholl nahm ihn mit spitzen Fingern entgegen und brachte ihn ihrem Ehemann in dessen Studierzimmer. Bereits wenige Wochen nach der Eheschließung hatte er verfügt, nicht gestört werden zu wollen, wenn er sich dorthin zurückzog. Vom ersten Tag an hatte seine Lisalotte das missachtet, und in den fünfzehn Jahren ihrer Ehe nichts daran geändert. Sie klopfte nicht einmal an, bevor sie sein Refugium betrat. Er schreckte zusammen, als sie plötzlich neben ihm stand, und er aus einem kurzen Schlummer erwachte.

Der Brief landete auf dem Taufbuch seiner Gemeinde, das aufgeschlagen vor ihm lag, damit er die drei Taufen des letzten Sonntags eintrug.

»Ich möchte wissen, wer Ihnen derartige Briefe schreibt. Der bloße Anblick verursacht Krätze.«

Peter von Scholl wischte mit einem Taschentuch den Schlaf aus seinen Augen, ehe er die Schnur durchtrennte, die den Brief statt eines Siegels verschlossen hielt. Zuerst wanderte sein Blick zur Unterschrift.

»Johann Schneider aus dem Käbschütztal«, antwortete er seiner Angetrauten. Von seiner besonderen Vereinbarung mit dem Mann hatte er ihr bisher nichts erzählt, sonst warf sie ihm nur wieder vor, sich mit dem einfachen Volk gemein zu machen. Es war nicht leicht, es seiner Lisalotte recht zu machen.

»Sie kennen Leute«, bekam er zur Antwort. Aber die Erwähnung des Käbschütztals sicherte ihm ihre Aufmerksamkeit. »Was schreibt dieser Mensch?«

»Auf dem Rittergut ist ein Rechtsgelehrter aufgetaucht und tut sich mit der gnädigen Frau um.«

»Was soll das heißen?«

»Ich weiß es nicht. Genauso steht es hier.«

»Wieso gnädige Frau? Die ist nichts als eine Glücksritterin.«

»So wird sie eben genannt. Sie dürfen von den einfachen Leuten nicht erwarten, dass sie die Welt verstehen wie wir, Lilott.« Der Kosename ihrer frühen Jahre war längst abgestumpft und entlockte ihr keinerlei Reaktion mehr.

»Was schreibt dieser stumpfe Mensch noch?«

»Dass seine Frau sich bei einem Unfall den Arm gebrochen hat und dass es die Schuld der gnädigen Frau sei.«

»Über diesen Rechtsverdreher? Ein gebrochener Arm ist für uns nicht von Belang.«

»Etwas Mitgefühl können wir zeigen. Ich werde ihm in meiner Antwort eine Anweisung auf ein paar Groschen mitschicken, um ihn uns gewogen zu halten. Von dem Rechtsverdreher steht dort nichts weiter.«

»Was mag der dort wollen?«, sinnierte Lisalotte.

»Was solche Leute immer wollen. Nach einem Schlupfloch suchen, um die Regeln aus dem Testament meines Urgroßvaters für null und nichtig zu erklären.«

»Gibt es eines?«

»Dr. Wezel sagt nein. Ich bin der einzige Sohn. Dieses Weib ist nicht verheiratet. Uns kann nichts mehr passieren. Sehr bald werden wir Rittergutsbesitzer sein.«

»Wir könnten es schon sein, wenn Sie sich nicht hätten beschwatzen lassen. Sehen Sie ja zu, dass Sie rechtzeitig dort sind, damit diese Person nicht noch etwas von Ihrem Erbe entfernt. Die soll gehen mit dem, was sie auf dem Leib trägt.«

»Ihren Teil des Erbes müssen wir ihr lassen. Der Notar hat mir erklärt, dass wir darum nicht herumkommen.«

»Soll sie diesen Pflanzenkrempel mitnehmen. Das schreckliche Zeug will ich sowieso nicht im Haus haben.«

Peter von Scholl fühlte einen Stich in der Brust. Immerhin sprach Lisalotte vom Vermächtnis seines Vaters – als Sohn sollte ihm das etwas bedeuten. Er horchte in sich hinein und fühlte nichts. Der Gedanke an seinen Vater hatte in ihm jahrelang nur Wut ausgelöst. Tatsächlich war er erleichtert gewesen, als er von dessen Ableben erfuhr. Bis er den letzten Streich entdecken musste, den sein alter Herr ihm gespielt hatte.

»Sie können sicher sein, dass ich diese Person keine Stunde länger im Käbschütztal dulden werde als notwendig. Sowie die Frist abläuft, wird sie das Rittergut verlassen. Ich werde mich in den nächsten Tagen aufmachen und alles für die Übergabe meines Erbes vorbereiten.«

»Ich begleite Sie.«

Er hoffte, sein Erschrecken spiegelte sich nicht in seinem Gesicht wider. Lisalotte wollte er nicht um sich haben, wenn er sein Erbe in Besitz nahm. Zunächst wollte er es allein genießen, endlich Ritter Peter von Scholl zu sein. Wollte die Wirtschaft kontrollieren und aus dem Gesinde diejenigen entfernen, die sein Vater aus sentimentalen Gründen behalten hatte, und diejenigen belohnen, die sich ihm als nützlich erwiesen hatten.

Der Neger Maurice gehörte zu ersteren und würde das Rittergut in der Stunde seiner Übernahme verlassen. Er hatte nicht vergessen, wie dieses Wesen ihn in seiner Knabenzeit zurechtgewiesen und wie wenig Respekt er ihm bezeugt hatte. Hann Schneider rechnete er dagegen zu den letzteren. Eine Arbeit würde sich für ihn finden, und der gebrochene Arm seiner Frau, mit dem musste er selbst zurechtkommen. Er würde sie nicht der Gnade wegen in seinem Haushalt durchfüttern. Wenn sie nicht arbeiten konnte …

»Sie sagen nichts«, begehrte seine Frau auf.

»Ich freue mich über Ihre Begleitung«, antwortete er schnell, »überlege nur gerade, ob es klug ist, die Buben in der Obhut der Magd zurückzulassen. Sie lässt ihnen alles durchgehen, das wissen Sie. Ein paar Tage mit ihr, und die beiden sind völlig verdorben. Sie brauchen die Hand ihrer Mutter.«

Lisalotte kaute auf ihrer Unterlippe, was ihrem Aussehen nicht förderlich war. »Sie haben Recht, mein Lieber. Ich wäre sicher zwei Wochen oder länger fort.«

»Mindestens.«

»Jens Peter und Christian die ganze Zeit in der Obhut von … unmöglich. Der Platz einer Mutter ist bei ihren Kindern. Ich werde Sie allein reisen lassen, erwarte aber täglich eine Nachricht und eine genaue Schilderung der Zustände auf dem Gut, damit ich einen Plan der notwendigen Änderungen erstellen kann.«

Peter von Scholl versprach es.

* * *

Aus Leipzig kehrte Frederik Nehmitz in der Nacht auf einem gemieteten Pferd zurück. Das Tier hatte ihn die letzte Etappe von Mädlers Gasthaus ins Käbschütztal getragen. Ross und Reiter waren gleichermaßen erschöpft, schweiß- und staubbedeckt. Er sah aus, als hätte er seit Tagen nicht mehr als eine Stunde geschlafen und hielt sich nur mit letzter Kraft auf den Beinen.

Geraldine schickte nach einer heißen Milch, mit einem von Frau Ahas Stärkungspulvern, und einem Krug Bier. Gehorsam trank er erst die Milch, verzog dabei das Gesicht und griff anschließend zum Bierkrug. Dass er in seinem erschöpften Zustand über das Ergebnis seiner Reise berichtete, wollte sie nicht dulden; er sollte sich erst tüchtig ausschlafen, für alles andere sei am nächsten Tag Zeit.

Das führte dazu, dass Geraldine sich schlaflos im Bett wälzte und sich immer wieder Frederiks Gesichtsausdruck in Erinnerung rief. Hatte er neben seiner Erschöpfung zufrieden oder resigniert gewirkt? Sie vermochte es nicht zu entscheiden.

Am nächsten Tag führte er sie in den Rosengarten, hieß sie, sich auf eine Steinbank zu setzen und nahm neben ihr Platz. Er hielt ihre Fingerspitzen leicht in seiner Hand.

»Was ist mit dem Testament meines Vaters?«, fragte Geraldine und konnte ein Zittern aus ihrer Stimme nicht gänzlich heraushalten.

»Es widerspricht dem Testament seines Großvaters, deines Urgroßvaters. Ferdinand Traugott von Scholl hat nicht nur für sich über das Erbe verfügt, sondern auch nachfolgende Generationen gebunden. Das wird dir der Notar gesagt haben.«

Geraldine nickte.

»Dein Vater hätte diese Klauseln in seinem Testament beachten müssen.«

»Das ist rechtens, so eine Bestimmung.«

Diesmal nickte Nehmitz. »Das ist eine Art Hausrecht, das es manchmal in vornehmen Familien gibt. So etwa bei den von Bünaus. Eigentlich ist die Familie von Scholl dafür nicht vornehm und verzweigt genug, aber die Möglichkeit besteht, und Ferdinand Traugott von Scholl hat sie vor hundert Jahren genutzt.«

»Dann gibt es keine Hoffnung, den letzten Willen meines Vaters zu erfüllen?«

»Die Klausel ist wasserdicht. Es gibt keinen juristischen Kniff, um sie aus der Welt zu schaffen.« Frederik fiel es nicht leicht, ihr das zu sagen und die Trauer in ihrem schönen Gesicht auszuhalten.

»Ich habe es geahnt.« Geraldine Schultern sackten nach vorne. »Dann bleibt mir nur mehr übrig, dies alles an Peter von Scholl zu übergeben. Armer Maurice. Er wird nach mir der Erste sein, der gehen muss. Die Gärtner werden auch nicht alle bleiben dürfen, mein Halbbruder interessiert sich nicht für Pflanzen und ihre Pflege.«

»Moment, ich habe nur gesagt …«

In diesem Augenblick trat Peter von Scholl zwischen den Rosenbüschen hervor und baute sich breitbeinig vor der Bank auf. Das übliche Schwarz seiner Kleidung wurde aufgelockert durch eine silberfarbene Weste. »In trauter Zweisamkeit auf einer Bank statt auf gepackten Kisten. Im Haus haben Sie auch keinerlei Vorbereitungen getroffen. Sie sind mir eine. Heute ist der letzte Tag der Frist.«

»Welcher Frist?« Frederik hatte die Hände in die Hüften gestemmt. Niemand musste ihm erklären, wen er vor sich hatte. Er erkannte es an Geraldines Erschrecken und an der frechen Rede des Herren.

»Die Frist, die ich der jungen Dame eingeräumt habe, um ihre Angelegenheiten zu ordnen und das Rittergut zu verlassen. Ich sehe, dass sie die Zeit wahrlich schlecht genutzt hat.«

»Sie haben kein Recht so mit einer Dame zu reden. Dass Ihnen das nicht der Anstand verbietet.«

»Ich habe alles Recht, auf Gottes schöner Erde. Ich gehe davon aus, dass ich den Rechtsgelehrten vor mir habe, über dessen Anwesenheit ich unterrichtet wurde.«

»Frederik Nehmitz, Assessor am Appellationsgericht zu Dresden.«

»Ritter Peter von Scholl. In einer Stunde wird im Hof eine Kutsche bereitstehen, in der Sie beide dieses Rittergut verlassen. Packen Sie am besten einige unverzichtbare Dinge zusammen, denn einen Aufschub werde ich nicht mehr gewähren.«

Geraldine sprang auf. Sie war entschlossen, in weniger als einer Stunde fort zu sein. Die Genugtuung, sie vom Hof zu jagen, wollte sie ihrem Halbbruder nicht gönnen. Unauffällig berührte sie Frederik am Ärmel, aber er schüttelte sie ab.

»Das wird nicht geschehen!«, rief er wutentbrannt, zügelte sich aber gleich darauf. »Das Testament Ferdinand Traugotts von Scholl sieht eine Ausnahme von der männlichen Erblinie vor, wenn die weibliche Erbin mit einem Mann von hervorragendem Leumund verheiratet ist.«

»Nur ist sie das nicht!« Peter von Scholl spuckte die Worte regelrecht aus.

»Es wird jedoch eine Frist eingeräumt, damit die betreffende Dame sich verheiraten kann. Fräulein von Scholl plant ihre Verehelichung in der nächsten Zeit.«

Peter von Scholl und Geraldine sahen gleichermaßen erstaunt drein. Zum Glück bemerkte ersterer nichts von ihren Gefühlen, denn er war ganz auf den Rechtsgelehrten fixiert.

»Doch wohl nur, wenn kein männlicher Erbe vorhanden ist. Ich jedoch stehe vor Ihnen.«

»Haben Sie schon einmal erlebt, dass kein männlicher Erbe vorhanden ist? Aus irgendeinem Loch kommt immer jemand gekrochen. Trotzdem gibt es die Möglichkeit einer weiblichen Erbin, der eine angemessene Frist eingeräumt werden muss, sich zu verheiraten.«

»Im Testament meines Urgroßvaters steht davon nichts«, widersprach Peter von Scholl so wild, dass Speicheltröpfchen von seinen Lippen spritzten.

»Aus dem Zusammenwirken beider Testamente ergibt sich, dass es nur so sein kann.« Es folgte eine lange verwickelte Herleitung Frederiks, in der dieser Paragrafen, Urteile, Gutachten verschiedener juristischer Fakultäten und hoheitliche Entscheidungen aus dem gesamten Deutschen Reich zitierte. Die Worte prasselten auf Peter von Scholl nur so nieder.

Schon nach den ersten Sätzen gab sich Geraldine keine Mühe mehr, die Erklärungen verstehen zu wollen. Sie betrachtete die Miene ihres Halbbruders, die zwischen zornig und ungläubig wechselte. Frederik hörte nicht auf zu reden. Es verging beinahe eine Stunde, ehe er tief Luft holte. Inzwischen schaute Peter von Scholl nur noch ungläubig.

»Davon hat Dr. Wezel nicht gesprochen«, lautete sein wenig überzeugend vorgebrachter Einwand.

»Das glaube ich gerne«, nickte Frederik. »Dr. Wezel in allen Ehren, aber er ist Notar. Sein Metier ist die Umsetzung des

Rechts, nicht dessen Auslegung. Dafür sind die Gelehrten an den juristischen Fakultäten und die Gerichte zuständig. Ich bin extra nach Leipzig gereist, um diesem sehr komplizierten Sachverhalt auf den tiefsten Grund zu gehen. Ich bezweifle, dass Dr. Wezel dies getan hat.«

»Er lebt in Leipzig und muss nicht dorthin reisen.«

»Ich sprach vom tiefsten Grund dieses komplizierten Sachverhaltes. Diese vollständige Durchdringung des Rechts können Sie von einem Notar nicht erwarten.« Frederik sprach sachlich und kühl, Geraldine fühlte sich beim Zuhören ganz unbedeutend.

Ihrem Halbbruder schien es ähnlich zu ergehen, denn seine Schultern sackten sichtbar nach unten. »Offensichtlich nicht. So wahr mir Gott helfe, was soll jetzt werden?«

»Sie entfernen Ihre Person von diesem Rittergut und aus dem Käbschütztal und kehren nicht wieder, ehe nicht die Fräulein von Scholl einzuräumende Frist zur Verehelichung ereignislos verstrichen ist. Was mit dem Notar zu verhandeln ist, werde ich übernehmen. Sie hören dann von ihm.«

Mit steinerner Miene brachte Peter von Scholl eine Verbeugung hinter sich und marschierte davon. Geraldine und Nehmitz schauten ihm nach, bis er nicht mehr zu sehen war.

KAPITEL 29

*N*achdem Peter von Scholl gegangen war, sanken Geraldine und Frederik beide gleichermaßen erschöpft auf die Bank zurück, er vom Reden, sie vom Hören seiner verwickelten Worte. Diesmal saßen sie dicht nebeneinander, ihre Hand lag in seiner. Es fühlte sich tröstlich an.

»Frederik«, begann sie nach einer Weile. »Ich habe gar nicht gewusst, dass man so viele Worte über das Recht sprechen kann. Aber was bedeutet das jetzt? Du hast gesagt, das Testament meines Urgroßvaters sei wasserdicht. Worum geht es da? Hast du ihn überredet, mir ein paar Stunden mehr zu gewähren, um zu packen?«

Er musste sich räuspern, bevor er sprechen konnte, und auch dann klang seine Stimme belegt. »Kleine Nilje. Fragen über Fragen. Gegen die Klausel können wir nicht vorgehen, aber es gibt einen Ausweg, wenn du einen Mann von hervorragendem Leumund heiratest. Du musst es innerhalb eines Jahres tun, dann kannst du das Rittergut behalten. Deshalb konnte ich Herrn von Scholl wegschicken.«

»Das Jahr beginnt jetzt?«

»Mit dem Tod deines Vaters. Mehr konnte ich nicht erreichen, Nilje. Und das ist nicht so sicher, wie ich es dargestellt habe. Es lässt sich auch die Ansicht vertreten, dass eine Vererbung in der weiblichen Linie die Ausnahme darstellt und nicht möglich ist, solange ein naher männlicher Verwandter lebt. In der Rechtswissenschaft ist eben selten etwas eindeutig.«

»Oh«, entfuhr es Geraldine. »Mein Halbbruder könnte zurückkommen?«

»Der Notar könnte ihn eines anderes belehren. Was ich Peter von Scholl erklärt habe, werde ich Dr. Wezel schriftlich in einem Rechtsgutachten darlegen.«

»Oh.« Nun war Geraldine wirklich erschrocken, wenn sie an die Länge und Verwickeltheit seines Vortrages dachte.

»Es wird ein dickes Aktenstück werden.« Frederik lächelte. »Ich reiste nicht nur nach Leipzig, um mich mit meinem alten Lehrer aus Studientagen zu beraten, sondern habe mich auch über den Notar erkundigt. Dr. Wezel hat in der Stadt nicht den besten Ruf. Er ist Notar in der vierten Generation, reicht aber nicht an die Fähigkeiten und Kenntnisse seines Vaters und insbesondere seines Großvaters heran. Deshalb hoffe ich, ein dickes Aktenstück im besten Rechtslatein verfasst, wird ihn gebührend beeindrucken.«

»Du willst das alles in Latein schreiben?«, fragte Geraldine. »Das kann ich nicht von dir erwarten.« Sie, die selbst mehrere Sprachen beherrschte, wusste, wie schwierig es war, sich in einer anderen als der Muttersprache gewählt auszudrücken. Und dann in Latein – einer toten Sprache. Die es nur noch in der katholischen Kirche und der Wissenschaft gab.

»Das wird ihn hoffentlich ebenso beeindrucken wie die Dicke des Aktenstücks.«

»Am Ende versteht er es gar nicht.«

»Um so besser.«

»Weil er kein Latein kann, meine ich.«

»Er hat die Rechte studiert, natürlich kann er Latein. Am Ende kommt es nur darauf an, dass er dich in Ruhe lässt.«

»Das ist wahr«, sagte Geraldine erleichtert.

»Nur löst mein Gutachten deine Schwierigkeiten nicht gänzlich, Nilje. Von dem Jahr ist bereits ein guter Teil verstrichen.« Frederik kniete auf einmal vor ihr, ergriff ihre beiden Hände und schaute mit einem so sehnsuchtsvollen Blick zu ihr auf, dass Geraldine beinahe schwindlig wurde.

»Frederik«, sagte sie, und die französische Betonung seines Namens war stärker als gewöhnlich.

»Lass mich sprechen«, bat er. »Ich biete dir meine Hand und mein Herz zur Ehe an. Du kennst meine Gefühle für dich, die sich nie ändern werden. Als meine Frau könntest du das Rittergut behalten. Ich bin bereit, dich so schnell wie möglich zu der Meinen zu machen. Am liebsten morgen.« Er hob ihre Hände an seine Lippen und küsste ihre Fingerspitzen.

»Frederik.« Wieder dieser französische Akzent. »Ich kann doch nicht … Nur aus diesem Grund. Das ist nicht richtig dir gegenüber. Du hast etwas Besseres verdient.«

Er schaute ihr tief in die Augen: »Es ist mir egal, aus welchem Grund du dich von mir zum Traualtar führen lässt. Ich respektiere deine Gefühle. Alle deine Gefühle, und ich werde dir keine Steine in den Weg legen, damit du die Malerin sein kannst, die du dir erträumt hast.«

»Aber du, Frederik? Was wird aus deinen Wünschen für dein Leben?«

»Ich werde damit zufrieden sein, meine wunderschöne Frau auf Händen zu tragen.«

»Das wirst du nicht.« Geraldine musste bei diesen Worten lächeln, denn die Vorstellung, auf Händen getragen zu werden, hatte etwas für sich.

Frederik hatte es bemerkt und schöpfte wieder Hoffnung. »Das wird sich alles finden, wenn wir erst das Rittergut gerettet haben.«

»Wenn es nur um das Gut ginge, das Herrenhaus und die Wirtschaft, denke ich, mein Halbbruder solle es nehmen.

Aber es sind die Menschen. Denen möchte ich keinen Herren wie Peter von Scholl zumuten. Nicht nur wegen der unschönen Charakterzüge, die er mich hat sehen lassen. Ich habe auch einiges gehört aus der Zeit seines Studiums in Wittenberg oder davor, als er noch hier gelebt hat. Das war durchweg nicht so, dass man ihn als seinen Herren würde haben wollen. Darüber mache ich mir mehr Sorgen als um mich.«

»Wahrhaft fürstlich gesprochen.« Frederik schluckte und sein Adamsapfel hüpfte. »Eine schnelle Heirat ist der einzige Ausweg, den ich in dieser verzwickten Angelegenheit sehe, aber ich will ehrlich zu dir sein, kleine Nilje, du musst ihn nicht mit mir gehen. Jeder Mann mit einem einwandfreien Leumund kann dein Gatte werden. Wenn dein Herz also …« Er konnte nicht weitersprechen.

»Eher sorge ich mich um deines. Ich habe dich vor einigen Wochen in Dresden gesehen, in der Straße bei dem goldenen Reiterstandbild Friedrich Augusts. Mit einer Frau. Wenn also dein Herz … Wegen mir sollst du kein Versprechen brechen.«

Frederik runzelte die Stirn. »Warum habe ich dich nicht gesehen?«

»Du warst damit beschäftigt, den Worten deiner Begleiterin zu lauschen.« Geraldine hatte sich so weit gefasst, dass sie ihm gerade in die Augen sehen konnte. Er kniete auch nicht mehr vor ihr, sondern saß wieder neben ihr auf der Bank.

»In Alten-Dresden beim Reiterdenkmal. Ich überlege angestrengt, aber eigentlich kannst du mich nur mit meiner Mutter gesehen haben. Ich habe keine Damenbekanntschaften in der Residenz. Durch Alten-Dresden begleite ich niemanden – außer manchmal meine Mutter.«

»Deine Mutter? Es war eine sehr schlanke junge Frau in einem fliederfarbenen Kleid. Das war nie und nimmer …«

»Nach der Garderobe meiner Mutter darfst du mich nicht

fragen. Aber sie ist schlank und kann noch wirken wie eine junge Frau und genauso albern sein. Wenn sie das möchte.«

Geraldine erkannte instinktiv, dass er die Wahrheit sprach, dass in Dresden keine Frau auf ihn wartete. Sie fühlte sich erleichtert, aber welche Antwort sie ihm geben sollte, wusste sie weiterhin nicht. Unentschlossen leckte sie sich über die Lippen.

Frederik, der vollendete Kavalier, erkannte ihre Nöte und machte Anstalten aufzustehen. »Du brauchst mir deine Antwort nicht sofort zu geben. Nimm dir die Zeit, die du benötigst. Ich bin dir gegenüber im Vorteil, denn ich hatte bereits genügend Zeit darüber nachzudenken. Das ist keine leichte Entscheidung, wird sie doch dein Leben verändern. Unser beider Leben. Ich habe ein langes Gutachten zu schreiben.«

»Auf Latein.« Trotz ihrer brüsken Worte konnte Geraldine ihre Hilflosigkeit nicht verstecken. So viel Feinfühligkeit hatte sie noch nie erlebt. Dankbar schaute sie ihm hinterher, bis er im Haus verschwunden war. Wie sollte sie entscheiden? Es sprach einiges für eine Ehe mit Frederik Nehmitz, aber auch genauso viel dagegen. Am schlimmsten wog, dass sie sich berechnend vorkam, wenn sie ihn jetzt heiratete. Alle Welt würde den Anlass wissen und mit dem Finger auf sie zeigen.

Sie war bis zum Abendessen, bei dem er sich entschuldigen ließ, zu keiner Entscheidung gekommen und als es Zeit wurde, das Schlafgemach aufzusuchen, auch noch nicht. Wunderbarerweise fühlte sie sich innerlich ruhig und hatte keine Schwierigkeiten einzuschlafen.

KAPITEL 30

ie Uhr auf dem Kaminsims zeigte halb fünf, als Geraldine erwachte und sich im Bett aufsetzte. Sie fühlte sich so munter, als hätte sie zwölf Stunden geschlafen, und sie wollte keinesfalls länger im Bett bleiben. Mit den Füßen angelte sie nach ihren Pantoffeln, zog einen seidenen Morgenmantel über und zündete die Kerze auf ihrem Nachttisch an. Deren Schimmer fiel auf das graugrüne Kleid, das sie am Abend getragen hatte, und das achtlos über einen Sessel geworfen dalag. Ihr fehlte Janne, die sich um ihre Garderobe kümmerte.

Geraldine glättete das Oberteil und faltete es einmal zusammen, ebenso verfuhr sie mit dem Ober- und den drei Unterröcken. Anschließend verließ sie mit dem Kerzenleuchter in der Hand leise das Schlafzimmer. Sie hätte sich nicht vorzusehen brauchen, denn im Haus war alles ruhig, und in diesem Flur wohnte niemand anderer als sie. Die Dienstboten hatten ihre Kammern unter dem Dach; Herr und Frau Aha bewohnten ein Appartement im Erdgeschoss des anderen Hausflügels, und Maurice hatte auch dort seine Räume. Dennoch erklomm sie auf leisen Sohlen die Treppe ins nächste Stockwerk, in dem die Gästezimmer lagen. Vor einer der am Ende des Gangs gelegenen Tür hielt sie inne und drückte sacht die Klinke herunter.

Das Zimmer wurde vom Schein mehrerer Kerzen erhellt, Frederik saß am Tisch beim Fenster und schrieb. Nicht einmal den Rock hatte er abgelegt, nur sein blondes Haar war zerrauft, als hätte er mit beiden Händen darin gewühlt.

Ein Stapel beschriebenen Papiers lag auf der rechten oberen Tischecke sauber aufgeschichtet. Notizen bedeckten den restlichen Tisch, lagen auch auf dem Boden, dazwischen eine zerbrochene Feder.

Frederik war so in seine Arbeit vertieft, dass er nicht hörte, wie Geraldine die Tür hinter sich schloss. Erst als der Schein ihrer Kerze auf seine Notizen fiel, bemerkte er sie.

»Nilje!« Er fuhr herum. Die Stuhlbeine kratzten über den Boden, als er sie zurückschob.

Geraldine wischte einige Blätter vom Tisch und stellte die Kerze ab. »Du musst das Gutachten nicht in der Frühe fertig haben«, sagte sie leise. »Ich möchte nicht, dass du dich anstrengst, bis es über deine Kräfte geht.«

»Das tue ich nicht.«

»Du siehst müde aus, als hättest du keine Minute geschlafen.«

»Das habe ich auch nicht«, gab er zu.

»Frederik!« Wieder die französische Betonung seines Namens. Geraldine setzte sich auf seine Knie, strich durch seine Haare, um sie zu glätten. »Ich kann es nicht verantworten, dass du dich ohne Pause schindest«, sagte sie dabei.

Ihre Lippen suchten seine. Scheu zunächst, dann wurde ihr Kuss fordernder. Mit einem Seufzen gab sich Frederik dem Spiel ihrer Münder willig hin. Eine feurige Lohe schoss durch seinen Leib und blies seine Müdigkeit fort, als hätte sie nie existiert. Er schob Geraldines Morgenmantel von ihren Schultern und öffnete die Schließe am Ausschnitt ihres Nachthemdes.

Es dauerte auch nicht lange, bis sein Rock und seine Weste auf dem Boden lagen. Das Hemd hing ihm halb aus der Hose, in die Geraldine eine Hand geschoben und die Finger um sein steifes Glied geschlossen hatte.

»Frederik! Frederik!«, hauchte sie neben seinem Ohr.

»Nilje, wenn du wüsstest, wie sehr ich mich danach gesehnt habe.«

»Frederik«, hauchte sie wieder und wühlte ihr Nachthemd nach oben, bis sie ihre nackte Scham an ihm reiben konnte. Dabei entfuhren ihr wohlige Seufzer.

Mit fliegenden Fingern knöpfte er seinen Hosenlatz auf. Als er endlich sein steifes Glied befreit hatte, gab es für ihn kein Halten mehr. Er hob ihre Hüften an, um sie auf sein Glied gleiten zu lassen. »Ich kann nicht mehr länger warten«, murmelte er dabei fast entschuldigend.

Sie nahm ihn tief in sich auf und begann langsam, das Becken kreisen zu lassen. Seine Hände auf ihren Hüften diktierten einen behutsamen Rhythmus. Er genoss ihn mit geschlossenen Augen und in den Nacken geworfenen Kopf. Geraldine stützte sich auf seinen Schultern ab. Um nicht vor Lust zu schreien, grub sie die Finger fest in sein Fleisch, während sie sich seiner Führung überließ.

Frederiks Hände gaben nun einen schnelleren Takt vor und sein Stöhnen wurde lauter. Tief in sich spürte Geraldine den Vulkan brodeln, der kurz vor dem Ausbruch stand. Hungrig suchte sie seine Lippen. Ihre kleine Zunge stieß vor und drängte in seinen Mund. Dann übernahm ihre Leidenschaft die Führung und es half auch nichts mehr, die Finger in seine Schultern zu krallen. Mit einem langgezogenen Schrei in seinen Mund hinein erreichte sie den Höhepunkt. Wellenartig durchströmte die Lust ihren Leib. Sie spürte Frederik kommen und dann klammerten sie sich wie Ertrinkende aneinander. Sie konnten gar nicht so dicht zueinander kommen, wie sie beieinander sein wollten.

Später lagen sie nackt im Bett und liebten sich erneut. Diesmal langsam und zärtlich. Frederik ließ sich Zeit, ihren Körper mit den Lippen zu erkunden. Er saugte an ihren Nippeln, seine Zunge spielte mit ihrer Scham, bis sie vor Sehnsucht verging.

Nachdem sie sich auf diese Weise ein zweites Mal geliebt hatten, kuschelte sich Geraldine in seine Arme.

»Ich schulde dir eine Antwort«, sagte sie und kämmte mit den Fingern träge seine Brusthaare.

»War das deine Antwort?«

»Das war sie. Ich will deine Frau werden, Frederik.« Sie küsste ihn sanft auf die Wange.

»Du willst es wirklich?«

»Ich habe es in meinem Herzen immer gewollt, nur war ich zu dumm, es zu erkennen, oder wollte es mir nicht eingestehen.«

»Dann ist alles gut.« Er schlang den Arm fester um ihre Schultern. Gleich darauf zeugten seine gleichmäßigen Atemzüge davon, dass er eingeschlafen war.

Geraldine blieb eine Weile in seinen Arm geschmiegt liegen. Als sie aus dem überraschend erholsamen Schlaf aufwachte, war sie sich der richtigen Antwort auf seinen Antrag sicher gewesen. Verwunderlich kam es ihr jetzt vor, dass sie je gezögert hatte.

Es ging nicht um das Rittergut – jedenfalls nicht nur. Sie wollte glücklich sein an der Seite eines Mannes, den sie liebte, dessen Kinder sie bekommen wollte. Dafür kam nur Frederik Nehmitz infrage. Vorsichtig arbeitete sie sich aus seiner Umarmung heraus, küsste ihn noch einmal auf die Stirn und zog ihr Nachthemd und den Morgenmantel an. Danach huschte sie zurück in ihr eigenes Schlafgemach.

Sie war glücklich wie nie zuvor in ihrem Leben. Diese Freude konnte ihr nicht einmal die Malerei schenken.

Auf dem Rittergut freuten sich am meisten Maurice und Frau Aha über Geraldines und Frederiks Verlobung. Auch Herr Aha zeigte eine überaus zufriedene Miene. Janne ließ es sich nicht nehmen, zur Gratulation aufzustehen. Den verletzten Arm trug sie in einer Schlinge. Kaum stand sie auf ihren eigenen Beinen, fühlte sie sich viel wohler als während der zuvor im Bett verbrachten Wochen. Janne und Frau Aha steckten die Köpfe zusammen und tuschelten über die bevorstehende Hochzeit. Die Zofe trieb um, welches Kleid ihre Herrin bei der Hochzeit tragen wollte und welche Frisur. Sie bedauerte es, dass sie ihren Arm noch nicht wieder richtig gebrauchen konnte.

Die Arbeiter des Rittergutes und die Ältesten der zum Gut gehörenden Dörfer überbrachten ebenfalls ihre Glückwünsche. Überall sahen die Verlobten nur fröhliche Gesichter. Da fiel die eine verkniffene Miene nicht auf. Sie gehörte Hann Schneider. Er konnte sich nicht dafür begeistern, dass sich für Geraldine ein Ausweg aufgetan hatte, und sie ausgerechnet den Mann heiraten würde, der in der Porzellanmanufaktur für nichts als Ärger gesorgt hatte. Wäre Frederik Nehmitz nicht gewesen, vielleicht könnte er noch dort arbeiten, log sich Hann in die eigene Tasche.

Eine Frau als Rittergutsbesitzerin war für ihn ein Unding. Hatten die Weiber erst das Sagen, geriet die Welt aus den Fugen. Er hatte es kaum erwarten können, dass Peter von Scholl im Käbschütztal Einzug hielt. Hatte der doch versprochen, die Hilfe nicht zu vergessen, die Hann ihm geleistet hatte.

Mit zwischen die Zähne gezogener Unterlippe, ein Glas Bier vor sich, überlegte Hann, ob es nicht etwas gäbe, was er für den wahren Erben tun könne. Etwas mehr, als ihn über die veränderte Lage in Kenntnis zu setzen. Ihm fielen nur drastische Maßnahmen ein, die alle darin gipfelten, die gnädige

Frau und ihren Verlobten für immer aus dem Weg zu räumen. Hann wollte jedoch lieber nichts tun, was nicht zuvor von seinem Mentor gutgeheißen worden war.

Also schrieb er nur einen weiteren Brief an Peter von Scholl, in dem er ihm von der Verlobung berichtete und weiterhin seiner Treue versicherte. Zum Schluss schrieb er wörtlich: »Ich bin zu allem bereit, befehlen Sie mir! Es ist unerträglich, wie es jetzt ist.«

Den Brief gab er nicht im Käbschütztal auf, sondern trug ihn nach Meißen, damit auch nicht über Umwege an die falschen Ohren gelangte, dass jemand an den wahren Erben schrieb. Für die Beförderung bezahlte er einige Pfennige des Geldes, das dieser ihm beim letzten Mal gegeben hatte.

KAPITEL 31

*K*eine juristische Arbeit war Frederik je so leichtgefallen, wie die Erstellung des Gutachtens für den Notar Dr. Wezel in Leipzig. Wie er Geraldine gesagt hatte, schrieb er es in lateinischer Sprache. Die Abhandlung wurde länger als sein Bericht über die Ermittlungen in der Porzellanmanufaktur im letzten Jahr. Und eigentlich war es schade, dass nur der juristisch durchschnittliche Verstand des Dr. Wezel es zu sehen bekam.

Mit einem dicken, zusammengenähten Aktenstück in der Hand, von Geraldine in dunkelblauen Samt eingeschlagen, stand Frederik eine Woche nach seiner Ankunft neben einer Kutsche, vor der vier Pferde in der frühmorgendlich kühlen Luft schnaubten. Geraldine hatte es sich nicht nehmen lassen, rechtzeitig aufzustehen, um ihn im Hof zu verabschieden. Zärtlich schlang sie die Arme um seinen Hals und kümmerte sich nicht um die Blicke des Kutschers auf dem Bock und die des Stallburschen neben den Köpfen der Leitpferde. Nach einem Moment schaute der Junge betreten weg, während Frederik zärtlich ihr Gesicht umfasste und seine Lippen nicht mehr von ihren lösen mochte. Erst nach geraumer Zeit endete der Kuss.

»Ich vermisse dich jetzt schon, obwohl du noch gar nicht weg bist.«

»Nilje.« Er drückte einen letzten Kuss auf ihre Stupsnase.

»Bleib nicht zu lange fort.«

»Zwei Wochen musst du mir schon Zeit geben.«

»Ich dachte, es macht keine Schwierigkeiten, vom Präsidenten des Appellationsgerichts ein Leumundszeugnis zu bekommen?« Geraldines Stimme klang so kleinlaut wie ihre Frage.

»Das macht es auch nicht. Dennoch muss ich erst einmal bei ihm einen Termin zur Vorsprache bekommen; er wartet schließlich nicht auf mich. Ich werde mehrere Schreiber beauftragen, das Gutachten abzuschreiben, damit wenigstens das schnell geht.«

»Du hast doch das Gutachten erstellt. Warum muss es noch einmal abgeschrieben werden?«

»Von Rechtslehre und Aktenführung verstehst du nichts, kleine Nilje.« Statt eines Kusses versetzte er ihr diesmal einen Stupser auf die Nase. »Ein Exemplar des Gutachtens muss ich Dr. Wezel übergeben und eines für mich behalten. Am Ende hält er mir eine Passage daraus unter die Nase, die ich nicht nachschlagen kann, weil ich kein eigenes Exemplar mehr habe. Das bringt ihm einen Vorteil und darf deshalb nicht sein.«

Darauf hätte sie selbst kommen können. Sie biss sich auf die Unterlippe und hoffte, dass er sie nicht für dumm hielt. Frederik war jedoch verzückt von dem Liebreiz, den sie beim Nagen an der Lippe ausstrahlte, dass er sich auf seine Worte mehr konzentrieren musste, als Geraldine ahnte.

»Nach Leipzig muss ich auch wieder reisen und mit dem Notar verhandeln. Eigentlich könnte ich mir gleich eine Unterkunft in der Stadt suchen, so oft wie ich mich dort aufhalte«, sagte er lächelnd.

»Sobald wir verheiratet sind, mieten wir ein Haus in der Stadt. Bis dahin untersage ich es dir.« Erneut schlang Geraldine die Arme um seinen Hals und suchte seine Lippen.

Nach einem letzten kurzen Kuss schob er sie energisch von

sich und wandte sich der Kutsche zu. »Wir sollten die Pferde nicht länger stehen lassen.« Er sprang geschwind hinein, ohne den Kutschentritt zu benutzen.

Geraldine schaute der Kutsche nach, bis sie in der Allee verschwunden war. Sie vermisste Frederik, obwohl er noch nicht eine Minute fort war. Seit sie seinen Heiratsantrag angenommen hatte, glaubte sie, ohne ihn nicht mehr atmen zu können.

* * *

Am 8. Dezember 1749 wurde die sächsische Kurfürstin Maria Josepha fünfzig Jahre alt. Es sollte kein rauschendes Fest geben, aber ein feierliches Hochamt, ein Essen mit den engsten Würdenträgern des Hofes. Musik würde gespielt werden. Alles würde nach ihren Wünschen geschehen, und die Hofbeamten alles auf das Beste vorbereiten. Friedrich August musste sich darum keine Sorgen machen.

Seine Gedanken kreisten indes um etwas anderes: Was sollte er seiner Frau zum Geburtstag schenken? Es war ein besonderer Geburtstag und es sollte ein besonderes Geschenk sein. Er rieb sich das Kinn und ging im Atelier auf und ab. Seine erste Idee hatte darin bestanden, ihr eines seiner Gemälde zu schenken. Sogleich verwarf er den Gedanken wieder. Das hatte er bereits mehrfach gemacht, und Maria Josepha hatte sie treulich in ihren Räumen aufgehängt. Sie waren ihr lieb.

Trotzdem gab er sich über seine Bilder keinen Illusionen hin. Er war ein Dilettant, würde immer einer bleiben. Zu mehr reichte sein Talent einfach nicht. Er nahm einen Pinsel, einen etwa fingerbreiten, strich sich mit den weichen Borsten über den Handrücken; plötzlich schleuderte er ihn mit einem

Aufstöhnen von sich. Es musste etwas Besseres sein für seine Kurfürstin und Königin.

Perlen und Geschmeide besaß sie im Überfluss. Gewänder, Schuhe – dieser weibliche Tand kam für seine Josepha nicht in Betracht. Sie war viel zu bescheiden, um daran große Freude zu haben. Mehr als einmal hatte sie ihm mit einem kleinen komischen Lachen gestanden, wie sehr sie sich ein einfaches Leben auf dem Land wünschte. Kühe, Schafe, Ziegen und Geflügel, um alle wollte sie sich selbst kümmern, in einfachen Kattunkleidern und mit einem Kopftuch um das Haupt. Diese Vorstellung entlockte ihm ein Lächeln und zärtlich stellte er sich seine Frau vor, wie sie einem Kalb eine Handvoll Heu hinhielt.

Sein Problem löste das indes nicht. Immer noch musste ein besonderes Geschenk her. Eines, das seine bescheidene Gattin in Entzücken versetzte. Das … Oh, es fiel ihm wie Schuppen von den Augen!

Dass er nicht früher darauf gekommen war! Ein Bild, aber ein besonderes. Sie und die Kinder, wie sie zu ihren Füßen spielten oder sich an ihre Seite lehnten, hinter ihr standen. Da es eine Überraschung werden sollte, konnte seine Maria Josepha nicht Modell stehen, also stellte Friedrich August verschiedene Bilder von ihr und den Kindern zusammen. Vom 27-jährigen Kronprinz Friedrich Christian bis zur neun Jahre alten Maria Kunigunde sollten alle elf Sprösslinge mit auf das Bild. Es sollte ein Augenblick eingefangen werden, wie es ihn in der Wirklichkeit kaum je gegeben hatte. Der Kurfürst suchte alles selbst heraus, statt Diener mit dieser Aufgabe zu betrauen. Nur für das Bild, das in der Gemäldegalerie abgenommen werden sollte, holte er sich Hilfe. Der Zofe seiner Angetrauten flüsterte er ins Ohr, dass ein bestimmtes Gewand benötigt würde. Ebenso verlangte er Gewänder der

Kinder. Alles wurde ihm gebracht. Das Kleid seiner Frau war ein Traum in Creme und Grau und Spitze, besetzt mit Perlen und Juwelen.

Alles wurde sorgfältig in vier Truhen verpackt und auf den Weg gebracht.

KAPITEL 32

Theodor Jungblut und Waldomar Herrmann, der älteste und der jüngste Gärtner des Rittergutes, hörten ein Pfeifen und sahen einander an. Der Jüngere grub unter der Anleitung des Älteren ein Beet um, in dem Sonnenblumen vorgezogen worden waren. Diese standen längst in dem Park und erfreuten die Rittergutsbesitzerin mit ihren handgroßen gelben Blüten. Es galt das Beet zu düngen und vorzubereiten, damit dort im nächsten Frühjahr wieder Sämlinge gezogen werden konnten. Die Gärtnerei lag in einer entfernten Ecke des Parks und außer den beiden Männern sollte sich dort niemand aufhalten.

»Am Ende will jemand in den Gewächshäusern mausen«, argwöhnte der ältere Gärtner.

»Und pfeift dabei ein Lied. Solche Diebe habe ich gerne«, erwiderte der Junge und hob den Spaten, als wollte er damit zuschlagen. »Ich gehe nachsehen.«

Bevor Jungblut widersprechen konnte, stiefelte der andere los und war froh über die Unterbrechung des schweißtreibenden Umgrabens. Er hörte, wie sein Kollege ihm folgte.

Im Schutz einer Hecke blieben sie stehen. Das Pfeifen war nun deutlich zu hören. Vorsichtig bog der junge Gärtner ein paar Zweige zur Seite und ihnen eröffnete sich ein Blick in einen kleinen Ausschnitt des Parks. Der Pfeifer stand neben dem Stamm einer mächtigen Kastanie, vor sich eine Staffelei. In der Linken hielt er eine Farbpalette, in der anderen Hand den Pinsel. Achtlos neben ihm ins Gras geworfen lag eine Tasche, aus der Skizzen und weitere Pinsel quollen. Die Farbtiegel waren dagegen sorgfältig unter der Staffelei in einer Reihe aufgestellt. Der Platz bei der Kastanie bot noch einen Blick auf einen Giebel des Herrenhauses, und das war es augenscheinlich auch, was der Maler auf die Leinwand brachte.

Dies alles nahmen die beiden Gärtner im Bruchteil eines Augenblicks wahr, und ihnen gefiel nicht, was sie sahen. Für sie war der Maler nur ein Fremder, der widerrechtlich in den Park eingedrungen war. Als Kunst sahen sie sein Tun nicht an; was nicht der Gestaltung eines Gartens diente, hatte für sie keinen Wert.

»Als ob wir an den Toren Schilder aufgestellt haben, die jedermann einladen, herinnen nach Herzenslust zu malen«, brummelte Herrmann und packte seine Schaufel fester. »Ich stoße dem Kerl Bescheid.«

Mit festen Schritten ließ er die Hecke hinter sich. Erneut schloss sich ihm der ältere Kollege an. Der Maler war so in sein Werk vertieft, dass er die beiden nicht kommen hörte. Er reagierte erst, als Jungblut ihm auf die Schulter tippte.

Da fiel ihm der Pinsel aus der Hand und die Palette beinahe hinterher. Im letzten Moment konnte er sie festhalten, verschmierte sich dabei aber die Finger mit grüner Farbe. Etwas davon geriet auch auf seine graue Jacke. Als er gewahrte, wen er vor sich hatte, verfinsterte sich seine Miene. »Guten Tag, die Signori – Gärtner, vermute ich. Sehen Sie, was Sie angerichtet haben.« Der Mann sprach mit einem italienischen Akzent und sah ähnlich fremdländisch aus wie die gnädige Frau.

»Sie stehen in einem privaten Park«, erklärte Jungblut ungerührt. Herrmann neben ihm hielt weiter den Spaten fest gepackt.

»Deshalb bedrohen Sie mich mit einer Schaufel?«

»Das ist ein Spaten.«

»Sie haben kein Recht, hier zu sein. Dies ist privater

Grund.« Jungblut stierte den Maler böse an, musste aber hinnehmen, dass der sich davon nicht beeindrucken ließ.

»Das habe ich mir gedacht, da das Gelände mit Mauer und Hecke eingefriedet ist. Immerhin stand ein Tor offen.« Der Maler deutete hinter sich, wo sich ein rückwärtiges Tor befand, das nur selten verriegelt wurde.

»Und da denken Sie, Sie können einfach hereinspazieren und sich benehmen, als gehörte alles Ihnen?« Jungblut geriet ob der dreisten Antwort des Kleckselfinken langsam in Wut.

Unterdessen war Herrmann um die Staffelei herumgegangen und betrachtete das angefangene Gemälde. »Das Herrenhaus, wie wir vermutet hatten.«

»Das Bild bleibt da«, bestimmte der alte Gärtner. »Das können Sie nicht mitnehmen, da Sie es ohne Erlaubnis gemalt haben.«

»Nun muss ich doch bitten, Signori. Was maßen Sie sich an?« Der Maler hatte seine Stimme erhoben. »Ich bin Claudio Castagno, ein Meister meines Fachs und in Dresden und darüber hinaus wohlgelitten.«

»Nie gehört.« Herrmann schüttelte den Kopf.

»Dass Kunstlaien wie Sie mich nicht kennen, lasten Sie nicht mir an. Schreiben Sie es sich auf Ihre eigenen Fahnen. Signori, ich beuge mich Ihrer Überzahl und werde gehen. Dabei werde ich alles mitnehmen, was mein eigen ist. Alles!«

Herrmann war ob dieser geschliffenen Worte verwirrt. Sie überstiegen sein einfaches Gemüt. Er glotzte deshalb nur, als der italienische Maler sich daran machte, seine Utensilien zusammenzupacken.

»Das bleibt hier. Als Beweisstück!« Jungblut wollte nach der Leinwand auf der Staffelei greifen.

Castagno schlug seinen Arm weg und fand sich unversehens in einem Klammergriff des jüngeren Gärtners wieder. Es fühlte sich für ihn an, als liege ein Eisenband um seine Brust. Herrmann – an körperliche Arbeit gewöhnt – war um ein Etliches kräftiger als der schmächtige Maler. Der stand nun still, nur seine Augen rollten.

»Was machen wir mit ihm?«, wollte Herrmann wissen und drückte noch ein wenig fester zu.

Jungblut kratzte sich am Kinn. »Wir bringen ihn zu Herrn Aha. Der soll entscheiden.«

»Aha«, entfuhr es Castagno wenig hilfreich.

Herrmann stieß ihn vorwärts, ohne ihn dabei loszulassen, er lockerte seine Umklammerung nur ein wenig.

»Was wird mit meinen Sachen?« Castagno drehte den Kopf so weit wie möglich und blickte zurück zu seiner Staffelei. Das Bild hielt Jungblut in seinen großen Händen, aber alles anderes sollte offenbar dort bleiben. »Das ist alles wertvoll.«

»Sie hätten es sich überlegen können, bevor Sie auf Privatgelände eingedrungen sind.«

»Nehmen Sie wenigstens die Tasche und die Farben mit. Die Staffelei kann ich ersetzen, aber die Farben haben mich ein kleines Vermögen gekostet. Ohne sie kann ich nicht arbeiten. Signori, so hören Sie doch.«

Es war, als spräche er gegen eine Wand. Dafür wurde er unbarmherzig vorangeschoben. Fort von seinen Farben und seiner Tasche.

»Was geschieht hier?« Geraldine erhob sich von einer Bank an einem Fischteich und eilte auf ihre beiden Gärtner zu. Im ersten Moment konnte sie nicht erkennen, wen der jüngere da im Schwitzkasten hielt. Beim Klang ihrer Stimme schaute der arme Mensch jedoch hoch. In dem rot angelaufenen Gesicht erkannte sie den Maler Claudio Castagno.

»Monsieur Castagno?«, rief sie aus. Die Überraschung stand ihr ins Gesicht geschrieben. »Wo kommen Sie her?«

»Vom hinteren Tor«, antwortete der Maler nicht ohne Humor.

»Da haben wir diesen Menschen aufgegriffen«, bestätigte Jungblut. »Er hat sich eingeschlichen, um zu malen.« Zum Beweis hielt er die Leinwand mit dem begonnenen Bild hoch.

»Das ist der bekannte und gefeierte Maler Claudio Castagno aus Dresden. Ich habe ihn kennengelernt, als ich dort weilte. Ich schätze seine Kunst und freue mich über seine Anwesenheit. Nun lassen Sie den Mann endlich los. Es besteht kein Grund, ihn in einem dermaßen würdelosen Griff zu halten«, fuhr sie Herrmann an.

»Obwohl er widerrechtlich in den Park eindrang?«

»Natürlich.«

Herrmann löste seinen Griff und trat zwei schnelle Schritte zurück, als wollte er sich aus der Reichweite Castagnos bringen. Der fuhr mit dem Zeigefinger unter sein Halstuch, um das beklemmende Gefühl eines kräftigen Arms an dieser Stelle loszuwerden. Er riss Jungblut sein Bild aus den Händen und funkelte den älteren Mann wütend an. Die beiden Gärtner zogen sich unter etlichen Bücklingen zurück. Castagno schaute ihnen verdrießlich hinterher.

»Was die sich herausgenommen haben«, brummelte er mit italienischem Akzent. »Immerhin werden Sie gut beschützt. Signorina von Scholl. Das ist das einzig Positive, das ich dieser Aktion abgewinnen kann.«

»Ich muss mich entschuldigen für meine Gärtner. Sie haben es nicht als Angriff gegen Sie gemeint.«

»Für mich hat es sich so angefühlt.« Erneut griff sich Castagno an den Hals.

»Sie wollten Ihnen keinen Schmerz zufügen. Ganz bestimmt nicht. Ich wähnte Sie in Dresden bei Ihrer Arbeit, und stattdessen sind Sie hier. Es ist eine riesige Freude für mich, einen Gleichgesinnten zu treffen, und eine große Überraschung.« Geraldine merkte, dass sie ein bisschen zu erfreut geklungen hatte, schließlich hatte sie den Maler in Dresden gerade zwei Mal getroffen. »Wo sind Sie hergekommen? Haben die beiden Sie wirklich beim hinteren Parktor entdeckt?«

»Ich war auf einer Studienreise«, begann Castagno zu erzählen. »Neue Eindrücke, neues Licht. Sie verstehen das? Italien wäre das Beste gewesen. Nirgendwo ist das Licht wie in meiner Heimat. Das Land, in dem die Zitronen blühen. Dafür hat die Zeit nicht gereicht. Stattdessen war ich in Preußen. Dort gibt es viel Wasser und heiße sandige Erde. Das ist nicht so gut wie die Sonne Italiens, lohnt aber auf jeden Fall den zweiten Blick eines Malers. Ich habe herrliche Eindrücke sammeln können und die Bilder bereits mit der Post nach Dresden geschickt.«

»Ich beneide Sie um diese Inspirationen. Für eine Frau ist eine Studienreise leider nicht ohne weiteres möglich. Ich müsste einen Reisemarschall engagieren, eine ältere Dame als Begleitung mitnehmen, um meinen Ruf zu schützen. Obwohl ich viel lieber einfach drauflos wandern möchte, und mein Haupt dort betten, wo es mir gefällt.«

»Bei mancher Übernachtung im Heu einer Scheune hätte ich mir einen Reisemarschall gewünscht, der für mich ein angemesseneres Quartier findet.« Castagno lachte.

»Ein Bett im Heu.« Nach ihrer Flucht von Santo Domingo hatte Geraldine oft schlechter geschlafen. Sie wollte jedoch Castagno nicht mit der Aussage schockieren, dass ein Heubett ihr nicht fremd war. Sie setzte sich wieder auf die Bank, auf der sie zuvor gesessen hatte und winkte den Italiener neben sich.

Der Maler nahm auf dem anderen Ende Platz, und beide betrachteten die Fische, die im Teich ihre Runden schwammen.

»Die letzten Tage meiner Reise wollte ich mit ein paar Studien an der Elbe verbringen. Meißen im Sonnenlicht oder unter einem stürmischen Himmel. Der lässt leider auf sich warten. Dabei geriet ich ins Käbschütztal, und als ich Ihren herrlichen Park und das unverschlossene Tor sah, war es um mich geschehen. Ich musste einfach hereinkommen und meine Staffelei aufstellen.«

»Ich verstehe Sie gut.«

»Keinesfalls wollte ich unberechtigt in Ihren Besitz eindringen. Es hat mich einfach gepackt, und ich konnte an nichts anderes mehr denken, als an das Bild, das ich vor meinem inneren Auge bereits fertig sah.«

»Ich verstehe Sie gut«, sagte Geraldine zum zweiten Mal. Und das tat sie wirklich. Dieses Gefühl hatte sie dazu gebracht, auf Teucherts Dachboden immer weiter auf Porzellan zu malen, obwohl sie gewusst hatte, etwas Verbotenes zu tun. Beim Malen hatte sie es einfach ausgeblendet. Durfte sie Claudio Castagno einen Vorwurf machen? Die Antwort bestand in einem klaren Nein! Schließlich hatte er keinen Schaden angerichtet, sondern hatte nur seine Staffelei unter einem Baum aufgestellt.

»Sie müssen sehr glücklich sein, hier zu leben.« Der Maler machte eine alles umfassende Handbewegung.

Geraldine schenkte ihm ein Lächeln, von dem sie hoffte, dass es nicht traurig war. »Mein Vater hat den Park gestaltet und angelegt. Pflanzen waren sein Leben, so wie meines die Malerei ist. Ich habe es mir zur Aufgabe gemacht, sein Lebenswerk zu erhalten.«

»Eine sehr schöne Aufgabe, die von tiefer Verbundenheit

zwischen Ihnen und Ihrem Vater zeugt, Signorina. Sie sind doppelt zu beneiden.«

»Mein Vater ist Ende letzten Jahres gestorben.«

Nun zeigte Castagnos Miene tiefe Betroffenheit. »Mein Mitgefühl ist Ihnen gewiss, Signorina. Sie müssen es sagen, wenn ich etwas für Sie tun kann.«

Einen Augenblick kaute Geraldine auf ihrer Unterlippe herum, dann holte sie tief Luft. »Da gibt es etwas.«

Überrascht, aber zu seinem Wort stehend, nickte Claudio Castagno.

»Seien Sie mein Gast und malen Sie, worauf immer Sie Lust haben. Oder wir malen gemeinsam und führen dabei Gespräche über die uns am Herzen liegende Kunst.« Der Gedanke war ihr spontan gekommen, aber mit jedem Wort schien er ihr reizvoller. Castagnos leuchtende Augen und seine begeisterte Zusage geben ihr Recht.

Gleich darauf sah er jedoch zerknirscht drein. »Ich habe keine andere als diese Leinwand und auch keine Holzplatte, um darauf zu malen. Es wird für mich ein kurzes Vergnügen.«

»Daran soll es nicht scheitern. Ich habe Leinwand im Haus. Einer meiner Bediensteten wird Ihnen jede gewünschte Größe bauen.«

»Das kann ich nicht annehmen.«

»Unsinn. Betrachten Sie es als Wiedergutmachung. Schließlich mussten Sie wegen meiner Bediensteten einige bange Minuten durchleben.«

»Nicht sehr bang.«

Geraldine gab nicht nach, und alsbald war Castagno überredet, für einige Tage ihr Gast zu sein.

KAPITEL 33

*J*eden zweiten Tag erhielt Geraldine einen Brief ihres Verlobten. Den ersten gleich nach seiner Ankunft in Dresden, und inzwischen hatte sie drei in einer Lade ihres Ateliers weggeschlossen. Jeder begann mit zärtlichen Worten, dann schilderte Frederik seine Tage in Dresden und den restlichen Foliobogen bedeckten wieder zärtliche Worte.

Geraldine liebte alles daran. Wieder und wieder las sie die Schreiben. In ihrem Leben hatte sie nicht viele Briefe empfangen, und weil diese von Frederik stammten, waren sie ihr umso kostbarer. Leider hatte er ihr bisher nicht geschrieben, dass der Präsident des Appellationsgerichts das Leumundszeugnis ausgestellt hatte.

Frederik hatte so sicher geklungen, wann immer er über die Ausstellung seines Leumundszeugnisses gesprochen hatte. Sie hatte deshalb gedacht, er würde spätestens am dritten Tag zurückkehren, und nun war er beinahe eine Woche fort. Hatte der Präsident des Apps... – seines Gerichts ihm das Zeugnis verweigert? Geraldine hatte auf einmal einen sauren Geschmack im Mund, der sich auch nicht herunterschlucken ließ.

Den Gerichtspräsidenten stellte sie sich als einen alten Herrn mit Perücke, großer Nase und scharfem Verstand vor. Konnte dieser Herr überzeugt werden, ein Leumundszeugnis auszustellen, obwohl ihm der genaue Grund verschwiegen wurde? Diesen konnte Frederik unmöglich preisgeben, dann bekäme er die Urkunde nie. Sie war sich völlig im Klaren darüber, dass der Grund für ihre und Frederiks Ehe von den meisten missbilligt werden würde. Zwar entstammte Frederik einer guten Familie und hatte sein Studium mit hervorragenden Noten abgeschlossen, aber seine Heirat mit einer Frau aus der Fremde, um ihr ein Rittergut als Erbe zu sichern, musste vielen berechnend vorkommen. Was wussten sie schon von der Liebe zwischen ihnen, und dass sie sich kein größeres Glück vorstellen konnte, als die Frau an Frederiks Seite zu sein? Es war zum Verzweifeln und dass sie zur Untätigkeit verdammt war, machte es noch schlimmer.

Ich werde ihn auch ohne Leumundszeugnis heiraten, dachte sie trotzig. Das schrieb sie ihm auch. Jeden seiner Briefe beantwortete sie mit einem ebenso liebevollen, beschwor ihn, nicht mehr Zeit als nötig zu verlieren, um zu ihr zurückzukehren. Sie sehnte sich so sehr danach, ihn wieder an ihrer Seite zu haben.

In ihrem dritten Brief berichtete sie auch vom Besuch des Malers Claudio Castagno. Ausführlich schilderte sie die Umstände seiner Ankunft. Mit seinem Sinn für Witz würde Frederik das zu würdigen wissen. Sie schrieb über ihre Freude, einen Maler unter ihrem Dach zu beherbergen und endlich Gespräche unter Gleichgesinnten führen zu können, mit jemandem gemeinsam zu malen und die Meinung eines Meisters zu ihrer Kunst zu hören. Sie beschrieb Frederik ausführlich, welchen guten Einfluss dies auf ihre Malerei hätte. Der Brief endete schließlich damit, dass sie ihrem Verlobten tausend und mehr Küsse sandte und seine schnelle Rückkehr erflehte. Sie wollte ihm ihren Gast vorstellen.

Der Brief hatte das Haus verlassen, als ihr einfiel, dass sie Frederik vielleicht etwas zu überschwänglich über einen anderen Mann geschrieben hatte. Auf einmal las sie ihre Worte mit seinen Augen.

Am liebsten hätte sie den Brief wieder zurück, um ihn zu

vernichten. Weil das unmöglich war, schrieb sie flugs einen anderen, in dem sie alles erklärte, sein Verständnis erheischte. Sie schrieb, dass der Besuch Castagnos sie nur deshalb so fröhlich gemacht habe, weil sie selten Kontakt mit anderen Künstlern habe und dass sich das nach der Heirat aber bestimmt ändern werde, wenn sie erst einmal in seinen Kreisen verkehrte. Bestimmt könnte sie sich dann vor Besuch nicht retten und wäre froh, einmal einen Tag nur mit ihm zu verbringen. Sie versprach ihm, nach der Hochzeit ein Miniaturbild von ihm zu fertigen und es in ihrem Medaillon neben dem Bild ihres Vaters immer bei sich zu tragen.

Zweimal begann sie den Brief, ehe sie ihn endlich beendete. Und obwohl sie ahnte, dass ihre Gedanken auch im zweiten Versuch noch ein großes wirres Knäuel waren, legte sie ihn in die Halle, wo Maurice ihn zur Post geben würde.

* * *

Das Zimmer, in das der schwarze Diener ihn geführt hatte, war größer als seine gesamte Wohnung in Dresden. Es besaß an einer Seite drei bis zum Boden reichende Fenster. Seidene Wandbespannungen und dunkelblaue Vorhänge an jedem Fenster. Der Betthimmel bestand aus dem gleichen Stoff. Überhaupt war das Bett so breit, dass er quer darin liegen könnte.

Kurz probierte Castagno dessen Weichheit aus. Viel besser als sein schmales Sofa in Dresden, und das Bettzeug roch nach Vanille. Der Geruch erinnerte ihn an Italien, an das schöne, sonnige Italien. Aber er saß stattdessen im spätsommerlichen Kurfürstentum Sachsen fest und musste sehen, wie er über die Runden kam. Ehe er melancholisch werden konnte, sprang Castagno wieder auf.

Der weiteren Einrichtung seines Zimmers schenkte er keine Aufmerksamkeit, dafür wurde sein Blick vom Inhalt einer Vitrine magisch angezogen. Hinter den verglasten Türen standen und lagen hübsche, vollkommen nutzlose Kleinigkeiten. Er trat an den Schrank heran und öffnete beide Türen, um alles ohne die störenden Scheiben zu betrachten.

Ein schwärzlich angelaufener Silberlöffel erregte als erstes seine Aufmerksamkeit. Eines der Exemplare, die gewöhnlich Täuflingen geschenkt wurden, damit diese später der Ereignisse gedachten, bei dem sie zwar im Mittelpunkt gestanden hatten, an das sie sich ansonsten aber nicht erinnerten. Zum Essen war das Gerät mit seinem verzierten Rand und dem Relief auf der Innenseite jedenfalls nicht zu gebrauchen. Castagno strich mit dem Daumen über die Verzierungen. Seine Gedanken galten nicht der schwärzlichen Schönheit, sondern wie leicht sich diese verkaufen ließ und wie lange er vom Erlös leben könnte.

Er ließ den Löffel an seinem Platz und wandte sich einer Sammlung kleiner Schalen aus Porzellan zu, alle mit verschiedenen sogenannten chinesischen Mustern bemalt. Ihr Verwendungszweck erschloss sich ihm nicht. Sie taugten allenfalls für Salz, um Gemüse oder Früchte hineinzutunken.

Sein uninteressierter Blick glitt zu einer kleinen Phiole aus Glas. Die Enden steckten in fein ziselierten goldenen Kapseln. Seine Augen weiteten sich. Das sah aus, wie einer der heiligen Behälter, die Tränen der Muttergottes beherbergten oder Milch aus ihren Brüsten. In dieser Phiole befand sich weder das eine noch das andere, sondern eine Fingerspitze voll kleiner bräunlicher Kügelchen. Castagno hatte keine Idee für ihren Zweck. Er nahm die Phiole zwischen zwei Finger und schüttelte sie sacht. Das Glas war hauchdünn und intakt, die seltsamen Kügelchen schlugen leise dagegen.

Was ließe sich mit dieser Phiole alles beginnen? Einige Tränen könnte er sich aus den Augen drücken, zur Not täte es ein Tropfen Wasser. Eine rührselige Geschichte, wie diese kostbare Reliquie in seinen Besitz gelangt sei, ließe sich leicht ausdenken. Dieses kleine Ding … Niemand würde es vermissen. Was bedeuteten ein paar Körner in einem Glasröhrchen? Castagno wickelte die Phiole in ein gebrauchtes Taschentuch und verstaute es zwischen seinen Strümpfen.

Die anderen Kostbarkeiten in der Vitrine ließ er unangetastet. Die Phiole würde kaum jemand vermissen, aber bei dem Löffel, den Porzellantellerchen oder einer kleinen Silberdose mochte das anders aussehen. Auf wen fiel der Verdacht am ehesten, wenn in diesem Zimmer etwas fehlte – auf den Bewohner. Aber das Haus war vollgestopft mit wertvollen Dingen. Er wusste nicht genau zu sagen, mit welchen Gedanken er gekommen war, aber er erkannte Möglichkeiten, wenn sie sich ihm boten und wusste sie zu nutzen.

»Madre di Dio«, flüsterte er und faltete die Hände.

KAPITEL 34

$\mathcal{G}$eraldine streifte mit Castagno durch den Park ihres Vaters bis zu der Kastanie, unter der er am Vortag angetroffen worden war. Er stellte seine Staffelei auf, sortierte die Fläschchen mit seinen Farbpulvern und Ölen und hatte die Welt um sich herum vergessen.

Etwas weiter fand auch Geraldine einen Ausblick, der sich festzuhalten lohnte und stellte ihre eigene Staffelei auf. Statt für Öl hatte sie sich für Temperafarben entschieden, die sie mit Eigelb anrührte. Sie wollte auch nicht auf Leinwand, sondern auf Holz malen.

Geraume Zeit arbeiteten sie schweigend, die Stille nur unterbrochen von gelegentlichen Kratz- und Rührgeräuschen, wenn sie mit der Zubereitung der Farben beschäftigt waren.

Dann kam Janne herbeigelaufen, und machte vor Geraldine einen eiligen Knicks. Den rechten Arm trug sie immer noch in einer Schlinge.

»Ich bin durch den ganzen Park gelaufen, auf der Suche nach Ihnen, gnädige Frau.« Sie musste sich erst einen Augenblick sammeln, ehe sie weitersprechen konnte. Castagno kam in der Zwischenzeit heran und reichte Janne eine Tonflasche. Sie zog den Arm aus der Schlinge und nahm die Flasche mit rechts.

Sie trank und prustete gleich darauf los, wurde noch röter im Gesicht. »Das ist ja Bier«, japste sie.

»Was hast du gedacht, Mädchen? Rotwein? Dafür ist es zu früh am Tag.«

»Wasser oder Most.«

»Getränke für Kinder oder Weiber«, sagte Castagno lachend. Er schenkte Janne einen langen Blick aus dunklen Augen.

»Warum bist du hergekommen?«, erinnerte Geraldine ihre Zofe an ihre Pflichten.

»Frau Aha … Es ist Frau Aha, die mich schickt. Weil wir einen Gast haben«, sagte Janne aufgeregt und achtete dabei mehr auf Castagno als auf ihre Herrin. »Es geht um die Menüs für die nächsten Tage. Frau Aha und der Koch haben sich darüber die Köpfe heißgeredet und wollen nun wissen, ob das alles Ihre Billigung findet, damit sie die Zutaten bestellen können.«

Geraldine seufzte innerlich. Sich mit Küchenfragen zu beschäftigen, danach stand ihr gerade absolut nicht der Sinn. Sie wusste aber, welche Nöte ihre Hausdame und der Koch ausstanden, bis sie ihre Pläne gutgeheißen hatte. »Ich gehe ins Haus und bespreche alles Nötige mit Frau Aha. Vorher wird die Gute bestimmt nicht zufrieden sein«, sagte sie an Castagno gewandt.

»Das ist nicht nötig, sie hat mir das mitgegeben.« Janne zog aus einem Ärmel ihres Kleides einen klein zusammengefalteten Zettel, den sie Geraldine reichte.

Die glättete das verknickte Papier und warf nicht mehr als einen flüchtigen Blick darauf, ehe sie einen dünnen Pinsel in die gerade angerührte grüne Farbe tauchte und ihre Unterschrift unter die Menüvorschläge setzte. Sie war überzeugt, Frau Aha wusste besser als sie, was für einen Gast wie Claudio Castagno auf den Tisch zu bringen war. Sie gab Janne das Blatt zurück.

Die nahm es zwar, blieb jedoch stehen und hielt ihre Aufmerksamkeit weiter auf den Maler gerichtet, strich eine Haarlocke hinter das Ohr und lächelte dabei wie ein junges Mädchen. Die Armschlinge hing nutzlos vor ihrer Brust.

»Hast du mir noch etwas auszurichten, Janne?«, wollte Geraldine wissen. Sie hatte die Stirn gerunzelt, denn eigentlich hätte ihre Zofe sich verabschieden und zum Haus zurückgehen müssen.

Nur mühsam riss Janne den Blick von Castagno los. »Nein, gnädige Frau.«

»Frau Aha wartet sicher auf dich.«

Janne knickste und machte sich auf den Rückweg. Sehr viel langsamer diesmal. Zweimal warf sie noch einen Blick über die Schulter zurück. Geraldine bemerkte es nicht, weil sie sich wieder ihrer Staffelei zugewandt hatte. Der Italiener jedoch sah es und schickte ihr glutvolle Blicke nach.

»Ein nettes Ding, Ihre Dienerin«, bemerkte er wie nebenbei, als Janne außer Sichtweite war. Obwohl er seine Aufmerksamkeit wieder seiner eigenen Staffelei zugewandt zu haben schien, beobachtete er aus dem Augenwinkel genau die Reaktion seiner Gastgeberin.

»Das war meine Zofe, die ich außerdem als meine Freundin ansehe. Und die vieles ist, aber kein nettes Ding.«

»Ungewöhnlich. Das mit der Freundin meine ich. Aber warum sollte bei einer Malerin von Ihrem Format etwas gewöhnlich sein?« Castagno wandte sich nun vollends seiner Staffelei zu. »Was ist mit ihrem Arm passiert?«

»Wir hatten einen Kutschenunfall, als wir aus Dresden zurückkehrten.« Geraldine erzählte die schreckliche Geschichte in kurzen Sätzen.

»Tragisch! Wirklich tragisch für so ein junges Ding. Ich meine für so eine junge Frau«, verbesserte Castagno sich hastig. »Sie scheint das Ärgste überwunden zu haben.«

»Sie muss den Arm noch schonen.«

»Ich kenne einige vornehme Damen, die eine Zofe mit einem gebrochenen Arm nicht behalten hätten. Sie muss wochenlang ausgefallen sein.«

Nun schaute Geraldine hinter ihrer Staffelei hervor. »Ich kann sie doch nicht aus dem Haus weisen, weil sie sich einen Arm gebrochen hat. Das wäre unmenschlich und hätte ihre Familie ins Elend gestürzt.«

»Sie hat Familie?«

»Einen Ehemann und zwei Kinder.«

»Sie sind gütig, Signorina von Scholl. Nicht nur zu mir, sondern zu jedermann.«

»Ich bemühe mich um eine christliche Lebensführung.«

»Tun wir das nicht alle?« Castagno schien keine Antwort zu erwarten, er nahm wieder den Pinsel zur Hand und wandte sich seinem Gemälde zu.

KAPITEL 35

Zwei Tage nach der Ankunft Claudio Castagnos wurden am frühen Nachmittag vier schwere Truhen auf dem Rittergut angeliefert. Den Frachtwagen zogen vier stämmige Pferde. Alles Braune, die schnaubend die Köpfe hochwarfen, nachdem sie im Wirtschaftshof zum Stehen gekommen waren. Ansonsten war das Gefährt nicht weiter bemerkenswert. Der Kutscher machte keine Anstalten vom Bock zu steigen, sondern schickte einen Pferdeknecht, seine Ankunft anzukündigen.

Die war nicht unbemerkt geblieben, und der Koch, der auf eine Lieferung Backwaren aus Meißen wartete, erschien in der Tür. Kratzte sich am Kopf, weil er weder den Wagen noch den Kutscher kannte.

»Bringst du Backwaren?«, fragte er den Knecht, als der vor ihm stand.

Der schüttelte den Kopf. »Wir haben eine Lieferung ...«

»Dann soll sich Frau Aha darum kümmern«, sagte der Koch und verschwand wieder im Haus.

Die beiden Fuhrknechte luden aus, derweil der Kutscher sich weiterhin nicht von seinem Bock rührte. Als Frau Aha endlich verständigt war und an der Hintertür erschien, sah sie sich bereits den vier Truhen gegenüber. Ein weiteres schmales, aber recht hohes und breites Gepäckstück wurde gerade herangeschleppt. Damit war die Tür zu zwei Dritteln verstellt, und Frau Aha musste sich winden, um nach draußen zu gelangen. Sie begehrte vom Kutscher Auskunft über das Treiben.

»Ich soll dies hier abliefern und mir abzeichnen lassen. Mehr weiß ich nicht«, gab der Mann knapp Auskunft. »Die Pferde können nicht länger stehen. Unterschreiben Sie hier.« Er hielt Frau Aha einen Zettel unter die Nase, der schon bessere Tage gesehen hatte.

Zwischen all den Knicken konnte sie nur etwas von vier Truhen und zwei eingewickelten Waren lesen. Das stimmte mit dem überein, was sie gesehen hatte, denn eben schleppten die beiden Knechte das zweite eingewickelte Paket über den Hof.

»Wo kommt das alles her?«, wollte sie wissen und war nicht gewillt, sich von dem Kutscher aus der Ruhe bringen zu lassen.

»Aus der Residenz«, kam es lakonisch von dem Mann. Dann zog er die Zügel stramm an, weil eines der Pferde den Kopf hochwarf und ein anderes mit den Vorderbeinen einen Satz machte. »Die Tiere können wirklich nicht länger stehen.«

Dem pflichtete Frau Aha in Gedanken bei, und ehe die ungeduldigen Pferde über den Hof rasten, zeichnete sie schnell die Quittung ab.

Die Fuhrknechte sprangen auf, das Papier verschwand in der Tasche des Kutschers. Kaum hatte er die Zügel gelockert, zogen die Pferde an. Zurück blieb Frau Aha, die kopfschüttelnd dem Gefährt nachschaute, ehe sie sich dem Haus zuwandte.

Mit der Abfahrt der Kutsche waren ihre Probleme keineswegs gelöst. In der Tür stapelten sich die Truhen und die beiden übergroßen Pakete. Die Truhen waren aus einem dunklen, markant gemaserten Holz gefertigt, die Beschläge aufwendig verziert. Sie gehörten auf jeden Fall niemandem, der sich Sorgen machen musste, wo das Essen des nächsten

Tages herkam. Zu den Paketen ließ sich nichts sagen, sie waren in Leinwand verschnürt, und Frau Aha ertastete darunter ein Holzgestell.

Niemand hatte ihr etwas über einen Besuch mit reichlich Gepäck gesagt, aber das wollte in diesem Hause nichts heißen. Frau Aha musste an Laura Schumann denken, die ankam, ohne sich zuvor angekündigt zu haben. Bei Frederik Nehmitz war der genaue Tag seiner Anreise ebenfalls unbekannt gewesen, und mit dem italienischen Maler als Gast hatte auch niemand gerechnet. Unangemeldeter Besuch schien zu einer Tradition zu werden. Die vier Truhen stellten in ihren Augen das vorausgeschickte Gepäck eines weiteren Besuchers dar. Er musste angemessen untergebracht werden, und da sich die Besucher nicht stören sollten, wählte sie ein unterhalb der Kinderzimmer am Ende des linken Flügels gelegenes Schlafzimmer aus. Es war überwiegend in Grautönen gehalten mit Möbeln aus Nussbaumholz und konnte von einer Dame oder einem Herrn bewohnt werden.

Sie befahl eine Schar Zimmermädchen herbei. Vier von ihnen waren nötig, um eine Truhe anzuheben. Sie schleppten alles in das bezeichnete Zimmer und stöhnten dabei ausgiebig. Geraldine zuckte nur mit den Schultern, als Frau Aha sie von dem Gepäck unterrichtete. Von einem Besucher wusste sie nichts und ließ sich deshalb von ihrer Hausdame in das Schlafzimmer begleiten.

Die Truhen standen mitten im Raum, die in Leinwand verschnürten Pakete lehnten an den Wänden. Geraldine betastete zunächst diese. Der Holzrahmen geriet auch unter ihre Finger, aber darunter erfühlte sie noch etwas anderes. Erst war sie sich nicht sicher, was die Knubbel und Vertiefungen bedeuten mochten, aber dann fiel es ihr wie Schuppen von den Augen.

»Das sind Bilder. Wer reist denn mit Bildern an? Das verstehe ich nicht«, wunderte sie sich. »Ich erwarte niemanden.«

Mit einem Federmesser zerschnitt Geraldine die Verschnürung des großen Bildes. Vorsichtig schlug sie die Leinwand zurück. Der Holzrahmen darunter ließ sich leicht entfernen. Zum Vorschein kam ein schwerer geschnitzter und vergoldeter Rahmen. Er umgab das Bildnis einer nicht mehr ganz jungen, aber auch noch nicht alten Frau in einem kostbaren hermelinverbrämten Kleid, in ihrem gepuderten Haar steckte ein goldenes Diadem, und Perlen schimmerten zwischen den Locken hervor. In ihrem länglichen schmalen Gesicht waren die Augen das Auffälligste. Sie waren groß und leicht vorgestellt, die Nase lang, der Mund schmal. Neben dem Diadem sprang ein Kreuz ins Auge, das als Brosche die Mitte ihres Ausschnitts zierte. Bernstein, Rubine oder Granaten, genau wusste Geraldine es nicht zu sagen, war sich jedoch sicher, die Frau noch nie gesehen zu haben, dennoch kam sie ihr bekannt vor. Von der Frau wandte sie sich der Signatur des Malers zu, aber die war nicht zu entziffern. Das Bild gab sein Geheimnis nicht preis.

Mit Frau Ahas Hilfe bedeckte Geraldine es wieder mit dem Leinentuch, ehe sie sich dem zweiten eingewickelten Paket zuwandte. Auch darin vermutete sie ein Bild und lag nicht falsch, wie sich herausstellte, nachdem sie Leinen und Holzrahmen entfernt hatte. Das Bild war kleiner und zeigte ein Porträt derselben Frau, aber diesmal war sie älter, die Frisur strenger, das Kleid höher geschlossen, immer noch prächtig, aber nicht so aufwendig wie auf dem ersten Gemälde. Statt einer Kreuzbrosche trug die Frau das Kreuz diesmal um den Hals. Wieder glaubte Geraldine, sie bereits gesehen zu haben.

Frau Aha betrachtete das Bild ebenfalls mit schräg gelegtem Kopf. »Das ist unsere gnädige Kurfürstin. Maria Josepha, die sächsische Kurfürstin und polnische Königin.«

»Wer soll mir denn ihre Bilder schicken?«

»Die Antwort finden Sie vielleicht in den Truhen, gnädige Frau«, gab die Hausdame zu bedenken.

Geraldine nickte und wandte sich der ersten zu. Sie war mit drei Metallbolzen verschlossen. Einer klemmte, und sie musste ihn lösen, indem sie den Schürhaken nahm und dagegen schlug. Kaum hatte sie den Deckel geöffnet, quollen ihr Seide und Spitzen entgegen. Stickereien und Perlen zierten den Stoff. Geraldine wagte es zunächst gar nicht, das kostbare Gewebe zu berühren. Frau Aha übernahm das, zupfte hier und da und hob schließlich ein Kleid aus der Truhe.

»Das ist ein Kleid«, staunte Geraldine. »Wer schickt mir ein Kleid?«

»Jemand, der zu Besuch kommen will.«

»Ein Kleid scheint mir für einen Besuch etwas wenig. Die Dame, die zu diesem Gewand gehört, wird hier kaum Gelegenheit haben, es zu tragen. Das ist doch für sehr vornehme Abendgesellschaften.«

Frau Aha stimmte zu. »Ist noch mehr in der Truhe?«

Geraldine schaute nach und fand insgesamt fünf Unterröcke, Poschen, um ihnen den richtigen Stand zu verleihen und ganz unten ein Paar zum Kleid passende Schuhe. Eine Erklärung förderte sie dagegen nicht zutage. Eines war jedoch nicht zu übersehen: Das Kleid war nicht für sie bestimmt; für ihre zierliche Figur war es viel zu weit. Sie und Janne könnten sich zusammen hineinzwängen und es wäre immer noch Platz. Sie wandte sich der nächsten Truhe zu, während Frau Aha das Kleid vorsichtig auf eine Chaiselongue legte.

Die nächsten beiden Truhen öffnete Geraldine in rascher Folge. Sie enthielten mehr Kleider – für Kinder diesmal. Jungen und Mädchen. Alles kostbar und auserlesen. Eine Erklärung fehlte wieder. Die konnte sich nur noch in der letzten Truhe befinden.

»Ich verstehe das wirklich nicht.« Frau Aha schüttelte den Kopf. »Wenn Sie Kinder hätten, gnädige Frau …«

»Janne hat Kinder.«

»Die beiden haben nicht den Stand, um Derartiges zu tragen. Das ist nur für Kinder wirklich vornehmer Herkunft.« Sie hielt ein Seidenkleidchen in Hellgelb hoch. »Die letzte Truhe wird uns hoffentlich verraten, was das alles zu bedeuten hat.«

Die überraschte Geraldine statt mit einer Erklärung zunächst mit weiteren Bildern. Nicht mehr so großen Ausmaßes wie die Porträts der Fürstin, weswegen sie in der Truhe hatten verpackt werden können. Es waren ausnahmslos Kinderporträts – Jungen und Mädchen. Vom Kleinkind bis zum Jugendlichen.

Zwischen den Bildern fand sie endlich einen versiegelten Brief. Sein Inhalt ließ Geraldine schwindeln. Sie musste sich an der Lehne eines Stuhles festhalten, sich sogar hinsetzen.

»Schlechte Nachrichten?«, fragte Frau Aha besorgt. Aus ihrer Kleidertasche nestelte sie ein Riechfläschchen, für den Fall, dass der gnädigen Frau die Sinne schwinden sollten.

Geraldine holte tief Luft. »Keine schlechten Nachrichten. Trotzdem erschreckend.«

Das Schreiben, die Kleider und Bilder stammten tatsächlich vom sächsischen Kurfürst und polnischen König. Er beauftragte sie mit einem Bild seiner Frau im Kreise ihrer Kinder – auf Porzellan. In der Gestaltung wäre sie vollkommen frei, die übersandten Gewänder und Bilder sollten als Anschauungsmaterial dienen, da ihr niemand Modell sitzen könnte. Der Fürst drückte seine Zuversicht aus, sie werde auch auf diese Weise ein aufsehenerregendes Kunstwerk schaffen. Das Bild sei als Geschenk für die Fürstin gedacht, hieß es in dem Schreiben weiter. Als Geschenk für ihren fünfzigsten Geburtstag Anfang Dezember. Der Brief endete damit, dass Friedrich August sie seines vollsten Vertrauens versicherte. Das Porzellanbild erbat er sich für Ende November.

Nachdem Geraldine den Brief der Hausdame vorgelesen hatte, schwiegen die Frauen eine lange Zeit. Endlich räusperte sich Frau Aha.

»Das ist ein wunderbarer Vertrauensbeweis des Fürsten, gnädige Frau. Mir läuft ein Schauer über den Rücken, wenn ich daran denke. Sie werden sich vor Anfragen zu Porträts auf Porzellan kaum noch retten können, wenn das in Dresden bekannt wird.«

»Mir macht es Angst«, sagte Geraldine kläglich. »Es ist nicht irgendein Bild der Fürstin mit ihren Kindern. Es ist ein Geschenk zu ihrem fünfzigsten Geburtstag. Etwas anderes als ein perfektes Porträt kommt nicht infrage.«

»Sie sind genau die Künstlerin, ein solches zu schaffen. Davon bin ich fest überzeugt. Herr Nehmitz würde Ihnen das auch sagen. Wenn er nur erst wieder hier wäre.«

Den Worten über Frederik konnte Geraldine uneingeschränkt zustimmen. Sie sehnte sich täglich mehr nach ihrem Verlobten. Wollte so schnell wie möglich mit ihm verheiratet sein. Und sie sehnte sich nach seinen ermutigenden Worten zu ihrem neuen Auftrag, für den es keine andere Antwort gab, als ihn anzunehmen.

KAPITEL 36

Im Schein einer einzelnen Kerze stapfte Claudio Castagno in seinem Zimmer auf und ab. Den Rock hatte er abgelegt, die Spangenschuhe mit abgewetzten Pantoffeln vertauscht. Auf seiner Stirn stand eine steile Falte, und die schön geschwungenen Lippen waren zu einem Strich zusammengepresst.

Den so leicht erbeuteten Gaben des ersten Tages hatten sich keine weiteren mehr zugesellt. Die Tage und alle Abende hatte er in Gesellschaft Geraldine von Scholls verbringen müssen und keine Gelegenheit gefunden, seine eigenen Pläne zu verfolgen. Sie hatte das Rittergut nicht einmal verlassen, weder Besuch empfangen noch selbst bei den Nachbarn vorbeigeschaut. Er kannte sich gut genug aus, in der vornehmen Welt, um zu wissen, dass das ungewöhnlich war.

Dafür erwartete sie jeden Tag die Rückkehr ihres Verlobten. Dann wurde es schwieriger, seine Pläne umzusetzen. Ihm blieb nicht mehr viel Zeit, und deshalb lauschte er auf jedes Geräusch des Hauses.

Als die Uhr auf dem Kaminsims zehn Minuten vor Mitternacht anzeigte, verließ Claudio Castagno auf leisen Sohlen sein Zimmer. Seine weichen Pantoffeln machten auf der Treppe kein Geräusch. Im Haus war alles dunkel und ruhig, nur die Kerze in seiner Hand warf einen zitternden Schein auf die Treppenstufen vor ihm.

Durch die Fenster schien Mondlicht ins Haus und tauchte alles in ein fahles Licht, ließ es unwirklich erscheinen. Castagno durchsuchte mehrere Salons und dabei geisterten Gedanken durch seinen Kopf, wie ein solches Licht zu malen sei und wie es auf einem Bild wirken würde, auf dessen einer Seite heller Tag herrschte, während die andere in diesem fahlen Nachtlicht versank. Alles über ein Motiv gelegt. Je länger er darüber nachdachte, desto mehr begeisterte er sich für diese Idee. Den eigentlichen Grund seines nächtlichen Ausflugs verlor er jedoch nicht aus den Augen.

In Vitrinen und Schränken entdeckte er etliche Kostbarkeiten. Kleinere und größere. Aus Porzellan, Halbedelsteinen, bemaltes und unbemaltes Meißner Geschirr, Miniaturausgaben verschiedener Bücher, die er gleich links liegen ließ. In einem Schrank stieß er auf eine Sammlung Tabatieren. Es schienen ihm deutlich über fünfzig zu sein. Castagno wählte eine kleine, goldene mit Edelsteinen besetzte aus und ließ sie in seiner Westentasche verschwinden. Die anderen rückte er so hin, dass das Fehlen der einen nicht auffiel, ehe er seinen Streifzug durch das Haus fortsetzte. Im Raum nebenan stieß er auf das Atelier dieser sogenannten Malerin.

Bei dem Gedanken daran, unter welchen Umständen er arbeiten musste, und wie diese Dame sich im Luxus suhlte, sprühte Wut durch seine Gedanken. Eine Uhr im Raum schlug halb eins, Castagno zuckte zusammen und ballte die Fäuste. Es war ungerecht. Die Welt war ungerecht, Madre di Dio …

Das Haar fiel ihm strähnig ins Gesicht, als er das Atelier wieder verließ und zu seinem Schlafzimmer zurückkehrte. Routinemäßig probierte er dabei die Türklinken, und als er eine verschlossene fand, stutzte er. Bisher war alles offen zugänglich gewesen. Auf einmal eine abgeschlossene Tür. Dahinter konnte sich nur … Castagnos Jagdinstinkt erwachte erneut.

Eine abgeschlossene Tür war nichts, was ihn aufhielt. Unter

einem Aufschlag seiner Weste holte er eine Metallnadel hervor. Damit stocherte er im Schloss herum. Metall kratzte auf Metall, es klickte mehrfach, ohne dass sich die Tür öffnete. Castagno betätigte mehrfach die Klinke und seine Ungeduld wuchs. Normalerweise setzten ihm Schlösser keinen Widerstand entgegen. Er stieß die Nadel heftiger in die kleine Öffnung.

Im selben Moment hörte er ein Geräusch, das er nicht einordnen konnte, aber es kam näher. Schnell näher. Allmählich erkannte er das Kratzen von Hundepfoten auf dem Parkett, begleitet von einem schnaufenden Atem. Da tauchte der Verursacher auch schon im Flur auf, nur als Schatten erkennbar.

Der Maler erinnerte sich schlagartig an seine erste Begegnung mit dem Mops und Signorina von Scholl. Das Tier hieß Otto und kam rasch näher.

»Otto, grazioso Otto!«, lockte er mit verhaltener Stimme.

Der so Geschmeichelte erinnerte sich jedoch nicht an den Maler. Jedenfalls ließ er nichts dergleichen erkennen, sondern hatte die Lefzen von den Zähnen zurückgezogen und knurrte bedrohlich.

»Bene, Otto, bene!« Castagno streckte eine Hand nach dem Hund aus, wollte ihn daran schnuppern lassen, um sein Vertrauen zu gewinnen.

Otto stand der Sinn nicht nach vertrauensbildenden Maßnahmen, er schnappte nach der Hand. Castagno gelang es gerade noch, sie zurückzuziehen.

»Verdammtes Viech! Kusch dich!« Er trat nach dem Hund.

Eines konnte Otto noch weniger leiden als die ausgestreckten Hände fremder Männer, und das waren ihm geltende Tritte. Er knurrte lauter, zog sich jedoch zurück. Castagno wandte sich wieder der Tür zu, stieß den Metallstift erneut in das Schloss und hörte endlich das erlösende Klicken. Er öffnete die Tür einen Spalt und lugte in das Zimmer.

Bevor er etwas erkannte, fuhr ihm Otto zwischen die Beine, verbiss sich in seinen linken Pantoffel. Spitze Zähne drangen durch den Filz.

Otto bellte verhalten und knurrte, ließ sich auch nicht abschütteln. Im Gegenteil biss er fester zu, je heftiger der Maler ihn loswerden wollte.

Der fluchte unterdrückt auf Italienisch. Er stieß und trat nach dem Mops. In seinen Ohren veranstaltete dieser einen Höllenlärm und würde noch das gesamte Haus aufwecken. Jeden Moment konnte der Negerdiener mit seinen dämonischen Augen auftauchen. Der durfte ihn hier nicht finden.

Castagno trat den Rückzug an. An der Treppe gelang es ihm endlich, den Mops abzuschütteln, allerdings unter Einbuße eines Pantoffels.

Die offenstehende Tür entdeckte Geraldine am nächsten Morgen auf dem Weg zum Frühstückssalon. Sie blieb stehen und betrachtete den gerade einmal handbreiten Spalt. Sie war sich sicher, diesen besonderen Raum am Tag zuvor abgeschlossen zu haben.

Als sie in den Salon spähte, sah auf den ersten Blick alles aus wie zuvor: Die Truhen standen in der Mitte, die Bilder lehnten an den Wänden. Gerade wollte sie sich zurückziehen, als ein seltsamer Laut ertönte. Es klang wie etwas zwischen Gähnen, Jaulen und Aufwachen.

Halb unter einem Sofa sah Geraldine jetzt ein großes Kissen, auf dem sich Otto streckte. Er reckte erst sein rundes Hinterteil in die Höhe und gab dabei diese seltsamen Laute von sich. Seine Kehrseite plumpste wieder nach unten, und er wiederholte das Ganze, indem er sich diesmal auf die Vorderpfoten stemmte. Vor ihm lag ein grauer Filzpantoffel mit deutlichen Spuren von Hundezähnen.

Fasziniert beobachtete Geraldine den Mops. Noch nie hatte sie seinen Anblick genießen dürfen, wenn er ganz mit sich beschäftigt war. Es juckte sie in den Fingern, ihn zu malen. Auf dem Kissen und ganz in seiner eigenen Welt. Sie machte nicht den Fehler, ihm den Schuh wegnehmen zu wollen, der deutlich als seine Beute vor ihm lag. Noch ein jaulendes Grunzen entschlüpfte Ottos Kehle, dann entdeckte er sie.

Augenblicklich endete sein selbstvergessenes Aufwachen, als sich sein knubbeliger Leib spannte, und er die Lefzen hochzog. Den Pantoffel brachte er zwischen seinen Vorderpfoten in Sicherheit.

Geraldine blieb in der Tür stehen. »Otto, seit wann schließt du Türen auf? Was ist das für ein Schuh?«, fragte sie.

Sie bekam keine Antwort, aber der Mops knurrte auch nicht mehr, sondern stand über seiner Beute und schaute sie wachsam an.

»Wollte jemand hereinkommen, und du hast das alles bewacht? Bist du doch ein Guter, Otto?«, setzte Geraldine das einseitige Gespräch fort. »In der Küche wartet dein Frühstück auf dich.« »Frühstück« verstand Otto bestens. Dafür ließ er den Schuh im Stich. Hinter ihm schloss Geraldine die Tür sorgfältig ab.

Beim Frühstück erfuhr sie, dass der Pantoffel Claudio Castagno gehörte, der ihn seit dem Vortag vermisste und ein langes Gesicht zog, als er von dessen Schicksal als Hundefutter erfuhr. Geraldine blieb nichts anderes übrig, als ihm Wiedergutmachung in Form eines neuen Pantoffelpaares zu versprechen.

Die Szene mit Otto am Morgen ging ihr nicht mehr aus

dem Kopf. Sie wollte es wenigstens in einer Skizze festhalten. Vielleicht wäre der Mops auch so gnädig, sie noch einmal in seiner Nähe zu dulden, ohne die Nackenhaare aufzustellen und sich in einer ganz natürlichen Pose zeichnen zu lassen. Es wäre auch ein hübsches Porzellanbild.

So eilte sie gleich nach dem Frühstück in ihr Atelier, um Papier und Zeichenkohle zu holen. Bevor sie die Tür ihres Ateliers öffnete, wusste sie, dass auch in diesem Raum etwas nicht so war, wie es sein sollte. Es schien, als atme das Atelier einen gestörten Duft aus.

Ohne weiteres Nachdenken riss Geraldine die Tür auf. Ein Schrei sprang über ihre Lippen!

Die Staffelei, die sonst mitten im Raum stand, lag umgestürzt am Boden. Der hohe Hocker, auf dem sie beim Malen gerne saß, ebenso. Am Arbeitstisch für die Porzellanmalerei war der Stuhl umgekippt, ein Vorhang heruntergerissen. Über allem hing ein Staubschleier aus Farbpulvern und reizte zum Husten. Pinsel waren aus ihren Behältern gezogen und zerbrochen, dazwischen lagen Scherben.

»Otto!«, kreischte Geraldine.

Den Mops brachte das nicht herbei, aber Frau Aha. Sie schlug die Hände vor dem Gesicht zusammen. »Ach Gottchen, gnädige Frau, ach Gottchen! Wie ist das denn passiert?«

Geradline war den Tränen nahe. Zwischen den Scherben lagen auch Papierfetzen und einige Skizzen fehlten in ihrer Mappe – die von Laura Schumann.

»So habe ich das Atelier vorgefunden«, ihre Stimme zitterte.

»Liebe gnädige Frau …« Hilflos wischte Frau Aha mit ihrem Taschentuch über die Oberfläche eines Schrankes. Bunte Farbspuren blieben auf dem Stoff zurück.

»Das war Otto. Ich habe ihn vor dem Frühstück im Salon mit den Truhen unseres Kurfürsten gefunden. Er muss sich hier und dort eingeschlichen haben.«

»Der Salon war abgeschlossen«, widersprach Frau Aha. »Ich habe selbst gesehen, wie Sie ihn verschlossen und den Schlüssel an sich genommen haben.«

»Vielleicht habe ich es nur vorgehabt und dann doch nicht getan. Jedenfalls ist Otto dort gewesen.«

»Selbst wenn die Tür nicht verschlossen gewesen sein sollte, so war sie doch geschlossen. Wie soll Otto hineingekommen sein? Er ist viel zu klein, um die Klinke zu erreichen.«

»Er ist irgendwie hineingekommen. Wer soll es sonst gewesen sein?« Geraldine wurde heftig. »Alles ist zerstört.«

»Warum sollte Otto einen Vorhang herunterreißen?«

»Was weiß ich, was im Kopf dieses Köters vor sich geht«, schrie Geraldine.

»Sie wissen, wie Otto ist, gnädige Frau. Er legt sich auf ein Kissen und schläft, aber er macht kein Porzellan kaputt. Nicht, wenn es auf Tischen und in Regalen steht.« Frau Aha ging zum Tisch, nahm einen der zerstörten Pinsel in die Hand. »Das war auch kein Hund. So etwas bringen nur zwei Hände zustande. Durchgebissen sieht anders aus.«

Geraldine betrachtete die Bruchenden, die ihre Hausdame ihr hinhielt. Tief in ihren Herzen wusste sie, dass Frau Aha Recht hatte. Otto hätte auf den Tisch springen müssen und so etwas hatte sie noch nie bei ihm gesehen. Sie bezweifelte auch, dass er mit seinen kurzen Beinen und dem schweren Körper überhaupt so hoch springen konnte. Einen Pantoffel zu zerkauen, passte viel besser zu ihm.

Trotzdem sagte sie: »Ich möchte nicht mehr, dass Otto nachts im Haus frei herumläuft. Solange er mit Janne und den Kindern hier wohnt, muss er nachts eingesperrt werden.

Tagsüber darf er auch nicht mehr frei herumlaufen. Achten Sie bitte darauf, Frau Aha.«

»Sehr wohl.«

Es blieb jedoch die Frage, wer in ihr Atelier eingedrungen war und für Otto die andere Tür geöffnet hatte. Darauf wusste Geraldine keine Antwort, aber in der Tür tauchte nun Claudio Castagno auf. Er trug seine üblichen grauen Sachen und darüber einen Umhang in der gleichen Farbe. Von seinen Schuhen fielen Erdklumpen.

»Was ist denn hier passiert?«, rief er aus und sah sich um. »Es sieht aus wie ein durch das Atelier gefegter Sturm. Mein Mitgefühl ist bei Ihnen, Signorina von Scholl. Oder hat sich der Hund am Ende nicht nur an meinem Pantoffel gütlich getan?«

»Wir wissen es nicht«, sagte Geraldine.

»Der Hund ist jedenfalls ein hinterhältiges Vieh.«

»Nein!«, widersprach Frau Aha.

»Nein«, kam es auch von Geraldine.

»Sie müssen es wissen. Draußen herrscht wunderbares Herbstwetter. Ich bin ein wenig spazieren gegangen und habe nach Motiven gesucht. Malen wir heute gemeinsam im Park?« Castagno hatte die Hände vor dem Bauch gefaltet und lächelte.

Frau Aha blies die Backen auf, schwieg aber.

»Mir steht im Moment nicht der Sinn danach. Sie müssen entschuldigen, Monsieur Castagno. Betrachten Sie den Park als Ihren und malen Sie.«

»Wenn ich Ihnen aushelfen kann – Farben, Pinsel –, wenden Sie sich nur an mich. Buongiorno, Signorina.« Castagno verneigte sich lächelnd und ging davon.

»Mit dem Menschen stimmt was nicht«, sagte Frau Aha leise, als der Maler nicht mehr zu sehen war. »Der spielt nicht mit ehrlichen Karten. Sie können sagen, was Sie wollen, gnädige Frau, aber der hat sich heimlich über das hier gefreut.«

Weil Geraldine genau das Gleiche gedacht hatte, widersprach sie nicht.

»Das Beste wäre, der Mann reist wieder ab. Wir haben ihn lange genug beherbergt, und Sie waren mehr als freundlich zu ihm, gnädige Frau.«

»Ich kann ihn nicht hinauskomplimentieren, nachdem ich ihn erst eingeladen habe, so lange zu bleiben, wie er möchte.«

»Das können Sie wirklich nicht«, sagte Frau Aha nachdenklich. »Ein paar Bemerkungen sind jedoch möglich. Mir gefällt auch nicht, wie er um die jungen Mädchen herum ist. Jetzt räumen wir aber erst einmal auf, und danach sieht alles schon wieder besser aus.«

KAPITEL 37

Claudio Castagno schlenderte durch den Park des Rittergutes. Die Sonne wurde an diesem Tag durch Wolken ver-
deckt. Seine Gastgeberin verbrachte den Vormittag mit Auf-
räumarbeiten in ihrem Atelier, und er hatte vieles, über das
er nachdenken musste. Nach Malen stand ihm gerade nicht
der Sinn, obwohl er zuvor im verwüsteten Atelier der Hausherrin etwas anderes verkündet hatte. Scheinbar gedanken-
verloren schlenderte er über die Rasenflächen hinter dem
Herrenhaus. Sonnenstrahlen malten Muster aus Licht und
Schatten auf die Grünfläche. In der Rocktasche spielte seine Rechte mit einer winzig kleinen Nähschere mit vergoldeten Griffen und feinen Mustern. Sie hatte in einem Salon unter einem Schrank hinten an der Wand gelegen. Sicher lag
sie dort bereits Jahre unbemerkt, und auch er hätte sie nicht
gesehen, hätte er nicht aufmerksam nach Derartigem Aus-
schau gehalten. Die vermisste sicher niemand, und er konnte sie bei einem Kramhändler in Dresden versetzen und von
dem Erlös acht Wochen seine Wohnung heizen. Diese Frau
bezahlte für die Verluste, die sie ihm mit ihrer Malerei be-
scherte. Für jeden einzelnen Kunden, der ihm abhandengekommen war, wollte er sie büßen lassen. Die Schere war neben der Phiole und der Tabatiere bereits das dritte Kleinod,
das in seine Taschen gewandert war. Wenn das so weiter ging,
reiste er mit einem prall gefüllten Beutel wieder ab.

Allzu lange sollte er seinen Aufenthalt nicht mehr ausdeh-
nen – am Ende kam noch jemand drauf. Ein paar Tage, dann

würde er Termine in Dresden vorschieben und abreisen. Er könnte jederzeit kommen, das waren die Worte dieser Geraldine von Scholl gewesen. Solange sich seine finanzielle Lage nicht besserte, gedachte er von diesem Angebot hin und wieder Gebrauch zu machen. Vielleicht gelang es ihm obendrein noch, die Zofe der Dame zu verführen. Die war ein niedliches Ding, und er hatte lange keine Frau mehr gehabt. Den ganzen Sommer über, wenn er es recht bedachte.

Castagno betrat eine der beiden hinter dem Herrenhaus sich befindenden Terrassen. Die eine bot einen schönen Ausblick zum Rosengarten, die andere einen über eine künstlich angelegte Teichlandschaft mit wahrscheinlich exotischen Gewächsen und Wasserpflanzen. Er schenkte dem Anblick keine Aufmerksamkeit, sondern zog die Schultern hoch und hielt den Kragen seines recht abgewetzten Gehrocks am Hals zusammen. Der Sommer schien endgültig dem Herbst weichen zu wollen, und für ihn stellte sich die Frage, wie er die nächste kalte Jahreszeit überstehen sollte. Er bräuchte einen neuen Rock – dafür musste der Erlös der Schere auch noch reichen.

»Hier draußen sind Sie. Ich habe Sie überall gesucht. Ist Ihnen nicht kalt?«

Er drehte sich zu der Sprecherin um. Janne ruhte ihren verletzten Arm in der Schlinge aus, nahm ihn nun aber heraus, als sie vor ihm knickste. In ihrem schmucklosen grauen Kleid mit den weißen Rüschen am Hals und den Ärmelausschnitten sah sie unerwartet jung und unschuldig aus. Und sie entlockte Castagno ein Lächeln, das sie strahlend erwiderte.

»Mir ist nicht kalt«, informierte er sie nicht komplett der Wahrheit entsprechend.

»Möchten Sie eine Erfrischung?« Ohne seine Antwort abzuwarten, eilte Janne ins Haus und kam nicht lange danach zurück. Diesmal trug sie ein Tablett mit beiden Händen. Darauf standen ein Deckelkrug und ein Glas.

»Es ist Bier«, erklärte sie mit einem verschmitzten Lächeln, als sie das Tablett auf der breiten Steinbalustrade abstellte und einschenkte.

Er kostete ein würziges, dunkles Bier. Castagno trank das halbe Glas in einem Zug leer und wischte sich den Schaum von der Lippe. Als Italiener aus einem kleinen Dorf nahe Florenz stammend liebte er das Bier beinahe mehr als den Wein. Vor allen Dingen konnte er es sich öfter leisten. Er ließ sich von Janne noch einmal nachschenken.

»Sie müssen auch davon trinken, Signorina«, verlangte er breit lächelnd.

Janne wurde rot. »Ich doch nicht. Das steht mir nicht zu.«

»Du hast es einmal getan«, erinnerte er sie.

»Nein, nein.« Sie schüttelte den Kopf und trat einen halben Schritt zurück.

»Ich bestehe darauf.« Er hielt ihr das Glas hin und schaute sie mit seinen dunklen Augen herausfordernd an. Er wusste, wie er seine Blicke einsetzen musste.

»Gnädiger Herr, ich bitte Sie …«

»Du darfst mich um alles bitten, sofern du vorher einen Schluck mit mir trinkst.«

»Sie machen sich über mich lustig.«

»Keineswegs, kleine Signorina«, schmeichelte er. »Du könntest damit beginnen, mir deinen Namen zu nennen.«

»Johanna Schneider«, antwortete sie brav. »Aber alle sagen Janne zu mir. Das kommt daher, weil mein Mann Johann heißt und alle nennen ihn Hann.«

Castagno legte einen Finger auf ihre Lippen. »Wir wollen nicht über deinen Mann sprechen«, sagte er leise.

Sie musste näherkommen, um ihn zu verstehen. Sie standen dicht voreinander, und er hielt ihr das Glas hin. Jannes Unsicherheit spiegelte sich in ihrer Miene deutlich wider. Castagno gefiel es.

»Gnädiger Herr …«, versuchte sie es erneut.

»Nein, nein, nein. Ich bin kein vornehmer Herr, sondern stamme aus einem kleinen italienischen Dorf. Bin ein Sohn armer Eltern.«

»Aber jetzt sind Sie ein berühmter Maler.«

»Nicht so berühmt, wie du es dir vorstellst.«

»Sie haben vornehme Herrschaften in Dresden gemalt. Sie müssen berühmt sein.« Janne sprach atemlos und schaute zu ihm auf.

»Trotzdem gelingt es mir nicht, dass du einen kleinen Schluck mit mir trinkst.«

»Aber doch kein Bier.« Sie kicherte nun.

»Warum nicht?«

»Es gehört sich nicht.«

»Es sieht dich niemand außer mir«, lockte er. »Hast du nicht manchmal Lust, etwas zu tun, was sich nicht gehört? Das verleiht dem Dasein erst die richtige Würze.«

»Ich weiß nicht …«

»Aber ich weiß es.« Er hielt das Glas an ihre Lippen. Es klirrte leise gegen ihre Zähne.

Janne trank einen kleinen Schluck und schüttelte sich.

»Nimm noch einen Schluck, dann wird es dir gleich besser schmecken.«

»Meinen Sie?«

»Ich weiß es genau. Mein erstes Glas Bier hat mir auch nicht geschmeckt. Das zweite ging besser und nach dem dritten war es um mich geschehen.«

»Sie können nicht wollen, dass ich drei …« Janne schaute zu ihm auf und versank in seinen dunklen Augen. Nie zuvor war sie so angeschaut worden. Sie fühlte sich wie eine vornehme Dame, und in ihren Augen war Claudio Castagno ein vornehmer Herr. Mochte er auch aus einem Dorf stammen und der Sohn armer Eltern sein.

»Drei kleine Schluck sind nichts für die Welt, aber für uns bedeuten sie, dass ich die mutige Frau in dir erkenne.«

Einen Augenblick überlegte Janne mit schräg gelegtem Kopf, ehe sie ihm das Glas aus der Hand nahm. Sie setzte es an ihre Lippen und trank einen Schluck – dann einen weiteren und einen dritten. Es waren keine kleinen, wie Castagno erfreut feststellte. Eine mutige kleine Zofe, diese Signorina. Sie war es wert, sich näher mit ihr zu befassen. Wie sie den Busen vorgereckt hatte und dabei an seinen Lippen hing. Er bräuchte nur mit dem kleinen Finger zu winken. Der Italiener beobachtete, wie sich ihre Kehle beim Schlucken bewegte.

Sie standen dicht voreinander, dass er sich nur ein wenig vorbeugen musste, um ihr einen Kuss zu stehlen. Und ihre vollen, rosenroten Lippen lockten ihn …

In dem Moment, in dem er sie küssen wollte, wich sie zurück und schaute sich hektisch um. Sie hatte auch wieder den Arm in ihre Trageschlinge geschoben. »Das dürfen Sie nicht. Wenn uns jemand sieht?«

»Hier ist niemand. Wer soll uns sehen?«

»Ich habe etwas gehört.«

»Du musst dich täuschen, schönes Kind. Wir haben uns nur unterhalten. Was ist dabei?« Castagno lächelte wieder, aber der Zauber war verflogen.

»Ich muss gehen. Meine Pflichten warten auf mich.« Janne nahm mit der linken Hand den Bierkrug und eilte ins Haus zurück. Tablett und Glas ließ sie stehen.

Janne, die schon länger als eine Woche wieder in ihrem Zuhause wohnte, musste an diesem Abend zum zweiten Mal in ihrem Leben Schläge ihres Ehemannes hinnehmen. Diesmal begnügte Hann sich nicht mit einer Ohrfeige, sondern verpasste ihr mehrere Fausthiebe ins Gesicht. Blut schoss aus ihrer Nase und ihrer Lippe. Bereits der zweite Schlag ließ sie zu Boden stürzen, und sie schlug sich den Hinterkopf an.

»Damit du es nie wieder tust! Hörst du!«, fauchte er, als er von ihr abließ und sich auf einen Stuhl setzte.

Aus der Kammer, in der die Familie schlief, stürmte Rikarda heran und warf sich in die Arme ihrer Mutter. Beide klammerten sich weinend aneinander. Janne ahnte den Grund für die Wut ihres Mannes, aber sie war viel zu verschreckt, um ein Wort zu sagen.

KAPITEL 38

Geraldine fiel am nächsten Morgen eine dunkle Stelle auf der Wange ihrer Zofe auf und auch, dass sie sich an der Lippe verletzt hatte.

»War das Hann?«, fragte sie, als Janne sich über sie beugte, um eine ihrer Flechten festzustecken.

Der jungen Frau rutschte die Hand aus, und die Haarnadel schrammte über Geraldines Kopfhaut, ehe sie herunterfiel. Sofort ging Janne auf die Knie und suchte hektisch nach der Nadel. Ihr Gesicht verbarg sie dabei hinter ihren eigenen Haaren. »Ich bin zu Hause gegen eine Schrankecke gestolpert und habe mir vor Schreck auf die Lippe gebissen. Daher stammen meine Verletzungen.«

»Bist du sicher, dass das nicht Hann war?«

»Natürlich.« Janne suchte weiter nach der Haarnadel, tastete nun unter Geraldines Stuhl umher. »Hann ist mein Mann. Er schlägt mich nicht. Wir lieben uns, und er sorgt für mich und die Kinder.«

Geraldine war nicht überzeugt, wusste jedoch nicht, was sie sagen sollte, um Janne die Wahrheit zu entlocken. Deshalb murmelte sie: »Hör endlich auf, nach der Haarnadel zu suchen. Wir haben eine Schachtel voll davon.«

Janne stand auf und knickste. Danach arbeitete sie schweigend und mit zusammengekniffenen Lippen weiter.

Der Frühstückstisch war für zwei gedeckt, aber der Platz Claudio Castagnos blieb frei. Geraldine und der im Hintergrund stehende Maurice warteten einige Zeit. Dabei spielte die junge Frau nervös mit ihrer Serviette. Ihre Gedanken kreisten um das Gespräch mit Janne. Mehr denn je war sie davon überzeugt, ihre Zofe habe ihr nicht die Wahrheit gesagt, und Hann war für ihre Verletzungen verantwortlich. Mit ihm wurde es immer schwieriger. Obwohl Janne das nicht wahrhaben wollte. Vielleicht vertraute Janne ihr auch nicht mehr so wie früher, als sie beide mittellose Frauen in Meißen gewesen waren. Geraldine hatte es sich so gewünscht, dass ihre unterschiedliche Herkunft die Freundschaft unangetastet ließ, nur war das offensichtlich nicht möglich. Sie seufzte.

»Ich schlage vor, Sie beginnen mit dem Frühstück, Mademoiselle«, sagte Maurice sanft. »Wenn der Herr Maler nicht rechtzeitig kommen will, mag er später allein essen.«

Geraldine drehte sich zu ihrem Diener um. »Sie haben Recht, Maurice.« Danach breitete sie die Serviette auf dem Schoß aus und ließ sich Käsescheiben, mit Schinken umwickelte junge Karotten, eingelegte Zwiebeln und eine Scheibe geröstetes, aber wegen des Wartens nicht mehr warmes Brot vorlegen.

Bevor sie zwei Bissen zu sich genommen hatte, klopfte es an die Zimmertür. Statt des Malers streckte jedoch Frau Aha den Kopf herein.

»Ich muss mich für die Störung entschuldigen, aber es scheint mir etwas zu sein, das Ihrer Aufmerksamkeit bedarf, gnädige Frau«, sagte sie und trat ein. Blieb jedoch an der Tür stehen.

»Ist das beim Frühstück nötig, Madame Aha?« Maurice runzelte die Stirn.

»Ich wäre sonst nicht gekommen.«

»Sprechen Sie nur. Ich bin ohnehin fertig.« Geraldine schluckte schnell den Bissen herunter.

»Nun, der Herr Castagno …« Frau Aha leckte sich über die Lippen. »Der junge Diener, der ihm aufwartet, hat wie immer am Morgen an seine Tür geklopft, jedoch keine Antwort erhalten. Er wollte den Herrn nicht stören und ist weggegangen, um später zurückzukommen.«

»Erzählen Sie doch nicht so umständlich. Was ist mit dem Italiener? Das Frühstück kann er jedenfalls kalt essen.« Maurice klapperte mit Geschirr.

»Das ist es gerade. Er wird es gar nicht essen.«

Geraldine merkte auf. Sie deutete auf den Stuhl neben sich. »Frau Aha, erzählen Sie alles in Ruhe. Was ist passiert?«

Zögerlich trat die Hausdame näher, setzte sich jedoch nicht. »Der junge Diener klopfte also zum zweiten Mal an die Tür Ihres Gastes, gnädige Frau. Es regte sich wieder nichts. Diesmal dachte der von allen guten Geistern verlassene Junge, Ihr Gast könnte bereits aufgestanden sein, um im Park zu malen. Er hat ihn also dort gesucht und nicht gefunden. Danach hat er zum dritten Mal an die Zimmertür des Malers geklopft und als ihm wieder nur Stille antwortete, hat er nachgeschaut, weil es ihm langsam unheimlich wurde. Herr Castagno war nicht da und das Bett unberührt. Der Herr ist verschwunden. Wir müssen ihn suchen.«

»Das ist übertrieben. Herr Castagno ist ein erwachsener Mann und wenn er einmal nicht in seinem Zimmer ist, ist das noch lange kein Grund, vom Schlimmsten auszugehen«, sagte Geraldine fest. »Er kann abgereist sein, weil seine Kunst ihn nach Dresden zurückgerufen hat.«

»Das wäre nicht höflich, aber bei einem Italiener kann man nie wissen …«, kam es von Maurice.

»Er ist nicht abgereist. Oder er hätte alle seine Sachen zurückgelassen. In meinen Knochen spüre ich, dass etwas geschehen ist.«

»Sie und ihre Gefühle.« Maurice schüttelte den Kopf.

Dennoch setzte Frau Aha sich durch, und Diener wurden ausgeschickt, um Claudio Castagno zu suchen. Geraldine ging selbst durch den Park, suchte die Stellen auf, an denen sie mit Castagno zusammen gemalt hatte. Unter der Kastanie beim hinteren Parktor fand sie einen zerrupften Pinsel, der ins Gras gefallen und vergessen worden war. Von Castagno keine Spur. Dafür begann es zu nieseln. Geraldine ging zum Herrenhaus zurück.

Sie vermisste Frederik. Der hätte genau gewusst, was zu tun war. Die Dienerschaft durch den Park zu schicken, kam ihr kopflos vor. Auf der anderen Seite konnte sie sich auch nicht vorstellen, dass ein Mensch wie Claudio Castagno ohne Abschied das Weite suchte. Aus einigen seiner Äußerungen glaubte sie, entnommen zu haben, dass er nicht auf Rosen ge- bettet lebte, deshalb würde er nicht sein Gepäck zurücklassen.

Nachdenklich betrachtete sie den Pinsel in ihrer Hand und versuchte, seine Spitze zu glätten. Allmählich ergriff sie Sor- ge um den Maler. Er war ihr Gast, und sie für sein Wohlerge- hen verantwortlich. Er könnte in einen Graben gefallen sein oder sich sonstwie verletzt haben. Unzähliges konnte ihm auf dem Rittergut zugestoßen sein. Als der Regen stärker wurde, ging Geraldine zurück zum Haus und wanderte dort ruhelos durch die Salons.

KAPITEL 39

Am späten Nachmittag hastete eine Gruppe Diener auf das Haus zu. Zwischen sich trugen sie etwas in eine Decke Gewickeltes. Sie redeten und gestikulierten wild durcheinander. Geraldine beobachtete sie vom Haus aus. Aus dem Nieselregen war inzwischen ein kräftiger Landregen geworden, den Männern klebte die nasse Kleidung am Leib, und die Haare hingen ihnen strähnig ins Gesicht. Was trugen sie nur und warum taten sie so aufgeregt? Auf einmal begriff Geraldine.

Ohne Mantel und Hut stürmte sie aus dem Haus. Ihr folgten Frau Aha und Maurice. Aus einer anderen Tür kam auch Herr Aha gelaufen. Als Erste erreichte Geraldine die Männer.

Auf der Decke trugen sie Claudio Castagno zwischen sich. Der Maler war blass, nass und schmutzig. Seinen grauen Rock verunreinigten auf der Brust dunkle unregelmäßige Flecken, sie waren teilweise getrocknet und vom Regen wieder aufgeweicht. Das Haar klebte ihm strähnig an der Stirn, die Augen waren geschlossen.

»Ist er …« Geraldine schlug sich die Hand vor den Mund.

»So haben wir ihn gefunden.« Der Sprecher war ein älterer Mann mit einer Gärtnerschürze. Meister Jungblut. »Es ist nicht mehr viel Leben in ihm.«

»Was ist passiert? Jemand muss den Arzt holen.« Geraldine zeigte auf einen jungen Mann, der neben den Trägern herlief. Der machte sich sofort auf den Weg.

»Wenn Sie mich fragen«, sagte wieder Meister Jungblut, »hat ihn jemand übel zugerichtet.«

»Im Park?« Geraldine eilte neben den Männern her, ließ die Augen dabei nicht von Claudio Castagno, forschte vergeblich nach einem Lebenszeichen.

»Außerhalb. Wir haben ihn bei Bauer Wittholds Teich gefunden. Hätte nicht viel gefehlt, und er wäre reingeraten.«

In seinem Zimmer wurde der Maler auf das Bett gelegt, und danach standen die Männer hilflos herum, kneteten ihre Hände oder Stoffmützen. Geraldine dankte ihnen und schickte alle hinaus, ehe sie sich daran machte, Castagnos Wunden freizulegen. Frau Aha kam ihr zu Hilfe, und eine Küchenmagd brachte heißes Wasser und Tücher. Gemeinsam schnitten sie Castagno Rock und Hemd vom Leib. Beides war blutverschmiert.

Darunter kam zum Vorschein – Geraldine musste tief einatmen – eine bleiche behaarte Männerbrust, ebenfalls voller Blut. Mindestens drei Wunden klafften in Brust und Seite. Frau Aha fühlte nach dem Herzschlag des Mannes und fand ihn schwach.

»Er braucht ein Stärkungsmittel.« Die Hausdame griff in ihre Rocktasche und zog ein braunes Fläschchen heraus. Schon hatte sie es entkorkt, um ein paar Tropfen in ein Wasserglas zu geben.

»Es wäre besser, ihm keine Medizin zu geben, bevor nicht der Arzt bei ihm gewesen ist. Er wird besser wissen als wir, was dem Verletzten guttut.«

»Das ist nur ein Stärkungsmittel, keine Medizin«, widersprach Frau Aha, ließ das Glas aber stehen und steckte die kleine braune Flasche wieder in ihre Schürze zurück.

Gemeinsam wuschen sie den Oberkörper des Malers. Das Wasser in der Schüssel färbte sich schnell rot. Unterdessen traf der Arzt ein, der Gleiche, der Janne behandelt hatte. Er beugte sich über Castagno und pfiff durch die Zähne.

»Da hat jemand gewütet. Das sind Messerstiche. Drei an der Zahl.« Diesmal schnalzte er mit der Zunge.

Die anschließende Behandlung nahm der Arzt nicht gerade mit sanften Händen vor. Er zog und drückte an den Wundrändern, schob sie auseinander und betrachtete die Verletzungen durch eine Lupe. Castagno stöhnte. Er begann, um sich zu schlagen. Frau Aha und Geraldine mussten ihn jede an einer Seite festhalten. Auf einmal sackte der Italiener in sich zusammen, gab einen Seufzer von sich und war danach still.

»Das Bewusstsein verloren«, kommentierte der Arzt ungerührt. »Kein Wunder, er hat viel Blut gelassen. Und unfassbares Glück gehabt. Zwei der Messerstiche sind an den Rippen abgeprallt. Sonst wäre es das Aus für ihn gewesen. Gott hat seine Hand über den Mann gehalten.«

»Wir hätten ihm das Stärkungsmittel geben sollen«, sagte Frau Aha leise über den Kopf des Arztes hinweg.

Der hatte es dennoch gehört und schaute auf. »Ein Stärkungsmittel? Das könnte helfen. Sein Herz schlägt nur schwach. Was enthält es?«

Frau Aha nannte die Essenz des Fingerhutes für das Herz und sprach unbestimmt von anderen Zutaten, deren Namen sie jedoch nicht nannte.

»Das ist doch ein Gift«, empörte sich Geraldine gegen den Fingerhut.

»Richtig angewandt ist es ein Heilmittel.« Der Arzt hatte eine Nadel aus seiner Tasche genommen und fädelte einen langen Faden ein. Anschließend nähte er die Wunden zusammen. Castagno stöhnte dabei erneut, erlangte das Bewusstsein aber nicht wieder. Nachdem der Arzt den letzten Faden abgeschnitten hatte, holte er seinerseits zwei kleine Fläschchen aus seiner Tasche, eines aus durchsichtigem Glas, das andere aus braunem. Er sagte dazu: »Das ist ein Stärkungsmittel.« Dabei schüttelte er das braune Fläschchen. »Dieses ist Laudanum und wird ihn schlafen und seine Schmerzen vergessen lassen.« Er tippte mit dem Fingernagel gegen das durchsichtige Fläschchen. »Geben Sie ihm davon nicht viel. Nur ein oder zwei Tropfen in einem Glas abgekochtem Wasser. Von dem Stärkungsmittel können Sie ihm jedes Mal etwas geben, wenn er aufwacht. Geben Sie ihm nur dieses Mittel, nicht von dem anderen.«

Frau Aha schnaubte.

»Von dem niemand weiß, was es in welcher Menge enthält und wie es wirkt. Es könnte einen Mann heilen oder töten.« Der Arzt betrachtete das ominöse Stärkungsmittel und schüttelte dabei den Kopf.

»Ich habe mir genau erzählen lassen, wie es wirkt«, widersprach die Hausdame.

»Wo haben Sie es her?«

»Vom Markt aus Meißen. Ein Wanderapotheker hat es im Frühjahr feilgeboten und erstaunliche Dinge über die Heilkraft erzählt. Er hatte einige Berichte von geheilten Personen dabei.«

»Schütten Sie es weg. Diese Mittel sind das Geld nicht wert, das dafür bezahlt wird. Berichte kann sich jeder selbst fabrizieren. Ich schreibe Ihnen noch etwas auf, dass Sie in Meißen in der Ratsapotheke besorgen und nur dort. Das gilt auch für das Stärkungsmittel, wenn es aufgebraucht ist. Berufen Sie sich auf mich und man wird Ihnen die richtige Medizin geben.« Der Arzt sprach streng.

»Wird er durchkommen?«, fragte Geraldine.

»So Gott will. Seine Wege sind für uns unverständlich. Kräftige Suppen, alle durchgerührt, oder Rindfleischbrühen können helfen. Ich komme morgen wieder und sehe nach ihm.«

Nachdem der Arzt gegangen war, empörte sich Frau Aha über dessen Urteil zu ihrem Stärkungsmittel. Ihr Unmut verblasste jedoch bald angesichts der Frage, wer Castagno das angetan hatte. Darüber sprachen sie, während Frau Aha die blutigen Tücher und die Wasserschüssel forträumte und ein Zimmermädchen abstellte, bei dem Maler zu wachen.

Erschöpft und bis ins Mark erschüttert verließ Geraldine das Krankenzimmer. Erst wurde Janne von ihrem Mann geschlagen, dann ihr Gast beinahe getötet. Es schien, als läge ein Unglück über dem Haus. Zum Glück war sie nicht abergläubisch, aber ein wenig schauderte es sie schon. Hoffentlich kam Frederik bald zurück.

Einstweilen blieb ihr nichts anderes zu tun, als sich mit Frau Aha in der Krankenpflege abzuwechseln und ihrem Verlobten einen Brief zu schreiben. Sie behielt ihre Sorgen aber zu einem großen Teil für sich, weil sie nicht die richtigen Worte fand, sie zu Papier zu bringen, und weil sie Frederik nicht ängstigen durfte, dass er in Dresden alles stehen und liegen ließ, um zu ihr zu kommen. Das brächte ihre Pläne keinen Schritt voran.

Der Brief, den sie daraufhin von ihrem Verlobten erhielt, war dennoch voller zärtlicher, besorgter Worte und natürlich fragte Frederik, ob er ins Käbschütztal zurückkommen solle. Am Ende gab er zu, bereits mit Packen beschäftigt gewesen zu sein, aber seine Mutter hätte ihm dem Kopf zurechtgesetzt. Das Papier atmete seine Verlegenheit bei diesen Worten geradezu aus. Er schrieb auch, wie seine Mutter ihn überzeugt hatte, in Dresden zu bleiben, denn seine Verlobte sei bestimmt kein verzärteltes Dämchen, die nicht ohne seine Hilfe atmen könne. Alles, was sie über Geraldine gehört hätte, spräche dagegen. Der Brief endete wie immer mit vielen an sie gesendeten Küssen und der Versicherung, es könne nun nicht mehr lange dauern, bis das Leumundszeugnis ausgestellt sei. Er habe bereits zweimal beim Präsidenten des Appellationsgerichts vorsprechen können.

KAPITEL 40

*O*bwohl der im Käbschütztal ansässige Arzt Rudolf Scharow jeden Tag nach dem Italiener schaute, blieb Geraldine besorgt. Castagnos einst frisches, gesund aussehendes Gesicht wirkte eingefallen. Die Augen lagen tief in den Höhlen, und über den Wangenknochen spannte sich die Haut. Er hatte mehr Ähnlichkeit mit einem Totenschädel als mit einem lebenden Menschen. Außerdem hatte er Fieber bekommen und sich eine seiner Wunden entzündet. Das Fleisch war feuerrot und geschwollen, die Nähte sahen aus, als würden sie jeden Moment reißen. Die kleinste Berührung ließ den Verletzten aufschreien und sich ruckartig im Bett aufsetzen, obwohl er sonst die meiste Zeit im Fieberwahn lag und seine Umgebung nicht erkannte. Er behielt kaum Flüssigkeit bei sich, und die Rinderbrühen, die Scharow ihm verordnet hatte, wurden größtenteils wieder in die Küche zurückgetragen.

Scharow hielt das alles für normal, der Körper müsse gegen die Verletzungen ankämpfen und das bedeute eine große Anstrengung. Das Fieber sei nichts anderes als ein Zeichen dieses Kampfes. Er schlug auch mehrmals vor, den Patienten zur Ader zu lassen, das würde die Hitze aus dem Leib nehmen. Geraldine wollte davon nichts wissen, und Maurice bestärkte sie darin.

Von ihm erfuhr sie, dass der Arzt auch ihren Vater zur Ader hatte lassen wollen und dieser ihm das immer verboten habe. Er hielt das für ein Mittel, das den Zustand des menschlichen Körpers eher verschlimmerte als verbesserte.

»Alle seine Beobachtungen in der Natur haben in ihm die Erkenntnis reifen lassen, dass ein Entzug des Lebenssaftes eher zu einer Schwächung denn zu einer Stärkung führe«, sagte Maurice. »Mit Scharow hat er mehr als einmal darüber gestritten, aber der studierte Herr wollte von der Meinung der Gelehrten nicht lassen.«

»Maurice, ich weiß nicht, was ich tun soll«, klagte Geraldine. »Jeden Morgen fürchte ich, einen Toten im Haus zu haben, weil Castagno die Nacht nicht überlebt hat. Sein Körper fühlt sich so heiß an, dass er innerlich verbrennen müsste. Wenn ich versuche, ihm einen Löffel kalten Kamillentee einzuflößen, spuckt er zwei wieder aus.«

»Schreiben Sie nach Dresden.«

»An Frederik?«, fragte Geraldine, die mit einem derartigen Ratschlag nicht gerechnet hatte.

»Dem Verlobten zu schreiben ist nie eine schlechte Idee, aber in diesem Falle denke ich, dass ihn eine Nachricht nur beunruhigen wird. Eigentlich habe ich an die Familie Schumann gedacht, deren Tochter Sie gemalt haben. Der Vater war doch Arzt, wenn ich mich recht erinnere. Und es ist nie verkehrt, eine zweite Meinung einzuholen.«

Geraldine umarmte ihren treuen ersten Diener. »Sie sind ein Schatz, Maurice. Dass ich darauf nicht selbst gekommen bin. Ich werde sofort schreiben.«

Laurenz Schumann kam zwei Tage später und brachte seine Frau mit, die tatkräftig das Kommando im Krankenzimmer übernahm. Als Erstes sorgte sie für frische Luft und Licht. Beides hatte Frau Aha ängstlich ausgesperrt, in der Sorge, es könne dem Kranken schaden, und jedes bisschen Zugluft brächte ihm den sicheren Tod. Laurenz und seine Frau wollten davon nichts wissen.

Entgegen Geraldines Erwartungen stimmte Laurenz jedoch mit seinem Käbschütztaler Kollegen überein, dass das Fieber für den Kampf des Malers gegen die Entzündungen stehe und deshalb nicht nur als etwas Schlechtes anzusehen sei. Es dürfe nur nicht zu hoch werden und zu lange dauern. Größere Sorgen bereitete dem Arzt dagegen, dass der Maler keine Flüssigkeit bei sich behalten wollte.

»Er vertrocknet innerlich und sieht deshalb völlig ausgemergelt aus«, sagte der Dresdner Arzt mit gerunzelter Stirn.

»Weil er einfach nichts bei sich behalten kann«, antwortete ihm Geraldine bekümmert. »Ich habe es mit allem versucht. Kamillentee, Rinderbrühe, frische Milch, Wasser. Sogar Wein und Bier. Es ist immer das Gleiche: Er nimmt einen Löffel voll und spätestens den zweiten spuckt er aus.«

»Wir werden ihm lauwarmen Tee einflößen müssen.«

»Er wird ihn nicht trinken.«

»Wir haben unsere eigene Methode.« Laurenz Schumann schaute zwischen dem Verletzten und Geraldine hin und her.

»Welche?«

»Das wollen Sie lieber nicht wissen«, antwortete Therese Schumann. Sanft leitete sie Geraldine aus dem Krankenzimmer und verschloss fest die Tür hinter ihr.

Als die nach der Behandlung das Krankenzimmer wieder betrat, lag Castagno schlafend und unverändert aussehend im Bett. Aber dasselbe war neu bezogen, und Therese Schumann entledigte sich hastig einer fleckigen Schürze.

Der Arzt und seine Frau blieben insgesamt drei Tage auf dem Rittergut. Zweimal am Tag flößten sie dem Verletzten lauwarmen Tee ein. Laurenz öffnete die entzündeten Wunden und aus jeder floss eine ganze Schale Eiter ab. Danach schien es dem Maler endlich besser zu gehen. Jedenfalls wachte er auf, und zum ersten Mal seit Tagen blickten seine Augen klar und erkannten die Umgebung.

»Ich bin Ihnen dankbar. Unendlich dankbar.« Geraldine drückte den Arzt kurz an sich.

Therese umarmte sie ebenfalls. »Sie sind eine herzensgute junge Frau, Fräulein von Scholl. Das habe ich gleich bei unserer ersten Begegnung gesehen, und jetzt bestätigt es sich wieder. Nicht jeder hätte für einen Zufallsgast diese Mühen auf sich genommen.«

»Ich fühle mich verantwortlich, weil er niedergestochen wurde, als er unter meinem Dach weilte«, wehrte Geraldine ab.

Castagno war jedenfalls wach und lag halb aufgerichtet im Bett, als sich Laurenz und seine Frau von ihm verabschiedeten. Er ließ sich nichts von dem entgehen, was um ihn herum vorging. Er war noch nicht fieberfrei, glühte aber auch nicht mehr wie unter einem inneren Feuer.

Laurenz hatte Geraldine gezeigt, wie die entzündeten Wunden offen zu halten waren, damit der Eiter abfließen konnte und wie er herauszudrücken war. Erst wenn zwei Tage kein Eiter mehr gekommen sei, solle sie der Wunde erlauben, sich zu schließen. Sie könne nach Rudolf Scharow schicken, damit der noch ein oder zwei Stiche setze. Geraldine versprach die genaue Befolgung dieser Anweisungen.

Claudio Castagno schien über den Berg und es konnte nicht mehr lange dauern, bis Frederik mit seinem Leumundszeugnis zurückkehrte, bis dahin hatte sie Zeit, sich der Aufgabe zu widmen, die der Kurfürst ihr angetragen hatte. Geradline versuchte es, betrachtete lange alle übersandten Porträts und Gewänder, stellte sich die Menschen vor und wie die Kinder ihre Mutter umringten.

Sie zeichnete eine erste Skizze und zerriss sie wieder. Genauso erging es ihr mit der zweiten und dritten. Keine atmete die Inspiration, über die sie mit dem Kurfürsten in dessen Atelier gesprochen hatte. Nicht das, was er von ihr erwarten durfte. Nicht, was sie schaffen wollte. Sie warf den Graphitstift auf den Tisch, wo er zum Rand rollte und gerade noch auf der Kante liegen blieb. Geraldine rieb sich die Augen, zog das Medaillon unter ihrem Kleid hervor und hielt es fest in der Hand. Der Geist ihres Vaters war in solchen Momenten bei ihr, glaubte sie.

Es half jedoch nichts. Auch was sie danach versuchte, war nicht mehr als ein müder Abklatsch einer Mutter im Kreise ihrer Kinder. Schon dutzende Male gemalt und immer eine schöne Erinnerung, aber nicht gut genug. Sie hörte im Geist die Stimme ihres Lehrherrn, der sie auszankte, wenn sie sich mit dem Durchschnitt zufriedengab.

Jesus, Maria und Josef! Geradine zerfetzte auch diese Skizze.

Schließlich musste sie einsehen, dass sie augenblicklich nicht über die notwendige Ruhe verfügte, um sich auf ein Porträt zu konzentrieren. Mithilfe eines Kalenders rechnete sie aus, wie viel Zeit ihr noch blieb, bis sie den fertigen Porzellanteller nach Dresden liefern musste. Noch könnte sie alles in Ruhe erledigen. Ein paar Tage könnte sie auf eine Inspiration warten. Dann musste sie allerdings beginnen, und es durfte nichts schiefgehen, jede weitere Verzögerung wäre fatal. Allein der Gedanke des Müssens drückte auf ihre Laune und raubte ihr ein Stück ihres Mutes. Aus der Erfahrung wusste sie, dass ein Kunstwerk aus dem Herzen kam und sich nicht mit Gedanken an Müssen und Termine zur Abgabe erzwingen ließ.

In diesem speziellen Fall konnte sie ihren Auftraggeber allerdings nicht um einen Aufschub bitten. Immerhin handelte es sich um den sächsischen Kurfürsten und das Geburtstagsgeschenk für seine Frau. Ihr Geburtstag ließ sich nicht verschieben. Geraldine mochte sich nicht ausmalen, was ihr passierte, wurde sie nicht rechtzeitig fertig. Die lebenslange Verbannung aus dem Kurfürstentum Sachsen wäre noch das Mildeste. Mit Schaudern kamen ihr die Tage in den Sinn, die sie im vergangenen Jahr in der Dresdner Festung gefangen war. Und es gab sicherlich noch elendere Quartiere, als es ihr dort zuteil geworden war. Immerhin hatte Frederik damals dafür gesorgt, dass sie recht zügig in eine bessere Zelle gebracht wurde und auch besseres Essen erhielt. Das beklemmende Gefühl undurchdringlicher Steinmauern um sie herum war jedoch geblieben. Auf keinen Fall wollte sie das ein weiteres Mal erleben.

Ein paar Tage, um Atem zu schöpfen und dann wollte sie sich mit ganzer Kraft dem Porträt der Fürstin widmen.

In den folgenden Tagen pendelte Geraldine zwischen der Krankenstube und dem Naturkundekabinett ihres Vaters hin und her. Der Geruch nach Papier, ledernen Buchrücken, Staub und getrockneten Pflanzen übte eine beruhigende Wirkung auf sie aus.

Das Kompendium ihres Vaters über die Pflanzen dieser Welt kam ihr gerade recht. Es gab ihr das Gefühl, in dieser turbulenten Zeit wenigstens etwas Nützliches zu schaffen.

Sie beschäftigte sich mit den Listen und Beschreibungen, die Nathan von Scholl für sein Kompendium angelegt hatte. Die Listen hatte sie beachtet, soweit es ihr möglich war. Nach diesen Unterlagen sollten immer genau achtundneunzig Pflanzen in einem Band des Kompendiums abgebildet und beschrieben werden. Warum ihr Vater sich für diese Zahl entschieden hatte, war weder aus seinen Unterlagen ersichtlich noch erschloss es sich Geraldine anderwärts. Sie war jedoch fest entschlossen, alles genau zu befolgen.

Die buchstabengetreue Umsetzung erwies sich dann jedoch als unmöglich, denn sie musste feststellen, dass hier und da etwas fehlte. Mal war eine Beschreibung unvollständig, mal suchte sie vergeblich die entsprechende Zeichnung. Nicht häufig, es verhinderte dennoch, dass sie Band eins und zwei entsprechend den Vorgaben ihres Vaters zusammenstellen konnte. Tagelang hatte sie gezögert, aber schließlich überwog ihr Wunsch, wenigstens einige Teile des Kompendiums veröffentlicht zu sehen. Sie tauschte die nicht vollständigen Pflanzenbeschreibungen gegen andere aus, die erst für spätere Bände vorgesehen waren. Auf diese Weise war sie zu zwei vollständigen Büchern des Kompendiums gekommen.

Diese wollte sie dem Leipziger Verleger Johann Heinrich Zedler zur Veröffentlichung schicken. In den Unterlagen ihres Vaters hatte sie zu genau diesem Punkt eine Korrespondenz gefunden. In einem Begleitbrief schilderte sie dem Verleger, warum statt ihres Vaters sie sich an ihn wandte und welche besonderen Umstände zur Zusammenstellung der beiden Bände des Kompendiums geführt hatten. Dass der Briefwechsel ihres Vaters mit Zedler fünf bis sieben Jahre alt war, blendete sie aus ihren Gedanken aus.

KAPITEL 41

*J*anne hatte rot geweinte Augen, als sie mit Rikarda an der Hand und Simon Andreas auf dem Arm das Herrenhaus betrat. Über ihrer Schulter hing ein zusammengeschnürtes Bündel, und der Mops folgte ihrer Tochter auf dem Fuß. Sie lief als erstes Frau Aha über den Weg, die mit dem Schlüsselbund in ihrer Hand klapperte, nachdem sie die Kontrolle der Speisekammern abgeschlossen hatte.

»Was ist mit dir, Kind?«, wollte sie von Janne wissen. Deren verweinte Augen erkannte sie auf den ersten Blick. »Eil dich, dass du zur gnädigen Frau kommst. Du darfst sie nicht warten lassen.«

»Ich …« Janne schniefte. Sie ließ Rikardas Hand los und wischte sich über die Nase. Zugleich fiel ihr ein, dass sich das nicht gehörte. »Oh, Entschuldigung, Frau Aha.«

»Mädchen, Mädchen, du bist ja völlig durcheinander. Komm hier herein und dann will ich wissen, was geschehen ist.« Sie schob Janne und die beiden Kinder in den Aufenthaltsraum der Dienerschaft, in dem sich um diese Zeit niemand aufhielt. »Für Rikarda werden wir ein Plätzchen finden.«

Deren Augen leuchteten auf, als Frau Aha ihr das Gebäck reichte. Sie kauerte sich in eine Ecke und begann daran zu lutschen. Otto lag derweil neben ihr. Auf dem Arm seiner Mutter nuckelte Simon Andreas am Daumen.

»Heraus mit der Sprache«, verlangte die Hausdame, nachdem sie Janne auf einen Stuhl gedrückt hatte.

»Ich muss hierbleiben. Bitte lassen Sie mich hierbleiben«, stieß Janne hervor. »Mich und die Kinder. Die gnädige Frau ...«

»Willst du in einer der Dienstbotenkammern wohnen? Du hast doch einen Mann und ein Haus.«

»Nein!« Janne schüttelte heftig den Kopf. »Es ist besser, wenn ich hierbleibe.«

Frau Aha, die keine Erfahrungen mit einem Ehemann hatte, verstand das Gestammel der jungen Mutter dennoch. »Dein Mann hat dich geschlagen, und nun hast du Angst. Du kannst hierbleiben. Natürlich kannst du das. Such dir eine der Dienstbotenkammern aus. Die gnädige Frau wird nichts dagegen haben.« Sie tätschelte Jannes Hand. »Du bist eine gute Frau, dein Mann wird das noch erkennen. Bleibe hier solange du willst. Die Kinder und Otto auch.«

Janne ergriff die Hand der Hausdame und bedeckte sie mit Küssen. Hann hatte ihr in der Frühe nur eine einzige Ohrfeige gegeben, aber er hatte sie dabei mit einem so brennenden Blick angesehen, dass sie um ihr Leben zu fürchten begann. Um das ihrer Kinder und das ihre. Sie hatte in der Schlafkammer nur rasch etwas Kleidung zusammengerafft und mit den Kindern das Haus durch die Hintertür verlassen. Im Hof war dann Otto zu ihnen gestoßen.

Erst allmählich ließ ihre Furcht nach, und sie begann, sich sicher zu fühlen.

Sechzehn Tage nach seiner Abreise und am gleichen Tag, an dem Janne im Herrenhaus eingezogen war, kehrte Frederik auf das Rittergut zurück. Wie bei seiner ersten Ankunft kam er auf einem Mietpferd und war staubig und verschwitzt. Allerdings flog ihm Geraldine diesmal in die Arme, kaum dass er vom Pferd gestiegen war. Sie rieb ihre Wange an seiner Schulter.

»Nilje, du machst dich schmutzig«, sagte er, traf aber keine Anstalten, sie von sich zu schieben, sondern umfing sie zärtlich.

»Das ist mir egal. Ich bin so froh, dass du da bist.«

»Ich auch. Das darfst du mir glauben. Ich auch.« Er drückte sie fest an seine Brust.

Sie erreichten das Haus Hand in Hand, und Maurice riss die Tür mit einem breiten Grinsen auf. »Sie sind wieder da, Monsieur Nehmitz. Dem Herrn im Himmel sei Dank, alles wird gut werden. Dieses Haus braucht Sie. Es ist alles vorbereitet, wenn Sie sich erfrischen wollen. Folgen Sie mir bitte.«

»Maurice, ich bin doch niemand, der zum ersten Mal in diesem Haus weilt. Sie müssen nicht so förmlich sein.«

»Ich möchte es so, Monsieur Nehmitz.«

Mit nach oben gezogenen Mundwinkeln ließ Frederik es geschehen, dass der erste Diener ihn in seinen Raum führte. In Windeseile vertauschte er den staubigen Anzug mit einem sauberen und entnahm seinem Gepäck eine Ledermappe, klemmte sie unter den linken Arm. So gewappnet suchte er Geraldine im Nachmittagssalon auf. Den Raum erwärmte ein in einer Ecke stehender Ofen. Seine Verlobte saß an einem der bodentiefen, auf die Terrasse hinausführenden Fenster. Sie hielt die Hände im Schoß verschränkt und sah hinaus. Bei seinem Eintritt wollte sie aufspringen, aber zwei, drei schnelle Schritte brachten ihn an ihre Seite. Er umfasste ihre Schultern und drückte sie in den Sessel zurück, setzte sich selbst auf die Lehne, streichelte ihre Wange.

»Hast du alles erledigen können?«, fragte sie und schmiegte ihr Gesicht in seine Hand.

»Es ist alles hier.« Mit der freien Hand legte er die Ledermappe in ihren Schoß.

»Dein hervorragendes Leumundszeugnis?«

»Ausgestellt vom Präsidenten des Appellationsgerichts. Du kannst es ruhig anschauen.«

»Hat er es in Latein geschrieben?« Ohne die Antwort abzuwarten, schlug Geraldine die Mappe auf.

Das Leumundszeugnis war einmal in der Mitte gefaltet. Geöffnet besaß es das doppelte Folioformat und begann mit einer imposanten Initialzeichnung. Die war viel künstlerischer ausgestaltet als die üblichen geschwungenen Linien, die jeden Brief zierten. Zunächst wurden die Titel und der Werdegang des Präsidenten aufgezählt – in Deutsch. Das allein verbrauchte mehrere Absätze, danach befasste sich das Schreiben umständlich mit dem Grund für die Ausstellung des Zeugnisses, und auf den letzten drei Zeilen wurde Frederik ein untadeliger Charakter und ein hervorragender Leumund bescheinigt. Geraldine hatte Wort für Wort lesen wollen, aber nach wenigen Zeilen verlor sie die Geduld und den Faden, überflog den Rest nur noch. Neben der Unterschrift des Präsidenten prangte auch die des Reichsgrafen Brühl. Ein beeindruckendes Siegel hing unten an der Urkunde.

»Das ist doch gut, oder? Dass Brühl auch unterschrieben hat.«

»Besser geht es nicht. Es ist mehr, als ich mir erwartet habe. Wir werden nun bald Mann und Frau sein.« Seine Lippen streiften ihr Haar. »Meine Mutter lässt dich grüßen und lädt dich ein, in Dresden ihr Gast zu sein, wann immer du willst und solange du möchtest. Sie ist gespannt auf ihre Schwiegertochter.« Frederik lächelte und strich ihr eine Locke aus dem Gesicht.

Geraldine schlug das Leumundszeugnis hastig zusammen und legte die Mappe auf eine neben dem Fenster stehende

Kommode mit vier schlanken Beinen. Zum ersten Mal wurde ihr bewusst, dass sie nicht nur ihren Frederik heiraten würde, sondern auch seine gesamte Familie als Verwandte bekäme. Das waren nicht nur seine Mutter, sondern auch verschiedene Onkel und Tanten, Neffen, Nichten, Cousins und Cousinen. Auf einmal fühlte sie sich kleinmütig. Würden diese Menschen sie in ihren Kreis aufnehmen? Sie, die Exotin aus Übersee?

Frederik beugte sich zu ihr herunter und flüsterte neben ihrem Ohr. »Meine Mutter freut sich auf dich. Sie ist genauso besorgt, wie du jetzt aussiehst, schließlich wirst du ihre erste Schwiegertochter.«

»Woher weißt du immer, was ich denke?«

»Weil ich in deiner Miene lesen kann wie in einem offenen Buch.«

Geraldine nahm die Schultern zurück und setzte sich aufrechter hin. »Wir können morgen heiraten und besuchen danach deine Mutter. Wir haben dein Leumundszeugnis und müssen nicht länger warten. Ich will nicht länger warten.«

»Sie hat es andersherum gemeint. Dass wir sie vor der Hochzeit besuchen.«

»Erst muss Herr Castagno wieder gesund sein. Ich kann nicht nach Dresden reisen und ihn hier zurücklassen. Ich wäre eine schlechte Gastgeberin. Nur kann das dauern. Wir werden vorher heiraten müssen.« Es kam Geraldine unwirklich vor, über ihre Hochzeit zu sprechen.

»Ganz so schnell können wir nicht heiraten, Nilje. Immerhin bedarf es einiger Vorbereitungen.«

»Oh, ich brauche kein großes Fest oder einen Ball. Es reicht mir, wenn wir beide diesen Tag genießen.«

»Das meinte ich nicht. Vor der Hochzeit benötigen wir eine angemessene Verlobungszeit, das Aufgebot muss mehrmals von der Kanzel herab verlesen werden, wir müssen das Traugespräch beim Pfarrer hinter uns bringen. Solche Dinge eben ...«

Daran hatte Geraldine nicht gedacht.

»Du brauchst nicht gleich geknickt zu sein. Ich habe eine Sondererlaubnis besorgt, mit deren Hilfe wir einige dieser Fristen verkürzen können.«

»Du denkst wirklich an alles.«

»Mir macht etwas anderes viel mehr Sorgen.«

Geraldine schaute fragend zu ihm auf.

»Ein Mann ist auf dem Rittergut niedergestochen worden, und du gehst damit bemerkenswert sorglos um.«

»Ich habe alles Menschenmögliche für Claudio Castagno getan. Sogar einen Arzt aus Dresden habe ich kommen lassen. Du kannst mir nichts vorwerfen«, empörte sich Geraldine. Nach dem Gespräch über Hochzeitstermine, Schwiegertöchter und Sondererlaubnis fühlte nun sie sich ungerecht behandelt.

»Jemand hat das getan«, sagte Frederik ernst. »Du hast einen Messerstecher auf dem Rittergut. Darum musst du dich kümmern.«

»Es war nicht im Park.«

»Das Rittergut besteht nicht nur daraus. Du bist auch für die umliegenden Dörfer und ihre Bewohner verantwortlich. Du führst das Gericht und übst die Policeygewalt über sie aus. Du musst alles in deiner Macht Stehende tun, um den Kerl zu finden und einer Bestrafung zuzuführen. Darum musst du dich kümmern.«

»Herr Aha wird das tun.«

»Ich bin auch besorgt um dich. Der Gedanke, dass sich ein gefährlicher Verbrecher in deiner Nähe aufhält, verursacht mir Übelkeit. Es macht mich auch wütend. Hast du dir nie

Gedanken darüber gemacht hast, wie weit dein Halbbruder für das Rittergut gehen würde? Für sein Erbe?«

»Er ist Pfarrer.«

»Nach allem, was ich von ihm gesehen habe, wundert mich das am Allermeisten. Ich traue ihm jedenfalls einiges zu.«

»Doch nicht das. Warum soll er den armen Herrn Castagno überfallen, wenn er das Rittergut in seine Gewalt bringen will? Er hätte mich treffen müssen.« Geraldine schluckte bei den letzten Worten. Es war kein angenehmer Gedanke, sich als Opfer eines Angriffs bezeichnen zu müssen.

»Das bereitet mir ebenfalls Kopfzerbrechen. Selbst nachts bist du kaum mit einem Mann zu verwechseln.«

»Ich laufe auch nicht nachts im Hausmantel draußen herum. Vielleicht hat der arme Herr Castagno Feinde, die ihm übelwollen? Mir scheint er nicht so gut dazustehen, wie er die Welt gerne glauben machen will.« Geraldine runzelte die Stirn. »Ich kenne jedenfalls kein Bild von ihm, und er scheint nur ein bedeutendes Porträt von einer verstorbenen Gräfin von Diefenbach mit ihrem Hund gemalt zu haben. Über Wasser hält er sich anscheinend mit Schülern.«

»Ich werde mit dem Maler sprechen.«

»Da möchte ich dabei sein, um dich bei der Arbeit zu erleben.«

KAPITEL 42

Castagno lag im Morgenmantel auf einer Chaiselongue, den Oberkörper auf mehrere Kissen gestützt. Er sah noch blass aus und ein leichter Schweißfilm bedeckte seine Oberlippe. Um sich auf das Sofa zu schleppen, hatte er mehrere Anläufe benötigt, aber so eingefallen wie während des Fiebers wirkte er nicht mehr. Zur Begrüßung versuchte er sich an einem Lächeln, das ihm recht gut gelang.

»Die Höflichkeit gebietet es, aufzustehen, sobald eine Dame den Raum betritt, aber dazu sehe ich mich nicht in der Lage. Bitte entschuldigen Sie, Signorina.«

»Sie sind tagelang nicht aufgestanden, wenn ich zu Ihnen gekommen bin. Sie haben es in der Regel nicht einmal bemerkt.« Geraldine nahm in einem Sessel Platz und schob ihn ein Stück zurück. Sie war fest entschlossen, sich in das Gespräch nicht einzumischen. Frederik war der Rechtsgelehrte, er wusste bei einer Befragung besser Bescheid als sie.

»Ich war augenscheinlich dem Tod näher als dem Leben. Dass der Sensenmann mich nicht geholt hat, verdanke ich Ihnen. Ohne mich bisher dafür gebührend zu bedanken. Das möchte ich hiermit nachholen.«

»Ich habe nur meine Christenpflicht erfüllt. Monsieur Nehmitz möchte Ihnen einige Fragen stellen. Wir brauchen beide Ihre ehrlichen Antworten.«

»Die erhalten Sie, Signorina.«

Frederik räusperte sich, bevor er die erste Frage stellte: »Drei Messerstiche wurden mir berichtet. Sie trafen Ihre

Brust und Ihre Seite. Der Angreifer muss vor Ihnen gestanden haben. Können Sie mir etwas zu dem Mann sagen?«

»Darüber habe ich mir den Kopf zerbrochen, seit ich wieder bei mir bin. Das dürfen Sie mir glauben. Es war dunkel. Ich war spät draußen, weil ich einen guten Platz suchen wollte, um im Mondlicht zu malen. Ein oder zwei Nächte später schien der Mond voll vom Himmel. Das nächtliche Licht, völlig unberührt von jeder Laterne und die wilde Natur. Davon träumte ich seit jeher. Einige Male habe ich es bereits versucht. In Italien und auf meinen Studienreisen, aber es ist nie etwas daraus geworden. Diesmal hatte ich das starke Gefühl, es könnte gelingen. Nur damit waren meine Gedanken beschäftigt.«

»Was passierte dann?«, fragte Frederik sanft.

»Ich spürte einen Schmerz. Im ersten Moment fühlte es sich an wie ein Nadelstich, oder wenn man sich mit einem Federmesser schneidet. Dann wurde es zur schlimmsten Pein meines Lebens. Ich taumelte, brach zusammen, spürte das Blut in einem Sturzbach aus meinem Leib fließen und dann wurde es dunkel.«

»Was haben Sie als Letztes gesehen?«

»Gras im Mondlicht«, lautete Castagnos wenig hilfreiche Antwort. »Es leuchtete in verschiedenen Schattierungen von Silber. Ich wollte es lange betrachten, um jede Einzelheit einzufangen. Ich stellte mir vor, wie es zu malen war. Welche Farben miteinander zu mischen waren für diesen einzigartigen Glanz. Mein letzter Gedanke war dann – ich weiß es genau –, dass es mir wohl nicht mehr vergönnt sein würde.«

»Und dann?«

»Dunkelheit, Dunkelheit. Nichts als Dunkelheit.«

Frederik, der während des Berichts Notizen mit einem Kohlestift gemacht hatte, schaute hoch. Er schüttelte die

Spitze seines Hemdsärmels aus und schlug die Beine übereinander. Der Maler versuchte, seine Lage auf der Chaiselongue zu ändern, und verzog schmerzhaft das Gesicht. Am Ende gelang es ihm, sich aufrechter hinzusetzen.

»Ich bin mir bewusst, dass Sie die Tat untersuchen müssen, um meinen Angreifer zu finden. Leider kann ich dabei kaum behilflich sein.« Er zuckte mit den Schultern und verzog wieder schmerzhaft das Gesicht.

»Haben Sie Feinde? In Meißen oder Dresden? Oder sonstwo?«

Castagno überlegte. Für Frederiks Geschmack überlegte er etwas zu lange. »Wer hat keine Feinde? Doch nur gerade geborene Kinder. Ich weiß von niemandem, der mir ans Leder will. Das soll aber nicht heißen, dass es niemanden gibt. Unter uns Künstlern gibt es Neid. Eine Menge davon.«

»Wen können Sie sich vorstellen?«

Wieder zögerte der Maler nach Ansicht des Rechtsgelehrten zu lange mit der Antwort. »Soll ich Ihnen jeden nennen, der mir mal die Pest an den Hals gewünscht hat? Die Liste wird lang. Da gibt es neidische Konkurrenten, verflossene Bewunderinnen, die mehr von mir wollten als meine Kunst. Verzeihen Sie die offenen Worte«, ergänzte er an Geraldine gewandt.

»Ich habe Zeit und Geduld.« Frederik hielt seinen Stift schreibbereit über dem Papier.

»Den ein oder anderen Schüler wird es geben, dessen Talent seiner hohen Meinung von sich nicht genügte. Eifersüchtige Ehemänner, Mütter, deren Söhne ...«

»Das klingt, als hätten Sie die ganze Welt gegen sich. Ist jemand dabei, dem Sie eine solche Tat zutrauen?«

»Nein!« Diesmal kam die Antwort schnell. Zu schnell. Frederik wusste nicht, woran er es festmachen sollte, aber sein

Misstrauen gegen den Italiener war geweckt. »Ich halte das für die Tat eines armen Menschen«, fuhr dieser fort, »der auf Geld oder Schmuck aus war. Bei mir suchte er da vergeblich.«

»Ihnen ist also nichts gestohlen worden?«

»Das sagte ich bereits. Haben Sie noch mehr Fragen? Ich fühle mich erschöpft.«

»Keine weiteren Fragen. Ruhen Sie sich aus.«

Frederik und Geraldine verließen das Krankenzimmer. Sie bemerkten nicht, wie Castagno die Hände zu Fäusten ballte und auf ein Kissen auf der Chaiselongue eindrosch. Manche Schläge trafen auch seine Oberschenkel.

»Du hast dem armen Mann richtig zugesetzt«, bemerkte Geraldine, als sie die Prachttreppe im ersten Stock betraten.

Seine Hand lag kurz auf ihrem Hinterteil und drückte leicht zu. »Ich werde jeden mit Fragen zusetzen, wenn dir Gefahr droht. Und glaube mir, ich finde denjenigen, der das getan hat.«

Da Geraldine sich bisher gar nicht in Gefahr gefühlt hatte, schwieg sie und ging neben ihrem Verlobten die Treppe hinab.

KAPITEL 43

$\mathcal{F}$rederiks Gedanken kreisten um die bevorstehende Hochzeit und hinderten ihn am Einschlafen. Er hätte es vor Geraldine nicht zugegeben, gestand es sich kaum selbst ein, aber er war nervös. Die Verantwortung als Ehemann verursachte ihm Herzflattern.

Es lag nicht an Geraldine oder weil er sich seiner Liebe zu ihr nicht sicher war. Daran hegte er nicht den geringsten Zweifel. Es waren die veränderten Lebensumstände, denen er sich gegenübersah. Er musste sich nichts vormachen: Obwohl er stets von Geraldines Rittergut sprach, wusste er, dass er nach der Heirat die Rolle des Herrn übernehmen musste. Die Dorfbewohner würden mit ihren Anliegen zu ihm kommen, er musste ihre Absprachen in die richtige juristische Form gießen, über sie zu Gericht sitzen, war von einem Tag auf den anderen für Land und die dazugehörigen Menschen verantwortlich, wäre Kirchen- und Schulpatron. Das unterschied sich grundlegend von seiner Tätigkeit am Appellationsgericht, wo er ein subalterner Bediensteter gewesen war und sich stets mit anderen hatte beraten können.

Als er endlich einnickte, war der Schlaf flüchtig und ließ ihn beim ersten ungewohnten Geräusch hochfahren. Frederik saß im Bett und lauschte. Die nächtlichen Laute des Herrenhauses waren ihm vertraut. Wind, der an Fenstern heulte, im Dachstuhl säuselte oder die Zweige einer Eiche über die Mauern kratzen ließ. Etwas anderes hatte ihn aufschrecken lassen. Das Haus war groß, und das Geräusch musste in diesem Flügel seinen Ursprung gehabt haben. Andernfalls hätte er es nicht gehört. Unter seinem Zimmer befanden sich im ersten Stock die Studierzimmer des verstorbenen Ritters von Scholl, weiter hinten die verschlossenen Kinderzimmer. Im Erdgeschoss die Salons, in denen Besucher empfangen wurden, und Geraldines Atelier wegen der Fenster nach Osten und des Morgenlichts, daneben weitere Räume, in denen die naturkundliche Sammlung ihres Vaters aufbewahrt wurde.

Bis auf Claudio Castagnos Krankenzimmer waren alle anderen Zimmer für Hausgäste in diesem Flügel unbenutzt. Welche Dienstbotenkammern im Dachgeschoss über ihm bewohnt wurden, wusste Frederik nicht. Das Geräusch war auch eindeutig von unten gekommen. Da war es erneut, es hörte sich an wie ein entferntes Kratzen, als rutsche etwas hin und her. Vielleicht war eines der Fenster nicht richtig geschlossen, obwohl Maurice jeden Abend einen Rundgang machte und alles kontrollierte.

Frederik hatte diesen Gedanken noch nicht zu Ende gedacht, da schwang er die Beine aus dem Bett und schlüpfte in seinen Morgenmantel. Nach den Pantoffeln tastete er vergeblich und verzichtete auf sie. Dafür entzündete er einen dreiarmigen Kerzenleuchter und verließ barfuß sein Schlafzimmer.

Der Flur war dunkel und still. Auf leisen Sohlen tappte er zur Treppe und hinunter in den ersten Stock. Die gleiche Dunkelheit und Stille empfing ihn dort. Bis er wieder etwas hörte. Diesmal war es kein Kratzen mehr, sondern ein Klirren wie zerbrechendes Glas. Und dann rannte auf einmal Otto die Treppe hoch. Er kümmerte sich nicht um Frederik, sondern verschwand hinter ihm in der Dunkelheit des Flurs. Stammten die Geräusche von dem Mops? Weshalb geisterte der nachts durch das Haus, statt sich mit Janne und ihren Kindern in den Gesindekammern aufzuhalten?

Ein erneutes Klirren aus dem Erdgeschoß machte ihm klar, dass nicht Otto der Übeltäter gewesen sein konnte. Er hörte auch, dass der Hund von hinten wieder herankam, neben ihm stehenblieb und gleich ihm nach unten blickte.

»Hast du deinen Mut wiedergefunden?«, flüsterte Frederik beinahe unhörbar.

Otto legte den Kopf schief. Ein Ohr war abgeknickt, das andere zum Lauschen aufgestellt.

»Es wird ein vom Wind aufgedrücktes Fenster sein«, flüsterte Frederik wieder. Er gab sich nun weniger Mühe, leise zu sein, als er ins Erdgeschoss hinunterging.

Alle von der Eingangshalle abgehenden Türen waren geschlossen. Er schaute in die nach vorne gelegenen Salons, Otto ging dabei an seiner Seite, als hätte er ihm einen Befehl gegeben. Alle Räume lagen unberührt im Mondlicht.

»Otto such!«, sagte Frederik probeweise.

Der Angesprochene schaute zu ihm auf, bewegte leicht seinen geringelten Schwanz.

»Du hältst das für ein Spiel. Ich will dir was sagen, wahrscheinlich ist es auch eins. Wir werden gleich beide über mich lachen.« Frederik sprach im Flüsterton und kaum hatte er dies gesagt, polterte es, als wäre ein Stuhl umgefallen. Otto knurrte.

Das Poltern war eindeutig aus dem Räumen gekommen, in denen die Sammlungen des verstorbenen Ritters von Scholl aufbewahrt wurden. Dorthin strebte Frederik nun. Die Sammlungen waren in einer Zimmerflucht an der Nordseite des Hauses untergebracht. Er öffnete die Tür zum ersten Raum, hielt den Kerzenleuchter etwas höher. Deren Schein fiel auf halbhohe Schränke mit den unzähligen Schubladen, in denen die Folianten mit gepressten Pflanzen lagen. In der Mitte stand eine Vitrine mit weiteren Pflanzen. Auf den Schränken standen oder lagen in Leder gebundene Bücher über Pflanzen in mehr Sprachen, als er beherrschte. Otto hielt sich an seiner Seite, drückte sich gegen seinen linken Unterschenkel. Frederik spürte den Hundekörper zittern und war nicht sicher, ob es von Anspannung oder Angst herrührte.

Die Kerzen schafften es nicht, den Raum auszuleuchten, aber ihm schien, hier war alles, wie es sein sollte. Einmal war er mit Geraldine tagsüber hier gewesen und erinnerte sich, dass die sechs oder sieben Räume alle identisch möbliert und durch Türen miteinander verbunden waren. Er machte sich auf den Weg, sie alle zu kontrollieren.

Als er den dritten betrat, hörte er etwas, das wie ein Flüstern klang. Otto knurrte und zitterte. Er hörte auch nicht damit auf, als Frederik versuchte, ihn mit dem Fuß nach hinten zu schieben. Die Kerzen schirmte Frederik mit dem Körper halb ab, als er den nächsten Raum betrat.

Otto rannte an ihm vorbei, kläffte in einem heiseren Falsett und sprang jemanden an. Dem entfuhr ein erstickter Laut. Gleich darauf stürmten zwei Männer in den Raum. In den Stiefeln des einen hatte sich Otto verbissen, aber er bekam einen Tritt, der ihn aufjaulen ließ und in eine Ecke schleuderte, wo er liegenblieb. Frederik konnte nicht viel mehr als die Silhouetten der Männer erkennen. Dort, wo ihre Gesichter hätten sein sollen, sah er nichts als Schwärze. Die feigen Einbrecher waren maskiert.

»Heben Sie die Hände über den Kopf und stehen Sie still!«, donnerte er. »Ich bin bewaffnet!«

Seine einzige Waffe war der Kerzenleuchter in der Hand, den er zum Schlag bereithielt. Wachs tropfte zu Boden. Eine der drei Kerzen erlosch und fiel herunter.

Das alles hatte nur wenige Sekunden gedauert.

Beide Eindringlinge sprangen ihm entgegen. Frederik entschied sich einen Bruchteil zu spät zum Zuschlagen. Er erhielt einen schmerzhaften Hieb gegen den rechten Unterarm, und ehe er sich versah, einen Tritt auf das linke Knie. Er knickte ein und stürzte auf das schmerzende Knie. Der Kerzenleuchter wurde ihm aus der Hand gerissen und fortgeschleudert.

»Wahnsinniger!«, schrie einer der Maskierten.

Der andere reagierte nicht, sondern presste einen Arm um Frederiks Hals und drückte ihm die Kehle zu. Der Arm war hart wie eine Eisenklammer. Frederik bekam kaum noch Luft. Er ruderte mit den Armen auf der Suche nach irgendetwas, was er als Waffe benutzen konnte, stieß sich jedoch nur die Hände an den Schränken. Jeden Moment erwartete er, dass der andere ein Messer zückte, um ihm den Garaus zu machen. Seine Gedanken galten Geraldine, die schutzlos zurückblieb. Das durfte nicht geschehen! Er strengte alle Kräfte an, um sich zu befreien. Trat und schlug um sich. Schweiß strömte über sein Gesicht, und er hatte das Gefühl, sein Kopf müsse gleich platzen. Sein Ellenbogen traf etwas, das ein Aufstöhnen zur Folge hatte. Der Griff um seinen Hals lockerte sich, und Frederik saugte Luft in die Lungen.

Er schlug noch einmal zu und bekam noch mehr Luft. Es gelang ihm, die Arme hochzureißen und nach dem Gesicht seines Angreifers zu tasten. Seine Finger berührten den ausgefransten Rand eines Stoffstücks. Die Maske! Er riss daran. In diesem Moment flammte in einer Ecke des Raumes etwas auf. Ein Fauchen erklang. Otto hatte sich wieder aufgerappelt und bellte heiserer als zuvor. Er stand in sicherer Entfernung bei der Tür.

Der zweite Einbrecher trampelte und schlug nach den Flammen. »Wahnsinniger!«, keuchte er und: »Um Himmels willen!« Die Flammen fraßen sich schnell in die Höhe statt auszugehen. Frederik bemerkte es nur aus dem Augenwinkel, da er immer noch im Klammergriff feststeckte, aber für ihn sah es aus, als hätte ein Vorhang Feuer gefangen.

Die Flammen leckten von dort aus an einem Schrank, zunächst ohne Schaden anzurichten. Als sie aber die auf dem Schrank liegenden Bücher erreichten, knisterten sie gierig. Im Zimmer wurde es heller.

Der zweite Einbrecher schlug mit etwas nach dem Feuer, das möglicherweise sein eigener Rock war, aber statt es zu ersticken, fachte er es damit an. Die Flammen sprangen von einem Buch auf das andere über, fanden reichlich Nahrung im Papier und dem trockenen Leder. »Hilf mir!«, rief der Einbrecher unterdrückt und schlug weiter wie wild nach den Flammen, ohne das Geringste auszurichten.

Inzwischen hatten alle Bücher auf der Schrankreihe Feuer gefangen. Es reichte die Wand entlang vom Fenster bis zur Tür. Die Hitze fauchte Frederik von der Seite an. Die Luft war rauchgeschwängert. Er spannte alle Kräfte an, und es gelang ihm tatsächlich, den Griff um seinem Hals aufzubiegen. Die Maske hatte er dem Angreifer zuvor vom Gesicht gerissen.

»Hilf mir!«, rief der andere wieder. Diesmal lauter.

Bevor Frederik sich aufrichten und über seinen Angreifer herfallen konnte, sprang der davon. Die Dunkelheit des nächsten Raumes verschluckte ihn. Seine sich rasch entfernenden Stiefeltritte waren auf dem Parkett zu hören. Es war dann auch zu hören, wie er auf ein Fensterbrett kletterte und von dort nach draußen sprang.

KAPITEL 44

*E*r musste einen Augenblick verschnaufen und zu Atem kommen.

Das Feuer hatte sich weiter ausgebreitet, fand in den Schränken neue Nahrung, fraß sich gierig in das Holz. Der zweite Einbrecher hatte inzwischen aufgegeben, es ersticken zu wollen.

Der Mann blickte sich hektisch um.

»Wir brauchen Wasser«, schrie Frederik, aber die Worte kamen viel leiser heraus als erwartet. Nach dem Würgen hörte sich seine Stimme so heiser an wie Ottos Bellen.

Von dem Mops war nichts mehr zu sehen. Das Feuer hatte inzwischen auf alle Schränke übergegriffen und es war aussichtslos, noch etwas löschen zu wollen. Die Luft im Zimmer war mittlerweile zu heiß und zu verräuchert, um sie einzuatmen. Frederik rannte in die Eingangshalle. Der Einbrecher folgte ihm zunächst, sprang dann aber in eine andere Richtung davon. Kurz durchzuckte Frederik der Gedanke, dass der Mann sich im Haus auszukennen schien.

»Feuer!«, brüllte er, die Hände zu einem Trichter vor den Mund gelegt. »Feuer!«

Seine Sorge galt Geraldine. Er musste sie retten. Mit langen Schritten hechtete er die Treppe hinauf.

»Feuer! Feuer!«, rief er dabei wieder. Er warf sich gegen die Tür ihres Schlafzimmers, drückte im selben Moment die Klinke herunter und stürzte hinein.

Sie war wach, saß mit verstörtem Gesichtsausdruck im Bett.

»Es brennt! Du musst hier raus! Schnell, schnell!« Er ließ ihr keine Zeit für eine Antwort, sondern hob sie aus dem Bett und wollte sie aus dem Haus tragen.

Geraldine strampelte, dass er sie herunterlassen musste. Sie griff nach ihrem Morgenmantel und schlüpfte in ihre Pantoffeln. Das Feuer war bis in den ersten Stock zu riechen. Außerdem hörten sie, wie in den darüberliegenden Stockwerken Türen geöffnet wurden und aufgeregte Stimmen durcheinanderriefen. Die beiden Verlobten standen im Flur vor Geraldines Schlafzimmer. Aus der Eingangshalle kroch langsam Rauch heran.

»Feuer! Feuer!«, rief Frederik wieder. »Verlasst das Haus! Es brennt!« Er wollte nach Geraldines Hand greifen und mit ihr zur Treppe laufen.

»Wir nehmen die Dienstbotenstiege. Bis dahin kann das Feuer noch nicht sein.« Sie drehte sich um und lief in die andere Richtung.

Die Pracht der Flure mit ihren Seidentapeten, kunstvoll verlegtem Parkett und geschnitzten Türstöcken endete an der Hintertreppe. Schmucklos weiß gekalkte Wände und ausgetretene Steinstufen erwarteten sie. Er ergriff ihre Hand und wollte mit ihr nach unten eilen.

»Castagno«, widersprach sie. »Wir müssen ihn retten. Er ist noch schwach und kann nicht aufstehen.«

Statt nach unten eilten sie in den zweiten Stock empor. Dort war zwar der Rauch weniger dicht, aber das Prasseln der Flammen dennoch zu hören. Castagno verließ gerade sein Zimmer. Er ging gebückt mit schweren, schleppenden Schritten und stützte sich dabei auf einen zierlichen Stock. Die freie Hand hatte er auf seine Brust gepresst.

Er sollte nicht auf den Beinen sein, dachte Geraldine. Die Wunden waren kaum verheilt, aber es blieb ihnen keine andere

Wahl. Auf ihren und Frederiks Arm gestützt verließen sie über die Hintertreppe das Haus. Im Hof hatten sich bereits die anderen Bewohner versammelt. Aus den Dörfern eilten Menschen mit Eimern und Feuerpatschen herbei. Sie bildeten eine Eimerkette. Herr Aha übernahm das Kommando über die Löscharbeiten und befehligte mit lauter Stimme wie ein General seine Truppen. Maurice stand am Brunnen und schöpfte Eimer auf Eimer, aber es waren zu wenige Gefäße vorhanden, um die Kette ununterbrochen am Laufen zu halten.

Castagno wurde von Frau Aha und einem der Zimmermädchen in Empfang genommen, die ihn wegführten. Geraldine drehte sich zum Haus und betrachtete einen Augenblick sprachlos das Feuer. Aus den Fenstern im Erdgeschoss schlugen lichterloh die Flammen. Mehrere Fensterscheiben waren geborsten, gerade knallte wieder eine aus dem Rahmen heraus. In der Eingangshalle war rötlicher Feuerschein zu sehen. Auf dieser Seite des Herrenhauses hatten sich die Flammen bereits bis in den ersten Stock vorgefressen.

Die wissenschaftliche Arbeit ihres Vaters! Die Sammlungen im Erdgeschoss waren verloren, aber die Aufzeichnungen für sein Kompendium! Es durfte nicht alles ein Raub der Flammen werden. Geraldine schrie auf und rannte los. Die Hintertreppe auf dieser Seite des Herrenhauses war nicht mehr zu benutzen, also nahm sie die, über die sie und Frederik herausgekommen waren. Der Rauch im Haus reizte sie zum Husten, aber sie hielt sich einen der weiten Ärmel ihres Morgenmantels vor Mund und Nase, atmete flach durch den Stoff. Beinahe blind rannte sie die Treppe hinauf und den Flur im ersten Stock entlang. Je näher sie der Eingangshalle kam, desto heißer wurde die Luft.

Als sie die Galerie über der Halle betrat, riskierte sie einen kurzen Blick nach unten. Es kam ihr vor, als schaue sie in den

Schlund der Hölle und als wollten die Flammen nach ihren Knöcheln greifen. Ängstlich wich Geraldine zurück und wäre beinahe wieder umgedreht. Dann fasste sie Mut und rannte die Galerie entlang, so schnell sie die Beine trugen.

Gleich dahinter lagen das Studierzimmer ihres Vaters und die Bibliothek. An ihre eigene Sicherheit verschwendete sie keinen Gedanken. Sie eilte in das Studierzimmer und öffnete eines der vier großen bodentiefen Fenster. Es war heiß und Rauch drang durch die Tür herein, aber noch brannte nichts. Geraldine richtete ein kurzes Dankgebet an den heiligen Florian, ehe sie damit begann, die wissenschaftlichen Arbeiten ihres Vaters aus dem Fenster zu werfen. Sie ergriff, was ihr als erstes in die Finger kam und schleuderte es in hohem Bogen hinaus.

Mehrere Regalfächer leerte sie auf diese Weise, ehe man im Hof auf sie aufmerksam wurde. Ein Raunen ging durch die Menschen. Sie hielten inne und schauten zu ihr hoch, deuteten mit den Fingern nach oben.

»Geraldine!« In Frederiks Schrei lag so viel Verzweiflung, dass sie wie ein Dolch in ihre Brust schnitt.

Sie hielt aber nicht inne mit ihrem Tun, sondern warf eilig die nächsten Unterlagen aus dem Fenster. Ein zusammengeschnürtes Bündel Papiere warf sie nicht weit genug, es wurde ein Raub der aus dem Erdgeschoß züngelnden Flammen.

»Das ist Wahnsinn!«, rief Frederik. »Du musst sofort da weg!« Nun wollte auch er wieder in das brennende Haus laufen, um seine Verlobte zur retten, wurde aber von zwei kräftigen Landarbeitern daran gehindert.

Frederik kämpfte, um sich von ihnen zu befreien, schrie und belegte die Männer mit deftigen Namen. Die beiden schüttelten nur stumm die Köpfe.

Jemand schleppte eine Leiter herbei und lehnte sie gegen

die Hauswand. Sie reichte nicht bis an die Fenster im ersten Stock heran, sondern endete eine Beinlänge darunter. Jetzt ließen die Landarbeiter Frederik los, er stieß den Mann beiseite, der die Leiter geholt hatte und kletterte selbst nach oben, um Geraldine ein zweites Mal vor den Flammen zu retten.

Die warf weiter Unterlagen aus dem Fenster, obwohl der Rauch im Zimmer dichter wurde und der Boden immer heißer. Auf der Leiter stehend breitete Frederik die Arme aus. Mit einer Hand hielt er sich am Sandsteinvorsprung des Fenstersimses fest, die andere griff nach Geraldines Arm.

»Willst du verbrennen?«, rief er heiser. »Mich allein zurücklassen auf dieser Welt? Mein Leben ist ohne dich nichts wert. Ich komme zu dir herein, und wir sterben gemeinsam.«

Geraldine schüttelte heftig den Kopf. Was redete er da für einen Unsinn?

»Komm endlich! Ehe es zu spät ist!«, fuhr Frederik sie an. »Oder ich klettere zu dir rein!«

Sie warf einen weiteren Armvoll Bücher und Papiere nach draußen. Derweil spürte sie die Hitze durch die dünnen Sohlen ihrer Pantoffeln so sehr, dass ihr die Fußsohlen zu verbrennen drohte. Der Boden könnte mit ihr jeden Moment durchbrechen. Ein letztes Buch klemmte sie sich noch unter den Arm, ehe sie auf das Fensterbrett kletterte und sich von Frederik heraushelfen ließ. Ihr langer Morgenmantel mit den weiten Ärmeln behinderte sie. Dass die Leiter nicht bis ans Fensterbrett heranreichte, machte es ihr zusätzlich schwer. Frederik half ihr, die Füße sicher auf der obersten Sprosse zu platzieren und umfing dann ihre Beine mit einem Arm. Dennoch wagte sie es nicht, das Fensterbrett loszulassen.

»Du schaffst das«, machte er ihr Mut. »Du bist in ein brennendes Haus gerannt, ohne an dich zu denken, dann ist das hier ein Kinderspiel für deinen Mut.«

Vorsichtig löste sie eine Hand. Aufgeregte Schreie von unten ließen Geraldine das Fensterbrett wieder fester umklammern.

»Was ist passiert?«, fragte sie. Sie wagte es nicht, sich umzuschauen.

»Das Feuer im Erdgeschoss setzt gleich die Leiter in Brand«, antwortete Frederik gepresst. »Du musst dich beeilen. Nur Mut, Geraldine. Ich halte dich.«

Nun riskierte sie einen Blick nach unten und sah Flammen nach der Leiter züngeln. All ihren Mut zusammennehmend löste sie die Hände vom Fensterbrett, stützte sich nur an der Wand ab und kletterte auf die nächsttiefere Sprosse. Frederik hielt sie dabei und gleich darauf befand sie sich geborgen in seinen Armen. Gemeinsam stiegen sie nach unten und erreichten den Hof. Jemand trat die Leiter vom Fenster weg, ehe sie Feuer fing. Frederik führte seine Verlobte fort von dem brennenden Haus in die Mitte des Hofes. Er hielt dabei ihre Hand umklammert, damit sie ihm nicht noch einmal entwischte.

Maurice trat mit einem ernsten Gesicht auf sie zu. »Mademoiselle von Scholl«, begann er mit betretener Stimme.

»Mir ist nichts passiert, Sie müssen sich keine Sorgen machen.« Geraldine schenkte ihm ein Lächeln, von dem sie aber ahnte, dass es zittrig geriet. Sie fühlte sich schwach auf den Beinen, jetzt wo sie nicht mehr in unmittelbarer Gefahr schwebte.

»Darüber bin ich froh, wirklich sehr froh, Mademoiselle. Es geht um das Haus.« Maurice stockte einen Augenblick, als müsse er sich erst ein Herz fassen. »Das Haus ist nicht zu retten. Das Feuer breitet sich immer weiter aus. Wir können nur noch versuchen, ein Übergreifen auf die anderen Gebäude zu verhindern. Das ist es, was die Männer im Augenblick tun. Sie wollen die Ställe und Scheunen, die Meierei, die Gewächshäuser und alles andere retten. Es tut mir so leid, Mademoiselle.«

»Aber das ist – das ist genau das Richtige.«

»Aber das Herrenhaus ...«, hob Maurice an.

»Das kann wieder aufgebaut werden. Sie haben richtig entschieden, mein guter Maurice. Retten Sie, was sich retten lässt. Haben alle das Haus verlassen?« Geraldine schaute sich um.

Eine Eimerkette war endlich in Gang gekommen. Die Giebelwand des dem Herrenhaus am nächsten stehenden Pferdestalls wurde damit befeuchtet. Die Wand, die Dachschindeln troffen vor Nässe, der Weg zwischen beiden Gebäuden war ebenfalls nass und doch versuchten immer wieder vorwitzige Flammen, den Zwischenraum zu überspringen. Ein Guss aus einem Wassereimer verhinderte das jedes Mal.

»Die Bilder und Kleider, die seine Majestät ... unser gnädiger Kurfürst ... Sie sind noch im Haus«, begann Maurice wieder.

Geraldine war so damit beschäftigt zu Atem zu kommen, dass sie im ersten Augenblick nicht wusste, wovon er sprach. Dagegen verstand Frederik sofort.

»Niemand geht mehr ins Haus!«, bestimmte er und hielt Maurice energisch fest, als dieser sich umdrehen wollte.

Die dunkle Haut des ersten Dieners sah im Feuerschein grau aus, in seinem meist fröhlichen Gesicht hingen die Mundwinkel nach unten. »Was wird ...«, begann er.

»Ich will nicht noch jemanden aus dem Haus retten müssen.«

»Sie bleiben hier, Maurice«, befahl nun auch Geraldine.

KAPITEL 45

Sie nahm das Bild des brennenden Herrnhauses in sich auf. Es brannte sich in ihre Seele ein. Die Flammen hatten den Mittelteil und einen Flügel des Hauses erobert, loderten aus allen Fenstern. Die Scheiben waren geborsten. Es bestand kein Zweifel daran, dass eine Eimerkette nichts mehr ausrichten konnte. Jeder Eimer Wasser war nicht mehr als ein Tropfen auf den heißen Stein. Es war richtig, die Hofgebäude zu retten und den Rest der Vernichtung preiszugeben, dennoch trieb der Anblick Geraldine Tränen in die Augen. Sie riss sich mit Gewalt davon los.

»Haben alle das Haus verlassen?«, wollte sie erneut wissen.

Die meisten Menschen standen in der Eimerkette, andere verhinderten mit den Feuerpatschen ein Ausbreiten der Flammen. Die Luft war erfüllt von einem Brausen, das weithin zu hören sein musste. Maurice wurde immer noch von Frederik festgehalten und die Geschwister Aha waren ebenfalls da, der verletzte Castagno saß auf einem Hackklotz vor der Scheune mit den Holzvorräten und hatte das Gesicht in den Händen vergraben. Sie erblickte Gärtner und Zimmermädchen, den Koch mit einer der Feuerpatschen, andere Diener und Lakaien, Herr Ahas jungen Schreiber, Stallknechte und Landarbeiter. Von den meisten kannte sie nicht den Namen, und doch setzten diese Menschen für ihren Besitz das Leben aufs Spiel. Eine heiße Welle der Scham lief durch Geraldines Körper. Am liebsten hätte sie sich verkrochen.

Bis ihr etwas auffiel. »Janne? Wo ist Janne? Ich sehe sie nirgends!«

Frederik stand längst nicht mehr neben ihr, sondern hatte sich mit Maurice in die Eimerkette eingereiht, aber Frau Aha hatte ihre Frage gehört. Sie schaute sich ebenfalls um.

»Ich sehe sie auch nicht.«

Geraldine und ihre Hausdame, die junge und die ältere Frau, standen mit wirren Haaren und nach Rauch stinkenden Morgenmänteln nebeneinander im Hof. Suchend ließen sie ihre Blicke schweifen. Das Feuer hatte die Nacht so weit erhellt, dass alle gut zu erkennen waren. Janne befand sich nicht unter den Menschen auf dem Hof. In diesem Moment stürzte krachend der Dachstuhl des einen Seitenflügels ein. Gleich darauf folgte der über der großen Eingangshalle. Es war ein Krachen und Bersten, das Geraldine durch Mark und Bein ging. Gesplitterte Dachziegel und rauchende Holzstücke regneten in den Hof. Die Menschen wichen zurück. Mehrere Schreie ertönten, als jemand getroffen wurde. Die Eimerkette geriet für einen Augenblick ins Stocken, um gleich darauf mit größerer Kraft fortgesetzt zu werden.

Geraldines Blick glitt über das Herrenhaus. Sie stockte. An einem der Fenster im zweiten Stock … Es sah so aus, als stände dort eine einsame Gestalt. Mit einem zitternden Finger deutete sie hinauf. »Janne«, flüsterte sie dazu.

Frau Aha hatte die einsame Gestalt am Fenster ebenfalls entdeckt. »Um Himmels willen!«, entfuhr es ihr. »Herr sei barmherzig und halte deine Hände über uns, jetzt und immerdar.«

»Wo sind die Kinder? Rikarda und Simon Andreas?«

»Ich habe sie gesehen mit dem … dem jüngsten Küchenmädchen. Da sind sie.« Ein zitternder Finger der Hausdame deutete auf drei kleine Gestalten, von denen die eine die Arme um die beiden anderen gelegt hatte. »Dem Himmel sei Dank, sie sind in Sicherheit.«

»Janne!«, schrie jemand in der Eimerkette auf. Gleich darauf schleuderte der Mann sein ledernes Gefäß davon und rannte auf das Haus zu. Im Feuerschein glänzte sein geschwärztes Gesicht. »Janne!«

Es war Hann, und bevor jemand ihn aufhalten konnte, verschwand er in dem brennenden Gebäude.

Bange Minuten des Wartens begannen. Geraldine ließ die Augen nicht von Janne, während sie überlegte, ob ihre Zofe nicht über das Dach gerettet werden könnte, indem man sie hinaufzog. Nur, wie sollten die Retter dorthin kommen?

Obwohl sie Janne nicht aus den Augen ließ, überraschte es sie dann doch, als die junge Frau vom Fenster verschwand. Ein Raunen ging durch die Menschen, übertönt vom Brausen der Flammen. Wie ein Geist vom Feuer umrahmt erschien plötzlich Janne in einer Seitentür. Sie stolperte ein paar Schritte nach draußen, ehe sie zusammenbrach. Auf die Hitze nicht achtend rannte Geraldine zu ihr, stützte sie und führte sie fort aus der Nähe des brennenden Hauses, dorthin, wo der Maler Claudio Castagno hockte und die Arme um den Oberleib geschlungen hielt. Er schaute kaum auf, als die beiden Frauen in seiner Nähe stehen blieben und einander umarmten.

»Hann ist da drin«, schluchzte Janne.

»Was sich für ihn tun lässt, wird getan werden«, versprach Geraldine.

»Da geht nichts mehr.« Janne schluchzte lauter und lehnte sich in Geraldines Arme. »Ein brennender Balken hat ihn unter sich begraben. Er konnte mir nur noch zurufen, ich solle laufen.« Sie barg das Gesicht in den Händen und war kaum zu verstehen. »Ihn kann nichts mehr retten. Ich hätte ihn nicht allein lassen dürfen, aber ich bin einfach gerannt.«

»Das hast du richtig gemacht. Bete für Hanns Seele.« Geraldine streichelte Jannes nach Rauch riechendes wirres Haar. »Deine Kinder brauchen dich jetzt.«

Gemeinsam falteten die Frauen die Hände. Gesenkten Kopfes sprachen sie ein Vaterunser für Hann.

* * *

Noch während Geraldine und Janne beteten, stürzte krachend der restliche Dachstuhl zusammen. Die Menschen wichen schreiend zurück. Brennende Balken und geborstene Dachziegel regneten zum zweiten Mal auf den Hof. Funken stoben in den Nachthimmel.

Der Wind trieb etliche davon auf das Dach des Pferdestalles und der angrenzenden Meierei. Herr Aha rief nach mehr Eimern, und dass die Männer mit den Feuerpatschen sich bereithalten sollten. Die Schindeldächer waren jedoch gut durchfeuchtet, und die Funken verglühten.

Janne schloss ihre beiden Kinder in die Arme, die das Küchenmädchen zu ihr brachte. Geraldine stand daneben und betrachtete die kleine Familie. Janne hielt den Jungen im Arm. Er schaute mit großen Augen zu seiner Mutter auf, ohne zu begreifen, dass er gerade Halbwaise geworden war. Rikarda hatte wie ihre Mutter die Hände gefaltet und ihre Lippen bewegten sich im Gebet. Tränen liefen über die kleinen Wangen, aber die Fünfjährige gab sich alle Mühe, tapfer zu sein und nicht laut zu weinen. Das Bild war so anrührend, dass Geraldine beinahe selbst die Tränen kamen.

»Das ist ein schreckliches Unglück«, flüsterte Castagno neben ihr mit rauer Stimme. »Gehen Sie und kümmern Sie sich um alles andere, ich nehme mich der jungen Frau an.«

Geraldine hatte nicht vergessen, wie der Maler Janne schöngetan hatte und warf ihm einen prüfenden Blick zu. In der vom Feuer erleuchteten Nacht drückte seine Miene nichts als ernst gemeinte Hilfsbereitschaft aus. Sie nickte.

In der Nähe des Herrenhauses waren die Löscharbeiten eingestellt worden. Trotzdem standen die Männer mit wassergefüllten Eimern wachsam da. Frederik kam zu ihr. Die nackten Füße steckten in hölzernen Pantoffeln, die ihm zu groß waren und seinem Gang etwas Entenhaftes verliehen. Vom Morgenmantel waren nur noch nach Rauch stinkende Fetzen übrig, das Nachtgewand darunter schmutzig. Das alles bemerkte Geraldine nur am Rande, sie nahm sein Gesicht in ihre Hände und wollte ihn küssen, störte sich nicht an den Zuschauern im Hof.

»Ich bin schmutzig, kleine Nilje«, wehrte er ab.

»Das kümmert mich nicht. Ich bin froh, dass es dir gut geht. Dass du unverletzt bist, nur deine Haare und Augenbrauen haben gelitten.« Sie hob die rechte Hand und strich über sein Gesicht. »Ich kann das alles nicht glauben. Das Haus …«

Er streifte ihre Hände ab und hielt sie fest. »Das tut mir leid, kleine Nilje, ich habe es nicht verhindern können.«

»Was …?«

Er berichtete von den zwei Männern, die er im Erdgeschoss überrascht hatte. Wie sie geflohen waren, als das Feuer außer Kontrolle geriet. Dass er niemanden habe erkennen können, weil sie Masken trugen und obendrein die Gesichter geschwärzt hatten. Genau in diesem Moment setzte heftiger Regen ein, der im Nu alle durchnässte und gegen das Feuer mehr ausrichtete, als es die Männer mit ihren Eimern und Feuerpatschen vermocht hatten.

Die Nacht wurde vom Morgen abgelöst. Das Herrenhaus war eine rauchende Ruine, in der irgendwo Hann Schneider lag. Eigentlich unfassbar, dass alle anderen sich aus dem brennenden Inferno hatten retten können. Viele der Männer aus den Dörfern waren nach Hause gegangen, andere hielten Brandwache. Sie löschten vereinzelte Glutnester, um ein erneutes Aufflammen des Feuers zu verhindern. Es hatte nicht einmal eine Nacht gebraucht, um aus dem stolzen Herrenhaus der Familie von Scholl ein rauchendes Gerippe zu machen. Schwarze Wände, kahle Fensteröffnungen ragten in den Himmel. Verkohlte Balkenreste lagen auf der Terrasse und im Hof. Die Ställe und die Wirtschaftsgebäude standen noch, das war das Wichtigste. Das Rittergut konnte weiter bewirtschaftet werden, versuchte Geraldine sich Mut einzureden.

Es gelang ihr nur schlecht. Zerstört war, was ihr Vater ein Leben lang aufgebaut hatte. Nicht einmal ein Jahr hatte sie es bewahren können. Ihr stiegen Tränen in die schmerzende Kehle. Ihre Farben und Pinsel, die Scherben, ihr Patent aus der Porzellanmanufaktur. Alles weg! Wie sollte es jetzt weitergehen? Sie besaß nur, was sie am Leib trug. Durfte sie sich noch als Frederiks Verlobte betrachten? Sollte doch ihr Halbbruder die Kühe und Felder nehmen und damit glücklich werden.

Sie schaute sich um, und ihr Blick blieb an Frederik hängen. Er stand mit Herrn Aha zusammen und diskutierte eifrig. Ein in Schwarz und Grau gekleideter Mann trat zu den beiden. Sein scharfer Gesichtsausdruck kam Geraldine bekannt vor, aber sie konnte sich nicht erinnern, wo sie ihn zuvor gesehen hatte.

Er verneigte sich leicht vor Frederik und redete dann auf ihn und den Verwalter ein. Seine Worte wurden von ausschweifenden Gesten begleitet. Frederik kämmte sein Haar mit den Fingern, fuhr sich müde über das Gesicht und hinterließ Schmutzstreifen auf den Wangen, nickte jedoch. Diese

Gesten machten Geraldine schmerzlich klar, dass er der Mittelpunkt ihres Daseins war. Ohne ihn war alles nichts wert, und sie könnte nie genug Kerzen anzünden, um den Heiligen für das Leben ihres Verlobten zu danken.

Frederik beendete das Gespräch und kam zu ihr herüber. »Dieser Herr ist Leonhard Johann Pfeiffer, der örtliche Schulmeister. Er hat angeboten, dich in seinem Haus aufzunehmen, bis du eine angemessene Unterkunft gefunden hast. Seine Frau wird froh sein, dich mit allem Nötigen zu versorgen.«

»Und du? Wo kommst du unter? Und die anderen? Janne und die Kinder?« Die Fragen prasselten aus Geraldine heraus.

»Deine Zofe hat ein Haus, in dem sie mit den Kindern leben kann. Ich bin mir sicher, du wirst es ihnen lassen.«

»Ich … Natürlich. Sie sollen weiter in dem Haus wohnen. Aber Maurice, die Geschwister Aha?«

»Sie werden unterkommen. Die Menschen im Käbschütztal sind hilfsbereit. Ich bin sicher, dass sich in eben diesem Moment schon etwas für sie gefunden hat.«

»Und du?«

»Für mich wird sich auch etwas ergeben. Ich brauche nicht mehr als ein Bett.« Er streichelte ihre Wange. »Du hast da Schmutz«, murmelte er dabei.

»Du kannst auch bei Herrn Pfeiffer unterkommen. Ohne dich gehe ich dort nicht hin.«

»Nilje, du musst einsehen, dass das nicht geht. Wir sind nicht verheiratet und können nicht zusammen in einem Haushalt unterkommen. Nicht in einem Haus wie dem des Lehrers, von dem niemand glaubt, dass es über zwei Gästezimmer verfügt. In den Augen der Leute wäre das Sodom und Gomorrha. Gerede können wir in unserer Situation nicht brauchen.«

»Das ist mir egal. Ich gehe nirgendwohin ohne dich.«

»Ich bin in der Nähe. Kleine Nilje, es muss sein. Wir werden uns jeden Tag sehen. Geh mit Herrn Pfeiffer.«

KAPITEL 46

*A*m Ende legte Geraldine ihre Hand auf den dargebotenen Arm des Schullehrers. Der schritt an ihrer Seite würdevoll aus, als begleite er eine Dame auf einen Ball.

Sie mussten ein seltsames Bild abgeben: er in seinem strengen dunklen Rock mit ebensolcher Weste und sie in einem in Fetzen an ihr herunterhängenden Morgenmantel. Darunter trug sie ein Nachthemd und lädierte Pantöffelchen. Geraldine hielt den Kopf hoch, dabei verspürte sie kaum die Kraft, aufrecht zu gehen. Sie vermisste Frederik, obwohl sie wusste, wie recht er hatte, auf getrennten Wohnungen zu bestehen.

Das Pfeiffersche Haus verfügte über zwei Stockwerke und war dem des Ehepaars Teuchert nicht unähnlich. Der größte Unterschied bestand darin, dass eine Hälfte des Erdgeschosses das Klassenzimmer beherbergte, in dem Pfeiffer der Arbeit nachging. Den Rest des Hauses bewohnte der Lehrer mit seiner Familie. Hinter dem Haus erstreckte sich ein großer Krautgarten, in dem in ordentlichen Reihen Zwiebeln, Erbsen und Bohnen wuchsen. Letztere rankten an Holzgestellen entlang. Im Hof direkt hinter dem Haus scharrten Hühner im Staub. Ein rotgoldener Hahn wachte über die Hennen. In einer Ecke schnatterten Gänse in einem kleinen Gehege. Ihr ehemals weißes Gefieder war schmutzig braun. Auch ein Schwein grunzte in einem Koben. Von ihm war nur das Hinterteil zu sehen, alles anderes steckte in einem Tontrog. Geraldine wähnte sich eher auf einem kleinen Bauerngut als im Haushalt eines Lehrers.

Die Pfeifferin war eine zierliche, verhärmt wirkende Frau. Sie empfing ihren Gast herzlich, sah über Geraldines derangierten Aufzug nicht nur hinweg, sondern nahm sie sofort mit in das obere Stockwerk. Zwei Kammern gab es dort, in denen die sechs Kinder des Ehepaares schliefen. In die Schlafstube der Eheleute mit einer davorliegenden kleinen Stube wurde Geraldine geführt.

Ein weiß bezogenes, einladendes Bett beherrschte den Raum. Auf einem der Kopfkissen lag ein Nachthemd, daneben eine Nachthaube. Deren Anblick entlockte Geraldine ein schmales Lächeln. Die älteste Tochter brachte einen mit Wasser gefüllten Krug und stellte ihn auf einer Kommode neben einer tönernen Waschschüssel ab. Ein kleineres Mädchen legte einen Stapel sauber gewaschene, mehrfach geflickte Leinentücher daneben. So lautlos wie beide Kinder das Zimmer betreten hatten, verschwanden sie auch wieder.

»Sagen Sie, wenn Sie noch etwas benötigen, gnädige Frau«, sagte die Pfeifferin in einem derart vorsichtigen Tonfall, als könnte jedes normal gesprochene Wort zu viel für Geraldine sein. »Ich lasse Sie allein, damit Sie sich ausruhen können. In der guten Stube unten wartet jederzeit eine warme Mahlzeit auf Sie.« Die Lehrersgattin folgte ihren Töchtern.

Geraldine streifte den Morgenmantel von den Schultern. Wie ein Häufchen Asche knäulte er sich auf dem Boden zusammen. Niemand räumte ihn weg. Sonst war immer Janne da, um diese kleinen Handreichungen für sie zu erledigen. Janne, die nun … Tränen trübten Geraldines Sicht. Mit dem nicht mehr sauberen Ärmel ihres Nachthemdes wischte sie sie fort und schob das nach Rauch riechende Kleidungsstück mit dem Fuß unter einen Sessel in der Stube, ehe sie aus dem bodenlangen Nachthemd schlüpfte.

Darunter trug sie nur noch ein hauchzartes Unterhemd und

die Unaussprechlichen. Beide folgten den anderen Kleidungsstücken auf die Dielen. Dann trat Geraldine an die Kommode heran und goss Wasser aus dem Krug in die Schüssel. Seife gab es nicht, also feuchtete sie nur eines der Tücher an und wusch damit Hals und Gesicht, danach den restlichen Körper. Mit zwei weiteren Tüchern trocknete sie sich ab. Das Wasser hatte bereits eine trübe Färbung angenommen, aber es gab kein anderes, um die Haare darin auszuspülen. Das letzte trockene Leinentuch wickelte sie wie einen Turban um den Kopf.

Obwohl sie sich danach weit besser fühlte, schien ihre Kraft endgültig aufgebraucht. Sie taumelte und musste sich an der Kommode festhalten. Wie sie von dort aus zum Bett kam, wusste sie nicht. Das Nächste, was sie wahrnahm, war, dass sie auf der Bettkante saß, im Federbett beinahe bis unter die Achseln versank und versuchte, sich das bereitgelegte Nachthemd über den Kopf zu ziehen. Es wollte nicht gelingen. Ungeduldig zupfte Geraldine an den wollenen Stoffmassen herum, bis es ihr zu viel wurde, und sie nackt unter die Decke kroch. Sowie ihre Wange das Kopfkissen berührte, war sie eingeschlafen.

Geraldine erwachte mit einem pelzigen Gefühl im Mund und von ungewohnten Geräuschen. Sie kamen aus dem Stockwerk unter ihr und es hörte sich an, als sprächen ein Dutzend oder mehr Stimmen im Chor. Zunächst leckte sie über die Lippen und machte Schluckbewegungen, um ihren Gaumen zu befeuchten. Ihr Speichel war jedoch zäh, weshalb das pelzige Gefühl blieb. Sie setzte sich halb im Bett auf und schaute sich um. Vor beiden Fenstern leuchtete eine goldene Nachmittagssonne. Das Zimmer kam ihr fremd vor, es war nicht halb so groß wie ihr eigenes Schlafzimmer. An diesem Punkt löste sich das Knäuel ihrer Gedanken; sie wusste wieder, dass sie im Haus des Schullehrers Pfeiffer im Bett saß, weil das

Herrenhaus abgebrannt war. Nun wusste sie auch wieder, dass sich ihr Schlafzimmer über dem Klassenraum befand und unten der Nachmittagsunterricht abgehalten wurde. Geraldine gestattete es sich, einen Moment zu lauschen, ehe sie die Beine aus dem Bett schwang.

Es blieb ihr nur übrig, in das von der Pfeifferin bereitgestellte Nachthemd zu schlüpfen. Obwohl die Frau dürr war, war das Hemd weit und Geraldine viel zu lang. Mit dem noch brauchbaren Gürtel ihres Morgenmantels band sie es zu einer passenden Länge zurecht und krempelte die Ärmel um. Sie war keineswegs angemessen gekleidet, um das Zimmer zu verlassen. Zumindest den Morgenmantel hätte sie noch überziehen müssen. Der war jedoch voller Brandlöcher und stank nach Rauch. Sie brachte es nicht über sich, ihren Körper darin einzuhüllen, sondern ließ ihn unter dem Sessel liegen. Anschließend kämmte sie das noch feuchte Haar mit den Fingern und merkte dabei, wie hungrig sie war. Ihr Magen verlangte unmissverständlich knurrend sein Recht.

Zögerlich verließ sie das Schlafzimmer, stieg die Treppe hinunter ins Erdgeschoß. Drei Türen gingen vom Flur ab. Eine befand sich allein auf einer Seite, und hinter der war das Murmeln der Schüler zu hören, plötzlich unterbrochen von der lauteren Stimme des Schulmeisters und dem Klatschen seines Rohrstocks. Bevor sie sich für eine der beiden anderen Türen entscheiden konnte, wurde die hintere geöffnet und die Pfeifferin trat heraus. Hinter ihr lugten zwei kleine Kindergesichter hervor. Beide hatten schulterlange Haare und niedliche Stupsnäschen. Geraldine konnte nicht entscheiden, ob es Jungen oder Mädchen waren. Die Pfeifferin scheuchte die beiden zurück in die Küche, ehe sie vor der Brust die Hände rang.

»Du lieber Himmel, gnädige Frau! So geht das gar nicht! Ich werde Ihnen mit einem meiner eigenen Kleider aushelfen.

Außerdem habe ich mir erlaubt, während Sie geschlafen haben, zum Schneidermeister Kantstein zu schicken, damit er sich bereit hält, Ihnen hurtig ein oder zwei Gewänder zu schneidern. Das ist natürlich nicht, was Sie gewohnt sind, gnädige Frau, aber er liefert recht ordentliche Arbeit zu einem anständigen Preis ab. Ich lasse alles bei ihm nähen. Sie müssen nur ein Wort sagen, und der Mann ist in einer halben Stunde hier. Er kann Ihnen morgen Vormittag das erste Kleid liefern. Nur ein Wort, gnädige Frau.«

»Ich würde vorher gerne etwas essen.«

»Wie die gnädige Frau wünschen. Ich werde Ihnen eines meiner eigenen Kleider leihen. Und einen Morgenmantel. Die gnädige Frau können darüber verfügen, als gehörten die Sachen Ihnen.« Die Pfeifferin schritt voran und öffnete die vordere Tür in die gute Stube.

Die präsentierte sich überfüllt, aber auch überraschend kostbar eingerichtet. An einem Kopfende des Tisches war ein Gedeck aufgelegt. Die hellbraune Tischplatte glänzte, dass Geraldine sich darin spiegeln konnte, und der Teller bestand aus Meißner Porzellan schlechter Qualität und unbemalt. Außerdem stand ein Schrank aus dem gleichen hellbraunen Holz an einer Wand und zwischen den beiden nach vorne hinausgehenden Fenstern eine schmale, hochbeinige Kommode. In eine Ecke neben der Tür drückten sich noch ein Sofa, ein niedriger Tisch und ein Sessel. Alles nicht mehr neu, aber von guter Qualität. Und in der letzten freien Ecke stand ein Ofen. Der Raum diente als Esszimmer und Stube gleichermaßen. War beides nicht richtig und ließ kaum genug Platz, um in jede Ecke zu gelangen. Geraldine fühlte sich bedrängt, sie behielt ihre Gedanken jedoch für sich.

Die Pfeifferin flatterte davon und kam gleich darauf mit einem Morgenmantel zurück, den Geraldine sich zweimal um den Leib hätte wickeln können und die Lehrersgattin sicher ebenso. Die Ärmel musste sie mehrfach umschlagen. Sie zog den Morgenmantel dennoch an, denn alles war besser, als im Nachthemd am Tisch zu sitzen. Es wurde ihr gleich darauf eine Karottensuppe gebracht. Die war verkocht, weil sie wahrscheinlich den ganzen Tag darauf gewartet hatte, serviert zu werden.

Geraldine störte sich nicht daran. Sie vergaß auch, dass vornehme Damen immer nur winzige Portionen aßen, sondern löffelte die Suppe schnell und tief über den Teller gebeugt. Danach wurde ihr ein zarter Schinkenbraten mit einem Brotpudding und einer Essigsauce serviert. Sie ließ sich auch hier ordentlich auflegen. Nachdem sie auch diesen Gang verspeist hatte, stellte sich ein Sättigungsgefühl ein. Ihr wurden aber noch saftige, eingekochte Birnen hingestellt, denen sie nicht widerstehen konnte.

Für ihre Garderobe blieb Geraldine nichts anderes übrig, als auf die Dienste Meister Kantsteins zurückzugreifen. In erstaunlich kurzer Zeit erschien er im Schulhaus. Er nahm ihre Maße und versprach ihr, schon am nächsten Tag ein Kleid zu liefern. Alle anderen Arbeiten würde er zurückstellen, um sich ganz dem Anliegen der gnädigen Frau zu widmen.

Während der Schneider noch bei Geraldine war, traf Frederik im Schulhaus ein. Die beiden Verlobten lagen sich gleich darauf in den Armen, küssten sich atemlos und waren einfach nur froh, einander zu haben. Frederik war einstweilen in der oberen Mühle untergekommen und hatte vom Müller Plogsch dessen Sonntagsanzug ausgeliehen. Alles war ihm etwas zu kurz und zu weit.

Außerdem hatte er in zwei Holzkisten die von Geraldine aus dem Haus geretteten Unterlagen ihres Vaters dabei.

Gemeinsam schauten sie sich den Inhalt der Kisten an. Ausnahmslos alle Papiere und Bücher waren schmutzig, vieles feucht. Geraldine streichelte sie dennoch wie wiedergefundene Kinder.

»Es ist wenig«, murmelte sie. »Warst du beim Haus? Vielleicht ist noch etwas zu retten?«

»Ich war dort. Vom Haus stehen noch die Mauern, aber alles ist noch viel zu heiß, um reinzugehen. Wir brauchen Geduld. Die Männer halten Brandwache. Aus Meißen wird jemand kommen, um das Unglück zu untersuchen. Immerhin ist in dem Feuer ein Mensch zu Tode gekommen.«

»Kommt Kreisamtmann Fleuter?«

»Er wird einen seiner subalternen Beamten schicken.«

»Ich will bei der Untersuchung dabei sein, sobald ich wieder im Besitz eines Kleides bin, mit dem ich mich in der Öffentlichkeit sehen lassen kann.«

»Das musst du nicht, Nilje. Das Haus ist kein schöner Anblick. Herr Aha wird sich darum kümmern, und ich bin auch noch da.« Frederik schaute sie besorgt an. Er ergriff ihre schmalen Hände und barg sie in seinen.

Es wäre so einfach, ihm zuzustimmen, aber der einfache Weg war noch nie Geraldines gewesen. Deshalb schüttelte sie den Kopf. »Ich muss es selbst sehen. Es ist mein Erbe und meine Verantwortung. Unsere Verantwortung.«

»Meine Nilje. Ich habe nichts anderes von dir erwartet.«

Meister Kantstein hielt Wort und lieferte am nächsten Tag ein einfaches dunkelgraues Kleid aus einem glänzenden Taft. Es war ein Trauerband dabei, das Geraldine sich um den Oberarm band. Sie trug es für ihnen Vater und für Hann Schneider.

KAPITEL 47

$\mathcal{O}$bwohl Frederik sie noch einmal gewarnt hatte, ließ Geraldine es sich nicht nehmen, zwei Tage später zum Herrenhaus zu gehen, um bei Hann Schneiders Bergung dabei zu sein. Janne war mit den beiden Kindern ebenfalls gekommen. Sie stand in sicherer Entfernung und hatte ein Taschentuch an ihre Augen gedrückt. Aus Meißen war ein junger Beamter der Kreisamtmannschaft angereist, der seine Nervosität hinter besonderer Pedanterie verbarg. Er wusste von dem Erbschaftsstreit mit Peter von Scholl und scheute sich nicht, gegenüber Geraldine anzudeuten, sie könnte etwas mit dem Feuer zu tun haben, um Haus und Hof nicht ihrem Halbbruder übergeben zu müssen. Wutschäumend wies Frederik den Burschen zurecht und schüchterte ihn so ein, dass er noch pedantischer wurde.

Gemeinsam mit Frederik, Herrn Aha, zwei Männern mit einer Tür als Trage und dem Kreisbeamten betrat Geraldine das Herrenhaus. Sofort hinter der Eingangstür versperrten ihnen verkohlte und herabgestürzte Dachbalken den Weg. Überall lagen geborstene und von der Hitze verbogene Dachziegel herum. Sie mussten sich unter einigen Balken hinwegducken, über andere hinübersteigen.

Die polierten Marmorplatten, aus denen einst der Boden der Eingangshalle bestanden hatte, waren gesprungen; die Möbel nur noch Aschehaufen, aus denen zusammengeschmolzene Scharniere oder Türgriffe ragten. Geraldine fand jedoch auch einen völlig unversehrten Griff, in dem sogar noch ein Nagel hing, mit dem er einst befestigt gewesen war. Sie nahm das als ein gutes Zeichen und steckte ihn ein. Bei jedem Schritt staubte Asche empor, oder Reste von Dachziegeln knirschten unter den Schuhsohlen.

Hann Schneiders Leichnam wurde im Gang mit den Salons und der Bibliothek gefunden. Genau wie Janne es beschrieben hatte, lag er unter einem herabgestürzten Balken. Geraldine nahm ihr Herz in beide Hände und schaute hin. Sie wollte sich nicht schonen, sondern sich als würdige Rittergutsbesitzerin erweisen, die bei einem Unglück nicht zusammenbrach.

Das verkohlte Etwas war nicht mehr als Mensch zu erkennen. Es hätte auch ein seltsam geformter Baumstamm sein können. Schwarze, ledrige Haut umspannte die Knochen. Wo der Balken Hann Schneider getroffen hatte, war von ihm nur Asche geblieben. Obwohl er nur noch wenig Ähnlichkeit mit einem Menschen hatte, war doch zu erkennen, dass sein Tod schrecklich gewesen sein musste. Die Hände waren zu Klauen verkrümmt, der Mund zu einem Schrei geöffnet, die Augäpfel geschmolzen. Geraldine musste sich abwenden.

Im Hintergrund warteten die beiden Männer mit der Tür und hielten sich die Nasen zu. Denn natürlich sah nicht nur alles verbrannt aus, sondern roch auch entsprechend. Der Kreisbeamte richtete sich schließlich auf und gab ihnen einen Wink. Wenig behutsam legten sie Hanns Überreste auf die Tür und eilten mit ihm zum Ausgang. Der Kreisbeamte und Herr Aha folgten langsamer.

»Wir sollten auch gehen. Hier gibt es nichts mehr für uns, kleine Nilje«, sagte Frederik. »Das ist schlimmer, als ich gedacht habe.«

Entschlossen schüttelte Geraldine den Kopf. Sie wollte alles ansehen und versuchen, noch etwas vom Besitz ihres Vaters zu retten.

In den Salons hatte das Feuer nicht so schlimm gewütet,

wie in der Eingangshalle und dem Flur. Schränke waren teilweise nur angekohlt, standen jedoch noch auf ihren Beinen. Je weiter sie sich von der Eingangshalle entfernten, desto mehr Dinge schienen das Feuer überstanden zu haben.

Das galt allerdings nicht für die Bibliothek. Die war komplett ein Raub der Flammen geworden. Alles, wirklich alles war vernichtet. Frederik ließ sie nur einen kurzen Blick hineinwerfen und zog sie weiter. Total zerstört waren auch die Räume, in denen ihr Vater seine Sammlungen aufbewahrt und das Feuer seinen Anfang genommen hatte. Geraldine hatte das nach der Schilderung ihres Verlobten erwartet, aber es nun mit eigenen Augen zu sehen, machte es noch einmal schlimmer. Sie schluchzte trocken auf, wollte aber nichts davon hören, das Haus zu verlassen.

»Wir brauchen dein Leumundszeugnis und das juristische Gutachten«, sagte sie. »Und ich will schauen, ob noch etwas aus meinem Atelier zu retten ist.«

»Deinen Dispens?«

»Den habe ich mit den Unterlagen meines Vaters zusammen aus dem Haus geworfen.«

»Zum Glück«, erwiderte Nehmitz. »Ich wäre mir nicht sicher, ob Meister Höroldt bereit wäre, ihn ein weiteres Mal auszustellen.«

»Das ist jetzt nicht wichtig. Wo hast du dein Leumundszeugnis aufbewahrt?«

»In meinem Zimmer.«

Es befand sich über den Räumen mit den zerstörten Sammlungen. Dieser Teil des Hauses im zweiten Stock war auch sehr stark verbrannt. Der Boden war komplett zerstört und eingestürzt. Von Frederiks Schlafzimmer war nichts weiter vorhanden als verkohlte Balken und geschwärzte Wände. Nach einem Leumundszeugnis oder einem juristischen Gutachten brauchte er hier nicht zu suchen. Er drehte sich um und schüttelte auf Geraldines stumme Frage hin den Kopf.

Ihr eigener Schlafraum war weniger stark vom Feuer zerstört, aber darin war nichts mehr zu gebrauchen. Als Andenken fanden sie einige Stücke aus der Porzellansammlung ihres Vaters. Stellenweise war die Glasur verbrannt, sonst hatten sie das Feuer beinahe unversehrt überstanden.

»Eine besondere Patina«, nannte Geraldine es und wickelte die kleinen Kostbarkeiten in angesengte Leibchen aus einer Kommode ihres Ankleidezimmers. Im Arbeitskabinett Ritter von Scholls und in ihrem Atelier war alles ein Raub der Flammen geworden. Die Porzellanfarben in ihren Tiegeln waren zu einer glasharten Masse zusammengeschmolzen, die ein hohles Geräusch von sich gaben, wenn man sie mit dem Fingernagel antippte. Neben den Unterlagen ihres Vaters, die sie nicht hatte retten können, tat es ihr am meisten um ihre Skizzen leid. Teilweise stammten sie noch aus ihrer Kölner Lehrzeit. Viele hatte sie in Meißen oder während ihrer Zeit in der Dresdner Friedrichstadt angefertigt. Andere waren neueren Datums und alle ein Raub der Flammen geworden. Frederik erkannte ihren Kummer und legte ihr seinen Arm um die Schultern, flüsterte ihr ihren Kosenamen ins Ohr.

Im wenig zerstörten Teil des Hauses befand sich der Salon, in dem Geraldine die vom Kurfürsten gesandten Kleider und Bilder aufbewahrte. Zwar roch alles nach Rauch und war schmutzig, aber sie atmete unendlich erleichtert auf, dass sie nicht nach Dresden reisen musste, um Friedrich August die Zerstörung seiner Gaben beichten zu müssen.

Das Untergeschoß hatte das Feuer am besten überstanden. Die Küche und die Vorratskammern, die Geschirr- und Wäschekammern, der Aufenthaltsraum für das Personal wären nach einem gründlichen Putz wieder benutzbar. Das Gleiche galt für die darunterliegenden Keller, in denen von der Hitze des Feuers nichts zu spüren war. Die Luft legte sich feucht und kühl wie immer auf Gesicht und Hände.

»Der Weinkeller hat es überlebt«, stellte Frederik fest und ließ den Blick über die langen Regale voller Flaschen wandern. »Du solltest sie bergen lassen. Der Wein stellt einen erheblichen Wert dar und könnte Langfinger anziehen.«

»Wir nehmen eine Flasche mit.« Aufs Geratewohl griff Geraldine nach einer und zog sie aus dem Regal.

Ohne dass zwischen ihnen ein Wort gewechselt werden musste, strebten sie beide dem Rosengarten zu und setzten sich auf die Bank, auf der Geraldine Frederiks Heiratsantrag empfangen hatte. Er nahm ihr die Weinflasche aus der Hand und begann mit einem kleinen Federmesser am Korken herum zu pulen. Erst brach der Korken ab und dann das Messer. Mit einem dünnen Stock stieß er die Reste in die Flasche hinein und gab sie Geraldine.

Ohne Zögern setzte die sie an den Mund und trank einen langen Schluck. Danach gab sie ihrem Verlobten die Flasche.

Er betrachtete sie in seiner Hand. »Ich habe noch nie in meinen Leben Wein aus der Flasche getrunken.«

»Dann wird es Zeit für diese Erfahrung. Das vornehme Leben ist nicht alles.«

»Damit hat es nur wenig zu tun. Wenn es uns an Gläsern mangelte, hatten wir auch keinen Wein zum Trinken.« Mit einer komischen Miene gespielter Verzweiflung setzte er die Flasche an.

Sein Adamsapfel hüpfte dabei. Erst nach geraumer Zeit ließ er die Flasche sinken. Sie war nun etwa zu einem Drittel leer. »Ich könnte mich daran gewöhnen, auf ein Glas zu verzichten.«

Geraldine nahm sie nun wieder an sich und trank in kleinen Schlucken. Die Flasche wechselte zwischen ihnen hin und her, bis sie leer war. Danach lehnte Geraldine an Frederiks Schulter und fühlte sich angenehm träge. Die Welt war hinter einem Seidenschleier verborgen, den sie nur mühsam mit Blicken durchdringen konnte. Zunächst versuchte sie es, aber nach kurzer Zeit erschien es ihr nicht mehr der Mühe wert. Frederik erzählte etwas, aber es erschien ihr nach kurzer Zeit nicht mehr der Mühe wert, sich auf die Worte zu konzentrieren. Seiner Stimme zu lauschen, genügte ihr.

»Geraldine!«, sagte er nach einiger Zeit in einem Tonfall, bei dem es ihr selbst in ihrem trägen Zustand nicht gelang, ihn an sich vorbeirauschen zu lassen.

»Was denn?«, wollte sie fragen, war sich jedoch nicht sicher, ob die Worte ihren Mund verließen.

»Um Himmels willen, du bist am helllichten Nachmittag betrunken. Ich hätte dir nicht diesen Wein geben sollen.«

»Ich habe ihn mir genommen«, sagte sie langsam und betonte jedes einzelne Wort.

»Auch das hätte ich nicht zulassen dürfen. Was sollen der Lehrer Pfeiffer und seine Frau von uns denken, wenn ich dich in diesem Zustand zurückbringe? Sie werden mir die Schuld daran geben.«

»Hast du aber nicht.«

»Das wird ihnen egal sein. Komm schon, Geraldine. Es war doch nur ein kleines bisschen Wein.«

»Eine Flasche.«

»Die wir uns geteilt haben.« Er schüttelte sie sanft. Das führte aber nur dazu, dass sie schlaff in seinen Armen lag, und ihr Kopf hin- und herpendelte. »Nilje, ich bitte dich. Du verulkst mich doch?«

»Das ist ulkig«, antwortete Geraldine und konnte nicht wieder aufhören zu kichern.

Frederik musste einsehen, dass er so nicht weiterkam, und sie tatsächlich betrunken war. Er befeuchtete sein Taschentuch im Teich des Rosengartens und rieb damit ihre Schläfen und Wangen ab. Die Kühle brachte sie zwar dazu aufzuquietschen, aber mehr passierte nicht. Schließlich spritzte er ihr Wasser ins Gesicht. Das erzielte endlich einige Wirkung, weil Geraldine begann, wieder mehr Anteil an ihrer Umgebung zu nehmen. Sie wurde nun allerdings blass um die Nase.

»Ich glaube, mir wird schlecht«, murmelte sie.

»Nein! Dir wird nicht schlecht. Ich verbiete es dir«, sagte er streng. »Wir werden durch den Park gehen, bis dir wieder wohl ist und dann bringe ich dich zu Pfeiffers zurück.«

Er ließ seinen Worten Taten folgen, und Geraldine bekam keine Möglichkeit, sich dem zu entziehen.

KAPITEL 48

Nach einer durchschlafenen Nacht hatte Geraldine am
nächsten Tag die Folgen des Weinkonsums überwunden und
Janne besucht, ehe sie am späten Nachmittag mit Frederik im
Pfeifferschen Salon saß, um die Zukunft zu besprechen. Aus
dem Klassenzimmer drang Gesang zu ihr herüber.

»Ich werde mich wieder auf dem Weg machen, um mein
Leumundszeugnis ein zweites Mal ausstellen zu lassen, damit
wir heiraten können«, sagte er gerade.

»Können wir nicht ohne dieses Zeugnis heiraten? Ich
möchte nicht, dass du gehst und mich allein zurücklässt.«

»Du kannst mich begleiten und bei meiner Mutter wohnen. Sie wird dich chaperonieren und nur zu froh sein, dich
zu ihrem Schneider zu bringen, damit du deine Garderobe
ergänzen kannst.«

»Bei deiner Mutter wohnen?«

»Ich werde mir ein Zimmer in einem Gasthof mieten, damit niemand etwas gegen deine Anwesenheit in der Wohnung meiner Mutter einwenden kann.« Frederik klang bei jedem Wort dieses schönen Planes munterer.

»Du musst doch nicht in ein Gasthaus gehen. Wir sind verlobt und können beide bei deiner Mutter wohnen. Sie wird
doch genügend Ansehen haben, um das meine zu schützen.
Es geht um deinen Leumund, nicht um meinen«, versuchte
Geraldine sich an einem Scherz, merkte jedoch im selben Augenblick, dass er nicht gelungen war. Sie schreckte die Aussicht, Frau Nehmitz allein ausgeliefert zu sein. Wenn sie an

die Frau dachte, die sie mit Frederik in Alten-Dresden gese-hen hatte, flößte die ihr gehörigen Respekt ein.

»Dein Leumund ist mindestens so wichtig wie meiner«, sagte Frederik ernst. »In Dresden könntest du wieder malen. Oder zumindest Farben, Pinsel und alles, was du brauchst, besorgen. Dort wird das deutlich leichter möglich sein als in Meißen. Es wird nur ein paar Tage dauern, die bist du hier si-cher entbehrlich.«

Geraldine gingen die Argumente aus, da sie selbst der Mei-nung war, im Käbschütztal nicht benötigt zu werden. Herr Aha war wesentlich besser in der Lage, alles Notwendige zu regeln, als sie. Gleichzeitig gehörte es sich, die Frau kenne zu-lernen, die ihre Schwiegermutter werden sollte. Deshalb nick-te sie.

Ihre wenigen Habseligkeiten waren in kürzester Zeit zu-sammengepackt und bereits am nächsten Morgen saß sie ne-ben Frederik in der Kutsche auf dem Weg nach Dresden. Herr Aha hatte es auch als einen guten Plan angesehen, wenn sie mit ihrem Verlobten für einige Tage in die Residenz reiste. Er versprach, sich um alles zu kümmern, um die Wirtschaft des Rittergutes möglichst schnell wieder in Betrieb zu neh-men. Die Gärtner waren bereits an der Arbeit und beseitigten die ersten Schäden im Park.

Wilma Eberhardine Nehmitz – den zweiten Vornamen hatte Frederik seiner Verlobten sehr verschämt verraten, da seine Mutter ihn am liebsten aus allen Registern und Kirchenbü-chern gestrichen hätte – bewohnte die erste Etage eines groß-zügigen Hauses mit sieben Fenstern in der Vorderfront. Im Erdgeschoß befand sich auf der einen Seite die Niederlassung eines Putzmachers und auf der anderen eine Paramenten-weberei.

Geraldine, die noch nie eine elegante Stadtwohnung von innen gesehen hatte, kam die der Frau Nehmitz großzügig vor, obwohl die Bewohnerin selbst sie als gerade ausreichend bezeichnete. Wohnungen in Dresden seien jedoch knapp und wenn man nicht weit draußen auf der grünen Wiese wohnen wolle, sei nichts Besseres zu finden. Nicht für Geld und gute Worte. Geraldine konnte dazu nur nicken.

Sie wollte es nicht, aber sie fühlte sich eingeschüchtert von dieser eleganten Frau, die trotz ihrer wenigstens fünfzig Jahre rank und schlank war wie ein junges Mädchen und auch genauso zu bezaubern verstand. Darin glich sie der Fleuterin. Was Geraldine bei der Frau des Kreisamtmannes angenehm gefunden hatte, schüchterte sie bei ihrer zukünftigen Schwiegermutter ein. Sie fühlte sich als provinzielles Gänschen, das im Käbschütztal etwas darstellen mochte, in Dresden dagegen ein Niemand war. Dass sie gegenwärtig nur zwei von Schneidermeister Kantstein gefertigte Tageskleider besaß, hatte einen erheblichen Anteil an ihrer Verunsicherung.

Tags zuvor hatte sie sich neben der Pfeifferin beinahe elegant gefühlt und überlegt, ob sie nicht ihre komplette Garderobe bei Meister Kantstein schneidern lassen solle. Es würde ihr diesen Herrn sicherlich gewogen machen und ihre Sympathien bei den restlichen Bewohnern des Käbschütztals einbringen. Dies war ihr wichtiger erschienen als die neueste Mode aus Paris. Jetzt erkannte sie, dass nicht nur von neuester Mode keine Rede sein konnte, sondern dass den Kantsteinschen Kleidern jeder Chic fehlte und sie ihre Zartheit bestenfalls unförmig umgaben, obwohl sie passgenau genäht waren.

Frederik, der tatsächlich eine Stube in einem Gasthof bezogen hatte, hatte sie kurz seiner Mutter vorgestellt und sie dann mit ihr allein gelassen. Die beiden Damen saßen einander bei Tee und Gebäck gegenüber, und Geraldine fühlte sich gemustert. Der Keks, an dem sie geknabbert hatte, wollte nicht rutschen, und sie legte ihn zurück auf ihren Teller. Sie strich einen eingebildeten Fussel vom Ärmel und zupfte die Falten auf ihrem Rock zurecht.

»Es geht wirklich nicht«, sagte Frau Nehmitz.

»Was geht wirklich nicht?« Geraldine ahnte die Antwort.

»Für das Land mag dieser Stil hingehen, auch wenn Sie damit aussehen wie die junge Ehefrau eines Arztes oder Apothekers. Wir werden auf alle Besuche verzichten und auch niemanden empfangen, bis Sie wenigstens ein brauchbares Kleid Ihr eigen nennen.«

»Besuche?«, würgte Geraldine hervor.

»Alle meine Bekannten brennen darauf, meine zukünftige Schwiegertochter kennenzulernen. Ich bin mir sicher, sobald sie hören, dass Sie auf Porzellan malen, werden Sie sich vor Anfragen kaum retten können.«

»Ich ... aber das ...«, stammelte Geraldine.

»Nicht schüchtern sein. Ich bin überzeugt, Sie werden Furore machen. Dafür benötigen Sie nicht mehr als ein gutes Kleid und eine elegante Frisur. Viele junge Damen wären froh, hätten sie nur die Hälfte der Locken, die Ihr Haupt so verschwenderisch krönen. Mein lieber Frederik hat immer so viel von Ihnen gesprochen, dass ich das Gefühl habe, Sie seit Monaten zu kennen. Wollen Sie mir nicht erlauben, Sie Geraldine zu nennen, und Sie sagen Wilma zu mir?«

»Sehr gerne«, gab Geraldine die einzig mögliche Antwort.

Wilma stand auf und kam um den Tisch herum. Zunächst dachte Geraldine, ihre zukünftige Schwiegermutter wollte die Verabredung mit einem Handschlag besiegeln, stattdessen fand sie sich in einer stürmischen Umarmung wieder.

»Du wirst die Tochter sein, die mir nicht vergönnt war. Ich bin sehr froh, dass mein Frederik die richtige Frau gefunden hat, um mit ihr den Rest seines Lebens zu verbringen. Es wird Zeit für ihn, sich endlich zu verheiraten. Lass uns darauf einen kleinen Likör trinken.« Statt einen Diener herbeizuklingeln, holte Wilma selbst zwei geschliffene Gläser und eine dazu passende Karaffe mit einer dunkelroten Flüssigkeit.

Die Gläser waren deutlich größer, als Geraldine sich vorgestellt hatte, und sie dachte mit Schrecken an ihre Trunkenheit vor wenigen Tagen. Ablehnen konnte sie den Likör nicht, auch wenn es sie nicht nach ihm gelüstete. Wilma schenkte zum Glück nur eine kleine Menge in jedes Glas. Beide prosteten einander zu, und Geraldine benetzte ihre Lippen. Es schmeckte süß und nach Kirsche.

Sie fühlte sich verpflichtet, ihre zukünftige Schwiegermutter auf einen gewissen Aspekt ihres Eheversprechens hinzuweisen. Entschlossen stellte sie das Glas auf den Tisch zurück. »Sie sollten ... du solltest wissen, dass es da etwas über unsere zukünftige Eheschließung zu erfahren gilt. Ich muss ...«

»Ich weiß es«, unterbrach Wilma sie und kehrte zu ihrem Platz auf der anderen Seite des Tisches zurück. Das Glas mit der fingerhutgroßen Menge Kirschlikör hatte sie ausgetrunken. »Mein lieber Frederik hat keine Geheimnisse vor mir.«

»Es stört dich nicht?«

»En fin, was soll mich daran stören? Es gibt eine Menge schlechtere Gründe für eine Ehe, aber kaum einen besseren. Mach dir keine Gedanken, ich könnte etwas wie Liebe für eine Eheschließung erwarten. Das ist nichts als eine Modeerscheinung dieser Tage und wird schnell wieder vorbeigehen.«

Aber wir lieben uns, wollte Geraldine ausrufen. Die Worte blieben ihr jedoch im Halse stecken. Es machte wohl wenig Sinn, Wilma zu erläutern, welche genauen Umstände zu ihrer Verlobung mit Frederik geführt hatten. Zum Glück hob ihre zukünftige Schwiegermutter die Teetafel auf. Geraldine konnte sich in ihr eigenes Schlafzimmer zurückziehen, um ihr weniges Gepäck auszupacken. Viel war es nicht und in einem Augenblick erledigt. Janne hatte sie nicht mitgebracht, weil sie der armen Frau eine ungestörte Zeit der Trauer mit ihren Kindern gönnen wollte, ohne von ihr Dienste zu verlangen.

KAPITEL 49

*V*om Appellationsgericht kam Frederik mit ungünstigen Nachrichten zurück: Der Präsident hatte das Gericht auf einige Zeit verlassen und niemand wusste genau, wann er zurückkehren wollte. Sein Stellvertreter fühlte sich außerstande, ein Leumundszeugnis auszustellen. Mal eben so und dann noch ein Ersatzzeugnis und … und … und … ohne eine genaue Prüfung des Falles könne er nichts tun.

»Ich habe mit Engelszungen geredet, aber der Mann war immer zögerlich. Ich werde auf jeden Fall den Präsidenten in seiner Wohnung aufsuchen. Ich gehe bis zu Graf Brühl persönlich, sollte es nötig werden.« Frederik versuchte zuversichtlich zu klingen, nur wollte es ihm nicht recht gelingen.

Blitzschnell rechnete Geraldine im Kopf nach, dass ihnen nur noch acht Wochen blieben, bis es wieder November wurde, und der erste Todestag ihres Vaters herankam. Wären sie und Frederik bis dahin nicht verheiratet, wäre alles umsonst gewesen, und das Rittergut fiele an Peter von Scholl. Was davon übrig war. Das war immerhin mehr als genug: alle Ländereien, die gesamte Gutswirtschaft, die Dörfer mit den zins- und lehnspflichtigen Menschen, der Park mit seinem einzigartigen Pflanzenbestand. Es war mehr als genug, damit die nächsten Generationen von Scholls sorgenfrei leben konnte. Der persönliche Besitz ihres Vaters, der zu ihrem Erbe gehörte, war dagegen ein Opfer der Flammen geworden. Sie stände wieder dort, wo sie vor einem Jahr gewesen war. Nicht ganz – immerhin hatte sie Frederik.

»Können wir nicht erst heiraten, und du reichst das Leumundszeugnis später ein?«, wollte Geraldine wissen. »Schließlich kommt es nur auf deinen hervorragenden Leumund an, und der ist dir auch ohne Zeugnis gewiss.«

Er schüttelte erwartungsgemäß den Kopf. »Ich will das Risiko nicht eingehen, dass wir wegen unkorrekter Formalien angreifbar werden. Noch haben wir genügend Zeit, um alles nach unseren Wünschen zu gestalten.«

»Das klingt wie Krieg.«

»Die Rechtswissenschaft ist häufig ein Krieg nach festgelegten Regeln. Aber es kommt nicht auf die Gewalt der Waffen, sondern auf die des Geistes an. Ich will es nicht riskieren, dass das Leumundszeugnis am Ende ein Datum trägt, das nach dem unserer Hochzeit liegt und neue Schwierigkeiten heraufbeschwört. Dabei würde ich dich am liebsten morgen heiraten. Ach, was sage ich – gestern wäre noch besser. Kleine Nilje.« Er lächelte sie an. »Du hast logisch argumentiert, wie es ein Assessor nicht besser könnte.«

Flüchtig küssten sie einander.

Während Frederik mit der Beschaffung seines Leumundszeugnisses beschäftigt war, begleitete Geraldine ihre zukünftige Schwiegermutter in neuen Kleidern bei deren Besuchen. Es waren die ersten Morgenbesuche, die sie machte. Entsprechend zurückhaltend war sie, wagte kaum die angebotenen Erfrischungen anzunehmen oder etwas zur Unterhaltung beizutragen. Sie versteckte sich die meiste Zeit hinter ihrem Fächer. Sie wurde dafür umso interessierter beäugt, hinter vorgehaltenen Fächern wurde getuschelt, und wenn es über sie nichts mehr zu sagen gab, sprach man von Leuten, die sie nicht kannte und über Dinge, von denen sie nie etwas gehört hatte.

»Du darfst nicht schüchtern sein, Liebes«, sagte Wilma, als sie den zweiten Besuch des Tages hinter sich gebracht hatten und auf dem Weg zum dritten waren. »Erzähle den Leuten von deiner Malerei. Wie sollen sie ein Porträt von dir haben wollen, wenn sie nichts darüber wissen? Hast du nicht etwas Kleines, was du mitnehmen und ihnen zeigen kannst?«

Geraldine biss sich schmerzhaft auf die Unterlippe, um nicht das zu sagen, was ihr als Erstes in den Sinn kam. Ihre Schwiegermutter hätte sie wahrscheinlich aus dem Haus geworfen und nie wieder ein Wort mit ihr reden wollen. Gegenwärtig war sie sich nicht einmal sicher, ob sie das bedauern oder begrüßen sollte. Es war genau das eingetreten, wovor sie sich immer gefürchtet hatte: Sie war zu einer zukünftigen Schwiegertochter geworden, die ein bisschen malte, und die man dafür im Freundeskreis herumzeigen konnte. Die ernsthafte Künstlerin sah niemand in ihr. Das war genau der Grund gewesen, warum sie Frederiks Antrag beim ersten Mal nicht hatte annehmen wollen. Sie hatte nicht das weibliche Anhängsel eines Assessors am Appellationsgericht sein wollen, das sich ihre Zeit damit vertrieb, auf Porzellan zu malen. Schließlich rettete sie sich, indem sie sagte: »Ich habe nicht einen Pinsel, keine Farben, kein Porzellan, keine Graphitstifte und kein Skizzenpapier. Nichts, um auch nur einen Strich irgendwohin zu malen.«

»Das lässt sich alles beschaffen. Einen Pinsel und ein paar Farben zu kaufen, wird doch nicht schwer sein. Nimm von meinem Briefpapier so viel du magst.«

»Es geht nicht nur um einen Pinsel. Ich benötige mindestens ein Dutzend in verschiedenen Formen und Stärken und besondere Farben. Die müssen angerieben werden. Ich brauche Öle, um ihnen die richtige Konsistenz zum Malen zu verleihen.« Geraldine hatte an die Porzellanmanufaktur nach

Meißen geschrieben und um genau diese Utensilien gebeten und dass ihr die Kosten dafür in Rechnung gestellt werden sollten. Bisher hatte sie weder eine Antwort noch ein Paket erhalten. War ihr Schreiben Meister Höroldt in die Hände gefallen, musste sie darauf sicher noch eine Weile warten. Wie sie den ersten Maler kannte, würde er diese günstige Gelegenheit ihr zu schaden, nicht ungenutzt vorübergehen lassen.

»Das habe ich nicht gewusst«, erwiderte Wilma und sah beeindruckt aus. »Wenigstens ein paar Skizzen wirst du doch zeichnen können? Ich selbst verfüge über keinerlei Talent dafür, aber bestimmt findet sich ein Graphitstift im Haus. Und Papier sowieso.«

Und ob Geraldine malen wollte! Manchmal glaubte sie, einen körperlichen Schmerz zu verspüren, weil sie es augenblicklich nicht konnte. Sich in die Malerei zu flüchten, war immer ihr Ausweg in schwierigen Situationen gewesen, und ausgerechnet in der schwersten war es nicht möglich. Sie nahm Wilmas Angebot an, obwohl sie sich nicht als Künstlerin angenommen fühlte.

* * *

Nachdem Geraldine sich an die Morgenbesuche gewöhnt hatte, gelang es ihr auch, sie etwas gelassener zu überstehen und mehr zur Unterhaltung beizutragen als einsilbige Antworten. Der Brand und ihre persönliche Lage wurden dabei ausgespart, wofür sie dankbar war. Dafür musste sie Zeichenversuche halbwüchsiger Töchter über sich ergehen lassen, von denen mehr als eine herbeigerufen wurde, um ihre Arbeiten vorzulegen.

Widerstrebend gehorchten die jungen Mädchen und brachten Mappen herbei, deren Inhalt manchmal kein Talent, manchmal wenig, einmal aber einen überraschend reifen Blick auf die Welt offenbarten. Es war nicht leicht, für alle angemessene Worte zu finden, denn natürlich wollten die Mütter für das Talent ihrer Töchter gelobt werden, als wäre es ihr eigenes. Die Künstlerinnen schätzten sich meist viel realistischer ein, wie Geraldine erfuhr, sobald sich die Gelegenheit zu ein paar leise gewechselten Worten ergab. Von, ›Sie solle schnell vergessen, was sie gesehen habe‹, bis zu, ›Sie möge mit der fehlenden Begabung nicht zu hart ins Gericht gehen‹, war alles dabei. Selbst die junge Dame mit dem meisten Talent hielt sich für glücklos, da ihr Zeichenlehrer sehr ihre Art der Darstellung kritisiert habe. Als Geraldine ihren Zeichenstil lobte und sie ermunterte, damit fortzufahren, war die junge Dame erst verblüfft und dann erfreut.

Geraldine überlegte auch, ob ein Besuch bei der Familie Schumann angebracht wäre. Sie hätte Laura gern wiedergesehen und erfahren, was aus dem Porzellanporträt geworden war. Ob sich der Verlobte so darüber gefreut hatte, wie die junge Braut es sich erhoffte? Sie wusste nur nicht, ob es angebracht war, einen Wunsch nach einem Besuch außerhalb des Bekanntenkreises der Familie Nehmitz zu äußern. Deshalb und weil sie sich ein wenig vor dem scharfen Verstand Therese Schumanns fürchtete, kam es nicht zu diesem Besuch.

Frederik erschien jeden Abend, begleitete sie in die Oper oder zu Hauskonzerten eines musikalischen Kreises, dem er angehörte. Er spielte dort Geige, und Geraldine, die bisher nichts von seiner Musikalität gewusst hatte, war erstaunt und stolz auf ihren Verlobten.

»Warum hast du mir nie von deinem Geigenspiel erzählt?«, fragte sie ihn nach einem Auftritt und griff verstohlen nach seiner Hand.

»Weil ich mehr dilettiere als spiele. Ich hätte gar nicht zum Instrument gegriffen, wenn nicht jemand wegen Krankheit ausgefallen wäre«, flüsterte er zurück.

»Du bist viel zu bescheiden. Ich fand dein Spiel wunderbar.«

»Weil du eine begnadete Malerin bist, aber kein ausgefeiltes musikalisches Gehör hast.«

»Als ob es darauf ankommt. Ich liebe dich eben.«

»Kleine Nilje.« Frederik klappte den Geigenkasten zu und gab ihn einem wartenden Lakaien, damit dieser ihn verstaute.

So weit waren die Dinge gediehen, als Geraldine am zehnten Tag ihres Dresdner Aufenthalts mit ernstem Gesicht an Frederik herantrat und leise zu ihm sagte: »Ich möchte zurückkehren ins Käbschütztal. Mein Gefühl sagt mir, ich werde dort gebraucht, während ich hier nutzlos herumsitze. Ich sollte dort sein, damit meine Anwesenheit den Menschen Mut macht.«

»Mir muss deine Anwesenheit keinen Mut machen, kleine Nilje?«

»Du weißt, wie ich das meine. Mir wäre es am liebsten, wir könnten beide im Käbschütztal sein und uns um das Rittergut kümmern.«

»Ich komme, sobald das Leumundszeugnis in meiner Hand ist. Der Gerichtspräsident scheint ernsthaft erkrankt zu sein, auch wenn am Appellationsgericht alle tun, als hätte er sich nur auf einige Zeit zurückgezogen, um familiäre Angelegenheiten zu regeln. Das entnehme ich zumindest den Worten seiner Gattin.« Frederik senkte den Kopf, stahl sich einen Kuss von Geraldines Lippen.

Dass in diesem Moment Wilma den Salon betrat, ließ die Verlobten schuldbewusst auseinanderfahren.

»Ich will darüber hinwegsehen«, sagte sie streng. »Aber ich

wünsche nicht, dass mein Haus ins Gerede kommt. Für deinen Leumund ist das nicht förderlich, mein lieber Frederik.«

Der Angesprochene reckte das Kinn kämpferisch nach vorne. »Das war nichts als ein harmloser Kuss unter Verlobten, den nur du gesehen hast, Frau Mama. Nur du kannst dein Haus ins Gerede bringen.«

»Du vergisst die Dienstboten. Kein Klatsch ist unangenehmer als der über die Hintertreppe.«

»Dazu wird sich keine Gelegenheit mehr ergeben, da Geraldine uns in Kürze verlassen wird, um auf dem Rittergut nach dem Rechten zu sehen.«

Wilma seufzte. »Das habe ich befürchtet. Du bist der Typ dafür, der alles wissen und erfahren will, statt es dem langjährigen Verwalter zu überlassen. Das habe ich sofort gesehen.« An ihren Sohn gewandt sagte sie: »Du wirst deine Frau mit fester Hand leiten müssen, Frederik.«

»Ich will meine Frau gar nicht leiten. Auf ihren hübschen Schultern sitzt ein noch hübscherer Kopf. Von dem ich möchte, dass er zum Denken benutzt wird – und zum Küssen.« Er senkte erneut seine Lippen auf Geraldines und ließ sich von der Gegenwart seiner Mutter nicht stören.

Geraldine fühlte zunächst deren vorwurfsvollen Blick im Nacken, aber je länger der Kuss dauerte, je fordernder Frederiks Lippen wurden, desto mehr versank sie darin. Nach dem Kuss schaute Frederik seine Mutter herausfordernd an.

»Diese jungen Leute«, murmelte die und rauschte aus dem Salon.

KAPITEL 50

*N*ach ihrer Rückkehr ins Käbschütztal musste Geraldine nicht länger im Haus des Schulmeisters Pfeiffer logieren. Herr Aha hatte für sie eine vorübergehende Unterkunft in einem leer stehenden Haus in dem zum Rittergut gehörenden Dorf Niederbärwald eingerichtet. Es lag in Sichtweite des ehemaligen Herrenhauses.

»Nichts Besonderes. Aber ich denke, die gnädige Frau werden froh sein, wieder in den eigenen vier Wänden schalten und walten zu können. Es war jedoch keine Zeit mehr, den Krautgarten herzurichten«, sagte er beinahe entschuldigend, als sie beide davorstanden.

Das Haus erinnerte Geraldine an das der Teucherts, schien jedoch insgesamt etwas kleiner zu sein. Seine schmutzig weiße Farbe, ein Anstrich wäre dringend nötig gewesen, und schief in den Angeln hängenden Fensterläden im Erdgeschoß ließen es weniger anheimelnd wirken als das Teuchertsche Heim in Meißen. Trotz allem war es ein eigenes Haus, und die blitzblank geputzten Scheiben glänzten im Abendlicht.

»Sie haben völlig in meinem Sinne gehandelt«, beschwichtigte Geraldine ihren Verwalter. »Wie kommt es, dass dieses schöne Haus leer steht? Ich werde selbstverständlich dafür Miete bezahlen.«

»Es ist nicht völlig klar, wem es gehört«, gab Herr Aha zu. »Herr Nehmitz kann Ihnen die genauen erbrechtlichen Zusammenhänge besser erläutern. Jedenfalls gehörte dieses Haus einer verwitweten Bauersfrau als Altenteil. Die Bäuerin starb vor mindestens sechs Jahren, und der normale Gang der Dinge wäre gewesen, dass ihre Kinder das Altenteilerhaus erben. Der einzige Sohn bewirtschaftete die Niedermühle und das dazugehörige Bauerngut, in dem Herr Nehmitz nach dem Brand Unterkunft gefunden hatte. Als Bauer und Müller wirtschaftete er glücklos, und es endete damit, dass er alles verkaufte und sich mit seiner Familie auf die Reise nach Amerika begab. Seitdem hat nie wieder jemand von ihnen gehört.« Herr Aha zuckte mit den Schultern. »Ich habe verschiedene Briefe an verschiedene Gouverneure in Amerika geschrieben und nie eine Antwort erhalten. Da Amerika eine britische Kolonie ist, habe ich mich auch an deren Gesandten gewandt, der mir jedoch auch nicht weiterhelfen konnte. Seitdem steht das Haus leer. Ein paarmal haben Ihr Herr Vater und ich überlegt, das Haus im Namen des Sohnes zu verkaufen und den Erlös treuhänderisch zu verwalten. Jetzt bin ich froh, es nicht getan zu haben.«

»Sind Sie in das Haus eingebrochen?«, wollte Geraldine mehr neugierig als schockiert wissen.

»Vor ihrem Tod hat die Witwe den Schlüssel Pfarrer Windisch anvertraut, und der hat ihn mir zur Aufbewahrung gegeben. Lassen Sie uns hineingehen.«

Bevor Herr Aha am Glockenstrang ziehen konnte, wurde die Tür aufgerissen, und ein breit grinsender Maurice stand auf der Schwelle. Otto zwängte sich zwischen seinen Beinen hindurch und sprang ins Freie. Weder Geraldine noch Herrn Aha beachtend stob er mitten in eine Schar Hühner auf der Gasse, die erschreckt und empört gackernd auseinander flatterten. Er gab die Jagd auf das Federvieh schnell wieder auf und beschäftigte sich damit, in der Gasse herumzuschnüffeln. Wenn Otto hier war, konnten Janne und die Kinder nicht weit sein. Darüber war Geraldine froh.

»Willkommen im neuen Zuhause, Mademoiselle Geraldine«, begrüßte Maurice sie. Er klang, als hätte er am liebsten die Arme ausgebreitet und sie an seine Brust gezogen. Und sie hätte sich gern ziehen lassen.

Im Haus verstärkte sich die Ähnlichkeit mit dem Teuchertschen Anwesen noch. Die Raumaufteilung war ähnlich, es gab sogar ein schmales Gelass unter der Treppe. Dort war Geraldine im Teuchertschen Hause untergebracht gewesen, und die Erinnerung daran durchzuckte sie heftig und schmerzhaft. Schnell sah sie woanders hin. Die Einrichtung war einfach und zweckmäßig. Im Esszimmer passten die Stühle nicht zusammen, aber die Tischplatte war blank poliert und mit einer hübschen geklöppelten Decke belegt. In der Mitte stand eine Blumenvase, in die jemand einen Strauß Herbstblumen gestellt hatte.

Bei ihrem Rundgang entdeckte Geraldine auch das eine oder andere Möbelstück aus dem Herrenhaus, das in abgelegenen Räumen gestanden und den Brand unbeschadet überstanden hatte. Im ersten Stock war der größte Raum mit einer Staffelei, einem langen Tisch und einem drehbaren Hocker als Atelier eingerichtet. Auf dem Tisch lagen außerdem Papierbögen, verschiedene Stifte und Tiegel, eine leere Leinwand stand auf der Staffelei.

»Der Maler Claudio Castagno hat mich beraten«, erklärte Maurice, nachdem er alles mit einem erwartungsvollen Lächeln präsentiert hatte.

Der Italiener! An ihn hatte Geraldine in den vergangenen Tagen nicht ein einziges Mal gedacht. Nach dem Brand war er im Haus des Arztes untergekommen. Sofort schämte sie sich für ihre Nachlässigkeit und erkundigte sich ausführlich nach ihm. Er befinde sich noch im Haus des Arztes. Nach dem Brand habe ihn ein Fieberanfall und das Aufbrechen seiner

Wunde zurückgeworfen, und der Arzt sei einen oder zwei Tage sehr besorgt um ihn gewesen, gab Maurice ihr Auskunft.

Unter dem langen Tisch stand eine flache Holzkiste, die der treue Diener nun hervorzog. Er wuchtete sie hoch und klappte den Deckel auf. Heu quoll Geraldine entgegen.

»Was ist das?«, fragte sie.

»Das ist aus Meißen von der Porzellanmanufaktur gekommen.«

»Oh, ich hatte gedacht, sie würden es nach Dresden schicken.« Sie eilte durch das Atelier und wühlte das Heu aus der Kiste, nicht darauf achtend, dass sie es im Zimmer verteilte.

Zuoberst lag ein flaches Lederetui, etwa so breit und hoch wie ihre beiden Hände. Sie öffnete die Verschnürung und klappte die obere Lederlasche weg. Zum Vorschein kamen Pinsel. Jeder steckte in einem eigens genähten Fach des Etuis.

»Oh, oh!« Vor lauter Freude blieben Geraldine die Worte weg. Sie fand alle Farben, mit denen in der Manufaktur gemalt wurde, noch in der Form der flachen Platten, in die sie mit dem Flussmittel zusammengebrannt wurden. Tonflaschen mit Nelken- und Dicköl kamen zum Vorschein und in Extralagen grober Leinwand, Moos und Leder gewickelte Schmuckteller mit durchbrochenen Rändern, eine ovale Vorlegeplatte und eine der von Kändler extra für sie entworfenen Porträtplatten.

»Ein Schatz!« Geraldine presste die Platte an ihre Brust. Am liebsten hätte sie sofort die Farben gerieben und angerührt, um mit dem Malen zu beginnen.

Schließlich entdeckte sie ganz unten auf dem Boden der Kiste einen Brief. Er war mit einer dünnen Schnur umwickelt, die wiederum mit einer Schleife verschlossen war. Viel zu ungeduldig, um den Knoten zu lösen, biss Geraldine den Faden durch und faltete das Papier auseinander. Der Brief stammte von Kändler, das sah sie sofort. Sie überflog das mit enger Schrift bedeckte Blatt.

»Das ist die Höhe!«, rief sie hinterher aus.

»Sie sollen für die Gaben zahlen?«, riet Maurice.

»Das ist selbstverständlich, dass ich die Manufaktur für ihre Lieferungen bezahle. So war es vor dem Brand, und daran wird sich nichts ändern. Meister Kändler hat meinen Brief aus dem Abfall geborgen und dann veranlasst, mir das Erbetene zu schicken. Da mein Schreiben schon etliche Tage alt gewesen war, hat er die Sachen nicht mehr nach Dresden, sondern ins Käbschütztal gesandt, wo sie mich hoffentlich erreichen. Schreibt er. Ich kann mir sehr gut denken, wer meinen Brief in den Abfall befördert hat. Meister Höroldt versucht, mir zu schaden, wo er nur kann. Dabei ist er sich für nichts zu fein. Welche Niedertracht!«

Maurice wusste genau, was seine Herrin alles mit dem ersten Maler der Manufaktur erlebt hatte und nickte verständnisvoll. »Die gnädige Mademoiselle hätten nicht an diesen Menschen schreiben sollen.«

»Das habe ich nicht getan. Ich habe allgemein an die Lagerverwaltung der Manufaktur geschrieben. Meister Höroldt hätte meinen Brief nicht zu Gesicht bekommen sollen.« Sie hatte aber schon früher die Erfahrung gemacht, dass in der Porzellanmanufaktur nicht viel passierte, von dem der erste Maler nichts wusste. Sie war so wütend auf diesen Menschen, dass er froh sein konnte, ihr gerade nicht gegenüberzustehen. »Ich werde mir davon meine Freude über die Sachen nicht verderben lassen«, sagte sie gleich darauf fest entschlossen. »Aus Dresden habe ich mehrere Anfragen für Porträts mitgebracht. Nur kann ich die Leute kaum in diesem Haus unterbringen. Es sind alles recht vornehme Herrschaften.«

»Vielleicht können sie in Meißen wohnen und kommen

her, um Ihnen Modell zu sitzen, Mademoiselle von Scholl? Oder Sie fahren für die Skizzen hin.«

»Sie haben recht. Es wird sich eine Lösung finden. Bevor es so weit ist, muss ich mich aber dem einen besonderen Auftrag aus Dresden widmen und davor noch, mich um die Menschen im Käbschütztal kümmern. Die mir ans Herz gewachsen sind und unter dem Brand mindestens so leiden müssen wie ich.« Geraldine holte tief Luft, um das enge Gefühl in der Brust loszuwerden, das sie immer befiel, sobald sie auch nur an das Feuer dachte. »Wo sind Janne und die Kinder? Sie können nicht weit sein, wenn Otto hier ist?«, wollte Geraldine wissen, während sie die Sachen auf dem Tisch so ordnete, wie sie sie zum Arbeiten benötigte.

Maurice war unterdessen damit beschäftigt das Heu einzusammeln. Er unterbrach diese Tätigkeit. Halme bedeckten seine Arme und die Schöße seines Rocks. Das verlieh dem sonst immer korrekt gekleideten Maurice ein ganz eigenes Aussehen. »Sie ist da. Hat sich um Ihre Garderobe gekümmert, auch um die aus Dresden gelieferten Kleider. Sie ist … Kommen Sie, ich zeige es Ihnen, Mademoiselle von Scholl.«

Endgültig neugierig geworden folgte Geraldine ihrem ersten Diener. Er führte sie zur Hintertür aus dem Haus hinaus in einem ummauerten Hof. Wein rankte empor, und an den Blättern zeigten sich die ersten herbstlichen Verfärbungen; eine Bank lud zum Sitzen ein. Es war ein entzückender Hof, der im Sommer immer ein schattiges Plätzchen bot. Sollte es ihr vergönnt sein, wollte Geraldine eines Tages ihre Staffelei hier aufstellen und Frederik malen, wie er auf der Bank saß und die Abendsonne genoss. Vielleicht durfte sie einst froh sein, noch in einem Haus wie diesem leben zu können, aber sicher nicht in einem zum Rittergut ihres Bruders gehörenden Dorf. Sie schüttelte den düsteren Gedanken ab und folgte

Maurice, der für die Schönheit des Hofes keinen Blick hatte, sondern einer Tür in der gegenüberliegenden Seite der Mauer zustrebte.

Dahinter befand sich der Krautgarten. Nur war er viel größer, als Geraldine ihn sich vorgestellt hatte. Ihr bot sich ein arbeitsames und friedliches Bild. Obstbäume auf einer Wiese nahmen gut die Hälfte des Areals ein. Auf dem anderen Teil arbeiteten an die zehn Leute gesenkten Kopfes, um Beete vom Unkraut zu befreien und den Boden umzugraben. Eine, die in großen Büscheln und mit beiden Händen den Wildwuchs ausriss, war Janne. Rikarda und drei andere Mädchen hockten am Rand auf einer Decke und flochten Kränze aus Herbstblumen. Simon Andreas lag bei ihnen und kaute auf einem Holzstock. Gelegentlich raffte eines der Mädchen die Blüten aus der Reichweite seiner Patschhände. Otto war auch wieder da, lag hechelnd neben Rikarda. Er musste einen anderen Weg zurück in den Garten gefunden haben als durch das Haus.

»Sie bemühen sich, den Krautgarten neu anzulegen, damit im nächsten Jahr dort angebaut werden kann. In diesem ganzen Unkraut ist kaum mehr etwas Nützliches vorhanden. Nicht mehr als ein paar Erdbeerpflanzen und Stachelbeerbüsche«, erläuterte Maurice.

»Das Wort Unkraut können Sie aber nicht von meinem Vater gehört haben.«

»Herr Aha scheut sich nicht, es in den Mund zu nehmen im Zusammenhang mit der Wirtschaft des Rittergutes. Von unserem guten Monsieur von Scholl – Gott hab ihn selig – habe ich es nie gehört. Den Leuten gibt es etwas zu tun, so dass sie weniger Zeit haben, über den Brand zu grübeln.«

Janne schaute hoch und erblickte ihre Herrin. Eilig wischte sie sich die Hände an dem als Schürze über ihr Kleid gebundenen Sack ab, kam heran und knickste. Auf diese Weise wurde Geraldine einer Antwort an Maurice enthoben.

»Gnädige Frau, ich freue mich, dass Sie wieder da sind. Haben Sie schon alles im Haus gesehen?«

»Das habe ich. Es ist wunderbar geworden. Warum arbeitest du im Garten, das ist doch nicht deine Aufgabe? Komm mit. Du musst mir erzählen, wie es dir und den Kindern geht.« Geraldine zog ihre Zofe mit sich in den Hof und brachte sie dazu, neben ihr auf der Bank Platz zu nehmen. Maurice zog sich zurück.

KAPITEL 51

Sie ergriff Jannes Hände und kümmerte sich nicht darum, dass diese nicht sauber waren.

»Wie geht es dir, Janne? Ich bin noch gar nicht dazu gekommen, mich richtig um dich zu kümmern. Das tut mir leid.«

Über die Miene ihrer Zofe glitt ein Schatten, aber dann straffte sie sich. »Ich fühle mich recht gut. Die Kinder auch. Simon Andreas ist noch zu klein, um wirklich zu verstehen, was passiert ist. Rikarda vermisst ihren Vater, aber Otto hilft ihr über den Schmerz hinweg.«

»Wie kommst du ohne Hann zurecht?«

»Besser als ich gedacht habe. Herr Maurice war einige Tage bei uns und hat sich um vieles gekümmert. Um die Beerdigung und das Totenbrot. Es war ein gelungenes Fest. Hann hat einen guten Platz auf dem Friedhof. Unter einer Buche, dort wird es ihm gefallen.«

Geraldine war erleichtert, das zu hören. Sie drückte Jannes Hände fest. Die biss sich auf die Lippen und sah aus, als hätte sie etwas auf dem Herzen. Einen Augenblick herrschte Schweigen zwischen ihnen, dann seufzte Janne.

»Darf ich ehrlich zu Ihnen sein, gnädige Frau?«

»Du musst mich nicht gnädige Frau nennen, wenn wir unter uns sind. Ich bitte um deine Ehrlichkeit«, sagte Geraldine herzlich, fragte sich aber zugleich, was nun kommen möge. Janne klang so ernst.

»Es ist besser, glauben Sie mir, gnädige Frau. Eigentlich geht es besser ohne Hann. Es war in letzter Zeit mehr als schwierig mit ihm. Nichts konnte ich ihm recht machen. Das Gleiche bei den Kindern. Es störte ihn, dass ich arbeiten gehe, statt ihm den Haushalt zu führen. Wir hätten aber bald kein Geld mehr besessen, wäre ich zu Hause geblieben, und dann hätte ihn wieder das gestört. Er sagte zwar immer, er wolle sich um Arbeit bemühen, nur glaube ich, er hat sich keine große Mühe gegeben. Er ließ alle spüren, wie unzufrieden er war.«

»Dich auch?«

Janne nickte. »Mich besonders.«

»War er es, der dich geschlagen hat? Du bist damals nicht gestürzt und gegen den Türstock gefallen?«

Erneut schüttelte Janne den Kopf.

»Ist das öfter passiert?«

»Einmal und noch einmal, als ich dann mit den Kindern ins große Haus gezogen bin. Um sie zu schützen. Rikarda ist in einem Alter, in dem sie ihren Vater leicht aufregen konnte, wenn sie viel fragte, oder ihm etwas erzählen wollte, obwohl er in die Bierkanne starren und grübeln mochte. Woher soll ein Mädchen in ihrem Alter das wissen? Wenn Hann wütend war, gab es für ihn kein Halten mehr. Bei mir war es nicht schlimm, aber die Kinder ... Um die habe ich Angst gehabt.«

Am liebsten hätte Geraldine ihre Zofe umarmt, aber der Standesunterschied zwischen ihnen war einfach zu groß, und sie wollte Janne nicht in Verlegenheit bringen. »Du hättest es mir sagen sollen, ich hätte dir geholfen und mit Hann geredet. Nie hätte ich es geduldet, dass er meine Zofe und Freundin schlägt.«

»Das hilft nichts, gnädige Frau. Ich bin seine Frau, war seine Frau, und er hatte jedes Recht, mich zu maßregeln, wenn ich meine Pflichten nicht erfülle. Sie hätten ihn nur wütend gemacht, was er dann wieder an mir ausgelassen hätte.«

»Dann hätte Herr Aha mit ihm gesprochen. Oder Frederik.«

»Besser nicht. In der letzten Zeit war es besonders schlimm mit ihm. Ich glaube, er hat gesehen, wie ich mit Herrn Castagno gesprochen habe. So etwas gefällt ihm nicht, gefiel ihm nicht.« Eine Träne stahl sich aus Jannes Augenwinkel. Hastig wischte sie sie fort. »Hann hat vielleicht sogar etwas mit dem Brand Ihres Hauses zu tun, gnädige Frau. Das ist so schlimm, dass ich mich fast nicht traue, es Ihnen zu sagen. Aber es musste raus und nun können Sie mich fortweisen.«

»Das werde ich nicht. Ich bestrafe nicht dich für etwas, was Hann gemacht hat. Vielleicht gemacht hat. Wieso denkst du das?«, wollte Geraldine wissen.

»Er ist herumgeschlichen und wollte von mir immer wissen, was im großen Haus vor sich geht. In seinen Augen waren Sie nicht die wirkliche Herrin des Rittergutes, gnädige Frau. Deshalb denke ich, er wollte nachhelfen. Mit einem Feuer.«

»Aber …« Geraldine verstummte, runzelte nachdenklich die Stirn. Frederik hatte von zwei Einbrechern gesprochen und über ihr Erschrecken, als das Feuer ausbrach. Ihrem Halbbruder nützte ein abgebranntes Herrenhaus nichts, er musste ihre Heirat verhindern. Wenn wirklich Hann eingestiegen war, hatte er etwas gesucht. Das Leumundszeugnis!

Dieses Ziel hatte er erreicht, wenn auch auf anderem Wege und um einen schrecklichen Preis.

»Er ist in das brennende Haus gelaufen, um dich zu retten. Das macht niemand, wenn er erst eingebrochen ist und ein Feuer gelegt hat.«

»Er rechnete nicht damit, dass ich mich noch im Haus aufhielt. Außerdem bin ich immer noch seine Ehefrau und die Mutter seiner Kinder.« Janne wischte sich eine zweite Träne aus dem Augenwinkel »Ich schäme mich dafür, aber es gibt

Augenblicke am Tag, an denen bin ich beinahe froh, wie alles gekommen ist. Dass er nicht mehr da ist. Das soll man nicht sagen, nur ...« Janne senkte den Blick. »Es ist so«, setzte sie entschlossen hinzu.

Geraldine konnte nicht mehr anders, als Janne zu umarmen. Für einen Augenblick war die Vertrautheit aus der Zeit, als sie beide noch Mägde gewesen waren, wieder da. Bis Janne sich von ihr löste, die Haare zurückstrich und die Falten ihres Rockes ordnete, ehe sie die Hände im Schoß faltete.

»Du musst nicht im Garten arbeiten. Das gehört nicht zu deinen Aufgaben. Wenn jemand etwas anderes sagt, schicke ihn zu mir.«

»Niemand hat das von mir verlangt, ich mache es gerne. Es ist schön, mit den anderen zusammen draußen zu arbeiten. Um Ihre Garderobe habe ich mich zuerst gekümmert. Da ist nichts liegen geblieben, gnädige Frau. Alle Kleider, die aus Dresden gekommen sind, habe ich ausgeschüttelt und aufgebügelt und sorgfältig weggehängt. Auch das Kleid, das Sie mich damals in Meißen bestellen ließen, gnädige Frau. Es wurde geliefert, als Sie in Dresden weilten und ist so schön geworden. Soll ich es Ihnen zeigen?« Janne rieb die Hände an ihrer Schürze, ohne dass sie auch nur eine Kleinigkeit sauberer wurden.

Das Meißner Kleid! Ein meerblauer Traum aus Seidentaft, der in eine andere Welt zu gehören schien. Daran hatte Geraldine gar nicht mehr gedacht. Es war ihr schön vorgekommen, als sie mit Janne über dem Modekupfer gesessen hatte, nach dem, was sie in Dresden als neueste Mode gesehen hatte, war sie sich nicht mehr sicher. Sie hätte daran denken sollen, es abzubestellen. Janne traf keine Schuld, deshalb zwang sie ein Lächeln auf ihr Gesicht.

»Sie können das Kleid auf Ihrer Hochzeit mit Herrn Nehmitz tragen. Es wäre … Oh, ich sehe es vor mir, was er für Augen machen wird.«

Geraldine legte einen Finger an ihre Nase. Ihre Gedanken sprangen hin und her, und am Ende nickte sie. Sie wollte das Kleid auf ihrer Hochzeit tragen. Janne machte sie eine große Freude damit, und Frederik würde hoffentlich nichts daran negativ auffallen.

»Gehen wir ins Haus, du wäschst dich und danach zeigst du mir das Kleid. Ich werde es auf der Hochzeit das erste Mal tragen.«

»Ach, das ist herrlich, gnädige Frau.«

KAPITEL 52

*I*ch muss dringend mit Ihnen sprechen, Frau Aha«, sagte Geraldine zu ihrer Haushälterin, als beide morgens im Salon aufeinandertrafen. Der eingeschränkte Platz im Altenteilerhaus und die verringerte Dienerschaft hatten Frau Aha ganz neue Aufgaben beschert. Sie machte sich in der Küche nützlich, räumte im Haus auf, sogar beim Schüren eines Kaminfeuers hatte Geraldine sie schon gesehen.

»Sagen Sie mir, was ich für Sie tun kann.« Frau Aha hatte die Füße dicht nebeneinander gestellt und die Hände vor dem Körper gefaltet. »Ich hätte dann auch noch etwas, wozu ich Ihre Anweisung einholen muss, Fräulein von Scholl.«

»Nehmen Sie doch bitte Platz.«

»Das gehört sich zwar nicht …«

»… aber dies sind besondere Umstände. Sagen Sie mir zuerst, was Sie auf dem Herzen haben.« Geraldine war froh um den Aufschub, denn was sie zu sagen hatte, war delikat.

»Es ist wegen der Lebensmittelbestellungen. Ich habe eine Liste der Waren und Händler erstellt, so gut es mir aus dem Kopf möglich war. Alles wird mir nicht eingefallen sein. Es sind darunter auch junge Tauben, Orangen, Käse aus Italien, französische Trüffel und Artischocken, und ich bin mir nicht sicher, ob diese unter den gegebenen Umständen noch gebraucht werden. Sie führen nun kein großes Haus mehr.«

»Ich war mir nicht bewusst, dass ich je ein großes Haus geführt habe und dass diese Dinge je bestellt wurden. Wofür brauchten wir sie?«

»Eine gewisse gehobene Küche gehört zu einem vornehmen Haus, wie es das von Schollsche ist. Die erfordert exotischen Zutaten werden zu anregenden Speisen verarbeitet.«

»Bestellen Sie alles ab, von dem Sie denken, dass wir es nicht mehr brauchen werden. Mir ist eine einfache Küche lieber.« Erneut leckte sich Geraldine über die Lippen.

»Wie die gnädige Frau befehlen«, antwortete Frau Aha sehr förmlich. »Sie wollten mir auch etwas sagen, gnädige Frau. Lassen Sie sich von meinem Geschwätz nicht abhalten.«

»Die Sache ist heikel. Ich bin mir keineswegs sicher ... eine Frauensache ...«, stotterte Geraldine.

Zunächst stutzte Frau Aha, schaute unschlüssig. Dann glitt Verständnis über ihre Miene. »Dafür müssen Sie sich nicht schämen, gnädige Frau. Das ist nun einmal bei uns Frauen so. Bei mir nicht mehr, aber sie sind noch jung. Selbstverständlich sorge ich dafür, dass Sie die notwendigen Stoffstreifen für das Blut erhalten.« Frau Aha war rot geworden. Bestimmt hatte sie kaum je über dieses Thema gesprochen.

Auch Geraldine spürte, wie ihr das Blut ins Gesicht schoß. Sie schüttelte den Kopf. »Das ist es nicht. Es geht mir nicht um meine monatliche Blutung. Jedenfalls nicht um fehlende Stoffstreifen. Janne hat dafür gesorgt.«

»Da bin ich aber froh. Dieses junge Ding ist sehr anstellig und wird eines Tages eine ausgezeichnete Zofe sein.«

»Es ist eine andere Frauensache. Und ich bin mir nicht sicher ... Also ich meine ...«

»Eine andere Frauensache?«, wiederholte Frau Aha. »Was gibt es denn da noch?« Dann wurden ihre Augen groß und rund. Sie musste mehrfach schlucken, ehe sie weitersprechen konnte. »Gnädige Frau, Sie meinen doch nicht etwa ...? Also, dass Sie etwas Kleines ...?«

»Ich bin mir nicht sicher, deshalb wollte ich mit Ihnen sprechen. Meine Monatsblutung ist längst überfällig. Ich habe nicht genau darauf geachtet, wann ich sie das letzte Mal hatte, aber es ist auf jeden Fall länger als einen Monat her.«

»Aber kann es denn sein? Haben Sie ...?«

»Es kann sein. Ich habe mit meinem Verlobten die Hochzeitsnacht vorweggenommen.« Verschämt senkte Geraldine den Blick. Sie hätte nie gedacht, mit der sittsamen Frau Aha mal über so etwas sprechen zu müssen. »Wir lieben uns, und da ist es eben passiert.«

»Ich mache Ihnen keine Vorwürfe, gnädige Frau. Das steht mir nicht zu. Sie werden Herrn Nehmitz heiraten und dann wird alles gut.«

»Das werde ich. Ich bin mir selbst nicht sicher, ob ich wirklich ... Wahrscheinlich ist es noch viel zu früh, um es genau sagen zu können? Könnte vielleicht eine Hebamme ... Oder kann ich etwas tun, um es genau zu erfahren? Das wollte ich Sie fragen.«

»Sie klingen, als freuten Sie sich darüber?«

»Ich wünsche mir Frederiks Kinder und bin nicht traurig, weil wir nicht bis zur Hochzeit gewartet haben.« Geraldine hatte ihren Mut wiedergefunden und konnte fest und bestimmt sprechen.

»Ich bin nie in diese Verlegenheit geraten, aber es gibt da eine Sache mit dem Morgenurin. Genau weiß ich es auch nicht. Wollen Sie wirklich die Hebamme fragen? Dann macht Ihre Schwangerschaft im Tal die Runde. Schneller als Sie es sich vorstellen können.«

»Und wenn ich gar nicht guter Hoffnung bin?«

»Macht auch das die Runde. Sobald die Hebamme einen Fuß in dieses Haus setzt, wird es Gerede geben. Dem möchte ich Sie nicht aussetzen. Warten Sie besser ein paar Wochen, um Gewissheit zu erlangen. Ehefrauen in guter Hoffnung wird in der ersten Zeit oft schlecht. Sie brauchen eine Schale. Manchmal können sie nicht mehr alles riechen oder essen.«

Geraldine fühlte sich bestätigt. Beinahe täglich musste sie sich vormittags übergeben. Bisher war es ihr gelungen, das vor Janne zu verbergen, weil sie sich in einen vorgetäuschten Hustenanfall flüchtete, und den Auswurf in ein Taschentuch spuckte. Dieses wusch sie später aus.

Sie lächelte, und legte eine Hand auf ihren Leib. Es war also wirklich so, dass sie Frederiks Kind unter dem Herzen trug. Ein warmes Gefühl durchflutete sie.

An den Skandal, den ihre Schwangerschaft hervorrufen könnte, dachte sie nur flüchtig. Es konnte nur noch wenige Tage dauern, und sie wäre mit Frederik verheiratet, dann durfte sie auch schwanger werden. Aber zunächst einmal hatte sie noch eine andere Pflicht zu erfüllen.

Das Schreiben war an das Rittergut Käbschütztal adressiert gewesen und hatte seinen Weg zu Herrn Aha gefunden. Wie alle Post, die dieser Tage an das Rittergut gerichtet war. Dieser Brief war dicker als andere, und Herr Aha hielt ihn eine Weile in der Hand. Als Absender entzifferte er einen Herrn Zedler in Leipzig. Der sagte ihm nichts. Er hatte in der Verwaltung des Rittergutes mit einem Herrn dieses Namens nie Kontakt gehabt. Er legte den Brief ungeöffnet beiseite, um ihn später ins Altenteilerhaus nach Niederbärwald zu Mademoiselle von Scholl bringen zu lassen.

Am Nachmittag hielt Geraldine den Brief in Händen. Auch ihr sagte der Name Zedler nichts. Seine Ankunft hatte sie ihre Arbeit im Atelier unterbrechen lassen. Sie war gerade dabei gewesen, es so herzurichten, dass sie bequem darin arbeiten konnte, um keine Ausreden mehr gebrauchen zu können, nicht mit dem Bildnis der Kurfürstin zu beginnen. Sie fühlte, nicht mehr über genügend Zeit zu verfügen, um auf den Musenkuss zu warten. Es musste anders gehen, und wenn sie Skizze auf Skizze fertigte, mochte eine dabei sein, bei der die Muse Erbarmen gezeigt hatte. Während ihrer Lehrzeit in Köln war sie hin und wieder so verfahren und zu guten bis sehr guten Ergebnissen gekommen. Sobald alles vorbereitet war, wollte sie beginnen.

Der Brief!

Sie erbrach das Siegel. Das Schreiben bestand insgesamt aus drei Bögen Papier, die mit einer schwungvollen Handschrift bedeckt waren. Geraldine erkannte die geübte Kanzleischrift. Am Anfang stand das kunstvoll verzierte Initial. Sie wurde als erlauchte gnädige Frau gegrüßt und Gottes Fürsorge anempfohlen. Dann fiel ihr endlich ein, wer Herr Zedler war: der Leipziger Verleger ihres Vaters. Dem sie die ersten beiden Bände des Kompendiums der Pflanzen der Welt geschickt hatte. War das die Bestätigung des Drucks? Sie hätte nicht erwartet, dass dieses Schreiben mehrere Seiten umfassen würde.

Aufmerksam begann Geraldine zu lesen. Was sie erfuhr, jagte ihr einen Schauder nach dem anderen über den Rücken. Es handelte sich mitnichten um eine Druckbestätigung. Nach der höflichen Anrede und einer freundlichen Einleitung mit der Versicherung des herzlichsten Beileides wurde Geraldine mit Fragen und Vorwürfen überschüttet, die darin gipfelten, dass der Briefwechsel mit ihrem Vater Jahre her war und man seitdem nichts mehr voneinander gehört hatte. Die Veröffentlichung eines *Kompendiums der Pflanzen der Welt* sei im Verlag ad acta gelegt worden. Die Erweiterung der Bände von sechzehn auf zweiunddreißig nicht ohne Rücksprache möglich, immerhin verdopple das die Kosten des gesamten

Kompendiums. Jetzt nur zwei Bände – interessehalber wolle man nachfragen, wann mit der Lieferung des restlichen Werkes gerechnet werden könne und wer für deren wissenschaftliche Güte einstehe, nachdem der überaus gelehrte Ritter Nathan Leberecht von Scholl leider nicht mehr auf dieser Erde weile. Zuletzt wies Johann Heinrich Zedler noch darauf hin, dass sein Verlag seit 1732 mit der Herausgabe des auf insgesamt achtundsechzig Bände angelegten *Großen Vollständigen Universal-Lexicon aller Wissenschaften und Künste* beschäftigt sei. Ein weiteres vielbändiges Werk zu selben Zeit könne nicht herausgegeben werden. Da der Verlag Zedler aber zu seinen Worten stehe, schlug man ihr am Ende vor, ein ein- bis zweibändiges Werk herauszugeben, in dem die einheimischen Pflanzen beschrieben werden, da diese bei den Käufern das größte Interesse erwecken dürften. Dafür solle sie sich der Mithilfe eines naturwissenschaftlichen Gelehrten versichern und man wäre gern bereit, ihr bei der Suche behilflich zu sein oder einen Kontakt zu vermitteln.

»Merde! Putanos! Höllischer Mist«, stieß Geraldine in allen ihr bekannten Sprachen und wenig damenhaft hervor, bevor sie die Briefbögen auf den Tisch pfefferte. Dafür hätte der Verleger nicht so viele Worte verschwenden müssen.

Ihr Ärger hielt noch eine Weile an. Warum korrespondierte man erst mit ihrem Vater über eine Veröffentlichung seines Kompendiums, wenn man es gar nicht wollte? Wenn sie achtundsechzig Bände eines Universal-Lexikons herausgeben konnten, warum dann nicht zweiunddreißig Bände eines *Kompendiums der Pflanzen der Welt.* Geraldine war klar, dass es nicht nur auf die Veröffentlichung des Werkes ankam, sondern es musste auch an interessierte Kunden verkauft werden.

Ein verstümmeltes Kompendium der einheimischen Pflanzen kam für sie nicht infrage. Sie war nicht bereit, das Werk ihres Vaters derart zu foltern. Das Kompendium war alles, was ihr von ihm geblieben war, das wollte sie in Ehren halten und nicht auf dem Altar des Commerces opfern.

»Ich finde einen anderen Buchdrucker! Irgendwo auf der Welt!«, murmelte sie böse in Richtung des Briefes.

KAPITEL 53

*N*icht nur die Zeit drängte sie, auch das schlechte Gewissen saß ihr im Nacken. Der sächsische Kurfürst und polnische König beauftragte sie, ein Porträt seiner Ehefrau und der Kinder auf Porzellan zu malen, um es dieser zum Geburtstag zu schenken. Er schickte ihr dafür verschiedene Familienporträts, nach denen sie die Gesichter malen sollte, ein kostbares Kleid seiner Frau und weitere Gewänder der Kinder. Und was tat sie damit? Setzte alles einem Feuer aus!

Nicht auszudenken, wenn die Bilder ein Raub der Flammen geworden wären. Das Gleiche galt für das kostbare Kleid. Dennoch roch alles nach Rauch. Das Kleid hatte Janne vorsichtig gereinigt, was den Geruch verringert, aber nicht zum Verschwinden gebracht hatte. Bei den Bildern konnte sie nicht mehr machen, als die Rahmen und Rückseiten mit einem feuchten Lappen abzuwischen – sie rochen immer noch, als wären sie erst gestern aus dem Feuer geborgen worden.

Wie sie alles an den Kurfürsten zurückschicken sollte, wusste Geraldine nicht. Unmöglich konnte sie dem Kurfürsten sein Eigentum nach Rauch stinkend zusenden.

Sie grub die Zähne in die Unterlippe und betrachtete den Scherben auf dem Drehteller durch eine Lupe. In Grundzügen war das Porträt, das darauf entstehen sollte, erkennbar, aber sie würde noch Tage brauchen – ein Dutzend mindestens – bis der Scherben zum Brennen nach Meißen gebracht werden konnte. Danach half nur noch beten.

Es war der zweite Teller, den sie mit dem Porträt der sächsischen Kurfürstin und ihrer jüngsten Kinder bemalte. Und er war etwas kleiner als der erste, weil die Manufaktur nach dem Brand und auf die Schnelle nur diesen Teller hatte liefern können. Der erste Wandteller mit dem Porträt der Fürstin war mit dem Atelier zusammen verbrannt. Die Farben unkontrolliert in die Glasur eingebrannt, an einigen Stellen abgeplatzt oder nur oberflächlich gebrannt. Da war nichts mehr zu retten gewesen. Sie grub die Zähne fester in die Unterlippe, hieß den Schmerz und den austretenden Blutstropfen willkommen, derweil sie verbissen weitermalte. Das Bild musste fertig werden, bevor sie Frederik heiratete. Sie durfte nicht ihre eigenen Angelegenheiten vor die des Kurfürsten stellen.

Stunde um Stunde malte sie, bis die Konturen vor ihren Augen verschwammen. Zum Essen ließ sie sich nur überreden, wenn Frau Aha sie leise auf das Kind in ihrem Leib hinwies – für das sie Kraft bräuchte. Häufig bewegten sich ihre Lippen beim Malen, weil sie ein Ave Maria nach dem anderen sprach, oder ihren Verlobten beschwor, zu ihr zurückzukehren.

Zwei Tage später gingen Geraldines Wünsche in Erfüllung. Frederik betrat das Atelier, in dem sie beim Farbenreiben war. Kleine Brocken einer kobaltblauen Farbplatte zerstieß sie im Mörser. Sie ließ den Stößel fallen, als sie ihren Verlobten erblickte. Hastig wischte sie die blau bestäubte Finger an ihrem Kittel ab, ehe sie in seine Arme flog.

Es tat gut, ihn zu sehen. Sogleich wusste sie wieder, nie einen anderen Mann je lieben zu können wie ihn. Sie schmiegte sich an ihn und genoss das Gefühl seiner starken Arme um ihren Leib. »Hast du es?«

»Alles erledigt, kleine Nilje.« Er ließ sie wieder los und schwenkte die Papiere. »Die zweite Ausfertigung meines Leumundszeugnisses.«

Sie faltete die Urkunde auseinander und suchte als erstes nach Unterschrift und Siegel. Dann weiteten sich ihre Augen vor Erstaunen. Nicht das Signum des Präsidenten des Appellationsgerichts prangte dort, aber das kurfürstliche Siegel und daneben eine unleserliche Unterschrift.

»Ich musste bis zu Kanzler Brühl vordringen und meine Angelegenheit unserem hochverehrten Kurfürsten vortragen. Es half, dass beide nicht nur deinen Namen gehört hatten, sondern dich kennen und deine Kunst schätzen. Sonst hätte ich womöglich noch Wochen warten müssen«, berichtete er.

»Unser edler Fürst ist sehr kunstsinnig.« Geraldine wollte dann genau erzählt bekommen, wie alles vonstattengegangen war.

»Der Gerichtspräsident war trotz verschiedener Vorsprachen für mich nicht zu erreichen. Er scheint ernsthafter erkrankt zu sein, weshalb ich mich an den Herrn Reichsgraf wenden musste. Bereits nach der zweiten Vorsprache bekam ich eine Audienz. Die war gestern Abend. In der Frühe brachte mir ein Privatsekretär das Leumundszeugnis. Unser edler Fürst und der Reichsgraf wussten übrigens von deinem Unglück. Sofort nachdem ich die Urkunde in Händen hielt, habe ich mich auf den Weg zu dir gemacht.«

Seine weiteren Worte erstickte Geraldine in einem Kuss. Ein Kuss führte zum anderen. Hitze flutete durch ihre Leiber. Sie hielt Frederik umfangen mit einer Leidenschaft, die an Verzweiflung grenzte. Bedenken wollte sie keine zulassen und ihm auch nicht die Gelegenheit geben, welche zu äußern. Sie hielt deshalb seine Lippen gefangen, lockte mit der Zunge, saugte und knabberte. Dabei zupfte sie an der Schnürung seiner Hose.

Frederik antwortete mit einem Stöhnen. Nach einem kurzen Moment des Zögerns gingen auch seine Hände auf Wanderschaft. Sie lösten die Verschlüsse ihres Kleides, öffneten den Oberrock und die drei Unterröcke, die sich gleich darauf um Geraldines Füße bauschten. Er umfasste ihre Hüften und hob sie hoch. Die Hose hing ihm in den Knien, und er setzte Geraldine auf sein steil aufragendes Glied. Sie nahm ihn tief in sich auf, umklammerte ihn mit ihren Beinen und ließ sich von ihren Gefühlen davontragen. Frederik setzte sie auf den Arbeitstisch. Zunächst langsam, dann von seiner Leidenschaft fortgerissen stieß er in sie hinein. Ihr Stöhnen vermischte sich miteinander, und gemeinsam trieben sie dem Höhepunkt entgegen.

Hinterher lehnte Geraldine den Kopf an seine Schulter und genoss das köstliche Gefühl losgelöster Schwere. Sie fühlte sich beschützt, geborgen, zufrieden und ausgefüllt.

Ihre Blicke fielen gleichzeitig auf die Tür des Ateliers, und sie mussten erkennen, dass sie nicht geschlossen war, sondern mindestens zu einem Drittel offenstand.

»Die Tür ...«, sagten sie beide im Chor. In Geraldines Kehle stieg ein unbezwingbares Lachen auf, und als es in ihrem Mund angekommen war, konnte sie es nicht länger zurückhalten.

»Die Tür ...«, platzte sie heraus, »... ist nicht geschlossen. Jeder hätte hereinkommen können.«

»Jeder. Wirklich jeder. Deine Zofe etwa ...« Frederik versuchte zunächst, ernst zu bleiben, aber Geraldines ansteckendem Lachen hatte er noch nie widerstehen können.

»Aber es ist niemand gekommen. Und ich liebe dich.« Sie schlang wieder die Arme um seinen Hals. Sie hatte noch lange nicht genug Liebe genossen.

KAPITEL 54

Am nächsten Tag suchten Geraldine und Frederik Pfarrer Theodorus Gottfried Windisch auf. Das Pfarrhaus stand direkt neben der Schule. Im Gegensatz zum Schulhaus – durch dessen Fenster drangen die Stimmen der Kinder, die gemeinsam ein Gedicht aufsagten – lag das Pfarrhaus still da. Hätte Geraldine es nicht besser gewusst, sie hätte es für unbewohnt gehalten.

Die Türglocke schepperte blechern, als Frederik daran zog. Zunächst passierte nichts. Sie hatten ihr Kommen nicht angekündigt, und gerade als Geraldine zu fürchten begann, es wäre niemand zu Hause, wurde die Tür geöffnet. Eine keuchende Frau mit Apfelbäckchen und einem runden Gesicht stand vor ihnen. Geraldine erkannte die Frau des Pfarrers.

Die Windischin führte sie in die Studierstube des Pfarrers. Gegenüber dem strengen weißhaarigen Mann, der etliche Jahre älter war als seine Frau, fühlte Geraldine sich befangen und überließ Frederik das Reden. Er schilderte ihren Heiratswunsch in bewegenden Worten, und wenn Geraldine ihn nicht längst lieben würde, danach täte sie es. Pfarrer Windisch schaute sie unter buschigen Augenbrauen hervor an und ließ absolut nicht erkennen, was er dachte. Er hatte ihnen auch keine Erfrischungen angeboten, gerade einmal zwei hochlehnige, unbequeme Stühle vor dem wuchtigen Schreibtisch. Frederik beendete seine Rede damit, dass er als Termin für die Hochzeit die nächste Woche in Aussicht stellte, so es die Zeit des ehrenwerten Pfarrers zuließe.

Der Genannte zog die Brauen zusammen und beobachtete sie aus kleinen stechenden Augen. Die katholische Geraldine hatte seinen Gottesdienst bisher kaum je besucht. Meistens fuhr sie nach Meißen, um sonntags die Messe in St. Benno zu hören. Nun schickte sie ein Stoßgebet gen Himmel, dass der Allmächtige Pfarrer Windisch gnädig stimmen möge. Der ordnete einige Papiere auf seinem Schreibtisch und zog eine Bibel zu sich heran.

»Nein!«, sagte er dann.

»Wie, nein?«, wollte Frederik wissen und seiner Stimme war anzuhören, dass er sie nur mühsam beherrschte.

»Ich kann dieser Verbindung meinen Segen nicht geben. Die Trauung wird in der Käbschütztaler Kirche nicht stattfinden. Nicht ohne Aufgebot und nicht ohne eine angemessene Verlobungszeit.«

»Wir sind verlobt!« Geraldine konnte nicht länger an sich halten. »Schon seit Monaten.«

»Nur wurde nie eine Verlobung von der Kanzel herab verlesen. Ebenso wurde kein Aufgebot an drei Wochenenden hintereinander verlesen. Und schlussendlich ist Fräulein von Scholl katholischen Glaubens und kann ohne entsprechende Unterweisung nicht evangelisch getraut werden.«

»Dann unterweisen Sie mich. Sie werden keinen Fehl in meinem Glauben an Gottvater, seinen Sohn und den Heiligen Geist finden.«

Pfarrer Windisch schüttelte den Kopf. Seine weißen Locken umflatterten ihn in Wellenbewegungen. »Das hilft nicht über die fehlende Verlobungszeit und das nicht vorhandene Aufgebot hinweg.«

»Das schafft diese Probleme aus der Welt.« Frederik zog aus seiner Rocktasche ein zusammengefaltetes Papier. »Es ist eine Sondererlaubnis, die unsere sofortige Heirat ermöglicht.«

Der Pfarrer warf nur einen kurzen Blick auf das Papier. Dann schob er es fort. »Das ändert nichts an meiner Entscheidung. Dieser Verbindung gebe ich keinen Segen.«

»Als Rittergutsbesitzerin bin ich die Kirchenpatronin«, platzte Geraldine heraus.

»Damit muss ich leben.«

Sie war verblüfft. »Wie meinen Sie das?«

»Solange ich hier bin, meine ich damit. Ich trage mich mit dem Gedanken, um meinen Ruhestand nachzusuchen, statt noch lange Jahre mit Ihrer Person als Kirchenpatronin zusammenzuarbeiten.«

Auf diesen Affront hin lag Geraldine eine schnippische Antwort auf den Lippen, aber ein mahnender Blick Frederiks ließ sie innehalten. »Sie können mich nicht beleidigen«, sagte sie stattdessen.

»Das liegt nicht in meiner Absicht, Fräulein von Scholl. Aber Sie sind katholisch. Was soll ich mir von einer katholischen Kirchenpatronin erwarten?«

»Ich bin katholisch, wie es mein gutes Recht ist. Wie unser Kurfürst auch. Im Kurfürstentum Sachsen hat jedermann und jede Frau das Recht, die Religion frei zu wählen. Daraus können Sie niemandem einen Vorwurf machen. Sie müssen uns trauen. Danach wird mein Mann zum Kirchenpatron, und er ist evangelisch-lutherisch.«

»Ich lasse nicht mit mir handeln. Nicht als Mann Gottes und nicht bei einer Trauung. Gott fügt Mann und Frau zusammen, damit sie einander in Liebe zugetan sein sollen.«

»Aber wir sind einander in Liebe zugetan«, warf Geraldine ein.

»Sünde!«, rief Pfarrer Windisch aus. Seine Haare und Augenbrauen zitterten im Takt seiner Worte. »Es ist Sünde. Ich kann sie sehen und riechen.«

Nun bekam Geraldine einen gewaltigen Schreck. Woher wusste der Pfarrer, was sie und Frederik am Tag zuvor getan hatten? Sie hatte sich am Morgen sorgfältig gewaschen und frische Wäsche angezogen, sich von Janne frisieren und sich Parfüm hinter die Ohren tupfen lassen. Die Liebe des Vortages konnte an ihr nicht zu riechen sein. Sie schaute den neben ihr sitzenden Frederik hilflos an. Der Blick seiner Augen war traurig.

»Nilje ...«

»Sie müssen uns trauen, Herr Pfarrer. Wir kennen uns seit über einem Jahr, und seitdem sind wir füreinander bestimmt. Sie müssen einfach«, sagte Geraldine wild.

»Nein!«

Wieder nur dieses eine Wort.

»Wie können Sie leichtfertig unser Glück zerstören? Wir sind seit Monaten verlobt, planen unsere Hochzeit, dann hat dieser Brand alles zerstört, deshalb wirkt es jetzt wie unziemliche Hast. Aber das ist es nicht. Trotzdem treten Sie alles, was wir vorbringen, mit Füßen. Liebe, Glaube, Hoffnung – bei Ihnen finde ich nichts davon.« Geraldine atmete mit wogendem Busen. Sie wäre am liebsten aufgesprungen und hätte den Pfarrer an den Revers seines altmodischen Hausmantels gepackt, um ihn zu schütteln, damit er ihre Liebe sah.

»Hören Sie auf!«, donnerte Pfarrer Windisch. »Das muss ich mir von niemandem anhören. Liebe, Glaube, Hoffnung sind die edelsten Gaben der Christenheit. Sie wollen aus unedlen Motiven heiraten. Glauben Sie nicht, ich wüsste nichts von dem Testament des Herrn Ferdinand Traugott von Scholl. Dessen Bestimmungen sind der einzige Grund für Ihre hastige Heirat. Das zeigt mir auch die Sondererlaubnis, mit der der Herr Bräutigam vor meiner Nase gewedelt hat. Einen anderen Grund gibt es nicht. Aber aus diesen Motiven heraus sollte eine Ehe nicht geschlossen werden. Nicht aus menschlicher Gier! Das legt eine Sünde über diese Verbindung, die nie getilgt werden könnte. Sie können mich nicht umstimmen.«

»Das gelingt wohl niemandem?« Die Ironie konnte Geraldine sich nicht verkneifen.

»Gott hat mir feste Überzeugungen geschenkt, und dafür bin ich ihm dankbar.«

»Nilje«, sagte Frederik sanft, aber bestimmt. »Wir sollten gehen, statt dem Gewissen des Herrn Pfarrers weiter zuzusetzen.« Er griff nach ihrer Hand und zog sie vom Stuhl hoch.

Nur zu gern erhob sich Geraldine von diesem unbequemen Sitz. Das Kreuz tat ihr weh, der Hintern ebenfalls. Aber dass Frederik unverrichteter Dinge gehen wollte ... Sie war bereit, eine neue Runde der Diskussion zu eröffnen, alle ausgetauschten Argumente noch einmal mit mehr Intensität vorzutragen, aber Frederik hielt ihr Handgelenk fest umschlossen, dass es schmerzte. Ihr blieb keine Wahl, als ihm zu folgen. Der Abschied von Pfarrer Windisch fiel denkbar knapp aus.

Erst vor dem Haus ließ Frederik sie los. Geraldine rieb ihr Handgelenk.

»Du hast mir wehgetan«, sagte sie vorwurfsvoll.

»Das tut mir leid, Nilje. Ich habe sehr wohl gesehen, dass du nicht aufgegeben hättest, obwohl keine Hoffnung bestand.«

»Hoffnungslosigkeit ist ein Wort, das ich nicht kenne«, erwiderte sie wild. »Ich bin die Kirchenpatronin, so kann er mit mir nicht umspringen. Ich wollte das nicht ausspielen, aber nun ...«

»Nilje«, unterbrach Frederik sie, und diesmal klang es nicht zärtlich wie sonst, wenn er ihren Kosenamen benutze. Er hörte sich im Gegensatz ernst an. »Auch als Kirchenpatronin kannst du ihn nicht zu etwas zwingen, was ihm sein Gewissen verbietet. Er führt seine Gemeinde nach Gottes Geboten, nicht nach denen der Kirchenpatronin.«

»Das habe ich auch gar nicht gesagt«, wütete Geraldine. Sie riss sich aus Frederiks Griff los, wollte am liebsten auf etwas schlagen, ihre Wut hinausschreien. »Dass du so ruhig bleiben kannst! Dieser Mensch hat gerade unsere Pläne zerstört, und du nimmst es hin, als ginge es nur um die Frage, ob Fisch oder Fleisch auf den Tisch kommen solle. Ich habe fast den Eindruck, dass du froh über diese Entwicklung bist. Sage es gerade heraus, wenn du mich nicht mehr heiraten willst.«

»Nilje, davon kann keine Rede sein«, sagte Frederik betroffen. »Ich wollte dich nur davor bewahren, etwas zu sagen, was dir hinterher leid tut.«

»Dann sage mir doch, was ich denken soll, wenn du hier stehst und Löcher in die Luft starrst. Ich finde schon jemanden zum Heiraten. Mach dir darüber keine Gedanken, auf dich bin ich nicht angewiesen.« Sie drehte sich um und stiefelte davon.

»Wen willst du heiraten?«, fragte Frederik leise.

Aber nicht leise genug, als dass Geraldine ihn nicht noch hörte. Sie drehte sich um und rief ihm über die Breite der Gasse zu: »Den Maler Claudio Castagno etwa. Der ist wenigstens Künstler und versteht mich!«

Sie sah Frederik auf der anderen Straßenseite stehen. Mit hängenden Schultern und obwohl sich sein Gesicht im Schatten seiner Hutkrempe befand, ahnte sie einen kummervollen Ausdruck in seinen Augen. Auf einmal fühlte auch sie sich verloren. Was bedeutete das Leben schon ohne Frederik? Der Gedanke, ihn nie mehr zu sehen, tat so weh, als risse man ihr das Herz aus der Brust. Das durfte nicht geschehen. Niemals!

Geraldine rannte über die Straße.

»Frederik!«, rief sie. »Frederik!«

Sie flog in seine ausgebreiteten Arme, warf sich an seine Brust und bedeckte sein Gesicht mit Küssen. Dass ihm dabei der Hut vom Kopf flog, sie immer noch vor dem Pfarrhaus standen, jeder sie beobachten konnte und auch eine Schar von Rotzbengeln zu ihnen herüberglotzte, kümmerte sie nicht.

»Es tut mir leid. Ich wollte das nicht sagen«, murmelte sie abgehackt zwischen einzelnen Küssen. »Ich will nur dich. Niemanden sonst.«

Frederik erwiderte ihre Küsse, kümmerte sich ebenfalls nicht um die Schar kichernder Jungen.

»Kannst du mir verzeihen?«, fragte Geraldine mit zitternder Stimme. »Ich kann nicht sagen, was auf einmal in mich gefahren ist. Du darfst mich schelten und für meine Dummheit bestrafen. Ich werde dir keine Widerworte geben, nie wieder.«

»Das soll ich glauben, Nilje?« Er umfasste ihr Gesicht und drückte einen letzten Kuss auf ihre Nasenspitze. »Keine Widerworte mehr von dir? Das würde mir gar nicht gefallen. Worüber sollten wir uns unterhalten, wenn du immer meiner Meinung bist? Ich will gar nicht, dass du dich veränderst, kleine Nilje.«

»Du bist mir nicht böse?«, wollte sie atemlos wissen.

»Das muss ich mir überlegen.«

»Du willst mich immer noch heiraten?«

»Nie eine andere als dich.«

Geraldines bei diesen Worten strahlende Miene wurde gleich darauf ernst. »Nur können wir es nicht, weil Pfarrer Windisch uns nicht trauen will. Ich habe mir gewünscht, von dem Mann getraut zu werden, der meinen Vater begleitet und beerdigt hat, nun soll es wohl nicht sein. Was ist mit dem Pfarrer deiner Kirchgemeinde in Dresden? Wird er uns trauen?«

Sie entfernten sich vom Pfarrhaus. Gingen nebeneinander her und hielten sich an den Händen, dabei kümmerten sie sich immer noch nicht darum, dass jedermann sie sehen konnte.

Frederik schüttelte den Kopf. »Pfarrvakanz. Der letzte Pfarrer ist überraschend gestorben, und die Kirchväter haben noch keinen neuen bestimmt. Was ist mit dem Pfarrer, bei dem du in Meißen die Messe besuchst?«

»Du müsstest katholisch werden, damit er uns traut.«

»Ich wäre dazu bereit.«

»Das setzt Monate der Unterweisungen in unserem Glauben und Bräuchen voraus. Die Ehe ist für uns eines der großen Sakramente, das nicht leichtfertig gegeben wird. Leichtfertig sind wir gewiss nicht ...«

»... aber wir haben auch keine Monate Zeit für meine Unterweisung, kleine Nilje. Wir müssen eine andere Lösung finden.«

»Welche?«

»Wir können nur nach einem anderen Pfarrer zu suchen, der uns traut. Noch haben wir einen Monat Zeit.«

KAPITEL 55

*M*üde lehnte Geraldine neben Frederik in der Kutsche. Immer wieder fielen ihr die Augen zu. Ihnen gegenüber saß die erschöpfte Frau Aha, dunkle Ränder umgaben ihre Augen, aber sie hielt sich unermüdlich aufrecht.

Eigentlich hatte Geraldine Janne mitnehmen wollen, um eine Kirche für ihre und Frederiks Heirat zu finden. Aber Janne hatte zwei Kinder, für die sie da sein musste. Sie konnte nicht auf eine Reise mit ungewissem Ziel und von ungewisser Dauer gehen. Deshalb hatte sich Frau Aha angeboten mitzukommen. Sie hatten weder einen Termin, noch eine Kirche oder einen Pfarrer für die Heirat gefunden, dafür befand sich ein Hochzeitskleid in ihrem Gepäck.

Die Tage rannen ihnen unerbittlich zwischen den Fingern hindurch. Vom Käbschütztal waren sie zunächst nach Meißen gereist und hatten es in St. Benno versucht. Wie Geraldine vorausgesagt hatte, verlangte der Pfarrer Frederiks Übertritt zum katholischen Glauben. Nach gründlicher Unterweisung könne beim Bischof die Aufnahme in die katholische Glaubensgemeinschaft beantragt werden. Nach dessen Zustimmung erfolge dann die Aufnahme in einem Gottesdienst, in dem das Glaubensbekenntnis gesprochen werden müsse und Frederik das Sakrament der Firmung gegeben wurde. Für den folgenden Tag stellte der Pfarrer das Sakrament der Ehe in Aussicht. Drei Wochen, sechs Wochen oder auch mehr könnten ins Land gehen. Der katholische Pfarrer drückte es anders aus. Nach seinen Worten setzte die

Annahme des katholischen Glaubens eine sorgfältige Gewissenprüfung voraus.

In der wenigen Zeit, die ihnen noch bis zum Ablauf der Frist zur Verfügung stand, konnte Frederik nicht Katholik werden. Die Zustimmung des Bischofs würde niemals rechtzeitig eintreffen. Von allem anderen ganz zu schweigen.

In der evangelisch-lutherischen Kirchgemeinde St. Afra in Meißen wollte der Pfarrer als erstes wissen, warum die Heirat nicht in der Heimatgemeinde im Käbschütztal stattfinden solle. Frederiks ausweichende Antworten machten den guten Mann erst recht misstrauisch und am Ende entschied er, wenn der Pfarrer im Käbschütztal sie nicht trauen wolle, werde er es auch nicht machen.

»Wir brauchen eine überzeugende Geschichte«, sagte Frederik, als sie wieder in der Kutsche saßen.

»Was für eine?«, wütete Geraldine. Ihrer Frage ließ sie eine Reihe von Schimpfwörtern auf Französisch folgen, die eine junge Dame gar nicht kennen sollte.

Frederik hörte betroffen zu. Er verstand nur einen Teil des Gesagten, aber der Rest war für ihn nicht schwer zu erraten. Auch Frau Aha war rot geworden. Sie hatte gar nichts verstanden, konnte sich aber den Inhalt denken.

»Wir dürfen nicht sagen, dass die Trauung im Käbschütztal verweigert wurde. Das muss die anderen Pfarrer misstrauisch machen«, murmelte Frederik nachdenklich. »Es muss klingen wie … wie …«

»Woran denkst du?«

»Im Moment an gar nichts.« Er versank in Schweigen und brütete vor sich hin, während die Kutsche ihren Weg fortsetzte.

Sie versuchten es in den kleinen Dorfkirchen rings um Meißen. Drei Tage waren sie insgesamt unterwegs, klopften an

Türen, trugen Geschichten vor, in denen sie manchmal behaupteten, sich in die niedliche Kirche verliebt zu haben, dass sie unbedingt dort heiraten und auch nicht mehr warten wollten oder dass sie schnell und heimlich heiraten wollten, weil ihre Familien wegen des Standesunterschiedes mit der Verbindung nicht einverstanden waren. Das kam der Wahrheit recht nahe und klang gleichzeitig romantisch genug, um christliche Gemüter zu berühren.

Zwei oder drei der Pfarrer schienen auch nachdenklich zu werden, nur konnte sich am Ende niemand durchringen, zwei Christenmenschen zu trauen, die nicht zur Gemeinde gehörten und auch auf eine angemessene Verlobungszeit verzichten wollten. Am Ende dieser drei Tage waren sie keinen Schritt weitergekommen. Frederik legte einen Arm um Geraldines Schultern, sie lehnte den Kopf an seine Seite.

»Wir geben nicht auf«, sagte er leise. »Noch haben wir Zeit, einen Pfarrer zu finden und wenn wir in jeder einzelnen Pfarrei in Kursachsen vorsprechen müssen.«

Seine tröstenden Worte taten Geraldine gut. Sie halfen ihr, die Gedanken zu sammeln und nicht in dem schwarzen Strudel zu versinken, der über ihr zusammenzuschlagen drohte. Obwohl sie die Unmöglichkeit dieses Unterfangens erkannte – niemals reichte die noch verbleibende Zeit dafür.

»Oder wir zwingen jemanden mit vorgehaltenem Degen, uns zu trauen«, fuhr Frederik fort und küsste ihre Schläfe.

»Die Ehe wäre nicht gültig, weil sie nicht aus freien Stücken geschlossen wurde«, widersprach Geraldine.

»Wir sind aus freien Stücken dort.«

»Der Pfarrer muss eine Ehe auch aus freien Stücken schließen.« Geraldine schaute auf, und ein schmales Lächeln umspielte Geraldines Mundwinkel. »Ich weiß jemand, der uns helfen wird.«

Sie wandten sich in Richtung Dresden und sprachen bei der Familie Schumann vor. Mit einem Pfarrer in der Familie konnten die nicht dienen, aber Therese verwies sie in ein Dorf namens Lockwitz, wo eine Freundin von ihr wohnte und der dortige Pfarrer ein vernünftiger Mann sei, der ein offenes Ohr für Nöte aller Art habe. Lockwitz sei außerdem weit genug entfernt vom Käbschütztal, als dass der lange Arm der Familie von Scholl noch bis dorthin reiche. Niemand sprach den Namen Peter von Scholl aus, aber es bestand auch kein Zweifel daran, dass er seine Hände im Spiel hatte. Das passte zu dem Mann, als den Geraldine ihn kennengelernt hatte.

Ohne sich länger als für einen kurzen Imbiss im Hause Schumann aufzuhalten, setzten die Verlobten mit Frau Aha ihre Reise fort.

»Wir müssen eine Notlage erfinden, die uns zwingt, weit entfernt zu heiraten.« Frederik runzelte die Stirn, als er neben Geraldine saß und vom Gerüttel der Kutsche durchgeschüttelt wurde. Sein Oberschenkel drückte sich gegen Geraldines.

»Eine rührende Geschichte«, warf Frau Aha von der gegenüberliegenden Bank ein. Sie hielt sich am Haltegriff fest. Ihr Gesicht sah grau und müde aus, die anstrengenden Tage zehrten offensichtlich an ihr.

Was sie zum Besten geben wollten, schmückten sie während der Fahrt aus und am Ende war Geraldine sich sicher, dass niemanden diese herzzerreißende Geschichte eines Versprechens auf dem Totenbett kalt lassen könnte.

KAPITEL 56

Am Rand des Weges schlenderte ein Mann entlang. Er trug einen Reitmantel mit mehreren Kragen, auf dem Kopf einen Dreispitz, unter dem braunes ungepudertes Haar hervorschaute, das zu einem Zopf zusammengebunden war. Am langen Zügel führte er einen Grauschimmel. Das Pferd knickte bei jedem Schritt auf der linken Vorhand ein und bot einen erbarmungswürdigen Anblick. Deshalb hielt Geraldines Kutscher an, als er mit den beiden auf gleicher Höhe war.

»Mein Herr, was ist mit dem Pferd passiert?«, sprach er den Fremden an.

Der schaute aus einem nicht mehr jungen, aber auch noch nicht alten Gesicht zu ihm auf. Freundliche Augen, eine hohe Stirn, blasse Haut. Es könnte sich bei ihm um einen vornehmen Herrn, um einen Schreiber oder einen kleinen Ladengehilfen handeln. Aus einem Fenster der Kutsche spähte Frederik hinaus. Auch ihn dauerte das Pferd, das mit hängendem Kopf dastand und das verletzte Vorderbein entlastete, indem es nur die Hufspitze auf den Boden setzte. Das Bein zitterte leicht.

»Hat aus heiterem Himmel angefangen zu lahmen. Das Bein ist heiß, aber sonst habe ich nichts feststellen können. Ich bin auf der Suche nach einem Gasthof.«

»Ich kann mir das mal anschauen«, bot der Kutscher an, und mit einem Blick zu Frederik: »Wenn Sie erlauben, gnädiger Herr.«

»Natürlich.« Der junge Rechtsgelehrte sprang leichtfüßig aus der Kutsche.

Zu dritt schauten sie nach der linken Vorhand des Grauschimmels. Sie war heiß von der Fessel über das Röhrenbein bis zum Vorderfußwurzelgelenk. Frederik verstand nicht viel von Pferden und ließ deshalb dem Kutscher den Vortritt. Der Mann ließ sich auf ein Knie nieder und tastete mit schwieligen Händen das Vorderbein Fingerbreit für Fingerbreit ab. Der Grauschimmel ließ alles mit hängendem Kopf über sich ergehen.

Der Kutscher schnalzte mit der Zunge und schüttelte den Kopf. Er hob nun das Bein hoch und untersuchte die Hufsohle. Auch das ließ der Grauschimmel widerstandslos über sich ergehen. Mit dem Fingernagel drückte der Kutscher auf verschiedene Stellen der Hufsohle. Auf einmal zuckte das Pferd zusammen und warf den Kopf zurück. Der Huf rutschte dem Kutscher aus der Hand. Gleich darauf stand das Pferd wieder still und ließ erneut den Kopf hängen.

»Haben Sie etwas feststellen können?«, wollte der Reiter wissen.

Zunächst schnalzte der Kutscher mit der Zunge. »Eigentlich nicht. Kann alles Mögliche sein. Eine eitrige innere Wunde etwa? Man müsste die Stelle am Huf aufstechen und den Eiter ausfließen lassen. Reiten können Sie den Burschen jedenfalls nicht. Das steht fest.«

Geraldine und Frau Aha schauten aus einem Kutschenfenster, während die Männer darüber diskutierten, was nun am besten zu tun sei. Der Kutscher schüttelte verschiedentlich den Kopf. Sie einigten sich darauf, den Fremden bis zum nächsten Gasthof mitzunehmen und das Pferd an den Kutschkasten anzubinden. Die Herberge war nicht weiter als zwei oder drei Meilen entfernt.

Den Gasthof erreichten sie später als geplant, und der Grauschimmel sah arg schmerzgeplagt aus. Ein halbwüchsiger Stalljunge kam sofort herbeigeeilt und nahm sich seiner an. Sein Reiter hatte sich als Anton Piwatzsch aus Wien vorgestellt, der nach Kursachsen gekommen sei, um einen alten Freund zu besuchen.

»Welchen Freund denn?«, erkundigte sich Geraldine. »Vielleicht kennen wir ihn.« Sie konnte den Österreicher nicht einschätzen, hatte keine Vorstellung davon, was seine Profession oder Interessen waren. Fest stand nur, dass er sich mit Pferden nicht gut auskannte. Er konnte genauso gut ein Poet wie ein Mühlenbesitzer sein.

Es schien auch, dass er seine Aufmerksamkeit mehr auf Frederik richtete denn auf sie. Er hatte sie mit Befremden betrachtet, schien sie für eine exotische Dienerin zu halten. Stattdessen war sie im Kaffeesalon geblieben, während Frau Aha hinausging, um in den Zimmern nach dem Rechten zu sehen. Er hatte nach Frederiks Namen gefragt, sich nach ihrem aber nicht erkundigt, und in der ganzen Sorge um das Pferd war er ihm bisher auch nicht genannt worden. Im Augenblick sah sie auch keine Veranlassung dazu, und ihrem Verlobten schien es ähnlich zu ergehen. Außerdem hatte Anton Piwatzsch die enervierende Angewohnheit, alles durch ein ins rechte Auge geklemmtes Einglas zu begutachten.

»Sie werden ihn nicht kennen. Er lebt zurückgezogen, und seine Gesundheit ist auch nicht mehr die Beste. Jedenfalls war das so, als wir uns das letzte Mal gesehen haben, und das ist bereits ein paar Jahre her. Wir hatten nur noch brieflichen Kontakt, und der ist auf einmal abgerissen.«

»Und da wollten Sie nach ihm sehen und sind extra aus Wien gekommen? Das nenne ich eine wahrhaft tiefe Freundschaft«, sagte Frederik anerkennend.

Er und Geraldine saßen nebeneinander auf dem einzigen Sofa im Kaffeesalon des nicht besonders vornehmen Gasthofes. Anton Piwatzsch hockte auf einem wenig bequemen Stuhl, der knarrte, sobald er sich bewegte. Auf dem Tisch zwischen ihnen stand wässriger Kaffee, von dem niemand getrunken hatte, eine Schale mit trocken aussehendem Marzipankonfekt und eine Vase mit staubigen Thuja-Zweigen. Geraldine argwöhnte, in diesem Gasthof fehlte eine tüchtige Frau wie Madame Aha, die auf alles ein Auge hielt.

»Ich habe auch einige Arbeiten für ihn gemacht. Er hatte mich darum gebeten. Die wollte ich ihm geben und mit ihm besprechen. Die Sache mit dem Pferd ist wirklich ärgerlich, ich glaube nicht, dass ich hier einen angemessenen Ersatz finden werde. Seit Leipzig trägt mich dieser brave Grauschimmel, und es würde mir leid tun, ihn jetzt im Elend zurücklassen zu müssen.«

»Unser Kutscher wird nach dem Pferd sehen«, beruhigte Frederik ihn.

»Dafür bin ich ihm und Ihnen dankbar, Monsieur Nehmitz. Darf ich fragen, was Sie in diese dünn besiedelte Gegend führt?«

Bevor Frederik antwortete, tauschten er und Geraldine einen schnellen Blick des Einverständnisses.

»Wir wollen heiraten.«

Das Einglas fiel aus dem Auge seines Trägers, und der machte keine Anstalten, danach zu greifen. Stattdessen stand ihm sogar der Mund offen.

»Heiraten«, echote er schließlich. »Nun, das ist mir einmal ein ungewöhnliches Anliegen. Ist es nicht Brauch, dass die Heirat im Haus der Braut stattfindet, im Kreise ihrer Familie, statt dass beide zuvor beinahe ohne Begleitung im Land umherreisen?«

»Bei uns gibt es besondere Umstände«, sagte Geraldine zuckersüß und erlebte, wie Anton Piwatzschs Gesicht sich mit dunkler Röte überzog.

»Und ... und Ihre Familien?«, stammelte er.

»Gerade die Umstände unserer Familien machen es nötig, dass wir umgehend heiraten«, ergänzte Frederik.

Dem Wiener quollen schier die Augen aus dem Kopf.

»Es ist nichts Unrechtes dabei, das kann ich Ihnen versichern.« Frederik schenkte Piwatzsch ein Lächeln, das Vertrauen aufbauen sollte, bei dem anderen aber eher das Gegenteil bewirkte. »Ein Detail im Hausrecht der Familie meiner Braut erfordert unsere schnelle Heirat. Das muss Sie nicht beunruhigen. Berichten Sie doch lieber, wohin Sie sich in unserem schönen Kurfürstentum wenden wollen.«

»Äh ... ja ... nun ... Das wird das Beste sein.« Piwatzsch griff nach seinem Einglas, setzte es sich jedoch nicht aufs Auge, sondern versenkte es in einer Tasche seiner Weste. »Als ich mich mit meinem Bekannten das letzte Mal über unsere Forschungen austauschte, residierte er auf einem Rittergut im Käbschütztal und übte nebenbei eine Funktion in der Porzellanmanufaktur in Meißen aus.«

Bei dem Wort ›Käbschütztal‹ waren Geraldine und Frederik hellhörig geworden, und als dann noch die Manufaktur erwähnt wurde, konnte es keinen Zweifel mehr geben.

»Sie sprechen von Ritter Nathan Leberecht von Scholl«, platzte Geraldine heraus.

»Sie kennen ihn?«

»Er ist mein Vater!«

Nun waren alle drei gleichermaßen erstaunt und redeten durcheinander. Erst nach einigen Hin und Her schälten sich Zusammenhänge heraus: Anton Piwatzsch war genau wie Ritter von Scholl ein Naturforscher. Sie hatten mehrere Reisen zusammen unternommen, bei denen Ritter von Scholl der Mentor des jüngeren Anton Piwatzsch gewesen war. Der Österreicher wiederum hatte ihn bei der Zusammenstellung seines *Kompendiums der Pflanzen der Welt* unterstützt. Tatsächlich hatte er ihm etliches an Materialien und Beschreibungen übersandt, um zur Vollständigkeit des Kompendiums beizutragen. Geraldine berichtete in groben Zügen, woher sie stammte und wieso sie Ritter von Scholl ihren Vater nennen durfte.

»Ich verdanke ihm viel. Ohne seine Unterstützung und Empfehlung wäre es mir nicht gelungen, in die österreichische Akademie der Wissenschaften aufgenommen zu werden. Auf meine letzte Sendung an ihn erhielt ich leider nie eine Antwort, und nachdem auch kein Band des Kompendiums erschienen ist – ich habe mich mehrfach bei einem Wiener Buchhändler mit Verbindungen nach Leipzig erkundigt – wurde ich unruhig und habe mir an der Rudolphina, der Universität zu Wien, einige Monate Urlaub erbeten, um meinen Freund zu besuchen und ihn bei seinen weiteren Forschungen zu unterstützen.« Hatte Anton Piwatzsch Geraldine zuvor weitgehend ignoriert, sprach er nun ausschließlich sie an. »Als seine Tochter können Sie mir sicherlich Auskunft geben, wie es um meinen Freund bestellt ist, Mademoiselle von Scholl. Befindet er sich wohl und arbeitet fleißig wie eh und je?«

Geraldine senkte den Kopf. Die Freude, einen Freund ihres Vaters gefunden zu haben, wurde überschattet von dem, was sie nun sagen musste. »Mein Vater lebt nicht mehr. Er ist im letzten November gestorben, nachdem es zuvor schon eine lange Zeit um seine Gesundheit nicht mehr zum Besten bestellt war.«

»Das tut mir leid. Mein herzliches Beileid zu Ihrem Verlust, Mademoiselle von Scholl. Ich bin wirklich, wirklich aufrichtig betrübt, das zu hören. Obwohl sein langes Schweigen kaum eine andere Erklärung zuließ.«

Sie saßen alle mit gesenkten Köpfen im Kaffeesalon und schwiegen. Das Getränk in ihren Tassen war inzwischen kalt geworden und an den Knabbereien auf dem Tisch zeigte nur eine Fliege Interesse.

Schließlich räusperte Anton Piwatzsch sich. »Wenn Sie es nicht vermessen finden, Mademoiselle von Scholl, darf ich fragen, was Sie mit dem Kompendium Ihres Vaters zu tun gedenken? Er hätte sich sicher gewünscht, dass es das Licht der Welt erblickt, selbst wenn er es nicht mehr erleben kann.«

»Ich habe eine Reihe seiner Erläuterungen zusammengestellt, ganz so wie er es in seinen Notizen vorgesehen hatte. Es fehlte aber noch einiges daran, und was jetzt davon noch vorhanden ist, habe ich noch gar nicht wieder sichten können.«

»Was ist damit passiert?«

Geraldine wich dem Blick des Österreichers aus, als sie von dem Brand berichtete. Sie bekräftigte, immer noch fest entschlossen zu sein, den Willen ihres Vaters zu erfüllen und seine große Forschungsarbeit zu veröffentlichen, so es ihr denn gelänge, sie in wesentlichen Teilen wiederherzustellen. »Ich werde dabei Hilfe brauchen«, schloss sie.

»Das ist schrecklich zu hören, Mademoiselle von Scholl.« Anton Piwatzsch sagte alles, was schicklich war, bedauerte Geraldine für ihren großen Verlust, zeigte sich erleichtert, dass es lediglich das Herrenhaus und nicht die darin Lebenden getroffen hatte. »Ich bedauere den Verlust der Sammlungen und der Bibliothek Ihres Vaters, aber ich würde alles eigenhändig ins Feuer werfen, wenn sich damit nur ein Menschenleben retten ließe. Letztendlich ist es beschriebenes Papier, ohne dass die Welt sich weiterdreht; bei Ihrem Versuch, einiges davon zu retten, haben Sie ein großes Risiko auf sich genommen, Mademoiselle von Scholl. Ich bin froh, dass es gut für Sie ausgegangen ist und Sie nun bald verheiratet sein werden.« Er zwinkerte Frederik zu, der während des letzten Teils des Gesprächs stumm neben Geraldine gesessen hatte, nun aber ihre Hand ergriff und sie an seine Lippen führte.

»Und ich erst«, sagte er dabei.

Geraldines anfängliches Misstrauen gegen den Österreicher war vollständig verflogen. Sie berichtete nicht nur vom Ziel ihrer Reise, sondern bat Anton Piwatzsch sogar darum, als Trauzeuge mit ihnen zu kommen. Dem Kompendium könne er sich danach mit aller Kraft widmen, und sie ließe ihm alle Unterstützung angedeihen, die menschenmöglich war. Der Mann überlegte nicht lange, sondern sagte zu.

KAPITEL 57

$\mathcal{D}$ie Straße von Dresden nach Dohna, an der ihr Ziel, die Ortschaft Lockwitz, lag, fanden sie auf Höhe des Dorfes Reick durch eine Gerölllawine versperrt vor. Steine, Holz und Erdmassen lagen wild durcheinander. Obwohl die Reicker bereits eifrig zugange waren, die Schuttmassen zu beräumen, war auf den ersten Blick zu erkennen, dass dies keine Arbeit von Stunden, sondern von Tagen war. Sie erfuhren, dass eine Windböe eine Reihe von Bäumen auf einem Wall oberhalb der Straße umgeknickt hatte. Im Herabstürzen hatten sie den halben Hang mitgerissen. Das sei gestern geschehen.

Ein kräftiger junger Bursche berichtete das, dessen einst guter Rock erdverschmiert und unter einem Ärmel eingerissen war. Er stellte sich ihnen ungefragt als ältester Sohn des Dorfschulzen vor. »Wir haben in die Nachbarorte geschickt, damit von dort Hilfe kommt und die Straße möglichst schnell frei gemacht werden kann. Als einziges kam von überallher die Antwort, wir wären für die Straße in unserem Ort selbst verantwortlich. Hilfe könnten wir nur gegen die Zahlung von einem Taler pro Mann und Tag erwarten. Als ob bei uns das Geld auf den Bäumen wächst.« Der junge Mann hielt erschöpft inne und wischte sich mit seinem schmutzigen Rockärmel Schweiß von der Stirn.

Frederik öffnete den Mund, um etwas zu sagen, aber der älteste Sohn des Dorfschulzen kam ihm zuvor: »Dann kommen Leute wie Sie – vornehme Herrschaften mit Verlaub – und beschweren sich, weil die Straße versperrt ist. Mehr als ein übles Wort haben wir uns gefallen lassen müssen, während wir schuften, bis uns die Kräfte verlassen. Bei Dunkelheit ist längst nicht Schluss, dann stellen wir Laternen auf. Kein einziges Wort der Anerkennung hören wir für unsere Mühe. So sieht es nämlich aus.«

»Ich wollte nur fragen, wie wir jetzt nach Lockwitz kommen? Und anschließend bemerken, wie wir Ihre Bemühungen schätzen und Ihnen ein gutes Gelingen wünschen«, sagte Frederik mit Unschuldsmiene.

Dem ältesten Sohn des Dorfschulzen blieb vor Überraschung der Mund offen stehen. Er schluckte mit hüpfendem Adamsapfel, ehe er ihn schloss und eine Reihe von Dörfern nannte, die sie im Süden um Reick herumführen und nach Lockwitz bringen würden.

Von den genannten Dörfern merkte sich Geraldine kein einziges. Für sie hörte sich der Umweg lang und kompliziert an. Eine Verzögerung, die sie sich nicht leisten konnten, denn sie hatten nur noch den heutigen und den morgigen Tag, ehe die Frist ablief. Morgen vor einem Jahr war ihr Vater gestorben.

Der Kutscher wendete, was auf der engen Straße nicht einfach war, und nur gelang, weil Anton Piwatzsch heraussprang und die beiden Braunen an den Köpfen fasste, damit sie den komplizierten Schwenk ruhig und konzentriert ausführten. Im Inneren griff Frederik nach Geraldines eiskalter Hand und drückte sie.

»Wir werden rechtzeitig verheiratet sein. Du darfst nicht den Mut verlieren, sondern musst fest daran glauben.«

»Das fällt mir gerade nicht leicht«, flüsterte sie zurück.

Durch kleine Dörfer und holprige Gassen führte ihr Weg sie. Mehrfach hielt der Kutscher an, um sich nach der genauen

Strecke zu erkundigen. Gerieten sie auf einem dieser schmalen Wege in die Irre, wäre es unmöglich, die Kutsche zu wenden. Sie müssten ausspannen und das Gefährt von Hand drehen. Niemand verspürte dazu die geringste Lust. Als sich am späten Nachmittag die Dämmerung herabsenkte, hatten sie ihr Ziel noch nicht erreicht.

»Wir schaffen es nicht weiter«, rief der Kutscher nach hinten. »Es ist zu dunkel, trotz der Kutschenlaternen. Ich wage es nicht, die Pferde weiter auf mir unbekannten Wegen gehen zu lassen. Sie sind erschöpft und beginnen zu stolpern. Zu leicht kann sich eines dabei vertreten, aber nur ein paar Längen vor uns sehe ich Licht. Dort scheint ein Gasthof zu sein.«

»Nein!«, stöhnte Geraldine auf. »Hat sich denn alles gegen uns verschworen?«

Der Kutscher hatte sie gehört. »Es tut mir leid, gnädiges Fräulein.«

»Wir müssen aber …«

»Kleine Nilje, höre mir zu«, sprach Frederik eindringlich und leise auf sie ein. »Wir bleiben über Nacht in dem Gasthaus und fahren vor Sonnenaufgang weiter. Dann sind die Pferde ausgeruht und wir auch. Es kann nicht mehr weit sein. Wenn wir zu später Stunde den Pfarrer aus dem Haus holen, wird ihn das am Ende nur verärgern. Das können wir nicht gebrauchen. Er ist unsere letzte Chance, ob wir ihn nun heute Abend oder morgen früh sprechen.«

Er hatte Recht wie immer, aber in Geraldines Kehle saß ein Kloß, und sie konnte nur zaghaft nicken. Frederik gab dem Kutscher die Anweisung, ein Nachtquartier für sie zu bestellen.

Der Morgen graute, als sie ihre Fahrt fortsetzten. Frederik behielt Recht, dass es nicht mehr weit bis Lockwitz war. Zwischen dem ersten und dem zweiten Frühstück erreichten sie den Ort, der erheblich größer war als all die kleinen Dörfer, durch die sie tags zuvor gefahren waren.

In dem Ort gab es mehr als ein Gasthaus, eine Handvoll Strohhutmanufakturen und etliche Bäcker, für die Lockwitz über seine Grenzen hinaus bekannt war. Geraldine hatte keinen Blick dafür, dass es sich um einen wohlhabenden Flecken handelte, der beinahe nicht mehr Dorf zu nennen war. Ihre Aufmerksamkeit galt einzig und allein dem Pfarrhaus am Ufer des Flusses Lockwitz neben der Brücke und einer Pferdeschwemme. Der Kutscher hielt die Pferde genau vor dem Haus an.

Mittlerweile war die Sonne zur Gänze über den Horizont gekrochen, aber der wolkenverhangene Himmel verhinderte, dass der Tag richtig hell wurde. Geraldine saß klein und verloren neben Frau Aha in der Kutsche und starrte auf ihre im Schoß verschränkten Hände.

»Soll ich erst einmal allein gehen und mit Pfarrer Gerber sprechen?«, fragte Frederik sanft.

Sie nickte. »Ich bete für uns. Dass es dir gelingt. Es muss einfach.«

Er strich ihr über die Wange und kontrollierte, ob er alle notwendigen Papiere in seiner Hand hielt. Geraldine schaute nicht hin, wie er die Kutsche verließ und zum Haus ging, sie bewegte die Lippen in einem stummen Gebet, rief alle Heiligen an, an die sie sich erinnerte. Mittendrin kam ihr der Gedanke, dass es vielleicht nicht richtig war, katholische Heilige anzurufen, um eine lutherische Trauung zu ermöglichen. Sie konnte jedoch nicht aufhören.

»Ich werde jedem von euch eine Kerze anzünden«, flüsterte sie tonlos. »Ich muss diesen Mann heiraten, nicht weil er mir ein Rittergut rettet, sondern weil ich ohne ihn nicht leben kann und will. Das ist der wichtigste Grund für unsere Heirat. Ich will aber auch nicht, dass das Rittergut in die Hände meines Halbbruders fällt. Er tut ihm nicht gut, vor allen Dingen tut er den Menschen nicht gut, die dort arbeiten und Lehndienste leisten müssen. Frederik dagegen wird ein guter Rittergutsherr sein. Er wird gerecht sein gegen jedermann. Nur mit ihm kann alles wieder zu voller Blüte gelangen. Mein Vater hätte das gewollt, und ihm hat das Gut immer am Herzen gelegen, auch wenn einige etwas anderes sagen. Ich habe noch nicht oft um Hilfe gebeten. Verweigert sie mir nicht. Gelobt sei der Herr. Amen.«

Sie war so in ihr Gebet vertieft, dass sie Frederiks Rückkehr nicht bemerkte. Er riss die Tür auf und noch immer reagierte Geraldine nicht.

»Hopp, hopp. Raus mit dir, wenn du heute heiraten willst«, rief er.

Im ersten Moment begriff sie nicht, was er gesagt hatte. Erst als Frau Aha sie umarmte, sie Kindchen nannte und sich gleich darauf für diese Vertraulichkeit entschuldigte, sickerten seine Worte in ihren Verstand.

»Er traut uns? Oh, Frederik!« Ihre Stimme zitterte und Tränen kullerten aus ihren Augen.

»Er ist dazu bereit. Zuvor will er noch mit dir sprechen, um zu erfahren, ob alles wirklich dein freier Wille ist.«

»Das ist es«, schluchzte Geraldine. Sie nahm das Taschentuch, das Frau Aha ihr hinhielt, wischte sich die Tränen aus den Augen und schnäuzte sich.

KAPITEL 58

Der Lockwitzer Pfarrer Christian Gottlob Gerber war der Sohn des weit über die Grenzen der Ortschaft hinaus nicht nur als Pfarrer, sondern auch als Schriftsteller bekannten Christian Gerber, der seine Gemeinde über vierzig Jahre lang nach mild pietistischen Grundsätzen geführt hatte. Der jüngere Gerber gedachte seinem Vater nachzueifern, obwohl er ahnte, dass ihm nicht die gleiche Wertschätzung vergönnt sein würde. Das hinderte ihn jedoch nicht daran, sich die Wünsche eines jeden Besuchers anzuhören und bei seinen Entscheidungen stets von einem wohlwollenden Gott auszugehen, der seinen Schäfchen möglichst wenig Seelenpein verursachen wolle.

So hatte er es auch mit Frederik Nehmitz gehalten und bald erkannt, dass hinter den geschliffenen Worten des Rechtsgelehrten große Not steckte. Die juristischen Verwicklungen verstand er nicht und mühte sich auch nicht darum, aber es erboste ihn, dass Regelungen in einem Testament Bestand hatten, die eine Frist für eine Verheiratung setzten. Die Heirat war die Verbindung zweier Menschen vor Gott, und was er zusammentat, darin sollte sich niemand einmischen. Seine Zusage, die Trauung noch am gleichen Tage durchzuführen, beruhte daher auch auf dem inneren Entschluss, es dem Verfasser des unseligen Testamentes noch nachträglich zu zeigen. Immer vorausgesetzt, die Heirat entsprach dem freien Willen der Brautleute.

Bei Frederik hatte Pfarrer Gerber nicht lange gebraucht,

das zu erkennen und noch schneller ging es, als die schluchzende Geraldine ihm in seinem Amtszimmer gegenübersaß. Sie brachte nur unzusammenhängende Antworten auf seine Fragen voraus. Und sobald ihre Tränen ein wenig versiegt waren, brauchte er nur den Namen ihres Verlobten zu erwähnen, da begannen sie erneut zu fließen.

»Sie müssen sich beruhigen, Kind. Es wird doch alles gut. Sie werden Ihren Verlobten heute heiraten. Ich bin davon überzeugt, dass es ihrer beider Wunsch ist, und Ihr katholischer Glaube steht für mich der Trauung nicht entgegen.« Pfarrer Gerber schaute gütig auf seine Gesprächspartnerin, ohne recht zu wissen, wie er mit ihren Tränen umgehen sollte. Die trauernden Witwen oder armen Halbwaisen waren ihm vertraut; er wusste, wie er denen Trost spenden konnte. Menschen, die vor Freude derartig viele Tränen vergossen, hatte er noch nicht viele erlebt. Deshalb versuchte er es mit Väterlichkeit und strich seiner Besucherin über den Unterarm.

»Danke. Danke«, flüsterte Geraldine. Sie versuchte, die Tränen zurückzudrängen, aber es gelang ihr nicht. Ihr Glück und ihre Erleichterung mussten irgendwohin. Frau Ahas Taschentuch war inzwischen völlig durchweicht.

»Sie bereiten sich nun für die Trauung vor, während ich dem Kirchner Beine mache, die Urkunde über das Aufgebot vorbereite, den Trauspruch auswähle und was dergleichen mehr vorbereitet werden muss. Ihr Verlobter hat als weiteren Trauzeugen den Bäckermeister Adrian Siebert angesprochen. Er ist ein respektables Mitglied unserer Gemeinde und einer der Kirchväter. Die Zeremonie wird dann um vier Uhr am Nachmittag stattfinden.«

»Danke. Danke«, hauchte Geraldine erneut. Sie knickste vor dem Pfarrer und huschte aus dessen Amtsstube hinaus.

Bäckermeister Adrian Siebert erklärte sich nicht nur bereit, ihr Trauzeuge sein, sondern sie fanden auch Aufnahme in seinem Haus. Es befand sich in der Mitte des Ortes gegenüber dem Lockwitzer Schloss und der daran angebauten Schlosskirche. Vor dem Haus stand die Dorflinde. Das Gebäude selbst war zweigeschossig, und an die eine Hälfte war hinten ein Anbau für die Backstube angefügt, während der Verkaufsraum sich vorne im Haus befand, und den Kunden die Waren durch die geöffneten Läden herausgegeben wurden. Bei dem Bäckermeister und seiner Frau Christiana handelte es sich um ein fröhliches Ehepaar, beide um die vierzig oder etwas darüber, die durch einen Brief Therese Schumanns von ihrem Kommen unterrichtet worden waren und der Trauung nun gespannt entgegensahen.

Christiana Siebert begrüßte ihre Gäste mit mehlbestäubtem Haar und ebensolchen Händen, die sie sich hastig an der Schürze abwischte, ehe sie Geraldine herzlich umarmte. Sie und ihr Mann hatten vier Kinder, drei Buben und ein Mädchen, die der Größe nach aufgereiht im Flur standen und knicksten oder sich verneigten. Christiana führte Geraldine in eine Stube im ersten Stock, in der ein Bäckergeselle bereits ihr Gepäck abgestellt hatte. Viel hatte sie nicht mitgebracht, nur eine Tasche und zwei Hutschachteln. Außer einem Bett und einer Kommode mit Waschschüssel standen noch ein kleiner Damenschreibtisch und ein Stuhl in dem Raum, und in einer Ecke natürlich ein Ofen. Geraldines Tränenflut war versiegt, aber noch immer klopfte das Herz heftig in ihrer Brust, und sie war sich ihrer Stimme nicht sicher.

»Im Handumdrehen werden wir Sie in eine Braut verwandelt haben. Setzen Sie sich nur hierhin und lassen Sie mich machen.« Christiana Siebert deutete auf den einzigen Stuhl im Raum.

»Ich sehe völlig verheult aus.« Geraldine setzte sich aber gehorsam hin.

»Etwas kaltes Wasser wird helfen. Außerdem haben wir noch Zeit bis vier Uhr am Nachmittag.«

Christiana behielt recht. Um vier Uhr verließ Geraldine mit sorgfältig hochgesteckten Haaren, lediglich ein paar Löckchen ringelten sich um ihr Gesicht, das Siebertsche Haus. Ihr himmelblaues Brautkleid umschmeichelte ihre schlanke Figur, die ihr süßes Geheimnis noch nicht preisgab. Beim Gehen sah es aus, als schwebe sie über den Boden. Sie fühlte sich schön, als sie sich in einem halbhohen Spiegel betrachtete und lächelte sich zu. Um den rechten Oberarm hatte sie ein schwarzes Seidenband geschlungen. Es zeigte an, dass sie sich immer noch in Halbtrauer um ihren Vater befand. Frederik wartete in einem dunkelgrauen Rock in der Schlosskirche auf sie.

Die Trauungszeremonie selbst war schlicht gehalten. Etwa zwei Dutzend Besucher, vorwiegend alte Leute, saßen in den Kirchenbänken. Ihre Antwort auf die Frage aller Fragen piepste Geraldine kaum hörbar heraus, während Frederik sie mit fester klarer Stimme beantwortete. Die Urkunde über die Trauung mit Siegel und Datum händigte Pfarrer Gerber ihnen gleich anschließend aus. Er spendete ihnen Gottes Segen, wünschte ihnen viel Glück in ihrem Leben, sprach Geraldine mit Frau Nehmitz an und verabschiedete sich.

Geraldine lehnte sich an ihren Mann.

»Wir haben es geschafft«, flüsterte er ihr ins Ohr. »Du bist die Meine, und ich gebe dich nie wieder her. Leid tut mir nur, dass wir in so kleinem Rahmen heiraten mussten und keine richtige Feier haben. Ich möchte mein Glück in die ganze Welt hinausschreien. Jedermann soll davon erfahren.«

Geraldine drückte ihre Nase in Frederiks Halstuch und

gab sich ganz dem Gefühl hin, nun Frau Nehmitz zu sein. Sie fühlte nicht nur, dass ein neuer Abschnitt ihres Lebens begann, sondern kam sich auch so vor, als wäre sie neu geboren. Dass sie nun ihr Erbe gesichert hatte, kam ihr nicht in den Sinn, dafür fühlte sie sich geborgen in der Liebe ihres Ehemannes und dachte an ihr ungeborenes Kind, dass in der besten aller Welten aufwachsen würde, die sie ihm bieten konnte.

In der Siebertschen Bäckerei wurden sie mit einer Torte überrascht, die besser schmeckte als alles, was Geraldine je gegessen hatte. Sie verstand nun, warum Adrian den Titel Hofbäcker trug und warum der gegenwärtige Kurfürst wie zuvor sein Vater zur Weihnachtszeit stets einen Striezel von ihm verlangte.

Auf die Torte folgten ein Karpfen und anschließend ein Rehbraten. Dazu gab es Rheinwein. Zum Essen saß die Familie um den großen Esstisch im Salon. Das Brautpaar hatte den Ehrenplatz an einer Längsseite des Tisches inne. Vor ihnen stand ein Strauß mit gelben und orangefarbenen Ringelblumen, bei denen Geraldine sich fragte, wo die Bäckersfamilie sie um diese Jahreszeit aufgetrieben hatte. Es wurde eine von Herzen kommende Feier, die Geraldine viel bedeutete. Sie musste nicht mehr weinen, und je länger sie alle am Tisch saßen, desto befreiter konnte sie lachen. Frederik ging es ebenso.

Hinterher in der Hochzeitsnacht, die sie beide in Geraldines Stube im ersten Stock verbrachten, und nachdem sie sich ausgiebig geliebt hatten, erzählte sie ihrem Ehemann von der Schwangerschaft.

»Hoffentlich verurteilst du mich nicht, weil ich vor der Hochzeit schwanger geworden bin.«

»Daran war ich genauso beteiligt wie du. Wir müssten uns beide etwas vorwerfen, aber ich freue mich viel zu sehr. Wir werden einen Sohn haben oder eine Tochter. Das Rittergut wird auch in der nächsten Generation in den Händen deiner – unserer Familie sein.«

»Dass du jetzt an so etwas denken kannst«, murmelte Geraldine und zog die Bettdecke höher über sich und Frederik.

»Weil ich das Gut für uns bewahren will, und es soll auch nicht in der nächsten Generation an die Familie deines Halbbruders fallen. Weil ich viele, viele Kinder mit dir will.«

Gleich darauf fühlte Frederik sich viel zu abgelenkt, um überhaupt noch einen klaren Gedanken zu fassen.

KAPITEL 59

Die Standuhr im Salon des Leipziger Notar Dr. Eduard Wilhelm Wezel schlug zwölf Mal. Mitternacht!

Als der letzte Schlag verklang, hob Peter von Scholl ein mit Champagner gefülltes Kristallglas. Seine Frau und der Notar taten es ihm gleich. Der Letztere allerdings langsam und unentschlossen.

»Die Frist ist verstrichen und das Rittergut mein.« Peter von Scholl prostete erst dem Notar zu und danach seiner Frau.

»Unser«, ergänzte sie und nippte einen Schluck. Champagner hatte Lisalotte von Scholl erst zweimal in ihrem Leben getrunken, zur Feier ihrer Verlobung und auf ihrer Hochzeit. Sonst war sie als Tochter und Ehefrau eines Pfarrers der Meinung, dass sich derartig frivole Getränke für ihren Stand nicht ziemten. Schließlich mussten sie den Schäfchen ihrer Gemeinde mit gutem Beispiel vorangehen. An einem solchen Tag und zu einem solchen Ereignis mochte es jedoch hingehen. Schließlich hatten sie mehr als lange genug auf das Rittergut warten müssen.

Von dem Brand hatte sie gehört und war der Meinung, ihr Mann habe die Nachricht mit einer für ihn untypischen Ruhe aufgenommen. Sie hätte schreien und mit dem Fuß aufstampfen mögen. Da stand ihnen endlich ein Rittergut zu, und dann schaffte es diese Erbschleicherin, das Haus abbrennen zu lassen. Was war das Rittergut wert, wenn damit nicht auch ein standesgemäßer Wohnsitz verbunden war? Dann kam ihr der

Gedanke, diese Dahergelaufene habe das Haus selbst angezündet, weil sie es den wahren Erben nicht gönnte. Ihr Gatte hatte nichts darüber hören wollen, sondern sich in seine Studierstube zurückgezogen.

Nun waren sie nach Leipzig gekommen, um von Dr. Wezel ohne weitere Verzögerung in ihre Rechte als Rittergutsbesitzer eingesetzt zu werden. Diesmal hatte Lisalotte sich auch nicht dazu bewegen lassen, zu Hause in Muskau bei den Kindern auszuharren. Mochten sie auch von der Magd verzogen werden, das wäre hinterher mit ein wenig Strenge wieder zu regeln.

Einzig Dr. Wezel hatte nichts von seinem Champagner getrunken.

»Nun kommen Sie, mein lieber Notar, feiern Sie mit uns. Wir werden Sie ins Käbschütztal einladen, sowie wir uns häuslich eingerichtet haben. Eine angemessene Bleibe für eine Übergangszeit wird sich finden lassen. Eine Bleibe, in die man auch Gäste einladen kann. Sie sind uns stets willkommen.«

»Ich fühle mich verpflichtet, darauf hinzuweisen, dass bis eben der letzte Tag herrschte, an dem Ihre Halbschwester …«

»Nennen Sie sie nicht so!«

»Also, diese Person sich verheiraten konnte. Die Urkunde ihrer Heirat kann sie mir auch nach Ablauf der Frist vorlegen. Ist damit alles in Ordnung, bin ich gezwungen, sie als Erbin anzuerkennen«, sagte Dr. Wezel und hüstelte.

Lisalotte von Scholl setzte ihr Champagnerglas hart zurück auf den Tisch. »Wie kann das sein? Mein Schwiegervater ist gestern vor einem Jahr verstorben. Gott sei seiner Seele gnädig. Und diese Schwindlerin hätte bis dahin ihre Heirat nachweisen müssen.«

»Sie hätte bis gestern heiraten müssen. Der Nachweis bei mir kann später erfolgen«, wiederholte der Notar mit einer

Stimme, der anzuhören war, dass er das Gleiche noch ein dutzend Mal gesagt hätte, obwohl es ihm schon jetzt zu viel wurde. »Bedenken Sie die Zeit der Reise vom Käbschütztal nach Leipzig. Diese sollten wir abwarten.«

»Nur dass es keine Heirat im Käbschütztal geben wird.« Peter von Scholl lachte auf. »Ich habe mit Pfarrer Windisch gesprochen, und wir waren uns recht schnell einig, dass eine Verbindung dieser Person mit dem Rechtsverdreher Nehmitz nicht aus gottgefälligen, sondern nur aus niederen Motiven geschlossen werden wird. Deshalb wird er ihnen die Trauung verweigern. Auf die gleiche Weise habe ich mich auch mit anderen Pfarrern in der Nähe verständigt, die ich aus der Zeit meines Studiums kenne, oder die mir einen Gefallen schuldig waren. Pfarrer Windisch wollte sich ebenso verwenden.«

»Das ist eine wundervolle Neuigkeit, mein Lieber. Ich wusste, dass Sie es mit Gottes Hilfe gerichtet haben.« Lisalotte von Scholl sah drein, als wollte sie ihrem Mann einen Kuss geben, überlegte es sich dann aber anders. »Das ist genau, was diese Person verdient.«

»Sie wird nicht rechtzeitig verheiratet sein. Feiern Sie mit uns, verehrter Herr Dr. Wezel.«

»Wie Sie meinen.« Der Notar hob sein Glas und benetzte seine Lippen mit dem Champagner. »Machen Sie mir keine Vorwürfe, sollte es anders kommen. Ich wäre dann verpflichtet, Ihrer Halbschwester – pardon – jedenfalls dieser Frau und ihrem Ehemann als Notar zu dienen.«

»Dazu wird es nicht kommen. Nicht mit Gottes Hilfe.« Peter von Scholl lachte wieder. Er füllte sein Glas und das seiner Frau zum zweiten Mal. Danach war die Champagnerflasche leer.

KAPITEL 60

*I*ch beneide Sie, mein lieber Brühl. Sie haben es schon gesehen, während ich noch darauf warten muss«, sagte Friedrich August, als er spät in der Nacht das am Ufer der Elbe gelegene Palais Belvedere seines Kabinettsministers betrat. Der Graf hatte ihn erwartet und ihm persönlich die Tür geöffnet.

»Ich muss Sie enttäuschen, verehrter Kurfürst und Freund. Das Porzellanporträt befindet sich seit heute Nachmittag unter meinem Dach, aber gesehen habe ich es nicht. Ich habe mich genau an die Anweisungen Madame Nehmitz' gehalten, und die besagten, dass niemand vor Euer Gnaden einen Blick auf das Bild werfen dürfe. Früher Mademoiselle von Scholl, jetzt Madame Nehmitz.«

»Das weiß ich. Wo ist das Bild?«

Graf von Brühl leitete seinen Besucher durch einen nur von wenigen Kerzen erhellten Flur in die Bibliothek.

Auf einer Staffelei stand in der Mitte des Raumes der mit einem Tuch abgedeckte Teller. Er war von beachtlicher Größe.

Friedrich August blieb zwei Schritte vor der Staffelei stehen und betrachtete das cremefarbene Seidentuch. Die Hände hielt er vor dem Leib gefaltet, und seine Lippen bewegten sich. Er sah aus, als betete er. Wahrscheinlich tat er es auch. Brühl verhielt sich still wie ein Mäuschen, wagte kaum, zu atmen.

»Ich …«, murmelte der Kurfürst nach einer Weile. Er hob die rechte Hand und ließ sie wieder sinken. »Was glauben Sie, wie es aussehen wird?«

»Schauen Sie nach, Euer Gnaden.«

»Nicht das. Ich bin heute Nacht als Freund gekommen. Und ein Freund ist es, den ich mir an meine Seite wünsche.« Friedrich August machte immer noch keine Anstalten, das Tuch von der Staffelei zu entfernen.

»Freunde sollten ein Glas Wein gemeinsam trinken.« Brühl reichte dem Kurfürsten ein geschliffenes Kristallglas, in dem rubinroter Wein im Kerzenschein glänzte.

Erneut standen beide vor der Staffelei und schauten auf das Seidentuch. Der Graf fragte sich, warum Friedrich August es nicht einfach entfernte. Dieses Zögern war seinem eigenen Charakter fremd und eine enervierende Angewohnheit des Fürsten. Schon manches Mal hätte er ihn gerne gepackt und geschüttelt. Stattdessen trank er kleine Schlucke seines Weins und hatte das Glas beinahe geleert, als der Kurfürst wieder sprach: »Entfernen Sie das Tuch, lieber Freund. Tun Sie mir den Gefallen.«

Vorsichtig kam der Graf der Aufforderung nach. Kühl lag die Seide in seiner Hand und glitt leicht herab, bauschte sich auf dem Boden.

Der Kurfürst sog scharf die Luft ein. Kerzenleuchter standen um die Staffelei herum und beleuchteten sie. Die Kurfürstin Maria Josepha in einem cremefarbenen Prunkgewand und ihre drei jüngsten Kindern blickte ihm entgegen. Die neunjährige Maria Kunigunde spielte zu Füßen der Fürstin mit einem Mops, dem sie einen Ball hinhielt. Die beiden Söhne standen rechts und links an der Seite ihrer Mutter; dem Betrachter schauten sie mit ernsten Mienen entgegen. Statt dass im Hintergrund eine imaginäre Landschaft angedeutet war und der Fürstin Würde verlieh, bildeten ihn die älteren sechs Kinder.

Sie waren in blasseren Farben gemalt, beinahe durchsichtig, und beschäftigten sich mit Alltagsdingen, die ihre Sinne voll und ganz gefangen nahmen, denn keines schien den Betrachter auch nur zu bemerken. Das Bild bedeckte die glatte Fläche des Wandtellers und ragte hier und da ein wenig darüber hinaus, wenn sich eine Hand oder ein kleiner Fuß in den Blütenranken am Rand verlor.

Der Älteste, Friedrich Christian, war über einen Folianten gebeugt, als sei er mit Staatsgeschäften beschäftigt. Die beiden großen Töchter Maria Amalia und Maria Anna tranken Schokolade, wobei eine ihre Tasse auf dem Folianten abgestellt hatte. Franz Xaver ahmte seinen größeren Bruder nach, aber sein Blick war eindeutig in sein Rechenheft gerichtet. Maria Christina hielt eine Laute in den Händen und sang mit ihrer jüngeren Schwester Maria Elisabeth. Der sechzehnjährige Karl Christian lauschte dem Gesang.

Es war eine wunderbare und noch nie da gewesene Komposition einer Mutter im Kreise ihrer Kinder. Sie sahen alle so lebensecht aus, als wollten sie gleich aus dem Teller heraussteigen, auch die in den zarten Farben gemalten Älteren. Friedrich August verliebte sich auf der Stelle in das Bild. Wäre er nicht bereits mit Maria Josepha verheiratet, er würde sie noch einmal um ihre Hand fragen. Vor lauter Staunen war der Fürst sprachlos.

Brühl, der dessen Faszination für bildende Kunst nicht teilte, fand zwar das Bild auf der Staffelei bemerkenswert, weil es einiges Aufsehen erregen würde, und dass die Fürstin gut getroffen war und es ein passendes Geschenk für ihren Geburtstag abgab, aber besondere Gefühle löste das Werk in ihm nicht aus. Bei seinem eigenen Porträt war es ihm nicht anders ergangen. Am meisten hatte ihm daran gefallen, etwas zu besitzen, was andere nicht hatten und so eine Mode auszulösen. Jetzt würde man ihn noch mehr um das Porzellanporträt beneiden. Er zog sich geräuschlos ein paar Schritte zurück und überließ Friedrich August seiner Verzückung.

»Es wird ihr gefallen. Ich weiß das«, flüsterte der Fürst. Er riss sich von dem Anblick des Porzellanporträts los und drehte sich zu Brühl um. »Senden Sie der Künstlerin, was wir besprochen haben. Sie verfügt über begnadete Hände. Wir können uns glücklich schätzen, dass sie in unseren Landen lebt.«

KAPITEL 61

Sechs Tage waren Geraldine und Frederik verheiratet. Die Zeit, in der andere frisch Vermählte sich auf eine Reise begaben, um ihre Ehe in trauter Zweisamkeit zu beginnen, hatten sie genutzt, um so schnell wie möglich Richtung Leipzig zu eilen. Geraldine hätte den Weg am liebsten noch schneller zurückgelegt, aber Frederik bestand darauf, dass sie sich wegen ihrer Schwangerschaft keine zu großen Etappen zumuten könne. Außerdem machten sie einen Tag und eine Nacht Station bei seiner Mutter in Dresden.

Diesmal musste Frederik nicht mehr im Gasthof schlafen, sondern quartierte sich zusammen mit Geraldine in der Schlafstube ein, die sie auch bei ihrem ersten Besuch bewohnt hatte.

»Es ist natürlich nicht très chic, dass ein Ehepaar im selben Raum übernachtet«, bemerkte Wilma Nehmitz dazu. »Ich habe extra das zweite Gästezimmer richten lassen.«

»Um nichts in der Welt werde ich mich des Nachts von meiner Frau trennen.« Frederik grinste breit und legte einen Arm um Geraldines Taille.

»Werde nicht vulgär«, sagte seine Mutter spitz.

Es wurde aber doch ein harmonischer Abend zu dritt, in deren Verlauf sie Wilma eröffneten, dass sie im nächsten Jahr Großmutter werde.

»Kaum verheiratet und schon schwanger, das nenne ich aber mal einen Volltreffer.« Dass diese Äußerung durchaus als vulgär betrachtet werden könnte, kümmerte Wilma

Nehmitz nicht. Ihr war klar, dass das Kind in einer vorweg-genommenen Hochzeitsnacht gezeugt worden sein musste, aber sie kommentierte es nicht. Es war nicht mehr zu ändern, und schließlich kam mehr als ein Siebenmonatskind auf die Welt.

In Leipzig bezogen Geraldine und Frederik eine Zimmer-flucht in einem Hotel direkt neben der Nicolaikirche. Fre-derik schrieb eine kurze Nachricht an den Notar, in dem er darum bat, der werte Herr möge Frau und Herrn Nehmitz in einer dringlichen Angelegenheit empfangen. Während des Schreibens schaute Geraldine ihrem Ehemann über die Schulter. Einen Moment lang fragte sie sich, wer denn Frau Nehmitz war, Frederiks Mutter war doch gar nicht mit ihnen gekommen; bis ihr einfiel, dass sie damit gemeint war.

Frau Nehmitz. Frau Geraldine Nehmitz. In Gedanken kos-tete sie jeden einzelnen Laut ihres neuen Namens aus. Abge-sehen von der Bescheinigung über ihre Heirat hatte sie ih-ren neuen Namen noch nie geschrieben gesehen. Sie war Frau Nehmitz.

Die Antwort des Notars bestand aus einer hastig hinge-kritzelten Notiz, die sie für den Vormittag des übernächsten Tages in die Notarkanzlei lud. Kein weiteres Wort einer Er-klärung.

»Dem ist das Herz in den Hintern gerutscht«, kommen-tierte Geraldine. »Wir hätten gar nicht erst schreiben, son-dern gleich hingehen sollen.«

»Höflicher ist es auf jeden Fall, sich anzumelden. Es kann nichts mehr passieren, Nilje. Wir sind verheiratet, ob Dr. We-zel es heute, morgen oder übermorgen erfährt, spielt keine Rolle.«

»Ich ...« Geraldine verstummte. Sie wusste selbst nicht,

was sie befürchtete. Aber sie hatte ein mulmiges Gefühl, konnte sich nicht als Besitzerin des Rittergutes sehen, bevor sie nicht den Notartermin hinter sich gebracht hatte.

Sie verbrachten diesen und den nächsten Tag damit, durch die Handelsstadt zu bummeln. Geraldine orderte Geschenke für die Bediensteten des Rittergutes als Anerkennung für ihre Treue, und weil sie das Feuer unter Einsatz ihres Lebens gelöscht hatten. Dafür sollten die Leute Strümpfe, Halstücher oder Hauben bekommen. Frederik begleitete sie geduldig. Janne wollte sie Geld geben, damit sie die Kinder zur Schule schicken konnte, sobald sie alt genug waren. Sie wollte auch für Rikarda eine Aussteuer aussetzen und Simon Andreas eine Lehre ermöglichen oder sogar ein Studium, wenn er sich als so klug erwies.

»Ich glaube, jetzt haben wir alles«, sagte Geraldine, als der halbe Tag verstrichen und beide hungrig waren. »Werden sich die Leute darüber freuen?«

»Zweifelsohne werden sie das, Nilje. Das sind alles praktische Sachen, die sie gut gebrauchen können. Was ihnen jedoch am meisten hilft, wäre die Gewissheit, weiterhin auf dem Rittergut arbeiten zu können und dass sie wenigstens einen kleinen Teil ihres Lohnes erhalten, bis die Arbeit für sie wieder wie gewohnt weitergeht.«

»Das ist doch selbstverständlich. Ich dachte, das wissen sie. Sie sollen natürlich auch ihren Lohn erhalten, schließlich ist das alles nicht ihre Schuld.«

»Den vollen Lohn sollten sie nicht bekommen«, sagte Frederik sehr bestimmt.

»Warum nicht?«

»Weil sie sich sonst daran gewöhnen, Geld zu bekommen, ohne etwas dafür arbeiten zu müssen. Sie sollen nur wissen, dass du an sie denkst.«

»Wir an sie denken. Der Rittergutsbesitzer bist jetzt du.«

»Daran werde ich mich noch gewöhnen müssen«, antwortete er mit einem schiefen Lächeln.

In der Kanzlei des Notars trafen sie nicht nur auf Dr. Wezel, der unglücklich dreinschaute, sondern auch auf Peter von Scholl, der wütend dreinschaute, und seine Frau, die aussah, als wollte sie am liebsten jemandem die Augen auskratzen. Sie wandte sich eisig schweigend ab, ohne eine einzige Geste der Höflichkeit zur Begrüßung. Ihr Mann raffte sich immerhin zu einem Nicken auf.

»Ich frage mich, warum diese beiden anwesend sind?«, sagte Frederik mit einer Stimme, die Geraldine sonst gar nicht an ihm kannte. Es war offenbar seine Rechtsgelehrtenstimme, die sachlich klang, aber zugleich zeigte, dass ihr Besitzer einen Kampf nicht so leicht aufgab.

»Ich halte es für sinnvoll, alle Beteiligten zusammenzuholen, um ein für alle Mal einen Schlussstrich unter diese Erbschaftangelegenheit zu ziehen. Wenn wir alle Platz nehmen wollen.« Dr. Wezel deutete auf einen Tisch mit glänzend polierter Platte, in dessen Mitte eine geschmacklose Laokoon-Gruppe aus Marmor stand. Schlangen wanden sich um den Vater und seine Söhne.

Der Notar nahm an der Stirnseite Platz, es folgten die beiden Männer und danach die Frauen. Laokoon nahm Geraldine die Sicht auf die ihr gegenübersitzende Lisalotte von Scholl. Kurzentschlossen rückte sie die Statuette beiseite.

»Wir haben vor einer Woche geheiratet«, begann Frederik wieder, immer noch mit seiner Rechtsgelehrtenstimme.

»Das gibt es nicht«, fuhr Peter von Scholl auf.

»Denken Sie darüber, was Sie wollen, ich habe die Beweise hier.« Unter dem Tisch ließ Frederik sich von Geraldine eine

Ledermappe geben und entnahm ihr die Bestätigung der Trauung und sein Leumundszeugnis. Beides schob er dem Notar hin.

Der besah es sich gründlich, indem er es sich dicht vor die Augen hielt. Schließlich hielt es Peter von Scholl nicht länger auf seinem Stuhl. Er sprang auf und wollte nach den Urkunden greifen. Frederik war schneller und brachte sie außerhalb seiner Reichweite in Sicherheit.

»Sie werden beides nicht in Ihre Finger bekommen.«

Der Notar räusperte sich. »Ich brauche Zeit, um das zu prüfen.«

»Was wollen Sie denn noch? Das ist die Bestätigung, dass wir in Lockwitz geheiratet haben. Genau am ersten Todestag Nathan Leberechts von Scholl und damit innerhalb der vom Hausrecht gesetzten Frist. Das andere ist mein Leumundszeugnis. Sie werden daran nichts zu beanstanden finden.«

»Wie gesagt, ich muss das prüfen. Lassen Sie mir die Unterlagen hier und kommen Sie in der nächsten Woche wieder.«

»Das werde ich ganz bestimmt nicht tun!«, donnerte Frederik, und alle im Raum Anwesenden zuckten zusammen. »Diese Papiere werde ich nicht aus der Hand geben und schon gar nicht jemanden anvertrauen, der sich zwar Notar nennt, sich aber zum Handlanger eines Peter von Scholl gemacht hat.«

»Sie drohen mir!«

»Wenn Sie es so verstehen wollen!«

Frederik und der Notar maßen sich mit Blicken. Dr. Wezel senkte seinen als erster.

»Sie werden meine Unterlagen hier und jetzt prüfen und das Ergebnis verkünden!«

Frederik zeigte eine Seite, die Geraldine bisher noch nicht an ihm kannte und die es nicht angeraten sein ließ, sich ihn zum Feind zu machen. Sie war stolz auf den Mann, den sie geheiratet hatte.

»Das ist doch …«, schnappte Lisalotte von Scholl. »Das ist doch …« Mit empört aufgeblasenen Backen verstummte sie.

»Jedenfalls scheint mir dieses Thema nicht für die empfindsamen Ohren und noch empfindsameren Gemüter der Damen geeignet.« Der Notar räusperte sich umständlich.

»Das ist wohl so«, stimmte ihm Peter von Scholl sofort zu. »Lilott, überlassen Sie doch den Herren diesen Tisch. Ich bin sicher, Sie finden in der Zeit eine andere Beschäftigung.« Vordergründig klang der Mann freundlich, aber im Hintergrund war Eisen in seiner Stimme. Frau von Scholl stand wortlos auf und verließ den Raum.

Alle Augen richteten sich auf Geraldine.

Die rückte sich kerzengerade zurecht und nahm die Schultern zurück. Das Näschen zeigte beinahe in den Himmel. »Ich bleibe. Schließlich geht es um das Erbe meines Vaters, um die Erfüllung seines letzten Willens.«

Frederik nickte ihr zu.

Der Notar begann umständlich über Termine und Fristen zu reden. Seine Sätze wanden sich schlimmer als Würmer, deshalb dauerte es geraume Zeit, bis er nicht mehr anders konnte, als zu verkünden, dass Geraldine und Frederik zu Recht verheiratet und alle Bedingungen des Hausrechts erfüllt waren, um dem Testament von Nathan Leberecht von Scholl Genüge zu tun, und das Rittergut in ihre Hände zu geben.

»Nein!«, brüllte Peter von Scholl. »Das haben Sie mir anders versprochen! Es kann gar nichts mehr schiefgehen, haben Sie gesagt. Und nun das!« Er sprang auf, und der Stuhl fiel hinter ihm um.

»Das habe ich nicht gesagt. Es waren Ihre Worte, nicht

meine«, sagte Dr. Wezel unglücklich. »Sie waren der Meinung, die Frist sei verstrichen, und ich habe Ihnen erklärt, wie das mit juristischen Fristen ist. Mir dürfen Sie die Schuld nicht geben.«

»Sind Sie mein Notar, oder nicht?« Peter von Scholl stand halb über den Tisch gebeugt da und donnerte seine Worte dem Mann ins Gesicht.

Frederik stand nun ebenfalls auf. Er überragte von Scholl, obwohl er schlanker war. »Mäßigen Sie sich! Sie haben die Entscheidung gehört. Meine Frau und ich ziehen es vor, wenn Sie und Ihre Familie sich im Käbschütztal nicht wieder sehen lassen.« Dann wandte er sich an den Notar. »Wir erwarten ein entsprechendes Schriftstück von Ihnen im Laufe des morgigen Tages.«

Als Frederik sich verabschieden wollte, flüsterte Dr. Wezel ihm zu: »Lassen Sie mich nicht mit ihm allein. Ich bitte Sie!«

»Haben Sie nicht einen kräftigen Burschen, der Ihnen beistehen kann?«

Der Notar schüttelte den Kopf. »Nicht im Moment.«

Frederik seufzte, krempelte aber die Ärmel hoch und trat um den Tisch herum auf Peter von Scholl zu. »Gehen Sie freiwillig, oder muss ich Sie hinauswerfen?«

»Wie reden Sie mit mir? Lassen Sie mich in Ruhe!«

»Sie wollten nicht hören!« Mit diesen Worten griff Frederik Peter von Scholl am Kragen und schleifte ihn aus dem Raum, die Treppe hinunter und auf die Gasse. Sein zeterndes Weib folgte.

»Erinnern Sie sich daran, dass Sie ein Pfarrer sind, und leben Sie wohl, Herr von Scholl.« Frederik trat ins Haus zurück und verriegelte die Tür.

Aus Dankbarkeit für seine Rettung stellte Dr. Wezel ihnen sofort die Bestätigung aus, dass das Rittergut im Käbschütztal allein in ihrem Eigentum stand, und gab ihnen einen Überblick über dessen finanzielle Situation. Geraldine verstand davon nur jedes dritte Wort; Frederik dagegen notierte sich etliche Zahlen und stellte mehr als eine Frage. Am Ende lud Dr. Wezel sie zum Abendessen ein, und es ergaben sich entspannte Stunden im Kreise seiner Familie. Er hatte einen halbwüchsigen Sohn, der virtuos das Spinett beherrschte und eine Tochter, die dazu mit glockenheller Stimme sang. Beide gaben ein Hauskonzert, und Geraldine applaudierte begeistert.

KAPITEL 62

Haben wir genug Geld?«, fragte Geraldine, als sie in der Kutsche saßen, die sie zurück ins Käbschütztal brachte.

»Wofür?«

»Für ein Haus, in dem wir mit unseren Kindern leben können.« Sie legte eine Hand auf ihren Leib. Wenn man genau hinsah, war ein kleiner Schwangerschaftsbauch sichtbar. Sie schnürte sich auch nicht mehr eng. »Es soll genauso aussehen wie das Alte.«

»Das will gut überlegt sein, kleine Nilje. Es wäre nicht mehr dasselbe Haus, auch wenn es genauso aussieht. All die Dinge, die das Leben deines Vaters ausgemacht haben, kommen nicht wieder. Wenn wir ein Haus errichten, soll es eines für uns sein. Für uns und unsere Kinder. Wir haben den Park, die Gewächshäuser – sie werden uns immer an deinen Vater erinnern. Viel mehr als ein Haus es je könnte, das er nie betreten hat.«

Geraldine dachte darüber nach. Sie dachte gründlich darüber nach, lehnte sich dabei in den Arm ihres Mannes.

»Du wirst wieder malen, und ich schaue dir dabei zu«, spann Frederik den Faden für ihre Zukunft weiter. »Nachdem ich am Vormittag mit Herrn Aha die Gutswirtschaft geführt habe.«

»Ich lasse nie jemanden meine Bilder sehen, bevor sie nicht fertig sind«, warf Geraldine ein.

»Ich schaue dir trotzdem zu. Wir werden ein Haus in Dresden haben, und die vornehme Gesellschaft wird sich darum reißen, dass du sie auf Porzellan verewigst.«

Bei der Rückkehr in das Altenteilerhaus im Käbschütztal wurden sie von Janne, Maurice und den Geschwistern Aha erwartet. Die Herren verneigten sich, die Frauen knicksten. Dann hätten sich alle am liebsten glücklich in den Armen gelegen, aber weil sich das nicht gehörte, konnten sie nur über das ganze Gesicht strahlen. Maurice gelang das am besten. Er führte sie in den Salon des Altenteilerhauses, in dem der Esstisch festlich gedeckt war. Kristallgläser und Silberbesteck funkelten um die Wette. Natürlich wurde von Meißner Porzellan gespeist.

»Willkommen für die erste Mahlzeit als Ehepaar im eigenen Haus.« Maurice grinste noch breiter. »Wenn es auch nicht ganz das eigene ist. Aber das wird wieder, davon bin ich überzeugt.«

Das folgende viergängige Menü übertraf Geraldines Erwartungen. Nie hätte sie gedacht, dass ein solches Festmahl in der kleinen Küche hatte zubereitet werden können.

* * *

Anton Piwatzsch hatte gar nicht schnell genug ins Käbschütztal kommen können, und als er nun die Unterlagen seines Freundes Nathan von Scholl betrachtete, war er erschüttert. Auf dem Tisch vor ihm lag ein erschreckend kleiner Stapel. Mehr war nicht übrig geblieben von dessen wissenschaftlicher Arbeit.

Sie musste einst umfassend gewesen sein, Hunderte von wissenschaftlichen Werken und noch mehr Aufzeichnungen und Reisebeschreibungen enthalten haben. Er selbst hatte es nie gesehen, war nie im Käbschütztal zu Gast gewesen, hatte jedoch andere davon reden hören. Etwa den Edlen Friederich Theodor von Korn-Biel, der bekannt war für seine detailgetreuen Zeichnungen von Pflanzen. Mehrfach war er auf dem von Schollschen Rittergut zu Gast gewesen, hatte von der Bibliothek und vom Park geschwärmt. Wenigstens der Park war noch vorhanden, und Mademoiselle von Scholl – Nehmitz, sie hieß nun Frau Nehmitz – hatte ihm erlaubt, nach Herzenslust darin herumzustreifen. Den gesamten gestrigen Tag hatte er dort verbracht, aber nun wartete mach dem Vergnügen die Arbeit auf ihn.

Das *Kompendium der Pflanzen der Welt* – er musste schauen, was davon gerettet worden war, was ohne Weiteres ergänzt werden konnte und was für die Veröffentlichung vorbereitet werden musste. Dem Brief des Leipziger Verlegers Zedler hatte Frau von Scholl ihm gegeben, und immer noch hatten ihre Augen dabei vor Wut geblitzt, obwohl der Brief schon vor Wochen eingetroffen war.

Die Tür der winzigen Stube im ersten Stock wurde leise geöffnet, und Geraldine trat ein. Seit sie verheiratet war, hatte sie das schwarze Band am rechten Oberarm abgelegt, aber die gedeckten Farben ihrer Kleidung beibehalten. An diesem Tag trug sie ein lichtes Graublau mit einem dunkleren blauen Unterkleid und ebensolchen Spitzen an den Ärmeln.

»Ich wollte nur einmal sehen, ob Sie alles haben, was Sie benötigen, Herr Piwatzsch. Soll eines der Mädchen Ihnen eine Erfrischung bringen? Einen kleinen Imbiss?« Mit der Rechten knetete Geraldine ihre Rockfalten.

»Sie sind sehr fürsorglich, Madame Nehmitz, aber ich habe alles, was ich brauche. Viel ist nicht mehr da vom Werk Ihres Vaters. Es ist sogar erschreckend wenig.«

»Ich habe aus dem Feuer gerettet, was mir möglich war. Mein Mann hat mich gerade noch rechtzeitig aus dem Haus gezogen, bevor es zu gefährlich wurde.«

»Verstehen Sie das nicht als Vorwurf, Madame. Ich bin nur

erschüttert. Wenn ich an die vielen Stunden Arbeit und die vielen Reisen Ihres Vaters denke ... und nun das sehe ... Ich könnte weinen und an Gott verzweifeln, weil er das zugelassen hat.«

»Es gibt noch die beiden von mir für das Kompendium zusammengestellten Bände, die ich an Herrn Zedler geschickt habe. Er hat sie mir nicht wieder zurückgesandt.«

»Fordern Sie sie zurück. Dann sieht das hier schon anders aus, und ich bekomme eine Vorstellung, was Ihr Vater geplant hat.«

»Ich dachte, wir könnten mit Herrn Zedler doch noch über eine Veröffentlichung des Kompendiums verhandeln. Es sollen ja nicht alle von meinem Vater geplanten Bände auf einmal veröffentlicht werden, sondern immer einer nach dem anderen. Nicht mehr als zwei oder drei im Jahr.«

Anton Piwatzsch räusperte sich, und Geraldine schaute ihn fragend an. »Zwei oder drei Bände im Jahr sind eine wahrhaft große Aufgabe. Da viele Unterlagen nicht mehr vorhanden oder vollkommen ungeordnet sind, sollten wir schon mit der Fertigstellung eines Bandes im Jahr zufrieden sein.«

»Oh!«

»Ihr Vater bestand mir gegenüber stets darauf, von jeder beschriebenen Pflanze müsse auch eine Zeichnung ins Buch. Jeweils die ganze Pflanze und die Blüte im Detail. Allein die Zeichnungen anfertigen zu lassen, wird einige Zeit in Anspruch nehmen.«

Jetzt entschlüpfte Geraldine ein Lächeln. »Ich habe eine sechsjährige Lehrzeit als Malerin durchlaufen. Pflanzen zu zeichnen stellt für mich kein Problem dar. Ich habe bereits einige Zeichnungen angefertigt und die getrockneten Pflanzen aus meines Vaters Herbarium als Vorlage verwendet.«

»Nur gibt es diese Sammlungen nicht mehr, wenn ich Sie

richtig verstanden habe. Nach welchen Vorlagen wollen Sie also zeichnen?«

Darauf wusste Geraldine keine Antwort. Für einen Augenblick hatte sie sich hinreißen lassen, zum Kompendium ihres Vaters das beizutragen, was sie am besten konnte.

»Friederich Theodor von Korn-Biel hat bisher die Zeichnungen für Ihren Vater angefertigt. Dieser Herr hat Zugang zu seinen eigenen und den Sammlungen der Herzöge von Braunschweig und Lüneburg in Wolfenbüttel. Er wird uns helfen können. Unterdessen richten wir unser Augenmerk auf die Beschreibungen und auf die Bedingungen für die Veröffentlichung.«

»Ich kann Herrn Zedler für die Veröffentlichung des Kompendiums eine gewisse Summe bieten. Einige Dutzend Taler für jeden Band«, schlug Geraldine vor.

Anton Piwatzsch schüttelte den Kopf. »Eine Buchhandlung oder Verlag erhält Geld für den Verkauf der Bücher, nicht von den Autoren und Herausgebern. Ich denke, Zedler ist nicht der Richtige für das Kompendium Ihres Vaters. Philipp Erasmus Reich scheint mir der bessere Mann; er hat erst vor wenigen Jahren die Weidmannsche Buchhandlung übernommen und muss ihr nun das rechte Profil verpassen. Das Kompendium Ihres Herrn Vaters wird ihm dabei gut zupass kommen.«

»Woher Sie das alles wissen, wo Sie doch aus Wien stammen?«

»Wofür ist alle Wissenschaft gut, wenn es uns nicht gelingt, sie den Interessierten zugänglich zu machen? Das geht nur durch die Veröffentlichung unserer Werke als Bücher. Neues Wissen erwerben wir durch gelehrte Gespräche – und auch aus Büchern. Die Entwicklungen im Verlags- und Buchhandelswesen zu beobachten, gehört für mich zur wissenschaftlichen Arbeit dazu, wie das Studium der Pflanzen. Sind Sie damit einverstanden, wenn ich mich zunächst an die Weidmannsche Buchhandlung wende und gleichzeitig die Rückgabe der beiden Bände von Herrn Zedler erbitte?«

Geraldine hatte keinen besseren Plan und stimmte deshalb zu. Sie verließ Anton Piwatzsch zur weiteren Ordnung der Unterlagen mit einem guten Gefühl. Endlich ging es mit dem Kompendium voran. Wo sie allein nicht mehr als einen Versuch hatte starten können, schien der Österreicher einen genauen Plan zu haben. Sie konnte nun nur noch hoffen, dass der sich auch erfüllte.

KAPITEL 63

Einige Tage nach dem Geburtstag der Kurfürstin am 8. Dezember 1749 wurden ihre empfangenen Geschenke öffentlich in der Gemäldegalerie ausgestellt, damit die Untertanen daran vorbeigehen konnten. Die Residenzstädter strömten in Scharen herbei, um die Kostbarkeiten zu bestaunen. Die waren in einer langen Reihe in der Mitte der Galerie ausgestellt, sodass man einmal um sie herumgehen konnte, und mit straff gespannten Seilen abgetrennt, damit ihnen niemand zu nahe kam. Bewacht wurden sie von Mitgliedern der königlichen Leibgarde. Neben ihren Säbeln trugen die Männer auch kurze Stöcke und zögerten nicht, diese einzusetzen, wenn sich jemand zu weit vorwagte oder seine Hände nicht bei sich behalten konnte.

Ausgestellt wurden kostbare Pelze und Geschmeide, Seidenstoffe, seltene Pflanzen, ein Psalter im Golddruck mit einem dazugehörigen Rosenkranz aus schwarzen Jadesteinen. Unter den Geschenken befand sich aber auch ein aus Holz und Papier gefertigtes Haus, vor dem eine stolze weibliche Gestalt stand – das Geschenk eines ihrer Kinder. Eine andere kindliche Gabe bestand aus einem Herbarium, dessen Pflanzen der kleine Prinz eigenhändig beschriftet hatte. Zwischen den Gaben stand auf einer Staffelei und sorgfältig gegen Herabfallen gesichert ein Teller mit einem Porträt der Kurfürstin im Kreise der Kinder. Die drei Jüngsten spielten zu ihren Füßen, die anderen bildeten in blassen Farben den Hintergrund. Dieses Geschenk stand in der Mitte der Reihe, und ein kleines Schild an der Staffelei verkündete, dass es sich um das des Kurfürsten handelte. Vielen Besuchern entlockte es bewundernde Ausrufe, und der danebenstehende Gardesoldat musste besonders gut achtgeben, dass niemand dem Porträt zu nahe kam. Nicht wenige machten einen Versuch, es mit der Fingerspitze zu berühren, weil sie so etwas noch nie gesehen hatten und nicht glauben wollten, dass es tatsächlich auf Porzellan gemalt war.

Unter den Besuchern befand sich auch der Maler Claudio Castagno. Er hatte schon vor einiger Zeit das Käbschütztal verlassen und war in die Residenz zurückgekehrt. Seine Wunden waren verheilt, sein Stolz immer noch geknickt. Wehrlos niedergesteckt zu werden, wochenlang das Bett hüten zu müssen und ausgerechnet von der Person gepflegt zu werden, die er vernichtet sehen wollte, hätte er sich in seinen schlimmsten Albträumen nicht ausgemalt. Der Allmächtige musste wahrlich seine Hand über sie halten, denn auch den inszenierten Kutschenunfall hatte sie beinahe unverletzt überstanden, stattdessen hatte es ihre niedliche Zofe erwischt. Wenigstens einen Bruch des rechten Handgelenks mit anschließender Verwachsung hätte ihr der Unfall eintragen sollen.

Er vermied den Gedanken an seine Zeit im Käbschütztal. Den Gaben an die Kurfürstin widmete er nur mäßiges Interesse, er war nur gekommen, weil es ihm zwischen den vielen Menschen wärmer dünkte als in seinem Zuhause. Seine lange Abwesenheit von Dresden hatte ihn die Wohnung gekostet, er hauste jetzt in einem schäbigen Zimmer in der Wohnung einer Soldatenwitwe, und der Ausschnitt dieser Frau rutschte von Woche zu Woche weiter nach unten. Gleichzeitig versuchte sie, ihn mit allerlei Leckereien zu locken. Dabei stank sie aus dem Mund und war dermaßen hässlich, dass er ihrem Gesicht nicht tagtäglich am Esstisch begegnen wollte.

Es war nicht schwer zu erraten, dass sie ihn in ihr Bett und als neuen Ehemann an ihre Seite zu bekommen versuchte. Um dem zu entgehen, könnte er noch zwei, allenfalls drei Wochen bei ihr wohnen, ehe er sich eine neue Bleibe suchen musste. Ein Auftrag für ein Gemälde war dagegen nicht in Sicht. Diese düsteren Gedanken wälzte Castagno, als er gleichgültig die Geschenke betrachtete und sich von den Menschen hinter sich voranschieben ließ.

Auf einmal blieb er stehen. Der Geist war aus seiner Trägheit erwacht, und sein Blick heftete sich auf ein zartes Gemälde auf einem übergroßen Porzellanteller. Die Kurfürstin zusammen mit ihren drei jüngsten Kindern, die anderen beschäftigten sich hauchzart im Hintergrund. Castagno musste nicht lange überlegen, wer das Porträt gemalt hatte. Die Menschen fluteten um ihn herum, knufften und stießen ihn, aber er stand wie ein Fels vor der Staffelei und saugte jede Einzelheit gierig in sich auf. Die Zartheit des Gemäldes, die Natürlichkeit der Personen, die aus dem Porzellan herauszutreten schienen … Er wusste, wie schwer es war, dies beim Arbeiten auf Leinwand zu erreichen. Um wie viel schwerer musste es auf Porzellan sein, wo die Farben erst nach dem Brand ihr Feuer entfalteten. Er wusste, wer dieses Porträt gemalt hatte, und ein Speer aus Schuld fuhr durch seinen Leib.

Nur mit Mühe konnte er sich aufrechthalten. In dieser Verfassung erhielt er einen Stoß in den Rücken, der ihn nach vorne taumeln ließ. Er kam dabei der Staffelei zu nahe. Ihr Wächter zögerte nicht, seinen Stecken einzusetzen und schlug den Italiener vor die Brust. Der Schlag schleuderte ihn zurück, schmerzte nicht nur in der Seele, sondern auch auf den Narben auf seiner Brust. Castagno fiel auf den Hintern und brauchte einen Augenblick, um wieder zu Atem zu kommen und aufzustehen. Die Menge und der Gardesoldat kümmerten sich nicht weiter um ihn. Sie gingen um ihn herum, ihre Stiefel stießen an seine Beine.

Castagno rappelte sich auf und hinkte aus der Galerie. Eine Hand hatte er tief in die Rocktasche vergraben. Seine Finger spielten mit ein paar Münzen. Sie stellten seine gesamte Barschaft dar, und die würde nicht reichen für das, was er tun musste. Er musste Geld auftreiben, um wieder zu dem Menschen zu werden, als den er sich kannte. Und wenn es nicht die Bezahlung eines Auftrages war, musste es eben die Soldatenwitwe sein.

Ein Kredit aus ihrer Hand gegen ein Versprechen.

Im Käbschütztal fand Claudio Castagno das Ehepaar Nehmitz vor dem Kamin vor. Geraldine hatte die Hände über einem deutlich gerundeten Bauch gefaltet. Ihre Schwangerschaft war nicht zu übersehen – nicht einmal für Castagno, obwohl er sich im Allgemeinen nicht für die körperlichen Belange der Damenwelt interessierte. Genaues wusste er nicht, aber er hatte doch gehört, dass mit ihrer und Frederik Nehmitz' Heirat nicht alles mit rechten Dingen zugegangen sein sollte. Dort hatte er den Grund dafür vor Augen.

Davon ließ er sich allerdings nicht ablenken, sondern fiel vor Geraldine auf die Knie, registrierte nur am Rande ihren erstaunten Blick, ebenso wie den ihres Mannes, bevor er mit demütig zu Boden gerichteten Augen zu sprechen begann. Er hielt nichts zurück, als er erzählte, wie neidisch er auf Geraldine gewesen war, ihr ihren Erfolg als Porzellanmalerin nicht gönnen wollte, weil ihm der eigene versagt blieb. Und ihm das einen aberwitzigen Plan eingegeben hatte, er schäme sich noch immer dafür, aber damals habe er sich dazu berechtigt gefühlt, seinem Glück tatkräftig nachzuhelfen. Deshalb habe er den Unfall mit Geraldines Kutsche zu verantworten, indem er Tauben freigelassen habe, damit die auffliegenden Vögel die Pferde erschreckten, und nur deshalb sei er ins Käbschütztal gekommen, um neue Möglichkeiten für seine finsteren Pläne zu erkunden. Er habe Kleinigkeiten aus dem Haus an sich gebracht, um sie zu verkaufen und von dem Erlös zu leben. Er habe sich dazu berechtigt gesehen, weil Geraldine ihm die Kunden abspenstig gemacht habe. Das Porträt von Laura Schumann … Bei dem Feuer sei dann alles vernichtet worden. Der Herrgott im Himmel habe ihm keinen dieser sinistren Pläne durchgehen lassen und erhalte seine Seele rein. Der Maler faltete die Hände.

Nach dieser langen Rede musste Claudio Castagno Luft holen. Den Blick hielt er weiterhin zu Boden gerichtet und bemerkte deshalb nichts von Frederiks finsterem Gesichtsausdruck.

»Nach allem wagen Sie es noch, hierherzukommen und meiner Frau das ins Gesicht zu sagen«, fuhr er auf.

»Ich bin gekommen, um mich in Ihre Hand zu geben. Alles, was mir geschehen ist, habe ich mehr als verdient. Der Überfall geschah mir Recht, und dass Ihre Frau sich so selbstlos um mich gekümmert hat … Ich … mir fehlen die Worte. Es war barmherzig, viel mehr, als ich verdient habe. Sie besitzt eine wahrhaft gütige Seele.«

»Das habe ich nicht gewusst«, kam es betroffen von Geraldine. »Stehen Sie auf. Sie sollen nicht da knien.« Sie beugte sich nach vorne, aber ihr schwangerer Leib schränkte ihre Bewegungen schon ein, deshalb erreichte sie den Maler nicht.

»Ich habe nichts anderes verdient. Mir bleibt auch nichts anderes übrig, als Sie um Verzeihung zu bitten. Deshalb bin ich gekommen.«

»Weshalb nun auf einmal?« Frederik war nicht bereit, diesem Menschen nach einigen salbungsvollen Worten zu verzeihen. Er sah seine Frau in dessen Fängen, den Gefahren ausgeliefert, die er herbeigeführt hatte. Dass ihr nichts geschehen war, war nur dem Glück zu verdanken, nicht seiner Einsicht.

»Mir wurde vor Augen geführt, wie schäbig ich gehandelt habe. Wie wenig es mir zusteht, auf ein großartiges Talent wie das Ihre neidisch zu sein. Verfügen Sie über mich, Signora Nehmitz.« Er verneigte sich noch einmal, bevor er sich zögerlich erhob.

Geraldine verzieh ihm. Sie wusste gar nicht, was sie anderes hätte tun sollen. Sie fühlte, wie viel schlechter er dran war als sie selbst. Sie hatte Frederik an ihrer Seite, hatte für den Kurfürst und polnischen König malen dürfen und in ihrem Atelier eine Schublade voller Anfragen nach Porträts auf Porzellan.

Was hatte dagegen er? Nichts! Sogar das Geld für die Reise ins Käbschütztal hatte er sich leihen müssen. Wenn sich nur etwas für ihn tun ließe? Sie nagte an ihrer Unterlippe. Bis ihr eine Idee kam. Sie würde den Italiener mit Anton Piwatzsch bekannt machen – der brauchte schließlich einen Sack voller Zeichnungen.

DANKSAGUNG

Ich hatte große Freude daran, zu Geraldine zurückzukehren und die lieb gewonnene Romanheldin bei ihren weiteren Abenteuern zu begleiten. Das ist möglich geworden dank Ihnen, liebe Leser, die Sie wissen wollten, wie es mit Geraldine und Frederik weitergeht. Dies ist für mich die schönste Bestätigung meines Autorinnenlebens und dafür danke ich Ihnen.

Mein Dank gilt auch meiner Lektorin Anne Sudmann, deren hilfreiche Anmerkungen den Text erst zu dem gemacht haben, was er jetzt ist. Auch mein Agent hat von Anfang an an dieses Buch geglaubt, noch früher als ich. Wie immer gebührt auch meiner Testleserin Theresa viel Dank. Sie liest nicht nur als Erste meine Texte und deutet mit dem Finger auf Schwachstellen, sondern steuert auch hilfreiche Ideen bei, wenn Geraldine & Co. mal nicht so wollen, wie ich mir das vorgestellt habe. Ein großer und herzlicher Dank geht auch an meinen Mann Detlef, der inzwischen mehr über das Malen auf Porzellan weiß, als er sich je vorgestellt hat, so oft musste er sich von mir etwas dazu anhören. Einen dicken Kuss für deine Geduld.

Zuletzt muss es einmal gesagt werden: Keines meiner Bücher hätte ich schreiben können ohne die Sächsische Universitäts- und Landesbibliothek, ihre freundlichen und kompetenten Mitarbeiter und ihre unerschöpflichen Bestände. Dieser Hort des Wissens ist mein größter Schatz.

Birgit Jasmund im März 2019

BIRGIT
JASMUND

Das
Geheimnis
der
Porzellan
malerin

HISTORISCHER
ROMAN

atb

EINS

*W*as soll ich mit dem Schund? Sie stiehlt mir meine Zeit! Geh sie fort!« Der Mann, weder jung noch alt, mit Locken wie Babyhaar unter einer zerknautschten Kappe, und mit schmalen, beinahe weiblichen Händen, deren Nägel sorgfältig poliert waren, funkelte sie an. Sein gepflegtes Äußeres wurde getrübt durch die Farbspritzer an seinen Händen, den fleckigen Malerkittel und seine höhnisch zusammengezogenen Augenbrauen.

»Das sind Zeichnungen und Bilder. Ich bin immer sehr für mein Talent gelobt worden.« Geraldine blickte dem Mann fest in die Augen. Sie wollte sich nicht einschüchtern lassen. Nicht von jemandem, der schrie und dessen Gesichtsfarbe sich rötete, dessen runde Backen zitterten und dessen spitze Nase nahe daran war, in den Himmel zu ragen. Die Mappe mit ihren Werken hielt sie in den Händen und wartete darauf, dass der Mann vor ihr sie nahm und durchblätterte.

Das Firmament präsentierte sich an diesem Märztag grau. Es sah sogar so aus, als könnten jeden Moment Schneeflocken aus den Wolken rieseln. Dazu wehte ein Wind, der die Kälte noch einmal deutlicher spüren ließ.

Mit einer Hand hielt Geraldine den Jackenkragen am Hals zusammen und umklammerte gleichzeitig den Riemen eines Stoffbeutels, der über ihrer Schulter hing und ihre gesamte Habe enthielt. Der Wind fuhr ihr unter die Röcke, in die Ärmel und zerrte an den Bändern, mit denen sie ihre Haube unter dem Kinn zusammengebunden hatte.

»Talent, dass ich nicht lache! Kaum kritzelt ein Weib ein paar Striche aufs Papier, glaubt es an Talent. Kein Weib bringt es in den Künsten zu wahrer Meisterschaft. Auf keinen Fall ohne eine strenge Lehrzeit.« Dem Mann schien die Kälte weniger auszumachen. Er kümmerte sich nicht um den Wind, der mit seinen Locken spielte und ihm die Kappe vom Kopf zu wehen drohte. Wunderbarerweise hielt sie doch etwas an ihrem Platz.

»Ich hatte eine Lehrzeit – in Köln. Peter Augustin Schmitz hat mich zusammen mit seinem Sohn Johann Jacob unterrichtet. Es waren insgesamt vier Jahre.«

»Den Mann kenne ich nicht. Interessiert mich nicht.«

Diese Art Antwort war zu erwarten gewesen. Geraldine hätte am liebsten mit dem Fuß aufgestampft. Wie schön war die Zeit in Köln mit der Familie Schmitz gewesen. Nie hatte sie an ihrem Talent gezweifelt, nur weil sie eine Frau war. Der alte Schmitz hatte sie in jeder Hinsicht gefördert, dabei war sie weder mit ihm verwandt, noch schuldete er ihr etwas. Aus reiner Freundlichkeit hatte er es getan und weil man ein Talent wie ihres nicht brachliegen lassen dürfe. Das hatte er mehrfach wiederholt, bevor er ihr vor drei Monaten nahegelegt hatte, sein Haus zu verlassen. Der Grund dafür war Johann Jacob gewesen. Der junge Mann hatte es sich in den Kopf gesetzt, Geraldine heiraten zu wollen. Dem alten Schmitz war das nicht recht gewesen, er wünschte sich für seinen Sohn und Erben eine Frau aus standesgemäßer Familie, die ihn in der Welt voranbrachte, nicht eine Frau ohne Heimat und Familie.

Geraldine hatte Köln verlassen müssen und war nach Osten gewandert. Sie wollte den Plan in Angriff nehmen, der seit Jahren ihre Gedanken beherrschte. Vorerst musste sie sich jedoch mit diesem dreisten Mann auseinandersetzen.

»Peter Augustin Schmitz und sein Sohn arbeiten für den Kölner Kurfürsten«, informierte sie den uneinsichtigen Menschen knapp. Das war geschönt, aber die Zeichnungen des jungen Johann Jacob Schmitz hatten den Kurfürsten immerhin beeindruckt.

»Hat sie schon auf Porzellan gemalt?«

»Ja«, log Geraldine und schöpfte Hoffnung. Das war immerhin die erste vernünftige Frage, die ihr im Verlauf dieses Gesprächs gestellt wurde.

»Sie lügt!«, entlarvte ihr Gegenüber sie sofort. »In Köln malt niemand auf Porzellan.«

»Lassen Sie es mich versuchen. Sind Sie nicht mit mir zufrieden oder der Meinung, ich könne es nicht lernen, werde ich gehen und nie wieder nach Arbeit fragen. Schauen Sie wenigstens einmal meine Zeichnungen an, ehrenwerter Meister.«

»Das brauche ich nicht zu sehen!« Er schlug ihren Arm beiseite, und die Mappe fiel zu Boden. »Ein Weib fragt nach Arbeit wie ein Mann! Am Ende will sie noch den gleichen Lohn wie einer unserer Meister. Eine Dahergelaufene aus der Fremde!«

Darauf hatte Geraldine gewartet und war richtiggehend erstaunt, dass es erst so spät kam. Ihr Haar war schwarz und ihre Haut dunkler als die der einheimischen Frauen, sie wies einen sanften sandbraunen Schimmer auf. Da konnte sie sich vor der Sonne schützen, so viel sie wollte, sie glich einer Andalusierin, wurde häufig genug als Zigeunerin beschimpft. Wahrscheinlich könne sie weder lesen, noch schreiben, noch richtig denken. Es sei geradezu ein Wunder, dass sie Deutsch spreche. Das waren noch die freundlichsten Bemerkungen, sie kannte auch schmerzhaftere. Was blieb ihr übrig, als darauf hinzuweisen, dass sie nicht nur Deutsch, sondern auch Spanisch, Niederländisch und Französisch beherrsche? Dass sie diese Sprachen nicht nur sprechen, sondern auch schreiben und lesen könne? Ob jemand eine Kostprobe wolle? Das wollte nie jemand.

Geraldine schluckte auch diesmal, verbot es sich, eine Locke ihres Haares um den Finger zu wickeln, und zwang die Andeutung eines wissenden Lächelns in ihre Mundwinkel. »Bei mir kommt rotes Blut, wenn ich mich in den Finger steche. Wie ist das bei Ihnen?«

Weil sie hübsch und zart war und sehr wohl wusste, wie Männer auf sie reagierten, spekulierte sie darauf, dass sich nach diesen Worten die Spannung lösen würde und endlich ein vernünftiges Gespräch möglich wäre. Sie hatte die Rechnung ohne ihr Gegenüber gemacht. Dessen rote Gesichtsfarbe vertiefte sich. Die Nase zeigte nun wirklich in die Wolken.

»Impertinente Person! Pack sie sich hinfort!«

Ihre Zeichenmappe und die Arbeitsproben lagen immer noch auf dem gepflasterten Hof der Meißner Albrechtsburg verstreut. Der Mann hatte den Fuß halb erhoben, um darauf herumzutrampeln. Nur Geraldines stahlharter Blick ließ ihn innehalten. Wenn sein Fuß auch nur ein Eckchen ihrer Zeichnungen berührte … Sie würde auf dem Hof über ihn herfallen, und es wäre ihr ganz egal, dass er größer und stärker war als sie und dass sich in den Türen und am Tor der Albrechtsburg inzwischen eine kleine Zuschauermenge angesammelt hatte.

»Hinfort mit ihr!«, schrie der Mann, sein zitternder Finger wies in Richtung Domplatz.

Geraldine wusste, dass es besser wäre zu gehen, aber sie konnte nicht anders. Aus dem über ihrer Schulter hängenden Stoffbeutel fummelte sie ein an einem verschlissenen Samtband hängendes Medaillon hervor.

»Werfen Sie einen Blick auf das Bild darin. Ich bitte Sie inständig.«

»Das wagt sie noch!« Er schlug ihr das Medaillon aus der Hand. Es landete auf den Zeichnungen.

Bevor Schlimmeres geschah, stürzte sich Geraldine darauf und raffte es wieder an sich. Der Mann hatte sich unterdessen abgewandt und strebte mit langen Schritten seinem Arbeitsplatz in der Malerwerkstatt zu. Eine Windbö lupfte seine Kappe, aber es gelang ihm im letzten Augenblick, sie festzuhalten. Geraldine schob die Zeichnungen zurück in die Mappe und klopfte den Schmutz ab, bevor sie den Vorplatz der Albrechtsburg verließ. Obwohl ihr hundeelend war, der Hunger in ihren Eingeweiden wühlte, ihre Barschaft nur noch ein paar Groschen betrug, was kaum für eine Mahlzeit und einen Schlafplatz reichte, ging sie langsamen Schrittes und hoch erhobenen Hauptes. Der Weg schien ihr unendlich weit, und sie spürte Blicke wie Dolche in ihrem Nacken.

»Wer hat euch das Gaffen erlaubt? An die Arbeit, ihr faulen Hunde!« Klatschen, als würden Hände auf Tische oder Wangen geschlagen, begleitete die Rede dieser wohlbekannten Stimme, die sie vor wenigen Augenblicken angeschrien hatte.

In Höhe des Doms beschleunigte Geraldine ihre Schritte. Es fehlte nicht viel, und sie wäre den Meißner Burgberg hinuntergerannt. Es musste ihr gelingen, eine ihrer Zeichnungen zu verkaufen, damit sie sich eine warme Mahlzeit und einen Schlafplatz leisten konnte. In Meißen ließ sich bestimmt jemand finden, der ihre Kunst zu würdigen wusste. In ihren Träumen hatte sie sich stets ausgemalt, dass man in der Porzellanmanufaktur von ihrem Talent beeindruckt wäre. War sie erst einmal in Lohn und Brot, könnte sie sich wieder ihrer Suche widmen.

Nun war alles anders gekommen, und sie sah sich schon die Tage im Armenasyl verbringen. Oder unter freiem Himmel.

Geraldine stiegen Tränen in die Augen. Trotzig wischte sie sie weg.

Am Ende des Domplatzes fuhr der Wind schneidend unter ihre Kleidung. Sie zog die Schultern hoch und blickte zu Boden.

Eilige Schritte hinter ihr ließen Geraldine innehalten. Halb hoffte sie, in der Manufaktur hätte man es sich anders überlegt und wollte sie zurückholen, um ihr eine Chance zu geben. Dieser kleine Funke Hoffnung zerstob gleich wieder, als sie den grauhaarigen, nicht ganz schlanken Mann erblickte, der hinter ihr hereilte. Den Hut hielt er in der Hand, sonst wäre er ihm vom Kopf geweht. Ihn wärmte ein Wintermantel mit mehreren Schulterkragen und zusätzlich ein Schal. Seine Hände steckten in grauen Handschuhen; von der Kälte waren jedoch Nase und Wangen gerötet. An seiner Seite baumelte ein Degen, dessen Spitze unter Rock und Mantel hervorschaute.

»Warten Sie, junge Frau«, rief er und winkte.

Was konnte der Mann von ihr wollen? Sie blieb stehen, schließlich hatte sie nichts zu verlieren. Er tat so, als lüpfe er den Hut vor ihr, und Geraldine deutete eine Verbeugung an.

»Meister Höroldt ist kein einfacher Zeitgenosse. Wären Sie erst zu mir gekommen, ich hätte Sie warnen und Ihnen eine Enttäuschung ersparen können.« Seine Stimme klang nicht angenehm, und sein zerfurchtes Gesicht mit großporiger Haut ließ an einen Mann denken, der im Leben nicht viel Freude hatte.

»Dafür hätte ich von Ihnen wissen müssen«, erwiderte Geraldine. »Sie sind mir gegenüber im Vorteil, offenbar kennen Sie mich, während ich nicht weiß, mit wem ich das Vergnügen habe.«

»Oh, ich weiß über Sie nur, was ich im Hof gesehen habe. Mein Arbeitsplatz befindet sich auf der Albrechtsburg, und ich kam nicht umhin, Zeuge Ihres Gesprächs zu werden.«

»So ging es wohl einigen.« Geraldines Stimme nahm einen schnippischen Tonfall an. Der Mann sollte sagen, weshalb er ihr gefolgt war, oder sie in Ruhe lassen.

»Gestatten Sie, Karl Georg Teuchert lautet mein Name. Ich bin Beamter des kursächsischen Kreisamtes Meißen.«

Sie verstand nicht, was der Inhalt seiner Arbeit war, nur so viel, dass er nicht der Porzellanmanufaktur angehörte, obwohl er auf der Burg arbeitete.

»Geraldine«, stellte sie sich vor, und als er sie fragend anschaute, fügte sie hinzu: »Einfach Geraldine.«

»Aus der Fremde?«

Sie nickte. »Aus Übersee.«

»Nehmen Sie es sich nicht zu Herzen, dass Meister Höroldt Ihre Arbeiten nicht anschauen wollte. Die Arbeit eines Weibes wird in der Manufaktur unter keinen Umständen angenommen. Selbst mit einem männlichen Bewerber beschäftigt sich der erste Maler nur näher, sofern er eine Empfehlung von einigem Gewicht vorweisen kann.«

»Was für eine Empfehlung wäre das?« Geraldine fragte aus reiner Neugier.

»Eine des Herrn Carl Heinrich von Heineken, Direktor des Kupferstichkabinetts in Dresden zum Beispiel. Oder eine des Hofmalers Ismael Mengs.«

Geraldine kannte weder das Kabinett noch die genannten Herren. Und sie würde kaum die Chance bekommen, deren Bekanntschaft zu machen, um eine Empfehlung zu erhalten. Sie wollte sich abwenden.

»Ich sehe, dass Sie Hilfe brauchen.«

Sie stockte mitten in der Bewegung. Ihr Misstrauen war erwacht, aber es ließ sich auch nicht leugnen, dass sie sich tatsächlich in einer misslichen Lage befand. Sie wollte sich zumindest anhören, was er zu sagen hatte.

»Ich wette, Sie haben in Ihrem hübschen Stoffbeutel nicht mehr als ein paar Groschen Barschaft. Das Geld reicht höchstens für eine Mahlzeit oder eine Nacht in einer Herberge. Nicht für beides. Schwierige Entscheidung. Und was wird morgen? Ich kann Ihnen versprechen, die Herbergen in Meißen lassen zu wünschen übrig. Klumpige und feuchte Betten. Ein Weib ohne Begleitung wird in den meisten nicht einmal aufgenommen. Nur in den Häusern mit dem schlechtesten Ruf.«

»Was möchten Sie von mir?«

»Sie sind eine junge Frau in Not, und ich überlege, ob ich Ihnen helfen soll. Aus reiner Freundlichkeit. Ich könnte damit beginnen, Sie in mein Haus zu einem Abendbrot einzuladen, und alles Weitere wird sich finden.«

Geraldine wich zwei Schritte zurück und umklammerte ihren Beutel fester. Sie machte sich bereit, davonzulaufen, falls dieser Mensch Unanständiges verlangte. So tief war sie nicht gesunken, dass sie einem Mann erlaubte … Er bemerkte ihr Unbehagen und seine Lippen verzogen sich zu einem Grinsen. Das verlieh ihm Ähnlichkeit mit einem Fisch.

»Meine Frau freut sich über Besuch. Sie ist den ganzen Tag allein zu Hause und wünscht sich Gesellschaft.« Sein Fischmund klappte beim Sprechen auf und zu, und die Art, wie er die Worte aussprach, ließ Geraldine eine Gänsehaut über den Rücken laufen, dennoch nickte sie. Da er verheiratet war, bestand für sie wohl keine Gefahr.

Während sie nebeneinanderher gingen, achtete sie sorgfältig darauf, dass er sich nichts herausnahm. Sie musste stetig ein Stück zur Seite weichen, weil er immer wieder versuchte, ihr näher zu kommen, als ihr lieb war. Bevor sie ganz an den Hauswänden entlangschlich, erreichten sie zum Glück sein Heim. Es war ein zweistöckiges gelbes Haus. Die Fenster konnten mit Läden geschützt werden. Ein schmaler Garten befand sich davor; er wirkte kahl und bloß in dieser Jahreszeit. Das Haus strahlte eine gewisse Wohlhabenheit aus. Sie folgte dem Mann durch den schmalen Garten zur Haustür.

Teuchert zog einen großen Schlüssel auf der Tasche seines Gehrocks und schloss die Tür auf. Er betrat das Haus vor seinem Gast und überließ es Geraldine, ihm zu folgen und die Tür hinter sich zu schließen. Als Erstes stürzte ihnen ein Fellknäuel mit Beinen entgegen und kläffte. Bevor es sich in Geraldines Schuhen verbeißen konnte, streckte Teuchert ein Bein aus und schob den kleinen Hund zur Seite, der empört weiterbellte, aber zwischen Wand und Bein festhing. Die junge Frau erkannte einen hellbraunen Mops mit faltigem Gesicht.

»Das ist Otto. Er gehört meiner Frau«, stellte Teuchert vor, und ihm war anzuhören, was er von dem Tier hielt. »Helene, meine Gute, ich bin wieder da und habe uns einen Gast mitgebracht. Würden Sie zuerst Ihren Hund zur Räson bringen?«

»Otto, still! Komm her, mein kleiner Liebling«, flötete eine Stimme aus dem ersten Stock des Hauses. Den Mops beeindruckte das so viel wie einen Stein, an dem ein Hund sein Bein hob.

Schließlich packte Teuchert ihn am Nackenfell, öffnete eine benachbarte Tür einen Spalt und schubste den Hund hindurch. Schnell ließ er die Tür wieder einrasten. Seine Bewegungen wirkten routiniert, er machte das bestimmt nicht zum ersten Mal. Otto bellte weiter und kratzte an der Tür, deren dickes Holz dämpfte allerdings die Geräusche.

Im ersten Stock wurde nun eine Tür geöffnet und wieder

geschlossen. Dann kam die Teuchertin die Treppe herunter. Sie sah atemlos aus und zupfte sich die Frisur zurecht. Als sie Geraldine neben ihrem Mann erblickte, glitt das Lächeln von ihrem länglichen Gesicht. Ihre Lippen wurden schmal, und sie ließ die Hand sinken. Sie öffnete den Mund, um etwas zu sagen, aber ihr Mann kam ihr zuvor.

»Meine liebe Helene, darf ich Ihnen Frau Geraldine vorstellen. Sie ist unverschuldet in Not geraten. Da ich jedoch Ihr gutes Herz kenne, habe ich mir erlaubt, sie mitzubringen. Wir werden sicher eine Mahlzeit und vielleicht auch eine Kammer für sie haben.«

»Das haben wir …«

Teuchert blinzelte seiner Frau so heftig zu, als wollte ihm das Auge aus dem Kopf fallen. Sie schloss den Mund wieder und stand lauernd auf der Treppe.

»Ich bedanke mich für die Einladung, will jedoch nicht weiter stören.« Geraldine wandte sich der Tür zu. Je eher sie dieses Haus verließ, desto besser. Es war nicht zu übersehen, wie wenig erfreut die Teuchertin über ihren Besuch war.

Teucherts ausgestreckter Arm und die auf der Türklinke liegende Hand versperrten ihr den Weg nach draußen. Sein Fischlächeln wurde breiter.

»Nicht doch. Sie werden uns doch nicht gleich wieder verlassen wollen. Keine Hausfrau mag es, wenn ein Gast zum Essen unangemeldet vor der Tür steht, aber ich bin mir sicher, meine gute Helene heißt Sie dennoch herzlich willkommen. Schlagen Sie meine Einladung nicht aus, Sie werden an diesem Tag keine zweite erhalten.« Während er zu ihr sprach, machte er seiner Frau mit der freien Hand Zeichen. Geraldine sah es aus dem Augenwinkel.

Die abweisende Miene der Teuchertin glättete sich, ihre zusammengepressten, schmalen Lippen versuchten sogar ein

Lächeln. Es sah allerdings eher aus, als bleckte eine Ratte ihre Zähne.

»Dann kommen Sie nur herein, meine Liebe. Ich freue mich immer über Besuch, und wenn ich damit ein gottgefälliges Werk tun und einer in Not geratenen Person helfen kann, ist mir Besuch doppelt lieb.« Die Teuchertin gab den Weg in das Innere des Hauses frei.

Ihr Gefühl riet ihr, unter dem ausgestreckten Arm des Beamten hindurchzutauchen und das Haus fluchtartig zu verlassen. Der Verstand argumentierte mit dem Duft nach gesottenem Fleisch und der zu erwartenden Mahlzeit, die der Körper für sein Wohlbefinden dringend benötigte. Geraldine folgte dem ausgestreckten Arm der Teuchertin.